Papel certificado por el Forest Stewardship Council®

Penguin
Random House
Grupo Editorial

Título original: *Heavy & Light*

Primera edición: marzo de 2024

© 2024, Lena Kiefer
© 2024, Penguin Random House Grupo Editorial, S. A. U.
Travessera de Gràcia, 47-49. 08021 Barcelona
© 2024, Patricia Mora, por la traducción
Imágenes de interior: © Shutterstock / Anna Poguliaeva

Printed in Spain – Impreso en España

ISBN: 978-84-19746-88-7
Depósito legal: B-743-2024

Compuesto en Compaginem Llibres, S. L.
Impreso en Liberdúplex, S. L.
Sant Llorenç d'Hortons (Barcelona)

GT 46887

LENA KIEFER

WEST WELL

FUERTE Y SUAVE

Montena

Para Steffi, gracias por la confianza

El amor es pesado y ligero,
brillante y oscuro,
caliente y frío,
enfermo y sano,
dormido y despierto...
¡es todo excepto lo que es!

WILLIAM SHAKESPEARE,
Romeo y Julieta

1

Helena

«El hogar está donde está el corazón».

Estas expresiones siempre me habían parecido una bobada. Palabras vacías que se imprimían en tarjetas cursis de San Valentín o que se plasmaban en tatuajes, aunque no significaran nada. Después de que me mandaran lejos de casa, me quedó claro que esta frase tiene una parte de verdad. Y, cuando dos años y medio más tarde eché un vistazo a los rascacielos de Nueva York desde la ventanilla del taxi, entendí las palabras desde una nueva perspectiva. No tanto como para irme corriendo a un estudio de tatuajes, pero sí lo suficiente para que se me hiciera un nudo en la garganta.

—¿Es la primera vez que viene a la ciudad? —me preguntó el taxista, sacándome de mis pensamientos.

—No —respondí—. Nací y crecí en Nueva York. Pero llevo un tiempo fuera. —Media vida, o al menos, eso me parecía.

En ese tiempo había comprendido lo que significaba el hogar. O cómo se sentía uno cuando no le quedaba más remedio que abandonarlo. Cuando encontraba el lugar adecuado, dejaba de sentir ese extraño dolor en el estómago que decía: «No puedes ser feliz porque no perteneces a este sitio».

Noté una mirada desde el espejo retrovisor.

—¿Y está contenta de haber vuelto?

—Sí, más que contenta.

Llevaba esperando este día con toda mi alma, el día que por fin me permitieran volver a Nueva York. Pero, al mismo tiempo, estaba asustada. Por mucho que amara la ciudad, solo la conocía a su lado. Con Valerie.

¿Cómo sería la vida aquí sin ella?

La pregunta quedó flotando en mi cabeza mientras tomábamos el puente de Robert F. Kennedy en dirección a Manhattan. Me sentía cautivada por lo que veía por la ventanilla, como si fuera la turista por la que me había tomado el taxista. Contemplé todos y cada uno de los edificios que flanqueaban las calles por las que pasábamos, a la gente ataviada tanto con ropa elegante como andrajosa, los puestos de perritos calientes y a los vendedores de periódicos. Y a cada metro que avanzábamos, noté que algo en mí se rompía y sanaba al mismo tiempo. Tenía una herida terriblemente profunda que nunca se cerraría del todo, que hacía que me doliera una parte del corazón a la que siempre echaría en falta. Pero por lo menos había conseguido volver adonde pertenecía.

Dos cruces y tres semáforos después, giramos hacia Park Avenue. A estas horas de la mañana del domingo había menos tráfico del habitual, así que el conductor apenas tardó un par de minutos en encontrar un hueco en la acera frente a la dirección correcta. Le pagué con mi tarjeta de crédito y, acto seguido, descargó mis maletas. Se lo agradecí.

—Bienvenida de nuevo a Nueva York. —Me dedicó un asentimiento antes de subirse otra vez al taxi y, en un abrir y cerrar de ojos, volvió a sumergirse en la corriente de vehículos amarillos de la ciudad.

Al mirar mi reloj, vi que eran poco más de las diez. La hora perfecta, tal como lo había planeado. Respiré de nuevo el frío aire de febrero, eché mano a la maleta y me dirigí a esa entrada que me resultaba tan familiar, bajo cuyo toldo en color oscuro rezaba: 740 Park Avenue. Un hombre joven con americana gris y corbata negra me abrió la puerta cuando me acerqué al edificio. En el vestíbulo entré de nuevo en calor.

—Buenos días, señorita —me saludó el portero con una sonrisa amable, aunque ligeramente distante. Se colocó tras el mostrador de recepción.

—Buenos días —respondí yo, ya que nunca lo había visto y no tenía ni idea de cómo se llamaba. Antes conocía a todo el que trabajaba en nuestro edificio. Pero dos años y medio en esta ciudad era demasiado tiempo.

—¿Podría decirme a qué piso va? —Levantó el telefonillo del mostrador.

Tuve que esforzarme para que no se me notara el asombro que sentí al escuchar esa pregunta. Era evidente que el portero era nuevo, y yo había llegado un día antes de lo esperado, así que no podía pretender que supiera quién era yo. Sobre todo porque en esos momentos no tenía las pintas que uno esperaría de mí.

—A casa de los Weston —dije amablemente.

—¿De los Weston? ¿Tiene cita? —Volvió a colgar el telefonillo con una expresión claramente escéptica. Posó la mirada en mi chaqueta de cuero raída y en los vaqueros, como si se preguntara si podría llevar escondida un arma con la que pudiera extorsionar, secuestrar o asesinar a la respetable familia Weston. No me faltaban ganas de comentarlo, pero en esta casa no se apreciaba ese tipo de humor. Junto al interruptor se encontraba un botón de emergencia que avisaba a la policía, igual que el que tenían los bancos. Y no quería empezar de nuevo en Nueva York con un arresto.

—Soy Helena Weston —contesté con sinceridad—. Soy su hija.

—¿Su hija? —El tono seguía siendo escéptico.

—Sí, eso es.

Con un suspiro, rebusqué en el bolso y cogí la cartera para sacar el carnet de conducir del estado de Nueva York, que mostraba una foto mía de hacía tres años. Cuando la vi, me cambió la expresión. Ponerme flequillo no había sido una buena idea en absoluto.

Dejé el carnet sobre el mostrador y señalé mi nombre.

—¿Cree que necesito pedir cita?

La expresión del portero cambió en cuestión de segundos.

—Ay, perdóneme, por favor, señorita Weston. No tenía ni idea… Me dijeron que llegaría mañana. —«Y que llevaría otra ropa», parecía querer añadir esa expresión espantada. Al fin y al cabo, en Nueva York se me conocía por llevar exclusivamente ropa de marca y un peinado de quinientos dólares, en vez de la trenza que lucía en ese momento.

—No pasa nada. ¿Puedo subir?

—Por supuesto —replicó con énfasis—. ¿Desea que anuncie su visita?

—No —negué con la cabeza—. Quiero que sea una sorpresa.

Al instante, el portero pareció dejar de pensar que fuera una asesina profesional y, sobre todo, que él acabara saliendo al día siguiente en la portada de todas las revistas de cotilleos. No obstante, señaló mi maleta.

—¿Quiere que le lleve la maleta?

—No es necesario, ya la subo yo.

Asintió.

—Que tenga un buen día, señorita Weston. Bienvenida de vuelta.

—Gracias… Perdone, ¿cómo se llama?

—Lionel, señorita.

—Pues gracias, Lionel. —Le dediqué una sonrisa, cogí la maleta y la arrastré hasta uno de los dos ascensores.

Conforme avanzaba sobre los suelos de mármol y entraba en la cabina de madera de caoba que, como siempre, desprendía un olor a barniz y un leve aroma a cigarrillos, me asaltó una horda de recuerdos. Cuando era niña y mi padre me llevaba de la mano el primer día de colegio, orgulloso hasta decir basta. Cuando me enrollé con dieciséis años con Parker Harrison antes de bajarnos en la cuarta planta para ir a casa de los Gregory. Cuando Valerie y yo nos cambiábamos de ropa en el ascensor para ir a una fiesta de Brooklyn en vez de a alguna cena de la alta sociedad. Y cuando me contó entre estas estrechas cuatro paredes que había conocido al amor de su vida.

La tristeza estuvo a punto de arrollarme y lanzarme al abismo, pero respiré hondo una y otra vez y reprimí las lágrimas con toda mi fuerza de voluntad. Alegría. Eso era lo que quería sentir en estos momentos. Alegría de estar a punto de sorprender a mi familia a la hora en la que tomaban su tradicional brunch. No, nuestro brunch. Yo volvía a pertenecer a la familia. Desde hoy mismo, podría volver a sentarme a la mesa cada domingo para disfrutar de un café maravilloso y pelearme con mi hermano Lincoln por el último cruasán de la pastelería francesa de Madison Avenue. Se me hizo la boca agua solo de pensarlo.

El ascensor se detuvo en el piso correcto, y yo me bajé y caminé hasta la única puerta del pasillo. Llamé al timbre. Nuestro mayordomo Vincent consideraba la mayor de las prioridades que ningún visitante esperase más de diez segundos al otro lado de la puerta, así que conté lentamente, como si fuera la cuenta atrás de mi antigua nueva vida.

Diez, nueve, ocho, siete, seis, cinco, cuatro, tres, dos, uno.

No pasó nada. Tampoco poco después ni cuando pasó un rato.

¿Habría apretado mal el timbre? ¿O mi padre y Lincoln volvían a estar discutiendo vehementemente sobre cualquier asunto político y Vincent ni siquiera había oído el timbre? Probé a llamar de nuevo, pero no obtuve respuesta.

Con los ánimos por los suelos, saqué las llaves del bolso que llevaba colgado al hombro y la metí en la cerradura. Pero cuando puse un pie en el amplio recibidor de nuestro apartamento de dos pisos, no oí nada. Ni voces ni el traqueteo de los cubiertos sobre los platos. Todo estaba en absoluto silencio.

—¿Hola? —llamé asomándome por la escalera de caracol, aunque me sentí un poco estúpida—. ¿Hay alguien?

Finalmente, algo se movió en el piso de arriba y, unos segundos después, alguien bajó las escaleras. Alguien que llevaba unos tacones que resonaban contra los escalones.

—¿Helena? —Mi madre parecía sorprendida de verme—. ¿Qué demonios estás haciendo aquí? Te esperábamos mañana.

—Su acento británico me resultó familiar. No era de extrañar, llevaba casi un año sin oír otra cosa.

—Hola, mamá —sonreí—. Sorpresa. Pensé en venir antes para no perderme el brunch.

Un brunch que evidentemente no se había producido, porque la mesa del comedor, que veía a través de las puertas dobles, estaba totalmente vacía. Ni cruasanes, ni huevos revueltos humeantes, ni café con leche. Y las pintas que llevaba mi madre (el vestido de tubo azul oscuro, el pelo cuidadosamente recogido, los tacones) tampoco encajaban con nuestro ritual de los domingos, al que, de manera excepcional, acudíamos todos en pijama, en chándal o en bata.

Mis ánimos decayeron un poco más. Pronto quedarían por los suelos.

—¿Cómo has llegado hasta aquí? —Me miró con dureza.

—He venido en taxi —respondí con sinceridad y, en ese mismo segundo, supe que había cometido un error.

—¿En taxi? —La voz de mi madre subió un tono que delataba algo parecido a la histeria—. ¿Es que has perdido la cabeza? ¿Qué va a pensar la gente si te bajas de un taxi a plena luz del día frente a esta casa?

Tomé aire.

—Todo el mundo en esta ciudad va en taxi, mamá.

—Tú no eres una cualquiera, Helena. No podemos permitirnos que alguien crea que no sabes cuál es tu sitio.

—No me ha visto nadie —masculé en voz baja. Había estado a punto de responder una cosa muy distinta: «Me importa un pepino lo que piense la gente de mí. Después de todo, a Valerie le resultaba irrelevante». Pero no me pareció inteligente reñir con mi madre nada más llegar. Ella era la artífice de que yo hubiera vuelto y debía calmarla para que no se arrepintiera de su decisión—. No lo he pensado bien, perdona. En Cambridge siempre iba en taxi.

—Nueva York no es Cambridge, querida. Ya deberías saberlo.

Tomó aire y, cinco segundos después, volvió a ser Blake Weston, la copropietaria inquebrantable del imperio que habían construido los antepasados de mi padre. En un primer momento, la gente pensaba que mi madre era la típica mujer que estaba a la sombra de un hombre de éxito, que se encargaba de cuidar de sus hijos y apoyar a su marido. Pero pasar media hora con ella y con su afilado ingenio acababa con todos los prejuicios.

—¿Por qué no hay nadie en casa? —pregunté—. Normalmente desayunamos los domingos todos juntos.

Mi hermano mayor ya no vivía en casa, pero siempre venía.

—Siento que hayas venido antes para nada. —Mi madre se me acercó y, por fin, me dio un abrazo, aunque fugaz—. Pero yo tengo una cita en la asociación de monumentos históricos y tu padre está en Washington de viaje de negocios hasta el martes. Hoy no habrá brunch.

¿Solo hoy? A juzgar por la expresión de su rostro, no estaba diciendo toda la verdad. Aunque quizá me había pasado el último mes demasiado pendiente de las señales no verbales, la mímica y el lenguaje corporal. Al fin y al cabo, formaba parte de la preparación para poner en marcha mi plan. El plan que empezaba mañana mismo.

—Vale, lo dejaremos para la semana que viene —repuse yo, e intenté leer la expresión de su rostro; era inescrutable. Aunque solo respecto al asunto del brunch. En el momento en el que vio mi pelo oscuro recogido en una cola de caballo, fue inequívoca.

—Necesitas urgentemente un corte de pelo. Mañana mismo te pido cita en Cara. ¿Y qué llevas puesto? —Con los labios prietos, tocó la chaqueta que me había comprado hacía un par de meses en una tiendecilla de Cambridge. Si mi madre hubiera sabido que era de segunda mano, probablemente le habría dado un baño con desinfectante, a la porra la asociación de monumentos históricos.

—Es vintage. Se lleva mucho allí.

—Pues aquí no —sentenció rápidamente—. No quiero que nadie de esta ciudad te vea así vestida. Por favor, tírala a la basura en cuanto puedas.

«Por encima de mi cadáver», pensé.

—Por supuesto —repliqué, y volví a sonreír—. ¿Dónde está Vincent? Quiero saludarlo.

—Lleva un tiempo en Chicago porque su hermana se ha puesto enferma. No sabemos cuándo volverá. O si lo hará algún día.

De eso no sabía nada. ¿Cómo no me lo habían mencionado? El mayordomo formaba parte de nuestra familia.

—¿Y el resto del personal?

—Les dimos el día libre. Pensábamos que no habría nadie en casa. —Mi madre cogió el bolso y el abrigo—. Tengo que irme. Ponte a deshacer las maletas y déjalo todo ordenadito, ¿quieres? Me alegro de que hayas vuelto. —Me acarició la mejilla, aunque sus palabras parecían esconder un: «Por favor, no hagas que me arrepienta de haberme peleado con tu padre sobre este tema». Si por él hubiera sido, me habría quedado en Inglaterra hasta que terminara los estudios. O mi vida.

Asentí, todavía sonriente. Sin embargo, en cuanto se cerró la puerta y me quedé totalmente sola en el recibidor, sentí el peso de la desilusión en el estómago vacío. Me había imaginado mi regreso de una forma muy distinta. Desde el primer día que me mandaron en contra de mi voluntad al internado de Inglaterra, había imaginado este momento en mi mente y en mi corazón. El momento del regreso. No como la chica bien educada, ociosa y con mala suerte que había perdido a su hermana, sino como una joven decidida que iba a limpiar el nombre de Valerie. El momento acababa de suceder. ¿Por qué sentía una sensación tan devastadora?

Me dirigí hacia las escaleras y levanté un pie, pero no llegué a posarlo sobre el primer escalón. Arriba estaba mi habitación y la de Valerie, y me daba pavor lo que pudiera sentir al entrar y soportar la carga de todos los recuerdos. Una parte de mí quería rodearse de todas sus cosas y volver a sentir a mi hermana. Todo lo que la representaba y lo que significaba para mí. Pero vencieron mis miedos. Giré a la izquierda de la escalera y fui al salón.

No había cambiado mucho desde la última vez que estuve allí. Estaban las mismas antigüedades, los tapetes, los sofás Chesterfield de cuero, las pesadas alfombras y, por supuesto, flores frescas por todas partes. Había un cuadro enorme y nuevo en la zona del comedor que representaba una batalla sombría de algún tiempo pasado. No había echado de menos la pasión de mis padres por el arte barroco, mis gustos iban en una dirección muy distinta. Por eso mismo tenía apuntado el Museo de Arte Moderno en la lista de cosas que quería hacer en Nueva York. La había escrito dos años antes, cuando entendí que no volvería a Estados Unidos en una buena temporada.

Mis padres no me habían permitido volver ni siquiera en Navidades. En su lugar, ellos viajaban a Inglaterra. Les daba tanto pánico que yo acabara como Valerie que se habían esforzado todo lo posible por mantenerme alejada de esta ciudad.

Pero ¿qué significaba acabar como ella? ¿Feliz? ¿Completa? Porque así es como se sentía cuando murió.

De nuevo, sentí un nudo en la garganta doloroso de tragar. Fue entonces cuando decidí que no me quedaría en casa si no había nadie. «¿El hogar está donde está el corazón?». No me sentía así en absoluto. Aunque lo mismo mi corazón necesitaba un poco de ayudita y le vendría mejor salir de allí. Al fin y al cabo, mi hogar no era solo la casa, sino todo lo que estaba fuera. Mi hogar era Nueva York.

Hice un esfuerzo y fui de nuevo al vestíbulo. Allí cogí el bolso y salí por la puerta.

Ya era hora de respirar un poco de aire fresco.

2

Jessiah

La playa de Rockaway Beach estaba gris y desierta cuando salí del agua y solté la tabla. Me dejé caer de espaldas sobre la arena dura y traté de respirar hondo.

Las olas de aquella mañana habían sido perfectas: impetuosas e impredecibles, como a mí me gustaba, aunque también me habían supuesto un reto. En esa época del año, el mar estaba gélido y, cada vez que me alzaba sobre la tabla, sentía unas puñaladas de aire congelado. Aun así, venía siempre que me era posible. Surfear en unas aguas a cinco grados de temperatura era una putada, pero era mejor que nada. Necesitaba moverme como el oxígeno y prefería perder una pierna antes que subirme a una cinta de correr del gimnasio. Y cuando mi imaginación no bastaba para visualizarme en las costas de Australia, subirme a la tabla me daba una cierta ilusión de libertad. Me ayudaba a no volverme loco.

Me quedé tumbado unos minutos, hasta que noté que, poco a poco, recuperaba la sensibilidad en el cuerpo y me dejaban de doler los pulmones. Entonces me puse en pie, cogí la tabla y me encaminé hacia la camioneta negra que había dejado en el aparcamiento, cuya carrocería estaba parcialmente cubierta de nieve. «¿Para qué quieres un coche tan grande, Jess?», me dijo en su día mi amigo Balthazar. «Si estamos en Nueva York». Sí, por eso, pensé yo. Tenía ese coche porque así al menos mantenía la sensación de que podía escapar de la ciudad en cualquier momento. Era solo una ilusión, pero me bastaba para sobrellevar el día.

Saludé a los dos surfistas que habían aparcado su caravana al lado, amarré la tabla en la caja de carga y me eché la mano a la espalda para abrir la cremallera del neopreno. Rápidamente, saqué los brazos y bajé el traje hasta la cadera, apretando los dientes por el viento gélido que me ponía la piel de gallina. Dios, cómo detestaba el frío. Siempre me había pasado, a pesar de haber nacido en Nueva York. No sabía si mis genes se pensaban que procedía de una zona más cálida, pero parecía que eran incapaces de adaptarse a mi actual lugar de residencia.

Cogí del asiento del copiloto mi sudadera y me la puse, dejando que la capucha me cubriera el pelo húmedo. También me coloqué los pantalones de chándal. Unos cuantos movimientos rutinarios después, ya vestido con ropa seca, eché el traje sobre la caja de carga y me subí a la camioneta, donde puse la calefacción al máximo. Con suerte lograría sentir todo el cuerpo para cuando llegara a la ciudad.

El tráfico no era tan demencial los domingos, aunque tardé casi una hora en volver a Manhattan, ya que el puente de Williamsburg se encontraba en obras. Estaba pensando en si tomar el camino directo o meterme en la autovía cuando me sonó el teléfono. Dudé un poco al ver el nombre que aparecía en la pantalla, pero acabé descolgando.

—Hola, Trish —saludé a mi madre por el manos libres. En realidad, no tenía sentido darle los buenos días. Ya eran las nueve de la mañana de un domingo. A esa hora, esta mujer había corrido diez kilómetros, había planteado tres nuevos proyectos y seguramente había vuelto a despedir impunemente a la asistenta.

—Jess, ¿dónde estás? —me preguntó. «Hoy tampoco recibo un saludo». Eso significaba que estaba de mal humor y que probablemente yo era la causa. Con los años había aprendido a interpretar las conversaciones con Trish Coldwell.

—Estoy volviendo de la playa. —Puse los ojos en blanco cuando un coche pitó a mis espaldas. «No podemos ir más rápido por mucho ruido que hagas y por mucho por culo que le des al prójimo». ¿Qué problema tenía la gente de esta ciudad?—. ¿Por qué lo preguntas? ¿Va todo bien con Eli?

—Sí, sí, tu hermano está bien —respondió ella, impaciente—. Pero ayer por la noche mandé a Indigo a tu casa con una selección de trajes y no estabas allí. —Empleaba tal tono de reproche que parecía que había quedado con su asistenta y la había dejado plantada. Típico de Trish. Todo el mundo debía estar a su servicio.

—Entonces, quizá, la próxima vez deberías avisarme antes de enviar a nadie —repliqué, sin intentar disimular el mosqueo—. Además, ya sé qué ropa me voy a poner esta noche.

—No, de eso nada. Este evento es muy importante y estará allí todo el mundo. No puedes presentarte con un traje de chaqueta que ya te hayas puesto en otra ocasión.

Ah, claro, cómo no, porque las damas y caballeros de la alta sociedad sabrían distinguir un traje de chaqueta negro de otro traje de chaqueta negro, tal como hacía ella. Lo mismo me hacían alguna foto o escribían los detalles en una libretita, como si fueran la policía secreta de los pobres. Que es lo que se hace cuando no tienes nada mejor que hacer en todo el día que preocuparte de aquellos que se pasan la etiqueta por el forro. Qué curioso, se me venía a la cabeza un nombre en concreto. Bueno, en realidad no era curioso en absoluto.

—¿Todo el mundo estará allí? —insistí—. ¿Incluidos los Weston?

Mi madre dejó escapar un resoplido que me dejó claro lo que le provocaba la simple mención de esa familia.

—Por supuesto que no. ¿O de verdad te crees que van a sentarse a aplaudir cuando me concedan la medalla al mérito de arquitectura en Nueva York?

—Si su ausencia va a desatar rumores, quizá sí que deberían —repuse. Al fin y al cabo, para este tipo de gente no había nada más importante que las apariencias y la reputación. Pero no seguí preguntando porque quería evitar un encuentro con los Weston, sobre todo porque cada vez que me los encontraba, recordaba lo que había perdido. La señora Weston se parecía mucho a su hija, la responsable de la muerte de mi hermano.

Mis dedos se acalambraron en el volante. ¿Por qué Valerie no se pudo buscar a otro? ¿Por qué tuvo que ser Adam?

—Pueden venir —afirmó mi madre, furiosa—. Siempre y cuando te pongas el traje nuevo, me da igual.

—De acuerdo —cedí—. Me pasaré antes por vuestra casa y me vestiré allí. —Así podría ver a mi hermano pequeño y la noche no sería un desperdicio absoluto—. Trish, te dejo. Tengo un compromiso y antes quiero pasar por casa.

—¿Un compromiso relacionado con tu proyecto? —preguntó, a todas luces en desacuerdo.

—Sí, exacto. —Decidí ignorar el tono—. Es un local en el SoHo.

—¿Dónde?

—En la calle Sullivan con Bleecker.

—Una ubicación excelente —dijo mi madre—. ¿Cómo lo has encontrado?

—Como siempre —Me encogí de hombros, aunque evidentemente ella no me veía—. En otoño, en la inauguración de Karma, hablé con un par de personas y alguien me comentó que el propietario actual estaba pensando en dejar el local. Así que hablé con él y estuvo de acuerdo en alquilárselo a un par de chicas que quieren abrir un restaurante vegano.

Mi madre suspiró.

—Qué desperdicio de talento —comentó tras mi explicación—. ¿Cuándo harás algo de provecho con tus dotes? Sabes que puedes trabajar en el puesto que quieras de la empresa.

Contuve una réplica mordaz. Claro que lo sabía, mi madre se encargaba de mencionarlo a la mínima oportunidad. Y también sabía que la muerte de Adam había causado que redoblara sus esfuerzos.

Sin embargo, por mucho que quisiera mantener a la familia unida, era algo por lo que no estaba dispuesto a pasar. Un trabajo en CW Buildings acabaría conmigo, al igual que si me quedaba para siempre en Nueva York.

—¿A qué hora quieres que esté allí esta noche? —pregunté sin dar respuesta a sus palabras. No merecía la pena explicarle por qué no pensaba trabajar nunca en su empresa. Ya lo había hecho en innumerables ocasiones.

—A las siete —me informó mi madre—. Por favor, sé puntual. Y hazte algo en el pelo. Esa pelambrera de surfista es del todo inapropiada.

—Ni de broma —me limité a decir—. Hasta luego, Trish.

A pesar de mi negativa, me eché un vistazo por el espejo retrovisor, pero no encontré motivo que sustentara su crítica. En ese momento, mi pelo rubio estaba revuelto por el viento y el agua salada, pero estaba mucho más corto que cuando regresé hacía dos años. Ya ni siquiera podía recogérmelo en un moño. Había sido una de las concesiones que había hecho al llegar aquí, pero todo tenía un límite. Mi madre tendría que vivir con ello.

Afortunadamente, el atasco se disolvió al final del puente y seguí mi camino habitual hasta West Village. Delante de la casa en la que vivía había un aparcamiento libre y lo consideré una buena señal para lo que quedaba de domingo. El evento de esa noche no me aportaría nada, eso ya lo sabía, pero hasta entonces todavía me quedaban unas horas.

Subí hasta el cuarto piso y me deleité pensando en la ducha que iba a darme nada más meter la llave en la cerradura. En cuanto puse un pie en la casa, me quité la ropa y la tiré sin miramientos al suelo. La calefacción de los asientos del coche había ayudado un poco, pero un buen chorro de agua caliente era otra cosa. Por eso el termo de agua del baño era mi mejor amigo durante los meses de invierno.

Veinte minutos después, salí rodeado de vapor y me enrollé una toalla de mano a la altura de la cadera antes de dirigirme al salón. Aunque no tenía claro si debía llamarlo así, ya que vivía en un estudio y todo estaba en una misma habitación. La cocina con isla y barra limitaba con el salón, que contaba con un sofá enorme y una mesa de madera de roble natural a la que podían sentarse hasta ocho personas. Unas escaleras de hierro llevaban al piso superior, construido sobre vigas de acero a más de cinco metros de altura y donde se encontraba mi cama.

Abrí la puerta del armario que había junto al baño y cogí ropa limpia de una estantería. Volví a ignorar el hecho de que la mayor parte de la habitación, que era más bien un vestidor y no un trastero, estaba totalmente abarrotada con cajas de cartón, y cerré la puerta rápidamente. Debería haberme encargado de las cosas de Adam hacía mucho tiempo, pero siempre lograba escaquearme. Exactamente dos años y ocho meses, para ser más precisos, cuando me mudé a la casa de mi hermano. Una vez, Adam soltó en broma que me quedara con su casa si algún día abandonaba este mundo para que entendiera que tenía un lugar en Nueva York en el que podría sentirme como en casa. Cuando murió, quise satisfacer sus deseos.

Sin embargo, al principio me había parecido una locura vivir entre estas cuatro paredes que Adam había comprado y amueblado a su gusto. Pensé que acabaría conmigo enfrentarme cada día a la muerte de mi hermano, por no hablar de los sentimientos de culpa. Y así había sido. Hubo días en los que apenas podía respirar porque me ahogaba la tristeza. Salía a la calle, a correr, y no volvía durante horas. Pero en algún momento, me di cuenta de que vivir allí me acercaba de alguna forma a mi hermano. Vivir donde él había vivido. Dormir donde él había dormido. Era la única conexión que podía existir. Y aunque dolía, ya no me atormentaba.

Respiré hondo y aparté los pensamientos de mi hermano. Me puse una sudadera y los pantalones vaqueros oscuros que llevaban desde anoche en el respaldo del sofá. Luego metí todo lo que había usado en mi excursión en el cesto de la ropa y oí cómo me rugía el estómago. Mi última comida había sido la cena de ayer. Debía desayunar algo antes de acudir a la cita que tenía en el SoHo.

Saqué huevos, tomate y cebollino del frigorífico y puse en el móvil una lista de reproducción de música pop que resonó por todo el sistema de sonido de la casa. Luego me dispuse a cascar los huevos, que batí en una fuente de acero inoxidable, y eché sal y pimienta. Cuando estaba cortando el cebollino en láminas finas, sonó el teléfono. Me limpié las manos, acepté la llamada y puse el manos libres.

—Buenos días, Thaz —saludé a mi amigo con socarronería. Lo conocía tan bien que sabía que se había levantado de la cama hacía diez minutos. Y seguramente seguía medio grogui—. ¿Qué haces despierto tan temprano?

—Me acabo de levantar —replicó Balthazar desde el otro lado, junto a un bostezo interminable—. Fue una noche larga. Déjame adivinar, has estado en la playa.

—Vaya que sí.

—¿Tú te has dado cuenta de que estamos en invierno? No es temporada de surf, en mi opinión.

Troceé los tomates en daditos.

—No me digas —respondí con sarcasmo—. Y yo que pensaba que me ponía el neopreno por lo bien que me sienta, no porque el mar está a cinco grados.

Thaz soltó una carcajada.

—Lo siento, no quería meter el dedo en la llaga.

—No te preocupes. —Vertí los huevos en la sartén rápidamente—. ¿Qué pasa, tío? No creo que me estés llamando un domingo por la mañana porque me echas de menos.

—Bueno, por eso también, pero me han invitado a una fiesta esta noche —comentó—. Y pensé que quizá querrías acompañarme. Es la inauguración de un bar en el centro. Les he llevado la campaña de publicidad. Podría estar bien.

Bajé la intensidad del fuego del hornillo y le eché un ojo a la tortilla.

—¿Un bar? ¿Cuál? —Seguramente uno lleno de la más alta sociedad, al que la gente iba para dejarse ver y pasear sus ropas caras.

«Tú también perteneces a la clase alta», me recordó una voz en mi cabeza.

«Sí, pero no por voluntad propia», respondí. «Y he intentado por todos los medios renegar de ella».

—El Down Below, junto al Church.

—¿El Church? ¿Te refieres a ese restaurante del año de la polca? —El local llevaba años cerrado y nadie lo había alquilado. No me extrañaba, no era un buen sitio. No le recomendaría a nadie abrir un bar allí.

—Sí, lo sé, es un negocio arriesgado —dijo Thaz.

—Más bien una operación suicida —comenté secamente.

—Por eso mismo debes venir. —Noté en su voz que sonreía.

No me lo tomé a mal, pero puse los ojos en blanco cuando me di cuenta de a qué se refería.

—O sea, que no es una invitación como amigo, sino un trabajo.

—Un trabajo con divertimento —señaló mi colega—. Jess, el concepto es una pasada. Y los dos jóvenes que lo llevan son buena gente. Si no, no te lo pediría. —No era la primera vez que me llevaba a algún sitio para levantar la sospecha de que yo aparecía por allí. Era puro marketing; todo el mundo sabía que, si yo iba a una inauguración, ya fuera un restaurante, un bar o una discoteca, entonces el sitio prometía. Era una de las herencias de ser el hijo de Christopher Coldwell y el resultado del trabajo de los últimos dos años.

Suspiré pesadamente y quité la sartén del fuego.

—¿Y qué gano yo a cambio?

—La casa te invita a las bebidas y yo te lo agradeceré eternamente.

—Eso dices siempre.

—Nunca se tiene suficiente agradecimiento eterno.

Me había convencido desde el principio, pero tenía otro compromiso esa noche.

—Esta noche tengo una entrega de premios con mi madre —dije y, con un movimiento experto, le di la vuelta a la tortilla—. Seguramente dure hasta las diez. Podría ir después.

Thaz soltó un resoplido, enfadado.

—¿Hasta cuándo vas a tener que estar de escolta de Trish? ¿Qué pone en tu contrato? Supongo que te hizo firmar algo.

Apagué el hornillo.

—No pasa nada.

—Claro que sí. Detestas con toda tu alma ese tipo de ceremonias, la gente que va y tanto remilgo. Antes hacías todo lo que estaba en tu mano para no acompañarla. Y cuando no tenías más remedio, te dedicabas a montar un escándalo en nueve de cada diez casos.

Ah, sí, me acordaba. Como si fuera ayer. Pero ahora tenía veintitrés años, no dieciséis, y la rebelión no formaba parte de mi agenda.

—Los tiempos han cambiado, Thaz. Sabes por qué lo hago.

—Lo sé, pero no puedes acompañar a tu madre a todas partes solo porque te dé miedo que acabe avasallando a alguien. —Parecía que hablaba muy en serio.

—Sí, ya lo sé —me limité a decir.

—Entonces dile a Trish que esta vez tendrá que ir sola a ese evento aburridísimo. Esos esnobs pijos no saben valorar tus encantos. Yo sí.

No tuve más remedio que reírme, aunque no consiguió hacerme cambiar de opinión.

—Intentaré ir lo más pronto que pueda, ¿vale?

—Vale. Nos vemos esta noche.

—Hasta luego, tío.

Colgué y cogí un plato de la estantería para la tortilla antes de sentarme a la barra. *Everything That Isn't Me* de Lukas Graham sonaba en la lista de reproducción.

Qué apropiado.

Mientras comía, me acerqué el montón de cartas sin leer que había dejado en una esquina de la barra. Catalogué los sobres en facturas y publicidad sin importancia, pero me quedé petrificado cuando vi el último. No era el contenido lo que me había dejado sin respiración, ya que parecía que era publicidad de algún vino, sino el nombre del destinatario: Adam Coldwell.

La carta venía a nombre de mi hermano.

Solté el aire de los pulmones y sentí que el corazón me golpeaba con fuerza contra las costillas. No es que fuera raro que recibiera aquí su correspondencia. Justo después de mudarme, había sucedido una y otra vez. Y todos los meses me sentaba a revisar sus cosas y responder correos electrónicos o cartas a los remitentes, sobre todo empresas, para contarles que mi hermano había muerto. Se había convertido en un ritual, una tortura habitual que pensaba que me otorgaría alivio, aunque no había sido así. Sin embargo, en los últimos meses ya no llegaba nada al buzón dirigido a Adam, y supuse que se habría acabado. Qué estúpido por mi parte.

Nunca se acabaría.

Hice una bola con el sobre y lo lancé con todas mis fuerzas tan lejos como pude. Sin embargo, se quedó en el respaldo del sofá y cayó sobre los cojines, blanco impoluto sobre verde oscuro. Sentí que ese maldito trozo de papel me observaba con reproche. Así que me levanté y lo traje de vuelta para tirarlo a la basura. Pero cuando me volví a sentar, la tortilla me supo a cartón y mis pensamientos se habían tornado sombríos.

Perdí a mi padre cuando tenía catorce años y entonces creí que ese sería el acontecimiento más traumático de mi vida. Ni por asomo. La muerte de Adam me trastocó tanto que fue mucho peor que todo lo anterior. Quizá porque era el segundo ser querido que perdía antes de tiempo. Quizá, también, porque no pude evitar que cometiera ese error fatal. El error de enamorarse de una mujer que, primero, lo atrajo a su mundo y, después, lo arrastró a un abismo mortal.

Valerie Weston.

3

Helena

Nada más salir por la puerta, Nueva York me recibió con un aire glacial, aunque no me resultó desapacible; el tiempo inhóspito era habitual en esta época del año y, extrañamente, lo había echado de menos. En vez de emprender la retirada, cogí el gorro y me lo calcé en la cabeza antes de encaminarme hacia Central Park.

No transcurrió ni medio minuto cuando un coche que pasaba a mi lado tocó el claxon y otro le respondió con un pitido aún más largo. Dejé pasar a una paseadora de perros que hacía malabares con diez perros distintos y ninguno parecía saber comportarse como era debido. No me molestó, pero a una anciana que había por allí sí, a juzgar por la mirada indignada que le dedicó. Tuve que reírme. Para muchos, Nueva York era demasiado grande, demasiado ruidosa, demasiado en general. Pero a mí me encantaba. Me encantaba sentirme absolutamente sola rodeada de un montón de gente. Todas las culturas, todas las nacionalidades, todas y cada una de las personalidades únicas que formaban parte de la diversidad de esta ciudad hacían que estuviera tan viva.

Cambridge era una ciudad idílica y, para mucha gente, seguramente fuera el lugar ideal para realizar los estudios, pero yo nunca me encontré a gusto. Había crecido en Nueva York y estaba convencida de que podía pasar aquí toda mi vida sin aburrirme un solo día. En el pasado, solía irme a menudo de excursión yo sola, para descubrir los rincones escondidos de la ciudad por mi cuenta: los edificios curiosos, los parques recónditos, los pequeños oasis, todo ese frenesí que Manhattan tenía que ofrecer. Y por ello amaba aún más la ciudad.

Paseé frente al Museo Guggenheim y sentí la necesidad de entrar, pero la dejé mentalmente para más adelante y crucé la Quinta Avenida para sumergirme en el pulmón verde que era Central Park. Sin embargo, el verde no estaba muy presente: el césped se encontraba cubierto de una fina capa de nieve y las ramas de los árboles estaban totalmente desnudas. Aunque dentro de poco empezarían a brotar y florecer y sería un placer volver a sentarme por fin en el césped junto a Valerie…

Me detuve. Fue solo una punzada rápida, aunque lo bastante aguda como para dejarme sin aliento. No me pasaba a menudo que el cerebro me jugara esa mala pasada de creer que mi hermana seguía con vida. Habían transcurrido casi tres años y eso era tiempo de sobra para superar la pérdida de una persona, aunque, al mismo tiempo, no era suficiente. ¿Cómo iba a sobreponerme a su muerte cuando cada vez que pensaba en ella recordaba lo injustamente que la habían tratado, si cada vez que aparecía su nombre en mi mente se despertaban los recuerdos de las palabras despectivas que la familia de Adam había pronunciado contra ella?

Como respuesta, vi a lo lejos las viviendas de varios pisos del Midtown, que contrastaban con los elegantes edificios del Upper East y West Side, que se elevaban hacia los cielos con fanfarronería. Muchos decían que era parte del desarrollo de la ciudad, del futuro de Nueva York. Para mí eran una verdadera desfiguración y una jactancia vacía. Sobre todos los rascacielos, en el centro, se elevaba uno más alto que los demás, que presumía de una fachada blanquecina y reluciente.

Coldwell House estaba terminada, a pesar de lo mucho que se habían esforzado mis padres y tantos otros por impedir su construcción. No me extrañó. Trish Coldwell no conocía ni la decencia ni regla alguna y manipulaba a todo el que se cruzaba en su camino como le daba la gana. Era una reina de hielo cruel que pasaba por encima del cadáver de cualquiera. Odiaba a esa persona más que a nadie en el mundo, era ella la que creía que mi hermana tenía la culpa de la muerte de su hijo y la que no había reparado en gastos para que todo el mundo lo creyera. Pero una cosa estaba clara: iba a arrepentirse de lo que había hecho. Yo no era como mis padres, que opinaban que era indigno hablar abiertamente de Valerie. No, yo pensaba descubrir la verdad y, cuando lo hiciera, gritaría a los cuatro vientos las mentiras que había declarado Trish. Y así restauraría la reputación de mi hermana. Para eso mismo había vuelto.

No obstante, hoy tenía un plan diferente. Me limité a enseñarle el dedo corazón a la Coldwell House (¿qué clase de nombre ridículo era ese, por favor?) y seguí atravesando el parque, dejando atrás el lago congelado y el castillo Belvedere, que tanto me gustaba de niña. Desde allí vi cómo se asomaba una parte de la ciudad, antes de girar a la derecha para tomar la salida oeste. Cuando por fin llegué al cruce de la calle 82, estaba totalmente congelada, así que cambié el plan de forma espontánea y decidí ir a visitar a una persona. Por el camino pasé por Magnolia Bakery para comprar algo de desayuno y, en la siguiente cafetería, pedí un café para llevar, además de un capuchino y un par de dónuts. Probablemente miré con demasiada intensidad al camarero que me cobró, pero me hizo mucha ilusión volver a escuchar el típico acento neoyorquino. En los últimos años en Cambridge se me había pegado un poco el acento británico, pero estaba segura de que volvería a perderlo ahora que ya había regresado.

Mi destino era un modesto edificio, cuyas paredes de hormigón el viento y el tiempo hacía mucho que habían tiznado de negro, a unos doscientos metros de distancia. Aunque era el aura funesta y las letras negras a la izquierda de la puerta lo que indicaba a los transeúntes dónde se encontraban: la comisaría de policía del distrito veinte de Nueva York. Siempre que había pasado por aquí, había sido por tener algún problema con la justicia o algún otro incidente desagradable. Pero ahora era la única que atravesaba las puertas con un hormigueo alegre en el estómago.

Un amplio pasillo con suelos de linóleo llenos de manchas me llevó hasta la sala principal. Parecía ser un día tranquilo; además de los agentes uniformados que trabajaban ante sus escritorios, no había nadie más, excepto un tipo con esposas que estaba sentado en un banco al otro lado de la valla de seguridad. Posé el café y la bolsa con los dónuts sobre el mostrador.

—Hola, vengo a informar de una cosa —le dije al hombre joven que había al otro lado. Cuando levantó la vista, le sonreí—. Se trata de un caso de desaparición, el de Helena Weston. Quiero notificar que ya la hemos encontrado.

En ese momento, una cabeza se giró rápidamente y una silla se volvió bruscamente en mi dirección. La joven allí sentada me miró con incredulidad antes de ponerse en pie.

—¿Len? —exclamó, sin inmutarse por llamar la atención de toda la comisaría, incluido el tipo con las esposas. Abrió la valla de seguridad que había junto al mostrador y me abrazó sin dejar que pronunciara palabra—. ¿Qué estás haciendo aquí, cariño? Pensé que llamarías cuando volvieras a la ciudad.

Correspondí a su abrazo con tanta fuerza como pude.

—Quería darte una sorpresa —respondí con una sonrisa mientras me separaba de ella. Al menos, Malia parecía alegrarse de verme de nuevo.

—Pues te ha salido estupendamente. —Le dedicó una mirada a sus compañeros y señaló una puerta—. Ven, vamos a la sala de descanso, que está vacía.

—¿Puedes salir un momento? —Solo había querido pasarme para saludarla. Al fin y al cabo, sabía que iba a estar de servicio y que probablemente no tendría tiempo para mí.

—Claro, mi capitán es flexible —respondió haciendo un gesto con la mano—. Además, hoy no tenemos mucho lío, como puedes ver.

La seguí dudosa al otro lado de la valla de seguridad y atravesamos dos puertas hasta que llegamos a una sala sin ventanas que, excepto una máquina de café, tenía poca cosa que ofrecer. Malia apartó un par de revistas de la mesa y me miró de arriba abajo.

—¿Qué sucede? —preguntó.

—Nada. —Sacudí la cabeza con una sonrisa—. Te veo genial. El uniforme te sienta bien.

Cuando me fui de Nueva York, acababa de empezar su formación en la policía y ahora ya estaba lista para el servicio. Malia se dio la vuelta y se sentó en la silla.

—Tú también estás genial, Len. —Se acercó para acariciar mi chaqueta de cuero—. Me gusta este nuevo estilo. Más de adulta.

—Han pasado casi tres años desde la última vez que nos vimos.

Por aquel entonces tenía diecisiete años y para Malia era, ante todo, la hermana pequeña de su mejor amiga. Sin embargo, la muerte de Valerie lo había cambiado todo. Desde entonces, habíamos mantenido el contacto y le estaba muy agradecida por ello. Sobre todo cuando a casi nadie de mi anterior vida le interesaba cómo lo estaba pasando. Además, Malia era policía y, por tanto, tenía acceso a información esencial.

—Cierto. Me alegro de que no te cortaras el pelo como amenazaste con hacer —comentó entre risas.

—¿Y darle un infarto a mi madre nada más llegar? No podía arriesgarme.

Antes solía considerar a menudo hacerme algo distinto en el pelo, porque me parecía de lo más aburrido, pero, con el tiempo, preferí mantener las largas ondas castañas, ya que eran lo único que tenía en común con Valerie. Mientras que yo tenía los ojos azules, la nariz fina y unas facciones marcadas como mi padre, mi hermana parecía la viva imagen de una bellísima princesa Disney de ojos marrones, al igual que mi madre.

Malia hurgó en la bolsa de papel, sacó uno de los dónuts y me lo ofreció.

—¿Qué ha dicho tu familia al verte aquí de nuevo? —preguntó, y le dio un mordisco a su dónut de glaseado rosa. Yo cogí uno con pintitas de colores.

—Por ahora, no mucho. Mi intención era aparecer como invitada especial para el brunch de esta mañana, pero no ha podido ser. Mi madre tenía un compromiso, mi padre está en Washington y con Lincoln aún no he hablado. —Mi hermano vivía a un par de bloques de nuestra casa.

—¿Están de acuerdo con que vuelvas a vivir aquí? —preguntó Malia. Sabía que había luchado en vano para que me permitieran volver—. ¿A qué se debe el cambio de opinión?

Me encogí de hombros.

—En Navidad hablé del tema con mi madre, de lo mucho que echaba de menos Nueva York y que creía que había pasado el tiempo suficiente desde la muerte de Valerie. Al principio no le hizo mucha gracia la idea, pero después de dejar claras ciertas normas, dio el brazo a torcer.

Malia alzó la ceja derecha hasta la mitad de la frente.

—¿Normas? ¿Más de las que imponen normalmente? Tu familia entera está formada por normas.

—Sí, y ahora se han añadido unas cuantas más. —Las fui enumerando una a una—. Hasta que termine los estudios, debo vivir con ellos, no puedo quedar con nadie que tuviera algo que ver con Val, a excepción de ti, claro, y solo puedo acudir a fiestas que hayan aprobado previamente. Además, debo participar en todos y cada uno de los eventos sociales a los que decidan llevarme. Todo eso a cambio de estudiar en la Universidad de Columbia y vivir aquí.

—Bienvenida al monasterio —bromeó Malia—. Quizá sería mejor que de ahora en adelante te llamase «hermana Helena». ¿O se te permite quedar con chicos?

Sonreí.

—En realidad, había pensado en llevarme el primer tío que pase por la calle a casa y acostarme con él mientras mis padres reciben en el salón al alcalde. ¿Crees que eso estará permitido?

—Hum. Parece una laguna legal.

Nos echamos a reír, aunque en realidad no tenía nada de gracioso. Sin embargo, no me quedaba más opción que aceptar las condiciones de mis padres. En Inglaterra no podía hacer nada para limpiar el nombre de Valerie.

—Entonces ¿tienes intención de llamar al guapísimo de Ian? —Las cejas de Malia volvieron a elevarse como si tuvieran vida propia—. Lleva tres años esperándote. ¿No crees que se enterará de que has vuelto?

—Si de verdad ha estado esperándome, no me parece muy buena señal. Además, por lo que tengo entendido, está estudiando en la costa oeste. —Sacudí la cabeza. Ian era mi exnovio, mi primer amor, o como quiera decirse. Llevábamos juntos cinco meses cuando Valerie falleció, y mi vida tal como la conocía se terminó. De la noche a la mañana, mis padres me despacharon a Inglaterra e Ian se convirtió en un simple contacto en la agenda del móvil. Hablamos un par de veces por teléfono, pero a él le agobiaba mucho mi tristeza, así que lo dejé y nunca más volví a acordarme de él—. Además, mis estándares han cambiado un poco desde entonces.

Malia se rio.

—Ah, ¿sí? ¿Ya no te ponen los chicos pulcros con la camisa planchada que te buscaba tu madre?

—Esa pregunta solo la puedo responder con un inequívoco: «No, joder». En ese sentido, Cambridge me ha ayudado mucho. —A pesar de todo, me reí y cogí otro dónut mientras Malia me miraba atenta de arriba abajo.

—Len, ¿de verdad estás aquí solo porque echabas de menos Nueva York? —me preguntó al cabo de unos instantes, y yo ya presentí a qué se refería. Hacía unos meses, cuando aún estaba en Inglaterra, la había convencido de que me enviara la información policial relativa a la noche en la que murieron Valerie y Adam.

—¿A qué te refieres? —repliqué en tono inocente—. Aquí está mi casa, mi… —Me interrumpí cuando entró un agente joven que quería ponerse un café. Saludó a Malia y detuvo su vista en mí con un interés más que amigable.

—¿Todo en orden, Ramírez? —le preguntó mi amiga en ese tono con el que probablemente conseguía que los camellos lo confesaran todo.

—¿Qué? Sí, claro. —Me sonrió y se fue.

Malia me miró.

—No te preocupes, no le daré tu número.

—Qué pena, me habría servido para el numerito con el alcalde —broméé, aunque no estaba para bromas. Malia tampoco.

—Vale, ¿qué andas tramando? —me soltó—. Y, por favor, no me tomes por tonta, ¿quieres?

Respiré hondo y cedí. Si quería recurrir a la amiga de mi hermana en el futuro, tenía que decirle la verdad.

—Quiero limpiar el nombre de Valerie y descubrir qué sucedió aquella noche.

—Ya sabes lo que sucedió aquella noche —replicó Malia. Ella no estuvo en la fiesta porque en aquella época estaba de viaje en Australia, pero, evidentemente, había leído el informe—. Todo el mundo lo sabe.

Negué con la cabeza.

—No, lo único que sé es lo que escribieron los periódicos y lo que pone en el informe policial. Que los dos estaban celebrando la pedida de matrimonio en una habitación del Hotel Vanity, que se emborracharon y que tomaron cocaína que estaba adulterada con lidocaína, lo que les provocó una parada cardiaca. —Respiré hondo, porque era incapaz de hablar de este tema sin sentir rabia. También hacia mí, por no haber ido a la fiesta. Estaba enferma, así que me quedé en la cama, pero si me hubiera tomado un par de analgésicos, habría estado allí—. Y que todo el mundo cree que fue Valerie la que llevó las drogas. A pesar de que nunca había consumido nada. No es la responsable de que Adam y ella estén muertos.

—¿Y qué pretendes hacer? ¿Descubrir quién es el verdadero culpable?

—Exacto. Y luego hacerle saber a todo el mundo que se trató injustamente a mi hermana.

Malia cogió aire ruidosamente y yo sospeché lo que iba a decirme.

—Len, escúchame bien. Sé que estás enfadada por todas esas cosas que difundieron los Coldwell sobre Valerie, pero…

Mi voz se transformó en un siseo al interrumpirla.

—¡Afirmaron que Valerie lo había incitado a hacerlo! ¡Que había convencido a Adam de drogarse! ¡Es todo mentira! —Me sabía de memoria las palabras que Trish Coldwell había pronunciado al respecto: «Siempre me opuse a la relación, porque sabía que esta chica llevaría a mi hijo por el mal camino. Ahora está muerto y ella es la responsable».

Aunque no solo había sido ella; también el hermano de Adam, el padrastro y todos los amigos habían participado en el asunto.

Entre todos, llenaron los programas de entrevistas, los blogs y los periódicos con una noticia tras otra sobre mi hermana, donde la describían sin escrúpulos como una boba obsesionada con irse de fiesta a la que no le importaba nada más que sí misma. Y yo, que ya estaba en Inglaterra, escandalizada e impotente ante todas esas mentiras, no había podido hacer nada por Valerie. Hasta ahora.

—Preferiría que te mantuvieses al margen de la familia Coldwell. —Malia negó con la cabeza—. Ya viste lo que hicieron con Val, son capaces de destruir mediáticamente a cualquiera. No quiero que a ti te pase lo mismo.

—¿Crees que no puedo plantarle cara a Trish Coldwell? —le pregunté con terquedad.

—No, sé que no puedes. Esa mujer es peligrosa, Helena. Toda la ciudad la obedece sin rechistar. Ni siquiera tus padres se atrevieron a enfrentarse a ella abiertamente cuando puso el nombre de Valerie a la altura del betún.

En eso tenía razón. Aunque mis padres habían tomado medidas legales para poner fin a las declaraciones, no se habían pronunciado nunca de forma oficial. «Ese no es nuestro estilo», me dijeron cuando les llamé desde el internado para preguntarles cómo permitían que pasara eso. Cómo era posible que no lucharan por su hija, a la que estaban dejando por los suelos. Mi hermano sí que concedió un par de entrevistas, pero mis padres se lo impidieron con la esperanza de que en algún momento se hablara de otra cosa.

—Yo no soy como el resto de la ciudad —afirmé con seguridad, porque así lo sentía—. Y una vez que descubra la verdad, podrá hacer lo que quiera. Pero se sentirá impotente contra unos datos contundentes. —Cuántas ganas tenía de que llegara el día en el que pudiera devolverle a esa familia todo lo que nos habían hecho.

—¿Y cómo piensas conseguir esos datos? —preguntó Malia—. La policía de Nueva York ya ha hecho una investigación, al igual que los detectives privados contratados tanto por la familia de Adam como por la tuya. No encontraron nada que desmintieran las declaraciones de Trish.

—Claro, porque ninguno de ellos intentó exculpar a Valerie. Simplemente se limitaron a discernir si era un crimen o no. Y una vez que lo consiguieron, nadie se preocupó de averiguar qué había pasado en realidad. Eso es lo que haré yo. —Llevaba casi un año preparándome desde Inglaterra, había conseguido acceso a los informes del caso sin que mis padres se enteraran, había revisado toda la información y había ideado cómo proceder. Y una parte del plan incluía a Malia—. No obstante, me vendría bien la ayuda de una agente joven y comprometida que algún día quiera ser inspectora.

Malia abrió los ojos de par en par.

—¿Quieres que yo te ayude? —preguntó en voz baja—. Len, ¿de verdad crees que vas a sacar algo con esto? No sé si Valerie querría que te obcecaras con este asunto.

—Al contrario; Valerie hubiera hecho exactamente lo mismo por mí. Por eso no puedo dejar las cosas tal como están. Tengo que desmentir esas falsedades y sacar la verdad a la luz. Y lo haré con tu ayuda o sin ella.

Malia me sostuvo la mirada unos segundos, se reclinó en su asiento y respiró hondo.

—Es una locura. No, tú estás loca. ¿Acaso tienes un plan o algo parecido? ¿Un punto de partida por el que empezar?

—Pues sí. Y te lo contaré con mucho gusto si sé que estamos en el mismo barco. No será mucho, solo quiero que me des alguna que otra información o me respaldes en algún momento puntual. No pienso meterte en líos, te lo prometo. —Compuse una sonrisa cargada de esperanza—. ¿Me ayudarás? No me obligues a suplicártelo.

—Me voy a arrepentir de esto. —Malia negó con la cabeza y suspiró con fuerza—. Pero sí, te ayudaré. No obstante, no pienso hacer nada que ponga en peligro mi trabajo ni fomentaré nada que te ponga en peligro a ti. ¿Queda claro?

—Sí —sonreí, y lo decía en serio.

—Está bien. Ahora… cuéntame tu plan.

4

Jessiah

—Buenas tardes, señor Coldwell. —La joven conserje, ataviada con un uniforme negro, me sonrió amable cuando entré en el opulento vestíbulo de dimensiones exageradas.

Por un momento, tirité de frío en la atmósfera que me rodeaba, esa gélida elegancia ausente de comodidad. Cualquiera pensaría que me encontraba en el vestíbulo de un hotel de lujo minimalista: suelos de mármol negros que se extendían hasta donde llegaba la vista, butacas Barcelona y sofás de diseño Eames, y un mostrador tan amplio que podrían trabajar diez personas a la vez. Pero no estaba en un hotel.

—Buenas tardes, Lara. —Le devolví una sonrisa educada. Al fin y al cabo, ella no podía hacer nada para resolver la angustia que sentía cada vez que entraba por la puerta.

—¿Quiere que avise a su madre de que ha llegado? —me preguntó.

—No hace falta. Me está esperando. —Seguí avanzando, pero me volví antes de seguir—. En realidad, ¿podrías hacerme un favor?

Cuando vuelva a pasar por aquí vestido con traje de chaqueta, ¿podrías inventarte alguna emergencia? Cualquier excusa barata que se te ocurra, no soy quisquilloso con eso.

Soltó una carcajada, o más bien una risilla, antes de darse cuenta de quién era la jefa y que la despedirían sin miramientos si flirteaba conmigo. No tardó en componer de nuevo la máscara de la amabilidad distante, y yo lo lamenté de camino a los ascensores.

Las letras plateadas indicaban claramente dónde nos encontrábamos: Coldwell House. Era el edificio residencial más alto del mundo, unos cuatrocientos ochenta metros de apartamentos de lujo para los más acaudalados, y mi madre había sido la encargada de construirlo. Con este edificio en la Billionaire's Row había erigido el monumento con el que había soñado desde que se mudó a Nueva York con veinte años. Y, por supuesto, ella vivía en la última planta de esta fortaleza de la soledad, que era el nombre con el que lo había bautizado yo. Este rascacielos estaba muy lejos de ser una casa, y mucho menos de ser un hogar.

La velocidad del ascensor me llevó en menos de dos minutos al piso 115, directamente al ático. Cuando se abrieron las puertas, pasé al vestíbulo de la vivienda que parecía más bien una galería de arte. En el aparador blanco de la pared blanca había un jarrón blanco con lirios blancos y, encima, estaba colgado un cuadro blanco con dos cuadrados negros. Toda la estancia era terriblemente aséptica y estaba pulcramente ordenada. Nada indicaba que en el interior vivía no solo mi madre, sino también mi hermanastro de quince años.

—¿Trish?

Avancé hacia el salón, cuyos ventanales de cristal daban directamente a Central Park. A esa hora ya no se veía mucho, pero las luces empezaban a encenderse por toda la ciudad hasta el río Hudson. Había quien daría lo que fuera por estas vistas que a mí me dejaban totalmente frío.

—Estoy aquí.

Mi madre estaba junto a la isla de la cocina, también blanca, como el resto del ático, con las gafas sobre la nariz mientras repasaba unos documentos. Era una estampa extraña, dado que ya llevaba puesto el vestido de noche gris y el cabello rubio perfectamente recogido. Le dedicó una mirada a mi peinado.

—Te dije que hicieras algo con eso.

—Y yo te dije que no haría nada, así que o me llevas así o me voy a casa. —No lo dije de malas maneras, pero sí con firmeza.

Extendió la mano y me tocó los rizos que, a diferencia de esa mañana, los había peinado un poco.

—Adam solía llevarlo más corto —comentó en voz baja, y vi que se le humedecían los ojos, algo que casi nunca pasaba. También noté el tono acusatorio. Siempre acusaba, aunque no fuera directamente.

—Lo sé —contesté alejándome de su mano—, pero yo no soy Adam. —Tampoco hacía falta decirlo, los dos éramos muy conscientes de ello.

Mi madre apenas tardó unos segundos en hacer desaparecer las emociones de su rostro y en bajar la mano.

—Has llegado pronto —dijo mirando el reloj.

—Sí, pensé que así podría pasar un rato con Eli.

—Lleva todo el día encerrado en su habitación. En realidad, iba a ir con Henry a un partido de los Yankees, pero ha cambiado de opinión en el último momento. —Usó un tono que me dio a entender a qué se refería.

—¿Ha vuelto a empeorar?

La miré con preocupación. Había pasado una semana desde la última vez que vi a mi hermano y pensaba que estaba bastante bien.

—No lo sé. Está peor, está mejor, luego vuelve a empeorar. No veo que avance.

Mi madre negó con la cabeza y, en sus ojos, vi la falta de comprensión por el estado de Eli, que, entre otras cosas, me retenía en Nueva York. Para ella era impensable la debilidad o el miedo, no lo había sentido nunca ni se había dejado amilanar por esas emociones. Y su expareja, Henry, el padre de Eli, se parecía mucho a ella en eso.

—Lo está pasando mal, ya lo sabes —le expliqué para interceder por mi hermano—. Ha sufrido un trauma, y eso no se supera de la noche a la mañana.

—No, de la noche a la mañana no. —Mi madre suspiró—. Pero han pasado más de cinco años, Jess. Me da la impresión de que nunca lo superará.

Respiré hondo.

—Tuvo una buena temporada hace tiempo. Pero entre el divorcio y la muerte de Adam… Todo eso le ha hecho dar un paso atrás.

—Sin mencionar que desapareciste de su vida en cuanto te graduaste —añadió rápidamente.

—Eli estaba bien cuando estuve fuera —repliqué con brusquedad.

Mi madre resopló.

—¿Y cómo lo sabes? Ni siquiera estabas aquí, ¡te fuiste a la otra punta del mundo porque no soportabas vivir aquí!

—¿Y cómo querías que lo soportara? —grité—. ¿Cómo se supone que vive la gente en esta condenada ciudad sin volverse loco?

—¡Como si tuviera algo que ver con Nueva York… y no con que nunca has querido formar parte de esta familia!

Me fulminó con la mirada. Había dado en el clavo. Como siempre que me recordaba lo mucho que había detestado mudarme con ella cuando mi padre murió.

—Pero ahora estoy aquí, ¿no? —mascullé con la mandíbula apretada—. ¿Es que no te parece suficiente? —Por supuesto que no y, especialmente, después de todo lo que había pasado.

Desde fuera, mis padres habían encarnado el mayor de los clichés: mi madre era la mujer joven y guapa, y mi padre el viejo con pasta. Los separaban más de treinta años y muchos más millones de dólares. Sin embargo, Trish nunca había tenido la más mínima intención de convertirse en una mujer florero, de gastarse el dinero en ropa o de pedir champán. Quería emplear bien el dinero, construir un imperio, y mi padre había sido lo bastante hombre como para permitírselo. A cambio, ella le había dado dos hijos que le habían sido negados en el pasado.

Pero poco después de que yo naciera, mis padres se dieron cuenta de que no tenían nada en común salvo los hijos, así que decidieron separarse. Ni Adam, que entonces tenía diez años, ni yo, que tenía siete, pudimos decidir legalmente con quién vivir, pero escucharon nuestras preferencias: yo me fui a vivir con mi padre, y mi hermano, con Trish. La decisión no había sido difícil en absoluto, ya que no tenía relación con mi madre, que siempre andaba trabajando, ni con Adam, que desde niño fue una persona seria y sensata. Para mí, mi padre era un héroe y me encantaba la casa del Village a la que nos mudamos, a la que él se refería como «nuestro pisito de solteros». Me crie en sus restaurantes, con toda la libertad del mundo, aunque apenas hacía uso de ella. A menudo nos íbamos a su granja, que se encontraba al norte del estado y ofrecía más naturaleza de la que yo podía asimilar. Siempre tenía tiempo para mí, al contrario que Trish. Para mí, era la vida perfecta. Hasta el momento en que él la perdió de un día para otro.

Mi padre murió cuando yo tenía catorce años, algo más joven de lo que Eli era actualmente. Sufrió la rotura de un aneurisma que ningún médico había detectado mientras yo estaba en el instituto. Una muerte instantánea que me dejó un vacío incomprensible en mi interior. Después de su muerte, tuve que mudarme al apartamento pijo en el que vivían mi madre y Adam y me convertí en un adolescente cabreado y triste que detestaba la alta sociedad porque su padre nunca se había molestado en pertenecer a ella. «No saben vivir la vida», decía él. Y tenía razón.

Desde ese momento, mi vida empezó a estar regida por las normas, unas normas estrictas que rompí una tras otra en los años siguientes. Salía toda la noche, faltaba a clase, me juntaba con las personas más turbias que me encontraba y le hacía saber a mi madre con cada pelea que no me gustaba ni ella ni su estilo de vida. Cuando se iba a algún evento, organizaba fiestas en casa. Si me obligaba a ir con ella, me acostaba con alguna de las hijas mayores de los invitados en el guardarropa, para que cualquiera nos viese. Solo me guiaba por la rabia, la rabia que sentía por haber perdido a la única persona que consideraba mi familia. La misma que sentía mi madre al no tener ni idea de cómo tratar a un hijo que siempre había sido un extraño para ella.

Adam fue el que finalmente logró mediar entre ambos para que yo dejara de rebelarme tanto y mi madre dejara de exigirme que acudiera a sus eventos benéficos de la alta sociedad o me convirtiera en uno de los educados hijos de sus compañeros de negocios. Había supuesto un alto al fuego que logramos mantener hasta la muerte de Adam, pero ahora empezaba a hacer aguas. Aun así, estaba dispuesto a cumplir la parte del trato que había conseguido mi hermano. Y lo haría a la perfección, sin montar ningún escándalo.

—Sí, estás aquí —respondió finalmente mi madre a mi pregunta. Sin embargo, en el aire pendía un «demasiado tarde» alto y claro. Porque nuestra relación no solo había estado al borde del abismo durante mi adolescencia; también tuvimos una discusión unos años atrás, cuando las redes sociales se entusiasmaron al oír que Adam Coldwell le había pedido matrimonio a Valerie Weston.

—Jess, tienes que venir a casa y hablar con tu hermano —me había dicho Trish. Parecía muy alterada—. Se ha comprometido con esta muchacha y no sé cómo decirle que ha cometido un error. Si alguien puede hacer que entre en razón, eres tú.

—Está enamorado, eso es todo —le respondí yo y, en aquel momento, sabía exactamente lo que se sentía al enamorarse—. Déjalo que se divierta por una vez, normalmente siempre cumple tus directrices.

—¡Es una Weston! Cuando uno se involucra con esa familia, ¡siempre acaba en desastre!

—Menuda chorrada. Estás paranoica. Adam solo quiere vivir la vida, déjalo que la disfrute.

Dos semanas después, encontraron a mi hermano muerto. Y dos años y medio después, estaba aquí frente a mi madre y sabía que los dos nos hacíamos la misma pregunta. ¿Hubiera podido evitar la catástrofe si la hubiera escuchado y hubiera vuelto a casa?

—Dejémoslo ya. —Trish exhaló con fuerza. Ninguno de los dos nos disculpamos, nunca lo hacíamos, pero prácticamente sentí cómo se ensanchaba la zanja que nos separaba. Siguió hablando sin mirarme a la cara—. He encontrado otra psicóloga, es experta en terapia de exposición. Quizá pueda ayudar a Eli.

—Creía que no querías usar ese tipo de terapia. —Sabía que la terapia de exposición era la más adecuada para los ataques de pánico, pero Eli parecía tener tantos problemas que ni Trish ni Henry se habían atrevido a probarla nunca. Y, a pesar de que mantenía la esperanza de que mi hermano algún día superara sus miedos, me preocupaba las consecuencias de enfrentarse directamente a ellos.

—Si nada más funciona, ¿qué otra opción tenemos? ¿Cómo va a convertirse en un miembro funcional de la sociedad?

—Querrás decir de la alta sociedad —repliqué con frialdad. Ahora entendía qué era lo que quería mi madre de Eli, que la sucediera a ella en la empresa. Lo mismo que había hecho con Adam y lo mismo que había intentado hacer conmigo. Quería asegurar su legado, haber convertido CW Buildings, una inmobiliaria que en su día se dedicaba al alquiler de locales y viviendas asequibles en Nueva York, en una empresa de construcción pionera en el mundo. Una empresa que quería que llegara a la siguiente generación. Adam era perfecto para el puesto, yo no. Y en cuanto a Eli, todavía era pronto para cargarle con esa responsabilidad.

—No he dicho eso —contradijo mi madre—. Pero sabes perfectamente que en este negocio no se llega muy lejos a menos que pertenezcas a ciertos círculos.

—Claro que lo sé. Por eso estoy aquí, ¿no?

Mi madre me llevaba con ella a ese tipo de eventos para que me ganara a las personas más influyentes de la ciudad. Mientras que en el terreno empresarial Trish Coldwell era imbatible, las relaciones interpersonales no eran su fuerte. Siempre había intentado entender a los demás, ver lo que buscaban y llevárselos a su terreno y, después del divorcio, contrató a Adam para que cumpliera con esa parte, y ahora, a mí. Un plan que, desgraciadamente, le había salido mejor de lo que esperaba porque, aunque en esos círculos la gente seguía acordándose de cómo me había comportado en el pasado, había logrado convencerlos de que ahora era una persona distinta, adulta, madura, resarcida de mis pecados. Detestaba actuar delante de ese tipo de gente, pero lo hacía por Eli. Sabía que, si yo no iba, mi madre le pediría a él que fuese en mi lugar.

—Ya que lo mencionas —intervino mi madre mirando el reloj—, si quieres que lleguemos a tiempo, pásate ya a ver a tu hermano.

Asentí y salí al pasillo que llevaba a la habitación de Eli. Me acordé de Thaz, que mantenía que debía dejar que mi madre fuera sola a los eventos, pero no podía hacer eso. Pensaba cuidar de mi hermano pequeño por mucho que odiara estar con Trish.

Aunque el ático era grande, al cabo de unos minutos, llegué a la puerta de Eli. Llamé con suavidad, pero no obtuve respuesta, así que abrí poco a poco la puerta y vi que mi hermano estaba sentado en la cama con una tablet en las rodillas y los auriculares puestos. El pelo castaño, claramente heredado de Henry, le caía lacio sobre la frente mientras dibujaba muy concentrado. Con cierto sentimiento de nostalgia, observé que sus hombros se habían ensanchado y que sus facciones se habían vuelto más angulosas. Pronto no quedaría nada de su apariencia infantil.

Llamé con más fuerza en el marco de la puerta y levanté una mano para reclamar su atención.

Eli levantó el rostro y se quitó los auriculares.

—¡Jess! No sabía que vendrías hoy.

Se levantó y me dio un abrazo. Le di una palmadita en la espalda.

—Es que no estaba planeado.

Me senté en el sillón que había junto a la cama y observé la gran habitación que me rodeaba, que también estaba decorada sobriamente como el resto de la casa, aunque al menos esta irradiaba un poco de calidez. En mi anterior visita, dos meses atrás, había comprado un par de cosas a Eli y se las había traído. Nuestra madre no tenía tiempo para esas cosas, y yo quería evitar que mi hermano tuviera que ir a una tienda.

—¿Te quedas aquí mientras mamá va a los premios? —Leyó la respuesta en mi expresión—. Entiendo, has venido por ella. Qué pena.

Me reí.

—Sí, eso creo yo también. Pero podrías venirte algún día de la semana que viene a mi casa y así hacemos por fin una noche de pelis. Yo cocino.

Los ojos verdes de Eli, que se parecían tanto a los míos, se oscurecieron ligeramente.

—Sí, claro, buena idea —dijo con cautela.

Entendí claramente por qué.

—También puedo venir a recogerte si quieres. No tienes por qué venir con el chófer.

Exhaló aliviado.

—¿Lo harías?

—Sí, por supuesto. —Me incliné hacia delante y le revolví el pelo. Mi hermano se resistió, pero no mucho.

—Ya no soy un crío —me recordó, como si no lo viera. Estábamos sentados, pero sabía que Eli había llegado ya al metro ochenta y que dentro de poco superaría mi metro noventa. Todos los miembros de esta familia eran altos. Quizá de ahí proviniera el amor de Trish por esos estúpidos rascacielos.

—¿Quieres decirme qué ha pasado hoy? —le pregunté con delicadeza para que pudiera evitar el tema si así lo prefería. Mi objetivo era estar allí con él, no atosigarlo. De eso ya se encargaban de sobra los demás. Eli bajó la cabeza.

—Íbamos a ir al partido, pero entonces… Pensé en el camino hasta el estadio y toda esa gente… y hoy era demasiado.

—¿Has tenido un ataque?

—Más o menos. —Suspiró—. Pude ponerle remedio antes de que empeorara. Ya sabes, puse en práctica las técnicas que me enseñó el doctor Johnston.

—Eso es bueno —contesté en mi intento por animarlo.

—Bueno. —Eli compuso una mueca—. Papá me dijo que debería haber ido de todos modos y mamá… Sé que está decepcionada.

No podía discutírselo; nunca le mentía.

—Qué más da que esté decepcionada. Aquí lo único que importa es si fue la mejor decisión para ti no haber ido hoy al partido.

—No lo sé. Al principio sí, pero después pensé que quizá hubiera sido mejor intentarlo.

—No te eches las culpas de nada —dije—. Además, ya ha pasado. Para la próxima quizá decidas otra cosa.

Eli suspiró.

—Puede. Pero no sé por qué me cuesta tanto. Ya ha pasado mucho tiempo, debería haberlo superado.

—En estos casos no existen los «debería», enano.

—Ah, ¿no? ¿Porque fue un trauma superjodido? —Resopló y me miró con rabia—. Hay gente a la que le pasan cosas mucho peores y lo superan. Pero yo no.

Entrecerré los ojos, aunque no por culpa de mi hermano.

—¿Eso es lo que piensas tú o es lo que te dicen?

—Da igual —murmuró Eli, y siguió dibujando enérgicamente. Recordé cuándo empezó todo esto y en lo largo y a la vez corto que se me había hecho ese lapso de tiempo.

Eli tenía nueve años cuando fue secuestrado. Por aquel entonces, vivíamos todavía en el Lower Manhattan y el chófer lo traía del colegio a casa cuando, de repente, se detuvo en un cruce y paró el coche. Varios hombres sacaron a Eli del vehículo, le pusieron una bolsa en la cabeza y lo llevaron a algún lugar de Harlem. Pasó diez días en un sótano a oscuras, donde lo maltrataron y lo amenazaron sin parar, hasta que por fin lo encontraron.

Jamás había pasado tanto miedo como en el momento en el que nos dijeron que habían encontrado abandonado el coche que debería haber traído a Eli del colegio. Trish y Henry estaban totalmente fuera de sí, dispuestos a pagar cualquier rescate, pero los secuestradores nunca pusieron una cantidad. La policía de la ciudad también estaba desconcertada. De hecho, el rescate de Eli se debió a una detective privada que consiguió dar con él gracias a los testigos que encontró en la escena del crimen. Sin embargo, cuando se plantó en el sótano en el que estaba Eli, los secuestradores parecían haberse esfumado hacía mucho. Trish y Henry no escatimaron gastos a la hora de encontrar a los criminales, incluso mucho después de que Eli ya hubiera vuelto a casa. Pero nunca hallaron nada. Y tras un año de investigaciones fútiles, se archivó el caso sin resolver.

Hasta la fecha, Eli no sabía quién le había secuestrado ni por qué y, a raíz de ese incidente, el miedo se convirtió en el acompañante ineludible de mi hermano. El primer año después del secuestro, apenas fue capaz de salir de la casa y, cuando lo hacía, sufría ataques de pánico. Adam y yo trabajamos con los psicólogos hasta que conseguimos que aprendiera a gestionar mejor los ataques de miedo y, al cabo de dos años, mejoró muchísimo. Por ese motivo me fui. Pero entonces, nuestra madre y Henry decidieron separarse y, solo seis meses después, Adam falleció, y Eli volvió a caer en los viejos patrones. Cada vez que se montaba en un coche, temía que le fuese a pasar algo, ya fuera camino al colegio o a cualquier otro sitio. A pesar de tener contratado un chófer que había sido marine y que recibía tan buen sueldo que era imposible que nadie le comprara, Eli no se fiaba de nadie. Por eso era tan importante que me quedara en Nueva York, para estar siempre disponible para él. Sabía que yo era el único miembro de la familia que no le imponía ninguna expectativa. El único que hacía de amortiguador entre él y las ambiciones de sus padres.

—¿Qué estás dibujando? —pregunté para cambiar de tema.

—Ah, solo es un boceto de algo que se me ha pasado por la cabeza. —Me enseñó la tablet. Reconocí un edificio de al menos veinte pisos de altura que seguía una composición moderna y escalonada y contaba con unos paneles cuadrados llenos de plantas.

—¿Qué es esto? —señalé.

—Ajardinamiento vertical. Lo vi en un edificio de Australia y pensé que a Nueva York le vendría bien algo así. Tenemos Central Park, pero mejoraríamos la calidad del aire si tuviéramos más plantas.

—Parece bastante guay.

Este tipo de reflexiones eran el motivo por el que mi madre se interesaba tanto porque Eli «funcionara». Porque era un niño prodigio. Tenía una comprensión de la arquitectura y el diseño mucho más avanzada de la habitual para su edad. Y, por ello, era la esperanza de Trish para la empresa. Adam había sido un fanático de los números, racional y estratega, al igual que ella, pero Eli era un artista que podría convertirse en un visionario. Aunque solo si no se le sometía a presión. Era algo que yo tenía claro, pero era evidente que los demás no.

—Quiero enseñarte otra cosa. —Eli buscó entre las carpetas de su tablet—. Un momento, lo tengo por aquí.

—¿Jess? —Mi madre se encontraba en la puerta—. Deberías ir vistiéndote, tenemos que salir dentro de un cuarto de hora. —Y sin decir más, volvió a desaparecer.

—Supongo que esa es mi señal. —Me levanté y miré a mi hermano como si quisiera disculparme—. Nos vemos la semana que viene, enano. Y me enseñas ese otro diseño tuyo, ¿vale?

Eli sonrió y asintió, aunque me dolió la forma en la que me miró, como si no quisiera que lo volviera a dejar solo en la fortaleza de la soledad. La mirada se me clavó en el pecho.

—¡Jessiah! —gritó Trish desde otra parte de la casa.

Suspiré y me dirigí a la puerta.

—Volveré.

Le dediqué una última sonrisa de aliento a Eli y este cogió sus auriculares. Cerré la puerta y los dos volvimos a estar tan solos como antes.

5

Helena

Cuando llegué a casa, el apartamento seguía vacío. Mi visita a Malia se había visto interrumpida cuando sus compañeros detuvieron a toda una horda de grafiteros que pensaron que la estación de metro de la calle 86 era el lugar perfecto para un mural embellecedor. La comisaría se había llenado tan rápido que no tuve más remedio que despedirme e irme a pasear por Nueva York. Volví a casa dos horas después, pero era evidente que mi madre no estaba allí. Si no, me habría llamado al móvil para saber por dónde andaba. Después de la independencia de Cambridge, no sería fácil volver a acostumbrarme a la vigilancia constante. Pero, al menos, esta vez sabía por qué lo hacía.

De nuevo, me planté delante de las escaleras que daban al segundo piso, pero esta vez reuní el valor suficiente, cogí mi maleta y subí. Mi habitación se encontraba al fondo a la izquierda y, conforme avanzaba, me envolvió una nube de nostalgia y recuerdos olvidados. El dormitorio seguía tal como lo había dejado: muebles de color claro, en blanco y gris, mientras que las cortinas, la alfombra y la ropa de cama eran de tonos lilas, morados y rosas. Me detuve un instante en el marco de la puerta y traté de reconciliarme con esta habitación, pero fue en vano. La chica de dieciséis años que había vivido aquí no se parecía en nada a la de veinte que estaba ahí parada ahora. ¿Cómo iba a serlo después de todo lo que había pasado?

Entré, dejé la maleta en el suelo y me acerqué al tocador que estaba al lado de la ventana. Cuando tenía trece años, le había rogado a mis padres como una loca que me lo compraran, aunque con esa edad no me permitían maquillarme. Al final me salí con la mía y ese mueble esmaltado en blanco con un espejo ovalado había sido mi perdición. No sabía por qué; de hecho, no solía maquillarme a diario y, cuando lo hacía, era de una forma sutil. Sin embargo, tenía la sensación de que aquel tocador era el símbolo de que ya no era una cría, aunque quizá solo quería uno porque Valerie tenía el suyo.

Al pensar en mi hermana, busqué su rostro en las fotos que tenía pegadas en el espejo, pero no encontré ninguna de ella. No obstante, entre las fotos de mis amigas de entonces y las dos o tres instantáneas de Ian, había huecos vacíos. Mi corazón empezó a desbocarse en cuanto me di cuenta de que alguien había retirado las fotos de Valerie. Solo las de Valerie. Y en mi cabeza se formó una pregunta que hizo que el pulso se me acelerara.

«¿Qué más habéis tirado?».

Siguiendo una corazonada, salí de mi habitación y fui hasta la puerta de enfrente, aquella que había tenido miedo de abrir todo el día. En ese momento me acerqué sin dudar, giré el pomo y empujé la puerta.

Me quedé de piedra.

Ante mí había una habitación que no había visto nunca.

No quedaba nada. Ni la cama con dosel de Valerie, que rozaba lo *kitsch*, ni sus fotos, ni su tablón de marco dorado cargado de notas ni el escritorio. Tampoco quedaba ni rastro del sofá que estaba contra la ventana ni, evidentemente, del desgastado hipopótamo de peluche que siempre estaba encima y del que no podía separarse. Todas sus estanterías y sus libros habían desaparecido. Lo único que había era una cómoda de caoba, una silla antigua y una cama desconocida con una colcha pulcramente estirada. Como si mi hermana nunca hubiera vivido allí. Como si nunca hubiera existido.

La tristeza me atenazó con fuerza e intentó doblegarme. Esta vez me resistí con todas mis fuerzas y busqué algo que me sirviera de apoyo. Encontré rabia. Era un sentimiento que me había ayudado a menudo en los últimos dos años y medio y ahora, sin dudarlo, me aferré a ella. El cabreo consiguió que me sintiera menos indefensa, menos impotente.

Luché durante un buen rato contra la tristeza y, cuando finalmente vencí, el abismo volvió a cerrarse bajo mis pies. Sabía que no había desaparecido, pero, de momento, había evitado caer.

Acto seguido, saqué del bolsillo de la chaqueta el móvil con dedos temblorosos y marqué el número de mi madre.

—¿Helena? —De fondo se oía mucha gente—. ¿Va todo bien?

—Pues no —gruñí intentando controlarme—. Estoy en la habitación de Valerie. ¿Dónde están todas sus cosas? ¿Qué habéis hecho con todo?

—¿Podemos hablar del tema cuando vuelva a casa? —preguntó en voz baja.

—No, no podemos —siseé.

Mi madre suspiró.

—Despejamos la habitación hace un par de semanas —respondió sin darme explicaciones.

—¿Por qué? —exigí, iracunda, quizá hasta con un deje de histeria—. ¿Por qué habéis hecho algo así?

—Porque pensamos que te resultaría más fácil superarlo si no estabas rodeada de las cosas de Valerie, cariño. Por eso las regalamos. —Su voz sonaba suave, pero noté que hablaba con cautela—. Y ahora que he visto tu reacción, no sé si fue lo correcto dejar que volvieras a Nueva York. Es evidente que todavía no estás preparada.

Sus palabras me dolieron como una bofetada y me recordaron que ya no podía decir lo que sentía o lo que pensaba delante de mi familia. En realidad, siempre lo había sabido, pero el regreso a la ciudad me había hecho dudar. Había sido un error seguir ese primer impulso y llamar a mi madre. Tenía que aprender a controlarme mejor si quería seguir adelante con mi plan.

—Perdóname —reculé, e intenté deshacerme de la ira—. Me hubiera gustado tener un par de cosas suyas, como recuerdo.

El tono de mi madre se volvió más serio cuando respondió:

—Es importante que ahora te centres en tu futuro. Y te ayudará que la habitación de Valerie esté vacía. —Alguien pronunció su nombre y posó la mano brevemente sobre el móvil para que no pudiera oírlo—. Tengo que dejarte, Helena. A esto todavía le queda un rato y luego he de ir a un evento de los Irvine. Deberías llamar a tu hermano para que se pase por casa y así pedís algo de comer. ¿Te parece?

—Vale —respondí, y colgó.

Me quedé donde estaba, en esa habitación sin alma en la que no quedaba ni un ápice de la personalidad de Valerie. Alfombra nueva, suelo nuevo, muebles nuevos. Y sus cosas, perdidas, sin más. Aquí no conseguiría acordarme de ella, eso seguro. Lo único que seguía siendo igual eran las vistas desde la ventana.

Me acerqué al escritorio para contemplarlas. Siempre había odiado un poco a mi hermana por las vistas que tenía de Central Park, aunque ella solía compartirlas conmigo.

Inspiré y exhalé profundamente una y otra vez, tal como me había enseñado mi entrenador de Cambridge, y relajé las manos, que estaban cerradas en un puño. La tempestad en mi interior se fue calmando. Me giré hacia el escritorio. En un primer momento, había pensado que mis padres habían convertido el dormitorio de Valerie en otra habitación de invitados, pero sobre la mesa había algunos papeles, ordenados escrupulosamente, junto a un estuche delgado y una pluma estilográfica. Eran de mi padre, si no me equivocaba.

Sorprendida, me di la vuelta y eché otro vistazo por la habitación. En la mesilla de noche había un despertador y, al lado, un libro de Hemingway, un autor que le encantaba a mi padre. ¿Estaba durmiendo mi padre en esta habitación? ¿Trabajaba aquí, a pesar de tener su propio despacho tres puertas más allá? ¿Por qué?

El sentimiento grave de que nada era lo que yo me esperaba se intensificó. Había pasado dos años y medio fuera de casa y, por lo visto, me había perdido muchas cosas.

Cogí el móvil para llamar a mi hermano; seguramente él podría rellenarme un par de lagunas. Pero antes de pulsar ningún botón, algo llamó mi atención de la pila de documentos que mi padre había dispuesto sobre el escritorio: una invitación en papel de gran calidad en tonos rosa palo y blanco con adornos que sentí áspero entre los dedos. Con curiosidad, abrí la invitación. Hacía mucho que no veía algo así, a pesar de que mi familia solía ir a ese tipo de eventos todas las semanas.

Las letras doradas en relieve invitaban a Blake y Tobias Weston a una entrega de premios, algo relacionado con la arquitectura de Nueva York. «Menudo aburrimiento». Estaba a punto de dejar la invitación donde la había encontrado cuando me fijé en el nombre que aparecía en el centro. Durante un instante, me quedé sin respiración, como si me hubieran dado un puñetazo en el estómago.

«Este año condecoramos a Patricia Coldwell por su servicio a la ciudad», rezaban unas letras en cursiva.

¿Iban a condecorar a Trish Coldwell? ¿No había nadie más? ¿Por qué? ¿Por haber construido otro rascacielos horrible en Nueva York? ¿Por haber sobornado a media ciudad para que le permitieran hacerlo? Mi ira volvió con toda su intensidad previa. ¿Por qué no asistían mis padres a este evento para ponerla en su sitio? Formábamos parte de la alta sociedad de Nueva York, éramos dueños de los edificios más importantes de la ciudad. No Trish Coldwell con sus símbolos pseudofálicos ridículos que construía allí donde tenía sitio. Alguien tenía que arruinarle la noche, pensé. Alguien tenía que demostrarle que no era intocable.

«¿Quién mejor que yo?».

Cogí la invitación y le di vueltas mientras recapacitaba. Estaba a nombre de mis padres, pero estaba segura de que me dejarían entrar. Evidentemente, mi madre no podía enterarse, pero hacía seis años que no estaba en la ciudad, así que cabía la posibilidad de que nadie me reconociera ni se lo contaran. Sobre todo porque si ella no iba a ir, era porque no quería tener nada que ver con el asunto. Las reglas de la alta sociedad regían la vida de esta gente. Nadie se acercaría a los Weston para hablar de algo de lo que ellos no querían hablar.

El papel crujió en mi puño apretado, pero no lo solté. En su lugar, me di la vuelta sin dedicarle más atención a la habitación que tan extraña me resultaba y me dirigí a la mía. Seguro que encontraba algo en el armario que me quedara bien y fuera apropiado para la ocasión. Me lo pondría, iría al centro, entraría en el evento y esperaría la oportunidad de arruinarle a Trish Coldwell ese triunfo.

Por lo visto, estaba equivocada: mi plan para vengar el trato injusto que había recibido Valerie no empezaba mañana.

Empezaba hoy mismo.

6

Jessiah

El homenaje a mi madre se celebraba en la sala Rainbow, uno de los locales más exclusivos de Nueva York, en el piso sesenta y cinco del número treinta de Rockefeller Plaza. Habían desplegado una alfombra roja en el vestíbulo y, cuando nos montamos en el ascensor, unas letras doradas indicaban qué botón había que pulsar para subir hasta la entrega de premios.

Estábamos solos en el ascensor, así que mi madre me repasó de arriba abajo.

—Te queda muy bien. —Me colocó la pajarita—. Así estás mucho mejor que con esas pintas de adolescente que sueles llevar.

—Creo que a las personas con las que me reúno en bares y restaurantes les resultaría un poco raro que me presentara en traje de chaqueta —solté con sarcasmo. Siempre me sentía disfrazado cuando llevaba este tipo de ropa, pero era la única forma de camuflarse entre los que estaban arriba—. ¿Hay alguien a quien debamos impresionar hoy?

Trish negó con la cabeza.

—No. Hace semanas que quiero hablar con Bill Jefferson de esa propiedad que tiene en Wall Street, pero esta noche viene solo con su hija y no pienso sentarte con ella.

—¿Y eso? —Levanté las cejas—. ¿Te da miedo que la seduzca mientras los demás te cantan alabanzas en el escenario?

Su expresión se endureció.

—¿Existe ese peligro? —Pareció acordarse de cómo me comportaba en el pasado.

—Por supuesto que no —la tranquilicé. Las hijas mayores de la alta sociedad no eran mi tipo. Hacía un par de años había sentido la tentación de ligar con alguna de ellas solo para causar un poco de revuelo, pero eso ya se había acabado.

—Bien —asintió mi madre—. ¿Y entonces? ¿Tienes alguna amiguita que yo deba conocer?

Estuve a punto de reírme por el rumbo absurdo que estaba tomando la conversación.

—¿En serio, Trish? ¿De verdad quieres saber con quién me acuesto?

—No. Al menos, no mientras que no se trate de alguien con quien lleves una relación larga. Entonces sí que quiero saberlo.

—¿Para qué? ¿Para que le hagas un tercer grado? —resoplé—. Ni de coña.

Jamás dejaría que se acercara a ninguna mujer que me importara de verdad.

—De acuerdo —aceptó sin darle mayor importancia—. Entonces sigue quedando con las típicas fiesteras irresponsables como tu hermano. ¿Qué es lo peor que podría pasar? —Resopló—. Si hubiera sido consecuente con Valerie, puede que Adam siguiera con vida. Es un error que no cometeré dos veces.

—Por si no te has dado cuenta, no suelo decantarme por las fiesteras irresponsables —pronuncié esas palabras con el mismo tono que ella.

Mi madre alzó una ceja.

—Ah, ¿no? ¿Y quién estaba la semana pasada en la inauguración de ese restaurante del Village? ¿Esa morenita con la que te fuiste a casa, según afirmaban los medios? Parecía de ese estilo.

Solté un bufido.

—Sinceramente, me halaga que me busques en Google, pero no tienes motivos para preocuparte. Samara es sumiller de whisky, no una fiestera. Y solo somos amigos.

No mencioné que nos acostábamos de vez en cuando, porque no venía al caso. No quería empezar una relación seria en Nueva York; Sam lo sabía y no tenía ningún problema con ello. Además, solo pasaba por la ciudad de vez en cuando.

—Si tú lo dices —masculló mi madre.

No traté de convencerla de que no pensaba cometer el mismo error que Adam. Era un miedo demasiado arraigado como para hacerlo desaparecer con un puñado de palabras. Tampoco sentía el menor interés por hacerlo.

El ascensor hizo sonar una melodía, se abrieron las puertas y le ofrecí el brazo a mi madre para que saliera.

Cuando entramos en la sala Rainbow, la mayoría de los invitados ya estaba allí, de pie en pequeños grupos, dejando que les sirvieran champán. Por supuesto, no tardó en correrse la voz de que la invitada de honor había llegado, y el alcalde interrumpió su conversación para saludarnos.

—Trish, qué alegría verla. Y Jessiah, qué amable por tu parte acompañar a tu madre. —Nos sonrió—. Tiene usted mucha suerte, querida. Mi hijo nunca vendría a este tipo de eventos.

«Un hijo inteligente», pensé mientras mi madre saludaba al alcalde. Le di la mano.

—Muchas gracias por la invitación, señor. ¿Cómo le va a Mitchell? —Según me había contado en la última conversación que tuvimos, su hijo estudiaba en la Universidad de Yale.

—Pues por los cargos que veo en la tarjeta de crédito, se lo está pasando estupendamente. Lo que no sé es cómo le irá en los estudios.

Me reí. Precisamente por eso me gustaba el alcalde Roscott, porque no era tan estirado como el resto de los invitados que había allí.

—Ya me lo imagino. ¿Y Chester? ¿Cómo tiene la pierna?

—Gracias por preguntar. Sigue persiguiendo gatos como si no hubiera pasado nada. —Roscott me miró sorprendido—. Es increíble que lo recuerdes. ¿Cuándo nos vimos la última vez, en noviembre?

—Fue en diciembre —respondí con un asentimiento educado—. En la gala de recaudación de fondos para los niños.

El alcalde volvió la vista a mi madre.

—Trish, por favor, dígame cómo lo ha conseguido. Quizá no esté todo perdido para mi hijo en cuanto a modales se refiere.

Mi madre se rio, y yo habría confundido esa reacción por un sentimiento de orgullo si no hubiera sabido que se estaba acordando de mi juventud y de cuánto había desafiado sus normas. Seguramente había aquí quien se acordara de esos escarceos de mi adolescencia. Pero tal como era costumbre en la alta sociedad, no se hablaba del tema, sobre todo porque era el hijo de Trish Coldwell y porque parecía haberme redimido.

—Bueno, creo que Jessiah lo aprendió por su cuenta —respondió mi madre—. Lo siento, Walther, en eso no voy a poder ayudarle.

Alguien saludó al alcalde y, tras despedirse cálidamente, se marchó.

Cogí dos copas de la bandeja de un camarero que pasaba y le di una a mi madre.

—¿Cómo consigues acordarte de esas cosas? —me preguntó en voz baja y con los ojos entrecerrados—. A mí me interesa un pimiento cómo le va al hijo o si el perro está bien. Aunque me dijera el nombre de su hijo descarriado cada vez que nos viéramos, acabaría olvidándolo a los cinco minutos.

«Ya, y por ese mismo motivo la gente cree que eres un robot devorahombres». No me gustaba la pretensión que se gastaban estas personas, pero a estas alturas consideraba más bien un trabajo complacer a gente cuya superficialidad, hipocresía y obsesión por juzgar las apariencias detestaba profundamente. El problema no era que fueran ricos; la riqueza no te agriaba el carácter. Pero sí la necesidad de hacer encajar a todo el mundo en unos estándares prestablecidos. Eso fue lo que realmente mató a Adam. Las familias como los Weston limitaban tanto a sus hijos con exigencias desmesuradas que estos no tenían más remedio que desahogarse con fiestas, alcohol y drogas. Y mi hermano estaba tan enamorado de Valerie que hacía todo lo que ella hacía.

—Sabes que tengo la memoria de papá —le recordé a mi madre. Mi padre se conocía los nombres de todos los clientes habituales de sus doce restaurantes y yo había heredado ese talento.

Cuando me presentaban a alguien, nunca lo olvidaba, al igual que las historias que escuchaba. Mi cerebro almacenaba esas cosas y las escupía de vez en cuando. Era una herramienta útil en este tipo de eventos y un buen truco de fiesta en reuniones menos informales.

Mientras mi madre hablaba con una compañera de negocios a la que no le importaba que no se acordara del nombre de sus hijos, pasé la vista por la sala y noté que recibía ciertas miradas. La mayoría provenían de mujeres jóvenes que parecían especialmente interesadas, tal vez se preguntaban si seguiría poniendo en práctica mis aventurillas del pasado. Las mujeres de generaciones anteriores parecían enfadadas por tener unos pensamientos parecidos. Sin embargo, no logré localizar a los Weston, ni al cabeza de familia ni a la mujer ni al hijo. Era evidente que habían decidido no aparecer por la ceremonia. Sí que vi a algunos de sus amigos, que nos dedicaron un asentimiento cortés a mí y a mi madre, pero no se dignaron a mirarnos más.

No les caíamos bien a ciertas familias de la ciudad; creían que su dinero valía más que el nuestro por el simple hecho de pertenecer a la enésima generación de la clase alta de Nueva York y, por lo tanto, protestaban ante cualquier progreso. Consideraban que los proyectos arquitectónicos que mi madre ponía en marcha desfiguraban la ciudad, que eran una modernización que Nueva York no necesitaba. Pero no había muchos que se atrevieran a mirarnos con desprecio, tal como hacían los Weston. La mayoría sabía que era mejor tener a Trish Coldwell de su parte. Así había sido siempre. Seguramente yo era el único en el mundo que se había rebelado abiertamente en su contra.

Mi madre terminó de hablar y volvió conmigo, pero poco después nos llevaron a nuestra mesa porque la ceremonia estaba a punto de empezar.

La sala estaba decorada festivamente y, cómo no, nos sentamos en medio, para que todo el mundo nos viera. Me abrí la chaqueta justo antes de sentarme y observé la etiqueta sobre la servilleta, que ponía «Jessiah C. Coldwell». El estómago me rugió levemente, pero era en vano confiar en que nos llenaran pronto el plato. Sabía cómo iban estas cosas. Y, como si me leyera el pensamiento, el alcalde subió al escenario y empezó a dar su discurso.

Como era habitual, los discursos en honor a Trish fueron prolijos, pronunciados por personas a las que les encantaba escucharse a sí mismas, empezando por Roscott y terminando por la Comisión de Construcción de Nueva York. Todos se deshacían en elogios hacia mi madre, señalaban que había creado un nuevo monumento en la ciudad, mientras ella permanecía sentada con una sonrisa educada, aunque su expresión parecía más la de una encargada a la que sus empleados le estaban cantando cumpleaños feliz. Yo era consciente de lo poco que le gustaba llamar la atención de esa forma, pero lo aguantaba porque no había nada que amara más que el éxito. Por eso permaneció allí sentada, entre toda esa gente que hacía veinticinco años se había reído de ella cuando dijo que algún día construiría el complejo de viviendas más alto del mundo. La satisfacción que le producía conseguía que aguantara todo lo demás.

Cuando por fin se puso en pie para recibir la condecoración en su honor y pronunciar unas palabras, eché un vistazo a la sala. Había una mujer joven en la parte trasera del salón apoyada contra la barra. No formaba parte del personal, como dejaba claro su vestido de noche ajustado de color oscuro y sus zapatos de tacón. Llevaba el largo cabello castaño suelto, al contrario del resto de las mujeres de la sala, y las ondas le caían sobre los hombros. Era guapa, muy guapa. Tenía el rostro simétrico y las facciones marcadas; una belleza insólita. Sin embargo, había algo más que me impedía apartar la mirada cuando debía estar pendiente del escenario. Sus ojos delataban un sentimiento que retenían los míos, a pesar de que no me estaba mirando: ira. Y dolor. Una mezcla que me resultaba tan familiar que me atravesó como un rayo. De repente, empezó a latirme el corazón con tanta fuerza que sentí la necesidad de ponerme en pie y acudir en su busca. Pero, evidentemente, no podía hacer eso.

—Todo esto no habría sido posible de no ser por el apoyo de mi familia —decía en esos momentos mi madre, y finalmente, aparté la mirada de la chica—. Mis hijos Jessiah y Elijah han prescindido de mí muchas veces en el pasado, al igual que Adam, que, por desgracia, ya no está con nosotros y al que echo en falta todos los días. Nadie espera que su hijo de veintiún años muera simplemente porque se enamoró de la mujer equivocada. Así que, por favor, cuidad de los vuestros, porque, cuando se van, no quedan más que remordimientos.

Eran unas palabras insólitamente emotivas para Trish y, por un instante, creí que acabaría perdiendo la compostura, pero, por supuesto, no fue así. Respiró hondo y prosiguió en un tono neutral para agradecer el premio a los donantes y desearles una buena noche. En cuanto bajó del escenario, se vio rodeada de un montón de aduladores. Sin embargo, me dirigió una mirada y vi arrepentimiento en sus ojos. No por la muerte de Adam, como uno cabría esperar, sino por mí. Porque yo nunca conseguiría reemplazar a mi hermano. Porque a pesar de que había venido vestido de traje a codearme con lo mejor de la alta sociedad, ambos sabíamos que todo mi interés por estas personas era fingido y que solo venía por obligación. Detrás de esa fachada, seguía siendo el hombre que, cuando era adolescente, se había negado a conformarse y a llamarla «mamá», el hijo de los vaqueros andrajosos, la música alta, las malas compañías y el mujeriego. A menudo me preguntaba si mi madre hubiera preferido que me muriera yo en vez de Adam. Pero nunca haría esa pregunta. Porque ya sabía la respuesta.

Mi madre fue la primera en apartar la mirada y concentrarse en la gente que tenía delante. Hubo algunos que vinieron a darme la mano a mí, pero la mayoría esperó su turno para darle la enhorabuena a Trish antes de que empezara la cena. Así que me levanté, me retiré, dejando de lado el dolor al recordar a mi hermano, y me acordé entonces de la chica misteriosa del bar. Me giré y la vi apoyada en la barra, pero, en un abrir y cerrar de ojos, bebió de un trago lo que le quedaba de bebida, metió una propina en el bote, cogió el bolso y se dispuso a marcharse.

Sin pensármelo dos veces, me puse en movimiento y empecé a seguirla. La alcancé cuando iba por el pasillo.

—Oye —la llamé sin alzar la voz—. Espera un momento.

No supe qué pretendía cuando lo hice. Era evidente que se trataba de una chica de la clase alta que estaba muy lejos de ser mi tipo, pero era incapaz de olvidar la mirada que había visto antes, esa mirada decidida, enfadada y, a la vez, llena de tristeza. Me había conmocionado de una forma que no me esperaba, profunda e intensa, y no me quedó más remedio que seguirla. Necesitaba saber quién era. Necesitaba saber por qué sentía lo mismo que yo.

Por fin, se detuvo y yo sonreí cuando se giró hacia mí. Pero entonces vi que tenía lágrimas en sus ojos azules, que se apresuraba por ocultar.

—¿Te encuentras bien? —le pregunté, preocupado.

La chica me miró y obtuve el tipo de atención que buscaba durante apenas unos segundos. Acto seguido, cambió su expresión y vi de nuevo la misma mirada que me había atraído tan irresistiblemente. Sin embargo, esta vez, la ira iba dirigida a mí, y tuve un mal presentimiento.

El presentimiento de que había sido un error hablar con ella.

7

Helena

¿En qué estaba pensando? ¿En qué cojones estaba pensando al entrar en una sala llena de gente de la alta sociedad que adoraba a Trish Coldwell? ¿Cómo se me ocurrió la penosa idea de quedarme en la barra escuchando los innumerables elogios por su maldito compromiso con Nueva York y su monstruoso edificio de mierda? ¿Y por qué no me fui en cuanto subió al escenario para decir lo mucho que echaba de menos a Adam, que lo había perdido, y acto seguido, lanzar una pulla contra Valerie que captó todo el que estaba en esa sala?

Sabía la respuesta a esas preguntas: en nada.

Era evidente que no pensé en nada cuando me dirigí al ascensor tan rápido como me fue posible para largarme de allí. Me había dejado llevar por la rabia y las ganas incontrolables de hacer algo después de más de dos años condenada a mirar hacia otro lado. Ciega de ira, rebusqué en el armario algún vestido y unos zapatos a juego, me peiné y pedí un taxi para que me llevara al

Rockefeller Center. Tenía el pulso a doscientos por hora cuando subí al ascensor, pensando en si debía activar la alarma de incendios o de qué otra forma podía arruinar la fiesta de Trish Coldwell. Sin embargo, no pude hacer más que quedarme paralizada mientras daba su discurso y, en el momento en el que mencionó a Valerie y vi que toda la sala compartía miradas de lástima, algo en mí terminó de romperse. Viví en mis carnes la campaña de acoso y derribo que esa mujer había llevado a cabo. Y todo el mundo la creía. Era algo que sospechaba, puede que incluso lo supiera, pero presenciarlo de aquella forma fue terriblemente abrumador. Entendí rápidamente que debía irme de allí para que los asistentes no me vieran romper a llorar.

Ninguno de los ascensores estaba disponible, así que presioné el botón con manos temblorosas. «Aguanta», me dije. «Aguanta hasta que hayas salido».

—Oye, espera un momento —me dijo alguien en ese momento, y oí unos pasos que me seguían. Más por acto reflejo que por decisión propia, me giré.

La voz grave pertenecía a un chico que era obscenamente guapo, y que me sonaba, pero estaba demasiado alterada. Era un tipo alto de pelo rubio, que le caía de forma casual sobre la frente, como si estuviera en un guateque en la playa en vez de en una gala con traje de chaqueta. Tenía una apariencia de lo más salvaje e indómita, al igual que la mirada que desprendían sus ojos verdes. Me quedé mirándolo un segundo, quizá fueran dos, pero entonces entendí con una sensación de ebullición de qué lo conocía. Joder, ¡vaya sí lo conocía! Hacía muchísimo tiempo que no lo veía y, en realidad, nunca habíamos hablado en persona.

—¿Te encuentras bien? —me preguntó.

Solté un bufido amargo. Qué ironía del destino que fuera precisamente él quien me preguntara con preocupación si todo iba bien.

Jessiah Coldwell.

El hermano pequeño de Adam.

No sabía mucho sobre él, solo lo que se decía por ahí: el segundo hijo de los Coldwell, inconformista y rebelde, que no se parecía en nada a su hermano y que había tenido en vilo a la clase alta con sus acciones de dudosa reputación antes de que a mí me permitieran asistir a esos eventos. Que odiaba Nueva York y que se largó a Australia nada más acabar el instituto. Y, evidentemente, también sabía lo que había dicho sobre mi hermana: «¡Valerie fue el peor error que cometió Adam! ¡Si ella no hubiera existido, mi hermano aún seguiría con vida!». El recuerdo de sus palabras sobrevoló mi mente. ¿Cómo había podido olvidarlo? ¿Cómo había podido olvidarlo a él?

No me paré a pensar dos veces cómo debía reaccionar. La antigua Helena habría mascullado alguna cosa, habría presionado nerviosa el botón del ascensor y habría huido de allí lo más rápido posible. Pero yo ya no era esa persona, y la familia del hombre que estaba plantado frente a mí era la responsable de ello.

—Sí, todo bien —respondí con dureza controlando el temblor de mi voz. Me mantuve tan erguida como pude, a pesar de que mi altura no alcanzaba para mirarle directamente a los ojos—. Simplemente no me ha resultado agradable tener que escuchar a tu madre soltando esas mentiras.

—¿Mentiras? —preguntó el chico, enfadado—. ¿Sobre quién? —Entrecerró ligeramente los ojos. Era evidente que no tenía ni idea de quién era yo. Ya me extrañaba que se hubiera interesado por cómo estaba; si hubiera sabido quién era la chica que tenía delante, no lo habría hecho.

—Valerie Weston —me limité a decir, ya que no confiaba en que mi voz aguantara después de pronunciar su nombre.

Jessiah pareció confundido y, un instante después, la expresión de su rostro cambió por completo. No pronunció un «oh, mierda», pero pude leérselo en los ojos. Al igual que una rabia silenciosa que resonaba contra la mía.

—Eres Helena —dijo finalmente—. Su hermana.

Alcé la barbilla y confié en que mi mirada fuera fría como el hielo. Nada me apetecía menos que Jessiah Coldwell supiera cómo me sentía de verdad en ese momento.

—Y tanto —repliqué con los ojos vidriosos—. Y la única que no va a quedarse callada de ahora en adelante cuando tú o tu madre contéis esos disparates.

Entonces fue él quien resopló, y la ira de su mirada se intensificó, como si quisiera competir contra la mía.

—Ya, claro, porque tu hermana era un angelito. Qué tonto he sido al no darme cuenta.

—¿Cómo ibas a saberlo? —le espeté—. No conociste a Valerie porque estabas Dios sabe dónde cuanto murieron los dos.

Supe que había dado en una herida cuando la ira de los ojos de Jessiah se mezcló con otro sentimiento, un sentimiento que reconocí a la perfección. Sin embargo, no sentí pena alguna. De él no. Nunca sentía pena por él ni por nadie que llevara el apellido Coldwell. Lo había jurado.

—Da igual dónde estuviera yo —gruñó Jessiah—. Conocía a mi hermano y nunca habría ido a ese tipo de sitios si no hubiera estado con tu hermana.

—¿Por qué? ¿Porque era un pobre huerfanito que se dejó influir por ella? —Lo miré con desdén—. Estaba equivocada. Está claro que no conocías de nada a Valerie, pero es evidente que tampoco tenías ni idea de quién era Adam.

Jessiah abrió la boca, pero en ese mismo instante, salió de la sala Rainbow una pareja de ancianos que nos miró de arriba abajo con sumo interés, prácticamente caminando a cámara lenta hasta que entraron en los aseos. Supe que el hermano de Adam quería replicar con rencor y, al mismo tiempo, no quería montar un numerito. Quizá no quería arriesgarse a dejar a su madre en ridículo o simplemente estaba esperando a que nadie pudiera oírnos.

Cuando las puertas de los ascensores se abrieron, tomé la decisión. En otras circunstancias, le habría atacado con muchas otras cosas, pero estaba convencida de que mi tristeza superaría la rabia en algún momento, y no quería que él estuviera presente cuando eso sucediera.

—Supongo que ya no te interesa tanto mi bienestar —dije en tono mordaz mientras entraba en el ascensor—. Pero muchas gracias por preguntar. Qué atento eres.

Con más fuerza de la necesaria, presioné el botón de la planta baja y esperé tensa a que el ascensor desapareciera. Jessiah me mantuvo la mirada y ninguno de los dos la apartamos, hasta que las puertas plateadas rompieron nuestro intercambio mudo de rabia y dolor.

Como si se hubiera esfumado toda la energía de mi interior, me hundí contra la pared y cerré los ojos con fuerza. Pero todavía no estaba preparada para perder la compostura. Seguiría enfrentándome a mis sentimientos hasta que estuviera en casa. Al fin y al cabo, era una Weston y los Weston no mostraban sus debilidades en público.

Nunca.

Logré llegar a casa sin haber derramado una lágrima, y sentí alivio al ver que mi madre aún no había vuelto. Subí a mi habitación, me quité la ropa, me desmaquillé y, finalmente, me puse una sudadera y unos pantalones de chándal y me arrastré hasta la cama. Allí lloré largo y tendido el chasco que me había llevado esa noche hasta que prácticamente no pude respirar. Luego me incorporé y miré por la ventana el cielo plomizo.

Estábamos en un piso demasiado alto como para ver los faros de los coches que pasaban por la calle, pero sí que oía el leve zumbido de la ciudad. Esa vibración suave que solo existía en Nueva York. En realidad, no era tanto un sonido, sino una sensación, la sensación de que la ciudad en sí estaba viva, y no solo la gente que vivía en ella. Una sensación que antes me encantaba y que había echado de menos los últimos años, pero que ahora sonaba como un reproche.

Me había imaginado muchas veces cómo sería decirle a los Coldwell lo que pensaba. Soltarles en la cara lo detestables que eran sus mentiras sobre Valerie y que nunca dejaría que se salieran con la suya, sin importar lo que me costara. Por supuesto, siempre pensé que se lo diría a Trish, pero Jessiah también hubiera sido un buen comienzo para desfogar mi ira. Sin embargo, no sentía ni orgullo ni satisfacción por haberle echado en cara todas esas cosas. Al contrario, me sentía como una mierda, porque sabía que no había conseguido nada.

Claro, había hecho todo lo que estaba en mi mano para que Jessiah se diera cuenta de lo equivocado que estaba, pero ese tipo de hombres no se dejan impresionar tan fácilmente. Me pregunté por qué se habría acercado a hablar conmigo. Supuse que me habría visto irme y pensó que era un blanco fácil. Según contaban por ahí, Jessiah Coldwell era capaz de ganarse a cualquiera sin el menor problema. Menuda sorpresa más desagradable debía de haberse llevado al haberse encontrado conmigo. Una mujer que, sin duda alguna, jamás caería rendida a sus pies. Estábamos destinados a odiarnos el uno al otro eternamente, como los protagonistas de un libro cuyo final ya está decidido.

«No te precipites», pensé con rabia. «Seguro que nos volvemos a ver». Y para entonces, iría cargada de pruebas que no sería capaz de refutar. Pruebas que harían justicia a lo que aquella noche había sucedido en realidad.

Al pensar en eso, me sentí algo mejor y mi cuerpo reaccionó, o más bien, me reprochó que no le hubiera prestado atención desde que llegué a la ciudad. Me rugió el estómago y, al mismo tiempo, sentí que me atenazaba un cansancio absoluto. En Inglaterra eran cinco horas más, así que era plena madrugada allí. ¿Debería comer algo o irme directamente a dormir? Ambas opciones me parecían igualmente tentadoras.

—¿Helena? —sonó de repente la voz de mi madre desde el piso de abajo, mientras dejaba el manojo de llaves sobre el platillo de la cómoda—. Helena, ¿estás en casa?

Me sobresalté, pegué un bote de la cama y encendí la luz del techo. Me puse delante del espejo del tocador para ver si estaba presentable. Lo cierto era que tenía los ojos un poco enrojecidos, pero tampoco era demasiado llamativo. No me sorprendió. Como desde los inicios de nuestra familia nunca se habían mostrado sentimientos, habíamos desarrollado un rasgo evolutivo que impedía que las lágrimas, la falta de sueño o cualquier tipo de gripe nos dejaran mella. Gracias a eso, pude bajar las escaleras para saludar a mi madre, mientras bostezaba de mentirijilla. Ella me miró con atención.

—¿Has dormido? —me preguntó—. Ya sabes que, si te vas muy pronto a la cama, no haces más que alargar los efectos del *jetlag*.

—Sí, lo sé. Por eso no me he dormido, solo estaba viendo la tele.

—Bien. —Sonrió y se quitó el abrigo para colgarlo. No supe decir cuándo había sido la última vez que la había visto hacer eso. Normalmente solía encargarse Vincent de esas cosas—. ¿Lincoln ya se ha ido?

Cierto, me había propuesto que llamara a mi hermano para comer algo juntos. Se me había olvidado por completo.

—No, no conseguí dar con él —mentí. Una cosa más que se nos daba genial a los Weston.

—¿Y no has comido nada? —Su mirada se volvió desconfiada. Sabía lo mucho que me gustaba comer y el mal humor que me entraba si tenía hambre. Era algo que no había cambiado en Inglaterra.

—Me he pasado un momento por Le Charlot para pedirme un aperitivo. —Era un restaurante elegante que estaba en la esquina y que frecuentaba nuestro círculo, por lo que no entraba en la categoría de «Ay, Dios mío, y si alguien te ve allí».

Mi madre asintió y yo respiré aliviada en mi interior al ver que mi mentira piadosa había colado. Pero entonces me rugió el estómago, el muy traidor. Sonó tan fuerte que mi madre alzó una ceja y yo contuve el aliento. Sin embargo, mi madre soltó una carcajada.

—Pues sí que era pequeño el aperitivo que te has pedido —comentó—. En la fiesta de hoy solo nos han puesto unos canapés. ¿Quieres que nos pidamos algo? Es domingo, podemos tirar por la borda todo eso de la comida saludable.

Sonreí con malicia.

—Suena bien.

—Pues deja que vaya a cambiarme. —Ya estaba en la escalera cuando se volvió hacia mí una vez más—. Cariño, siento mucho lo de la habitación de Valerie. Querríamos habértelo contado en cuanto llegaras, pero te presentaste esta mañana y eso nos desbarató los planes.

—No pasa nada, mamá. Quizá sea mejor así.

No era cierto. Habría dado lo que fuera por tener algunas de las cosas de Valerie. Pero no podía decirlo, no podía mostrar mi tristeza en estas cuatro paredes, porque si mis padres se enteraban de lo que tenía en mente, me mandarían de vuelta a Inglaterra en un abrir y cerrar de ojos. Así que no me quedaba más remedio que fingir y mentir, algo que se me daba bien, pero que nunca había tenido que hacer con mi familia. No era algo que me agradara, pero estaba dispuesta a todo con tal de quedarme en Nueva York. Absolutamente todo.

Se lo debía a Valerie.

8

Jessiah

Aunque hacía un frío de mil demonios, iba contento mientras paseaba hasta el restaurante de la calle Mulberry con las letras luminosas en la puerta. A través del ventanal, vi el local, que estaba hasta los topes a pesar de ser martes, pero no me preocupé en absoluto por si conseguía mesa o no. Aquí siempre habría un sitio para mí, así había sido desde que era pequeño y, con suerte, nunca cambiaría.

Abrí la puerta y dejé salir a la parejita que había al otro lado. Tenían la misma expresión que todos aquellos que comían aquí: una dicha satisfecha y plena. La misma que yo querría tener después de pasarme un día entero con algún cliente para encontrarle el *foodtruck* idóneo para su negocio. Lo que mayormente implicaba arrastrarse con una linterna por debajo de la fría camioneta para ver si el motor y la electricidad funcionaban, aunque no solía ser el caso.

—¡Jessio! —me saludó radiante Taddeo Pagano en cuanto entré por la puerta y me envolvieron la calidez, el confort y el aroma de la comida italiana. Dos segundos después, me vi rodeado por sus fuertes brazos, antes de que posara una mano sobre mi mejilla y mascullara una crítica—: Te estás quedando en los huesos, hijo.

—Me llevas diciendo eso desde que tengo cinco años y nunca es verdad —repliqué—. Pero no te preocupes, hoy no pienso rechazar nada de lo que me pongas por delante.

—¿Ves? Eso es lo que quería escuchar. —Se rio—. Haces deporte de sobra para permitirte unas cuantas calorías.

Como si alguna vez las hubiera contado.

—¿Ha llegado ya Thaz? —pregunté.

—Sí, está sentado en tu mesa. Oye, ¿te importa si luego hablamos brevemente del negocio? Leonora no para de darme la tabarra con que tenemos que modernizar un par de cosas de la cocina.

Lo miré.

—Para eso no necesitas mi visto bueno, ya lo sabes. Dile a Leo que simplemente me mande la factura correspondiente.

Cuando mi padre murió, heredé todos sus locales gastronómicos y, por ello, cuando era adolescente, me convertí en el propietario legal de una docena de restaurantes, entre ellos, el Bella Ciao. Hasta que alcancé la mayoría de edad, lo llevó todo un asesor financiero y, como poco después de mi dieciocho cumpleaños me mudé a Australia, lo dejé todo a su cargo. Sin embargo, ahora que había vuelto, había asumido la responsabilidad, ya que sabía que era lo que habría querido mi padre. Aunque eso no implicaba que fuera a supervisar a Taddeo y a Leonora.

—No, así no funcionan las cosas —protestó el italiano—. Siempre te digo lo mismo: hablaba de estas cosas con tu padre cuando estaba vivo y luego las hablaba con el asesor, así que contigo haré lo mismo.

—De acuerdo, entonces hablaremos luego —me di por vencido—. Pero ahora tengo que ver a Thaz, antes de que se agobie por haberlo dejado esperando.

—Adelante. Luego me acerco cuando haya atendido a estos clientes. —Taddeo cogió dos cartas de menú y se dirigió a una mesa que estaba junto a la ventana.

Yo me encaminé hacia la barra, saludé a los empleados y me abrí paso hasta la parte trasera del restaurante, donde había varios nichos con asientos cómodos y se respiraba un ambiente más privado. Este restaurante no se parecía en nada al proyecto que estaba llevando a cabo en Nueva York; estaba un poco anticuado, era muy tradicional y las nuevas tendencias culinarias no tenían cabida en este lugar. Pero me daba totalmente igual porque, para mí, el Bella Ciao era parte de mi hogar, y lo había sido desde que era un crío y venía a comer con mi padre, a la misma mesa a la que me acercaba ahora.

—Por fin has llegado. —Thaz se puso en pie y nos dimos la mano como saludo—. Y como siempre, tarde.

—Cinco minutos —dije echando un vistazo al reloj—. Es que tú eres demasiado puntual.

—Sí, no sé por qué. Quizá porque me han inculcado que es de mala educación llegar tarde cuando se ha quedado con otra persona. —Me hizo una reverencia, como seguramente le habría enseñado su madre japonesa, y luego se sentó de nuevo.

—Debe de ser lo único que te enseñó tu madre sobre educación —me limité a decir. El resto de su personalidad no se lo debía a su madre, que trabajaba en la embajada de Japón, sino a su padre, estadounidense, que era reportero de deportes para un canal de televisión.

—Me duele que me digas eso, tío. —Puso una mano sobre el corazón—. Pero te perdonaré cuando Leonora nos traiga su famoso tiramisú de postre.

—Eso nunca falla. —Colgué mi chaqueta en el perchero que había en la esquina y me senté—. Perdona que llegara tan tarde el sábado al club. La ceremonia de mi madre duró una eternidad. Para cuando sirvieron el postre eran más de las once y después tuve que ir a casa a cambiarme y llegar al local.

Me había dejado ver por el Down Below, pero no había hecho el acto de presencia que mi colega había esperado. Este desdeñó la explicación con la mano.

—No te agobies, la inauguración fue todo un éxito. Además, te agradezco que te pasaras, sobre todo por lo cansado que parecías. Está claro que las altas esferas te dejan hecho polvo.

—Nah, es soportable.

Ese tipo de eventos me resultaban agotadores porque no podía ser yo mismo y eso requería cada ápice de mi energía. Pero dos días después de la ceremonia, no eran las conversaciones vacías con la flor y nata de la sociedad lo que me daba vueltas en la cabeza, sino el encontronazo que había tenido frente al ascensor con una chica muy enfadada.

—¿Qué sucede entonces? —preguntó Thaz, y centré la vista en la carta.

—Nada, en realidad. No había dormido bien, eso es todo. —Era mejor no darle mayor importancia al asunto; de lo contrario, volvería a cabrearme o a replantearme todo lo que me espetó Helena. «Está claro que no conocías de nada a Valerie, pero es evidente que tampoco tenías ni idea de quién era Adam».

Demasiado tarde. Alcé la vista.

—Oye, Thaz… ¿Qué sabes de Helena Weston? —pregunté. Mi amigo era el único que podía decirme algo sobre ella. Al fin y al cabo, había conocido a mi hermano y yo no tenía ningún contacto con el resto de los amigos de Adam.

—¿Helena? —Thaz levantó ambas cejas—. ¿La hermana pequeña de Valerie?

Asentí.

—Puede que la conocieras cuando Adam y Valerie estaban juntos.

Tal como Helena había puntualizado tan acertadamente, yo no estaba en Nueva York en aquella época ni tampoco me codeaba con la gente del Upper East Side. Por eso nunca me había encontrado con Valerie ni con nadie de su familia. Y mucho menos había hablado con ellos.

—Pues poca cosa. —Mi amigo parecía estar devanándose los sesos. Apenas había sido amigo de Adam, simplemente se habían encontrado en mi ausencia en alguna que otra fiesta—. A veces venía cuando íbamos de fiesta. Por aquel entonces, Helena tendría unos diecisiete años, así que no me interesaba para nada. Creo que nunca cruzamos una palabra, era una chica insegura que solo tenía ojos para su hermana. Pasaba un poco desapercibida entre el montón de chicas populares que rodeaba a Valerie.

Me parecía difícil de creer al pensar en la chica que yo había conocido el domingo o en las miradas que me había dedicado. Helena Weston no era una mujer que pasara desapercibida. Al contrario, me había dejado boquiabierto, aunque no de la forma que yo esperaba. Pero ¿cómo podría haber anticipado algo así? Había seguido a una mujer que, incluso desde la distancia, me había fascinado como nunca antes. Solo para darme cuenta de que su rabia, que tan familiar me resultaba, estaba dirigida a mí y a mi familia. Me miró con tanta frialdad que, a su lado, el mar de Rockaway Beach quedaba en nada. Había conseguido desatar toda mi rabia y, hasta el momento, no había logrado superarla. ¿Quién se creía que era? ¿Es que acaso era la única portadora de la verdad? ¿Y por qué no dejaba de darle vueltas?

—¿Por qué me preguntas por ella? —me devolvió Thaz la pregunta—. Helena vive en Inglaterra.

—¿En Inglaterra? —Lo miré cabreado. Mi amigo asintió.

—Sus padres la mandaron a un internado de allí tras la muerte de Valerie. En cuanto la enterraron, por lo que tengo entendido. El año pasado no pisó Nueva York ni una sola vez. Estudia en Cambridge.

Eso explicaba el ligero acento británico que le había notado.

—Si eso es verdad, o está de visita o ha vuelto a la ciudad —repliqué yo.

—¿Qué quieres decir? ¿Te la has encontrado?

Asentí.

—En el homenaje a mi madre. Los Weston no estaban allí, pero en un momento dado vi a Helena apoyada en la barra y, cuando se fue, la seguí y hablé con ella.

—Cómo te gusta complicarte la vida… —me dijo Thaz con brusquedad—. Ves a una Weston y te pones a charlar con ella. ¿Nadie te dijo que era una mala idea? Al nivel de llamar a la puerta de la Casa Blanca y pedir hablar con el presidente.

—No sabía quién era, coño —me defendí.

—¿Cómo que no sabías quién era? ¿Es que nunca has visto fotos de los Weston?

Claro que las había visto, pero era evidente que no había prestado atención a Helena. Y como en los años siguientes a mi regreso no me la había encontrado ni una sola vez, la había olvidado por completo. Solo sabía que Valerie tenía una hermana y cómo se llamaba. Al menos hasta el domingo. Desde entonces también sabía que era preciosa... y que era capaz de darme donde más me dolía.

—Se ve que no. Además, no se parece en nada a su hermana.

Llegó el camarero, que nos trajo unas bebidas que no habíamos pedido. No me extrañé. Thaz y yo éramos poco dados a experimentar y los empleados de Taddeo lo sabían.

—¿Cómo reaccionó Helena entonces? —me preguntó mi amigo, que dio un sorbo a su vino tinto—. Madre mía, ¿de dónde saca el viejo Taddy este vino tan maravilloso?

No tardó en recibir un papirotazo en la nuca de nuestro anfitrión, que acababa de acercarse a la mesa.

—He oído lo de viejo —refunfuñó de buena gana—. Y ya sabes quién es mi proveedor, Balthazar, pero le tengo prohibido que te venda nada de forma privada, porque si no, dejarás de venir al restaurante.

Thaz se rio.

—Ya sabes que eso no pasará nunca. Aquí no tengo que pagar por el vino. Ni por la comida insuperable de Leonora.

Sacudí la cabeza con una sonrisa burlona ante tal disputa.

—Como sigas así, te voy a hacer pagar de ahora en adelante —le advertí con el refresco en la mano. Por mucho que le hubiera apenado a mi padre, nunca me había gustado el vino tinto. Si bebía alcohol, solía ser whisky o ginebra, o simplemente una cerveza.

—Venga ya —protestó Thaz—. Entonces ¿de qué me sirve tener un amigo que sea dueño de varios restaurantes?

—Para que te enseñe a comportarte. —Taddeo le dio otra colleja y desapareció.

—Además, solo soy propietario de la mitad de este restaurante —le recordé a Thaz. Cuando me convertí en el dueño de los locales de mi padre, le ofrecí la mitad de las acciones a los gerentes de toda la vida. Taddeo y Leonora habían hecho todo el trabajo, no yo. Era justo que compartiéramos el éxito y, por el mismo motivo, era absurdo que discutieran conmigo la compra de nuevos electrodomésticos.

—Bueno, ¿cómo reaccionó Helena? —Thaz parecía no haberse olvidado del punto exacto en el que nos habían interrumpido. Bufé.

—Me dejó claro quién era y me echó en cara que habíamos estado contando mentiras sobre Valerie, que no tenía ni idea de quién era su hermana ni tampoco de cómo era Adam. Fue una conversación muy corta e hiriente, y luego se marchó.

Y cargada de cólera, eso sin duda, y me había sorprendido. Los Weston nunca mostraban ninguna emoción, era una especie de marca distintiva de la familia. Todos portaban una máscara impenetrable que denotaba cortesía, arrogancia y su posición social. Pero Helena no era así. Fui testigo de cómo se sentía, vi su tristeza, su ira y su necesidad de ocultarlo. Aunque no había surtido efecto.

—No volverá a pasar otra vez lo mismo que con Adam y Valerie, ¿no? —Thaz levantó las cejas—. Vuestras familias ya estaban enfrentadas antes de esto. ¿Qué crees que pasará si Helena y tú volvéis a repetir la historia? Shakespeare se levantaría de su tumba y pagaría entrada para ver el espectáculo.

Negué con la cabeza.

—Cómo te gustan los dramones. Pero no, esta historia nunca sucederá. Helena no me interesa.

—Claro, por eso fuiste en su busca, ¿no? Porque no te interesaba. —Thaz asintió fingiendo estar convencido—. Sé que hay pocas mujeres que te atraigan, JC, así que no me cuentes milongas.

—Eso fue en un primer momento —concedí—, pero me equivoqué, ¿vale? No era quien yo pensaba que era, y el encuentro no fue como yo esperaba. Nada me atrae menos que una princesita mimada de las altas esferas que está totalmente convencida de que su hermana no fue el motivo por el que ella y Adam están muertos. Deberías haber oído lo que dijo Helena. —La última frase fue prácticamente un gruñido. Habían pasado dos días y todavía seguía molestándome las acusaciones que había hecho—. Créeme, los dos hemos dejado muy claro lo que pensamos del otro. Y ahora hablemos de cualquier otra cosa, anda. —Ya le había dedicado demasiado tiempo a ese tema.

—Por supuesto —afirmó Thaz, que me pareció demasiado complaciente a la hora de cambiar de tema—. De hecho, quería hablar de algo contigo.

—Anda, no me digas. Eso sí que me interesa —sonreí, burlón, y me sacudí la sombra de las palabras de Helena.

—Pues debería. —Thaz tomó aire—. Hoy he charlado con un colega que conoce a la hermana de un amigo del proveedor de productos gourmet de algunos locales del centro. Y dice que ha oído por ahí que el Harper podría ponerse a la venta.

—Imposible. —Negué con la cabeza—. Si fuera así, ya me habría enterado.

Thaz se encogió de hombros.

—No es seguro. Pero el viejo Mick hace mucho que sufre de la espalda y eso significa que ya no puede pasarse todo el día en la cocina. Además, hace años que su mujer y él quieren dar la vuelta al mundo y, como el negocio se iría a la porra si él no está, tiene pensado cerrarlo cuando decida colgar las sartenes. —Mi amigo me echó una miradita—. Sabes lo que eso significa, ¿no? Tenemos que dar el paso ya.

Exhalé.

—Sería un local perfecto.

El restaurante estaba en pleno corazón del East Village, en la mejor calle del barrio. La mayoría de los locales de la zona pertenecían desde hace generaciones a las mismas familias, así que era poco habitual que alguno se pusiera a la venta. Conseguir el Harper era como que te tocara la lotería, siempre que se tuviera un buen concepto en la manga. Y yo sabía que Balthazar llevaba un tiempo queriendo abrir su propio restaurante.

—Si quieres, puedo darte el dinero y hablar con Mick, si sirve de algo.

Era un anciano terco hasta decir basta, por lo que no sería fácil, pero era un conocido de mi padre, así que quizá tenía algo de trato de favor.

—No quiero tu dinero, Jess —replicó Thaz.

Aquello me pilló desprevenido.

—Entonces ¿qué quieres?

—A ti.

Como si no lo supiera desde hace tiempo.

—Oye, ya sabes lo que acordamos —bromeé—. Solo nos casaremos si llegamos a los treinta y no hemos conocido a nadie.

—Déjate de bromas, tío. Estoy hablando en serio.

—Y yo también. Ya te he dicho cien veces que no quiero abrir mi propio local en Nueva York. —Solté un suspiro hondo.

—Pero si ya tienes doce locales en Nueva York. ¿Qué te importa uno más?

Thaz me miró con inocencia, pero yo negué con la cabeza.

—Ya sabes a qué me refiero. No quiero volver a dedicar tantas horas a un proyecto para luego tener que dejarlo abandonado.

Era lo que me había pasado en Australia y me había dolido durante mucho tiempo. De hecho, todavía me seguía doliendo. Allí no solo había renunciado a un hostal para surfistas y un restaurante, sino a la relación que tenía con una chica que significaba mucho para mí. El recuerdo de Mia me dejó callado unos segundos, hasta que respiré hondo y la expulsé de mis pensamientos.

Thaz alzó una ceja.

—Ya, ¿y cuándo va a ser eso? Perdona que sea tan sincero, pero Eli todavía está muy lejos de poder quedarse solo con tu madre y Henry. Y sé que no quieres hablar de cómo te sientes por la muerte de Adam, pero vas por la vida como un zombi en espera. Con todo el respeto a tus proyectos caritativos, no veo que pongas el alma en ellos, solo cuentan con el alma de aquellos que se dejan la piel para sacar adelante sus negocios. Lo que necesitas es algo que te importe de verdad. Y como no quieres salir con ninguna mujer que pueda llegar a tus estándares, no te queda más que abrir tu propio restaurante.

Me sabía este reproche de memoria, no era la primera vez que me lo hacía, aunque yo siempre se lo había negado categóricamente. Sí, Thaz tenía razón, vivía la vida en modo de espera, porque estaba esperando el momento en el que mi familia estuviera lo suficientemente estable como para que dejaran de necesitarme en casa. Evidentemente, no haría las maletas para desaparecer del mapa como había hecho cuando terminé el instituto, pero siempre tenía en mente que acabaría mudándome a otro lugar. Ese era el objetivo.

—Si me dedico a algo que me importe de verdad, significará que he aceptado de forma oficial que me quedaré mucho tiempo en Nueva York —dije en voz baja.

—¿Y qué? —replicó Thaz—. Sé sincero, eso ya lo aceptaste hace mucho tiempo. ¿Por qué no te preocupas al menos de pasarlo bien mientras tanto?

Me recliné contra el asiento acolchado.

—Pongamos que accedo a abrir un restaurante juntos. Que no solo esté presente en asuntos protocolarios. ¿Qué concepto vamos a desarrollar?

—Pues el que hablamos hace dos años. —Thaz sonrió satisfecho, seguramente porque era la primera vez que no le había negado rotundamente la idea.

—¿Te refieres a…? —Abrí los ojos de par en par.

—Sí, eso es. El local de desayunos.

—¡Thaz, eso fue una coña! Habíamos bebido demasiado y estábamos diciendo chorradas.

Fue durante una fiesta en un bar de Brooklyn. Un conocido organizaba allí una cata de vodka y acabamos más borrachos que una peonza. En algún momento, mi colega y yo salimos a la terraza y se nos ocurrieron las ideas gastronómicas más absurdas del mundo, como este negocio en el que siempre se serviría desayunos, durante todo el día. Unos desayunos de cocinas típicas de todo el mundo que, por la noche, adaptaría sus recetas para que hicieran de cena.

—¡De coña nada! —Thaz sacudió la cabeza vehementemente—. Sé de buena mano que todavía te lo planteas, no me vengas con esas. Ese local sería cien por cien Jess Coldwell. Un restaurante con tu esencia. Vamos a ver…, las tías se acuestan contigo porque les haces el desayuno a la mañana siguiente. ¿Qué más puedo decir?

—No me digas —dije, divertido—. Y yo que pensaba que se acostaban conmigo porque querían acostarse conmigo. Error mío.

Thaz asintió.

—Sí, bueno, pero sobre todo por el desayuno. —Sonrió con la boca torcida y, cuando se dio cuenta de que aún no había rechazado la idea del todo, empezó a hablar más rápido—. Tú piénsatelo. En el supuesto ideal en el que el Harper no acabe en manos de otro. —Luego cogió la carta—. Mmm. ¿Debería pedir hoy pasta o mejor el *risotto*?

—Sabes que al final acabarás pidiendo una pizza.

El Bella Ciao hacía una de las mejores pizzas de Nueva York y Thaz lo sabía tan bien como el resto de la ciudad.

—Sí, tienes razón. —Cerró la carta—. Dile a Leonora que me sorprenda, como siempre.

—Eso está hecho.

Luego me puse en pie para pedir nuestros platos y ver a la mujer de Taddeo en la cocina. Por el camino no pude quitarme de la cabeza la idea de unos huevos revueltos con trufa y espinacas o una *focaccia* con aguacate y tomate. Al igual que los cientos de ideas de cómo transformar el Harper en el restaurante que llevaba soñando desde los doce años.

«Maldito seas, Balthazar Lestrange», pensé. Pero había sacado algo bueno de que hubiera mencionado el tema: ahora mi cabeza pensaba en algo más que en Helena Weston.

9

Helena

Salí del edificio principal de Columbia en busca de aire fresco y respiré hondo. Me había llevado media tarde arreglar todo el papeleo de la universidad. A pesar de que mi padre era amigo del decano y mi traslado en mitad de semestre no había supuesto ningún problema, había que enfrentarse a la burocracia para dejar de ser alumna de la Universidad de Cambridge y convertirme en una de Columbia. Por fin lo había podido resolver todo y, a partir de la semana siguiente, estudiaría Psicología aquí, al igual que había hecho en Inglaterra. En realidad, quitando la especialidad de Criminología, no era un área que me interesase especialmente, pero, mientras me permitiera investigar el caso de Valerie, me daba un poco igual qué pusiera en mi carnet universitario. En su día quise estudiar Turismo y viajes, así Valerie y yo podríamos montar el negocio que teníamos pensado: visitas guiadas por la ciudad. Sin embargo, ese plan había muerto con ella, y yo me había limitado a elegir una especialidad que a mis padres les pareciera digna y estuvieran dispuestos a apoyar de buena gana. Aún no tenía claro qué haría cuando alcanzara mi objetivo. Ahora lo único que importaba era descubrir y demostrar la verdad sobre la muerte de Valerie.

Me pedí un bocadillo de falafel en el puesto de Halal Guys y luego me dirigí a uno de los edificios auxiliares de Columbia. Busqué una esquina tranquila, saqué el móvil y entré en Instagram. Mi cuenta estaba vacía, hacía mucho que no publicaba ninguna foto y había eliminado todo lo que había publicado anteriormente. Así lo habían exigido mis padres cuando me despacharon a Inglaterra; formaba parte del programa «así no te conviertes en Valerie». Solo seguía a actores, cantantes y otros personajes que me gustaban y admiraba, como Alexandria Ocasio-Cortez y Michelle Obama. Había sido yo, de forma voluntaria, quien había dejado de seguir a antiguos amigos míos y de Valerie del Upper East Side. Me dolía demasiado ver que seguían con sus vidas tan poco tiempo después de su muerte y que casi ninguno de ellos defendía a Valerie o se rebelaba contra los Coldwell, a pesar de que tenían una audiencia importante. Cuando me di cuenta de ello, escribí a un par de amigos, pero se limitaron a responderme con excusas. Que tenían contratos con marcas importantes a las que no les iba a gustar que se posicionaran, que a Valerie no la ayudaba en nada tener en contra a los Coldwell, y mierdas por el estilo. Lo cierto era que les daba igual.

La cuenta de mi hermana, con el nombre @allaboutval, seguía tan activa como siempre, ya que nadie se había molestado en eliminarla o convertirla en otra cosa que no fuera una cuenta en su honor. Mis padres no entendían de estas cosas, así que no se habían preocupado de solucionarlo. Yo tenía la contraseña de la cuenta, y en los últimos años había publicado una foto de ella en blanco y negro el día de su cumpleaños y en el aniversario de su muerte. La acompañaba con un breve texto sobre ella y pedía que no la olvidaran. La respuesta había sido abrumadora. A pesar de que los supuestos amigos de Valerie la habían dejado en la estacada, sus seguidores no hicieron lo mismo. Me aportaba algo de consuelo, aunque ninguno de ellos la conociera tanto como yo.

En las fotos previas a su muerte, salía junto a Adam: vestidos de gala en Nochevieja, en chándal o comiendo en Berg Fast Food. El primer hashtag de todas sus fotos siempre era #westwell, el apodo que les había puesto su comunidad de seguidores. Era la unión de sus dos apellidos, Weston y Coldwell, aunque nadie pensó que fuera posible que dos personas de estas familias se volvieran tan cercanas. Al fin y al cabo, éramos competidores desde el principio de los tiempos. Sin embargo, a Valerie y a Adam no les interesaba nada de eso, así que habían adoptado Westwell como una unidad frente a las normas de nuestras familias, que tras sus muertes se convirtieron en enemigos acérrimos.

Aparté la mirada de los dos y accedí entonces a mi galería de fotos, donde abrí una imagen en concreto. En la pantalla del móvil no se veía muy bien, pero yo sabía qué mostraba: un tablón de notas que había tenido escondido en un trastero de Cambridge con todas las fotos, datos e información que había conseguido recopilar sobre el caso de Valerie. Aunque no me lo había podido traer de Inglaterra, todos los documentos se encontraban ahora en una carpeta escondida en una balda suelta de mi armario: extractos del informe policial, fotos de Instagram impresas de los que estuvieron presentes aquella noche y una línea cronológica de todo lo que sucedió durante la fiesta de compromiso de mi hermana y su novio. También había recopilado una lista de las personas que habían estado de fiesta con ellos en la habitación del hotel, lo cual no había sido difícil; todos y cada uno de ellos se volvieron después en contra de mi hermana.

Todos menos uno.

En una nota que había pegado junto a una de las fotos, aparecía el nombre que en mi opinión debía ser el punto de partida de mi investigación: Simon Foster. Era el dueño de un gimnasio de artes marciales. Adam había ido a entrenar allí y se habían hecho amigos. Simon no pertenecía ni a las altas esferas ni a la comunidad de *influencers* de Nueva York y, quizá por ese motivo, jamás se había plantado delante de una cámara para criticar a mi hermana. Pero yo esperaba que fuera por otra razón. Esperaba que Simon, a pesar de ser amigo de Adam, nunca hubiera expresado su opinión públicamente porque consideraba que mi hermana era inocente. Esta suposición hubiera sido increíblemente ingenua por mi parte, de no ser por la existencia de un párrafo en el informe policial que relataba que Simon, a la mañana siguiente de la muerte de Valerie y Adam, afirmó totalmente convencido que en la fiesta no había drogas. No explicaba el motivo, pero yo estaba segura de que lo había y, por ello, quería preguntarle a Simon al respecto. Lo más pronto posible.

Terminé de comer y salí a la calle, donde al otro lado del edificio me esperaba un coche negro. Cuando abrí la puerta trasera, vi que Raymond, el chófer privado de mi madre desde hacía veinte años, dejaba a un lado su móvil.

—¿Ha conseguido dejarlo todo arreglado, señorita Helena? —me preguntó educadamente.

—Sí, gracias.

Esa misma mañana había tenido una breve discusión con mi madre porque yo me negaba a ir en su coche y ella estaba empeñada en todo lo contrario: pensaba contratar un chófer privado para mí. Lo que me faltaba. ¿Cómo iba a averiguar e investigar la información que necesitaba si me seguía una niñera pagada por mis padres? Tenía que encontrar la forma de disuadirla como fuera.

—¿Quiere ir a alguna otra parte o la llevo directamente a casa? —preguntó Raymond.

—No, podemos volvernos ya. —Entonces se me ocurrió algo—. En realidad, no, ¿podrías llevarme a la empresa?

Mi padre había vuelto por la mañana, pero todavía no lo había visto porque había ido directo del aeropuerto al despacho. Nuestras oficinas solo estaban a un par de bloques de distancia y tenía tiempo de sobra. Además, quería verle.

—Por supuesto, con mucho gusto.

En cuanto el coche se puso en movimiento, volví a sacar el móvil y me metí en una de las páginas que tenía guardadas en favoritos: la del gimnasio de Simon Foster. Se encontraba en la parte norte de Brooklyn, prácticamente debajo del puente, y no se trataba de un local cutre; un logo llamativo y profesional y más de cuatrocientas evaluaciones me habían llevado a pensar en mis investigaciones anteriores que debía de ser un sitio muy popular. Tras pensarlo detenidamente, levanté el cristal que me separaba de Raymond y llamé al número de teléfono que aparecía en la búsqueda de Google. Una mujer respondió al segundo tono.

—Gimnasio Tough Rock, al habla Demi. ¿En qué puedo ayudarte?

—Hola, me llamo Helen Miller. —No es que fuera un nombre falso muy original, pero sabía que, si usaba algo totalmente distinto, no reaccionaría al escucharlo ni me descubrirían enseguida. Simon no me conocía de nada, así que había decidido ir allí de incógnito, sobre todo para evitar que mis padres se enteraran—. Me gustaría probar una sesión de entrenamiento con vosotros, si es posible.

—Por supuesto. ¿Tienes experiencia en alguna de las artes marciales? —preguntó la mujer al otro lado del teléfono.

Eché una mirada disimulada al botón del intercomunicador del salpicadero, pero la luz estaba apagada: Raymond no podía oírme.

—Estuve haciendo *kickboxing* y *krav maga* durante dos años en Inglaterra —respondí con sinceridad, a pesar de que había hecho todo lo posible por ocultárselo a mi familia. Al igual que las horas que me pasé con el tipo de seguridad de la empresa, que me enseñó a usar una ganzúa. Le pagué en efectivo y le conté que era actriz y quería aprender para una película—. Me gustaría seguir practicando.

—Estupendo, entonces Rafe es el hombre perfecto para ti. Voy a mirar si tiene algún hueco libre. —Oí cómo hacía clic con el ratón—. Anda, veo que le han cancelado la clase de esta tarde. ¿Podrías venirte a las siete hoy mismo? Si no, tiene otro hueco el miércoles de la semana que viene.

¿Hoy mismo por la tarde? Perfecto.

—No, hoy a las siete me viene genial. Muchas gracias.

Nada más colgar, y por primera vez desde que estaba en Nueva York, sentí un entusiasmo auténtico. Tenía cita en el gimnasio del hombre que quizá sabía algo sobre la muerte de Valerie. A ver qué era capaz de descubrir.

Acababa de guardar el móvil cuando volvió a sonar. Lo saqué de nuevo y acepté la llamada.

—Hola, mamá, ¿qué pasa?

—Solo quería avisarte de que esta noche tendremos cena en familia, que ya ha vuelto tu padre. Cenaremos a las siete, Lincoln y Paige también vienen. ¿Dónde estás, a todo esto? ¿Tanto has tardado con la inscripción de la universidad?

—Raymond me lleva ahora a la oficina. Quiero ver a papá —me limité a decir sin mencionar esa evidente manía controladora de mi madre—. Nos vemos luego. —Me despegué el móvil de la oreja y puse los ojos en blanco mientras marcaba de nuevo el mismo número de antes y esperaba a que Demi me contestara—. Hola, soy Helen Miller otra vez. —Reprimí un suspiro—. Por desgracia me acaba de surgir algo para esta tarde. ¿Cuándo podría pasarme la semana que viene? Entonces podré sin problema.

Diez minutos después, Raymond detuvo el coche en la puerta de un precioso edificio histórico de la Quinta Avenida. Me bajé y crucé la entrada de puertas plateadas. Desde fuera, el edificio con fachada de piedra gris no parecía un complejo de oficinas, pero era algo intencionado. El negocio de mi familia no estaba abierto para la clientela de paso y a mis padres no les gustaba alardear. Lo único que indicaba a los extraños que en los dos últimos pisos se encontraba la empresa era una sutil placa en color cobre que rezaba Grupo Weston.

Esta vez no tuve que enseñar mi carnet de identidad, ya que me reconoció tanto el portero como la chica de recepción, que llevaba años trabajando para mis padres. Tampoco esperé a que llamara a mi padre para preguntarle si tenía tiempo, simplemente me dirigí a su oficina. Para ello, tuve que dejar atrás los despachos con paredes de cristal que se encontraban a cada lado del pasillo, pero algo me llamó la atención. Muchas de las oficinas daban la impresión de estar vacías, o más bien desiertas. No había ningún objeto personal sobre los escritorios de color oscuro, y todo parecía excesivamente limpio. Arrugué la frente, desconcertada. Siempre había visto el edificio lleno de gente, ya fuera sentada a su mesa o en las salas de conferencias discutiendo sobre los proyectos actuales. ¿Se habrían adaptado mis padres al trabajo desde casa o había menos trabajadores que hacía dos años y medio?

Por el momento, dejé esa pregunta a un lado y recorrí el pasillo hasta el despacho de mi padre, que tenía la puerta abierta. Cuando vi su alta estatura encorvada sobre un par de planos en el enorme escritorio, mi corazón latió con alegría.

—¡Papá! —exclamé, corriendo hacia él para lanzarme en sus brazos.

—¡Len! ¡Vaya, esto sí que es una sorpresa! —Me abrazó con fuerza, luego me soltó y me sonrió, pero reconocí cierta inquietud en sus ojos cuando me miró. Sospechaba lo que estaba pensando; si había tomado una buena decisión al permitir que volviera. Sin embargo, no dije nada al respecto—. Perdóname por que no nos hayamos visto hasta ahora, he vuelto hoy a primera hora de la mañana.

—No te preocupes, nadie sabía que yo iba a llegar con antelación. —Una jugada que se había ido a la porra desde el principio.

—¿Quieres un café? —me preguntó mi padre—. Tengo diez minutos libres antes de salir a una reunión que tengo en el centro.

Asentí, contenta de que me dedicara parte de su tiempo.

—Vale.

Mi padre descolgó el teléfono y le dijo a alguien que quería un par de cafés. Al cabo de un par de minutos, apareció un joven con gafas que dejó una bandeja sobre la mesa. Le dimos las gracias, y yo eché leche en el mío antes de darle un sorbo. Mi padre echó mano a su taza, pero, en vez de beber, se quedó mirándome.

—¿Cómo estás, hija?

—Bien —respondí tan convincente como pude—. Estoy muy contenta de haber vuelto. Hoy me he inscrito en la universidad. Empiezo la semana que viene.

—Estupendo —sonrió—. Me alegro de que sigas adelante.

Sí, cómo no, desde que Valerie murió siempre me decían lo mismo: dejar el pasado atrás, mirar hacia delante, seguir con mi vida. Quizá hubiera podido hacer todo eso si Trish Coldwell no hubiera decidido emprender una caza de brujas contra mi hermana. Al pensar en la madre de Adam, se me vino a la cabeza el encuentro que había tenido con Jessiah, aunque procuré que no se me notara.

—Papá, ¿va todo bien?

Sus ojeras oscuras me indicaban que no era así, parecía extenuado y un poco triste. Estuve a punto de preguntarle si estaba durmiendo en la antigua habitación de Valerie y por qué, pero me pareció que nuestro reencuentro no era el mejor momento para confrontarlo con mis dudas.

—Por supuesto, cariño. —Forzó una sonrisa—. Simplemente estoy cansado. Estos días han sido agotadores.

—¿Por la rehabilitación del antiguo edificio Winchester? —señalé los planos que estaban sobre la mesa. Mi padre abrió los ojos, sorprendido.

—¿Conoces el proyecto?

—Hablaste del tema en Navidad —respondí—. Que estaba siendo complicado convencer a los responsables de que había que mantener el edificio en vez de tirarlo abajo.

—Sí, exacto. No sabía que me estabas prestando atención. No te preocupes, todo se arreglará. Está siendo un proceso un poco lento, pero lo conseguiremos. —Asintió y se quedó en silencio mientras yo buscaba como loca algún tema inofensivo del que hablar. No encontré ninguno. Antes no nos sucedía esto. Antes de la muerte de Valerie, tenía una relación cercana con mi padre; de hecho, desde que era pequeña había sido la niña de papá. Sin embargo, en todo el tiempo que había estado en Inglaterra apenas habíamos hablado y ahora parecía que no sabíamos cómo tratarnos. Como si ya no nos conociéramos de nada.

—Ya sabes que no era muy partidario de dejarte volver a Nueva York —expresó finalmente mi padre lo que había visto en su rostro nada más saludarnos—. No sé si es demasiado pronto.

—En mayo hará tres años, papá —le recordé. «Además, estáis haciendo todo lo posible para evitar que cometa alguna estupidez». No quise decirlo en voz alta.

—¿Crees que esos escasos tres años son suficientes para superar la muerte de tu hermana? —De nuevo vi esa mezcla de escepticismo y pena en su rostro.

—No —contesté con sinceridad—. Pero no creo que su muerte deba impedirme vivir aquí. —Lo dije con voz firme y con toda la seguridad en mí misma que había adquirido en Inglaterra. No quería que mi padre me viese como una persona débil. Nadie debía verme así—. Me encanta Nueva York, papá.

—Ya —suspiró levemente—, igual que a tu hermana.

—E igual que a mamá y que a ti —le recordé—. Echo de menos a Valerie, pero en los últimos años también os he echado de menos a vosotros. Volver a esta ciudad lo es todo para mí. Por favor, confía en mí, no es demasiado pronto.

—Lo intentaré, cariño —asintió y pareció que quería decir algo más, pero entonces miró la hora y se puso en pie—. Tengo que irme. Me están esperando un par de personas en el departamento de construcción. ¿Nos vemos luego en casa para la cena?

—Claro —asentí y lo seguí desde el despacho hasta el ascensor.

Durante el descenso, ambos guardamos silencio y, en cuanto salimos, nos despedimos y mi padre se subió a un coche que estaba aparcado delante del de Raymond. Observé cómo se alejaba con un dolor en el pecho y una sombra en mis pensamientos. Nunca pensé que cuando volviera todo seguiría igual que antes de la muerte de Valerie, pero me daba la sensación de que en los últimos años habían cambiado más cosas que la habitación del piso de arriba.

Muchas más cosas.

—Helena, me han dicho que hoy te has inscrito en la Universidad de Columbia. ¿Qué vas a estudiar allí? —Paige me miró desde el otro lado de la mesa.

—Psicología —me limité a responder, y pinché un trozo de patata.

—Es un campo realmente fascinante. —Su entusiasmo me pareció algo exagerado—. El año pasado hice un curso de eso.

—Sí, muy fascinante.

Me metí la patata en la boca y aparté la mirada del collar de perlas doble que Paige llevaba al cuello. Lo cual fue difícil, porque parecía gritarme: «¡Mírame, soy un objeto heredado! ¡Estoy aquí para demostrar que mi dueña es digna de sentarse a esta mesa!».

Paige Irvine era la hija de un compañero de negocios de mis padres y, por lo tanto, tan rubia, guapa y perfecta como cabía esperar. Lincoln había empezado a salir con ella el verano pasado, por lo que yo no la conocía mucho, ni tenía la más mínima intención de hacerlo. Mi hermano siempre seguía la misma táctica cuando salía con una chica: al cabo de seis meses, mandaba a la novia a freír espárragos y pasaba a la siguiente, que esperaba que, tras los primeros maravillosos seis meses, él decidiera ir en serio. El tiempo de Paige en esta mesa se estaba agotando; no tenía motivos para hacer migas con ella.

—¿Cómo va lo de amueblar vuestro piso? —intervino mi madre para que nadie se diera cuenta de que no quería seguir con la conversación.

Un momento. «¿Vuestro piso?».

—¡Ay, va estupendamente! —replicó Paige—. La semana pasada encargué las cortinas, son de una tela espectacular con brocados en verde, muy ligera, creo que quedarán de maravilla en…

—¿Estáis viviendo juntos? —la interrumpí y miré a mi hermano. Lincoln se había pasado la mayor parte de la cena en silencio, como siempre. Normalmente, siempre habíamos sido Valerie y yo las que manteníamos la conversación a flote durante las comidas, y ahora dejaba que lo hiciera su novia.

—Sí —se limitó a decir.

—Es lo que hay que hacer —intervino Paige con orgullo—. Al fin y al cabo, dentro de poco estaremos casados.

—¿Qué? —solté, y el tenedor estuvo a punto de caerse de la mesa. En ese momento, me fijé por primera vez en el anillo que llevaba en la mano, el anillo de compromiso de mi abuela, que desde que Lincoln nació, estaba reservado para su futura mujer. Desconcertada, miré fijamente a mi hermano—. ¿Te has comprometido? ¿Estás loco?

—Helena, por favor —dijo mi madre en tono severo—. En la mesa no se habla así y, desde luego, no de este tema. Deberías darle la enhorabuena a Lincoln y Paige, tal como la ocasión se merece.

No era capaz de salir de mi asombro.

—Perdona, mamá, pero nadie se ha molestado en avisarme de que se iban a casar, así que permíteme que me sorprenda un poco.

—Me lo pidió en Nochevieja —defendió Paige a mi hermano—. Y tú estabas en Inglaterra, así que…

La hice callar con una mirada y agradecí en silencio a mi hermana por haberme enseñado esa técnica cuando tenía trece años. Luego sonreí educadamente.

—Es posible que no lo sepas, pero ahora hay un invento revolucionario que se llama teléfono con el que se puede contactar con la gente que vive lejos, incluso en Inglaterra.

Paige respiró hondo, pero mi padre intervino antes.

—Helena, ¿podrías ir a echar un vistazo a ver si el postre está listo? —lo pronunció como una pregunta, pero era claramente una orden para que me fuera y me calmara. En mi familia no se discutía durante las comidas, y menos delante de invitados.

Me habría encantado contestarle a mi padre, pero sabía que si le preguntaba a mi hermano si se había vuelto loco estaría caminando sobre una fina capa de hielo. Romper ese hielo era una pésima idea si quería que mis padres siguieran pensando que vivir en Nueva York era una buena idea.

Así que me levanté y crucé el largo pasillo hasta la cocina, donde nuestra cocinera Mary estaba rellenando unas copas de cristal con algo de color melocotón.

Levantó la mirada y me sonrió.

—¿Todo bien con el primer plato, Helena?

—Sí, Mary, la comida es increíble, gracias. Pero me han desterrado de la mesa. —Puse los ojos en blanco.

La sorpresa recorrió el rostro de la cocinera.

—¿Desterrado? No me lo esperaba de ti. Normalmente era Valerie la que... —Se calló—. Perdóname.

—No tengo nada que perdonar. No me importa que hables de Valerie. Al contrario —sonreí.

—Pero a tus padres no les gusta que...

La puerta se abrió y entró mi hermano, con una expresión en el rostro que se parecía mucho a mi padre.

—¿Te has relajado ya? —me preguntó, aunque no parecía enfadado, más bien cansado.

—Por favor, dime que no vas en serio —repliqué yo—. Tienes veinticinco años, ¿de verdad hace falta que te cases? ¿Y encima con esa?

Valerie y yo siempre nos reíamos de ese tipo de chicas cuyo único objetivo era encontrar a un tipo rico para ascender en la escala social, como si en los tiempos que corrían le hiciera falta a una mujer casarse con un hombre para demostrar su valía. No se podía pisotear con más fuerza el movimiento emancipatorio de las décadas anteriores.

Lincoln resopló. En eso también se parecía a mi padre.

—No conoces a Paige de nada, Len. Es buena gente, ya te darás cuenta.

Mary siguió preparando el postre con total tranquilidad. Estaba más que acostumbrada a este tipo de conversaciones en la cocina.

—¿Buena gente? —Alcé una ceja—. «Buena gente» no es lo que se suele decir de la persona con la que quieres pasar el resto de tu vida.

—Vaya, ¿y qué es lo que debería decir? —Lincoln levantó el mentón un poco más y se retiró el cabello oscuro de la frente.

—Yo qué sé. Algo como que no puedes vivir sin esa persona. Que todo tu ser resplandece cuando la miras, que se te rompe el corazón si tienes que separarte de ella. O que no puedes creer que hayas encontrado a alguien que te complete de una forma que nunca llegaste a soñar. Eso es lo que se dice cuando uno se compromete con alguien. No que es «buena gente», que es lo mismo que nada.

Lincoln se cruzó de brazos y, esta vez, sí que me miró con dureza.

—Ah, sí, claro. ¿Lo crees porque Valerie decía eso de Adam? Pues ya sabemos cómo acabó. —Bufó—. Qué curioso, con ella no tuviste ningún problema por que se comprometiera, y eso que tenía veintiún años.

—Sí, pero estaba enamorada de Adam. ¿Tú quieres a Paige?

Quizá solo pasara con ellos unas horas, pero desde el principio me quedó claro que hacían una buena pareja. Además, por los comentarios que Paige hacía sobre los muebles del piso, parecía que no había nada más importante que eso.

—Nos entendemos muy bien —replicó Lincoln secamente—. Nuestras familias siempre se han llevado bien, está estudiando en la Universidad Sarah Lawrence y a los dos nos gusta la historia y el arte… —Se interrumpió cuando se dio cuenta de que así no lograría convencerme—. Sé que tú tienes una idea preconcebida de lo que es el amor, Len, pero, en la vida real, las cosas no funcionan así. ¿O crees que acabarás casándote con quien tú quieras?

—Puedes estar seguro de que sí —respondí, y reconocí la sorpresa en los ojos de mi hermano. Siempre se me olvidaba lo poco que nos habíamos visto en los últimos años, que no tenía ni idea de cómo era yo, de cómo me habían cambiado la muerte de Valerie y el tiempo que había pasado en Inglaterra. Antes era la hija mansa, a veces un poco terca, pero fundamentalmente estaba convencida de que mis padres sabían lo que era mejor para mí. Pero ya no era así, aunque no fuese prudente mostrarle a mi hermano esa nueva faceta de mí—. En cualquier caso, nunca me casaría con alguien porque es «buena gente».

—Quizá no tengas que hacerlo si lo hago yo. —Lincoln echó un vistazo a la puerta, como si quisiera asegurarse de que nuestros padres no le escuchaban—. Es la mejor decisión para la familia, sobre todo después de la muerte de Valerie.

—¿Qué quieres decir con eso? —Lo miré fijamente—. ¿Te vas a casar con esta Martha Stuart 2.0 solo para complacer a mamá y papá? ¿Tanto se ha resentido nuestra reputación?

—Ni te lo imaginas. —Mi hermano frunció los labios—. Estoy seguro de que no querrían que te dijera esto, pero la muerte de Valerie y las circunstancias que la rodearon han levantado mucho polvo que no ha desaparecido con el paso del tiempo.

—Todo por culpa de las mentiras de los Coldwell —espeté con rabia.

—No solo por eso. —Lincoln negó con la cabeza—. Su estilo de vida y su testarudez ya eran la comidilla antes de su muerte. Se han extendido tantos rumores sobre ella y Adam que la confianza en nuestra familia ha menguado, y más después de un par de proyectos complicados. Ya no somos intocables, Len. Nos están vigilando de cerca para ver si seguimos siendo los Weston que todo el mundo conocía y adoraba.

Me quedé callada unos momentos para asimilar lo que me estaba contando. Por supuesto, era consciente de que casi todo el mundo consideraba un escándalo la muerte de Valerie, pero no sabía que mi familia tuviera que disculparse por ello.

—No tenía ni idea de que nos veían de esa forma —dije finalmente en voz baja.

—Pues ya lo sabes. Quizá ahora entiendas por qué es tan importante esta boda. —Lincoln me miró con seriedad—. Los Irvine no han sido protagonistas de ningún escándalo y Paige es básicamente la Virgen María del Upper East Side. Si nos casamos, la gente lo verá como una prueba de que seguimos defendiendo los mismos valores. No solo es importante para nosotros, también para el negocio.

Comprendí lo que me estaba diciendo, pero, aun así, me daba pena.

—Preferiría que no tuvieras que sacrificarte tú.

Lincoln soltó una risotada.

—No es tan malo como parece. Paige y yo nos entendemos bien. Ha habido matrimonios felices con mucho menos.

«Sí, seguramente en el siglo XIX».

—También ha habido matrimonios infelices con mucho más —contravine. Daba igual lo que dijera Lincoln; el comienzo de un gran amor no se parecía en nada a esto.

—Pero ¿por qué te parece tan importante? —preguntó mi hermano—. Antes te importaban un pimiento todas mis relaciones.

«Al igual que todo lo que tuviera que ver conmigo», aunque eso no lo dijo. Valerie y yo teníamos una relación tan cercana que nuestro hermano mayor a veces se sentía como si estuviera fuera de lugar. Pero ahora solo estábamos nosotros dos y quería que nuestra relación fuera diferente.

—Sí, pero antes no querías casarte con esas chicas. —Respiré hondo y, finalmente, sonreí—. Avísame si cambias de opinión. Puedo inventarme que Paige tiene un pasado como estríper o traficante de armas. Así seguramente no hablen más de nuestra familia.

Lincoln se rio.

—Iré a buscarte si es necesario. —Su mirada recayó en las copas de postre, que ya estaban listas. Cogió una cuchara y estiró la mano—. Qué buena pinta, Mary.

La cocinera le dio un guantazo en los dedos y señaló la puerta.

—Pues ya podéis volver al comedor; si no, os quedaréis sin postre.

Mi hermano obedeció y Mary le pidió a la criada que fuera a por una bandeja mientras ella desaparecía en la despensa.

Yo me quedé allí un poco más, intentando digerir lo que Lincoln acababa de decirme. Por mucho que lo negara, yo sabía que los únicos responsables eran los Coldwell. Cuando encontrara pruebas que hicieran justicia, no solo limpiaría el nombre de mi hermana, sino que quizá también podría salvar a mi hermano de un futuro lleno de infelicidad.

Con esa motivación extra, salí de la cocina y me dirigí al comedor, donde me senté y sonreí a Paige con educación. Luego le di la enhorabuena y expresé mi alegría por que pronto formara parte de la familia.

Mis padres recompensaron mis esfuerzos con un asentimiento de aprobación, pero ese gesto, que antes me hubiera hecho sentir orgullosa, ahora me causaba una presión incómoda en la boca del estómago. Si solo podían aceptarme siempre y cuando me comportara como ellos querían…, ¿cómo iba a tomar mis propias decisiones en la vida?

10

Helena

—¿Estás segura de que es buena idea? —Malia sonaba más que escéptica.

—Por supuesto. —Me cambié el teléfono de mano—. Todo lo que me acerque a la verdad es una buena idea.

Era por la tarde y, en un cuarto de hora, tenía cita en el gimnasio de artes marciales de Simon Foster. Mis padres habían tenido que ir por separado a sendas cenas y, afortunadamente, necesitaban ambos chóferes, así que les dije que quería pasar una noche tranquila con Malia y pedí un taxi. El taxista apenas hablaba mi idioma, así que me arriesgué a llamarla de camino a Brooklyn para explicarle que debía cubrirme. Ella ya sabía lo que me proponía, ya le había contado lo que esperaba sacar de mi conversación con Simon.

—Tengo un mal presentimiento, Len. —La voz de Malia sonó escéptica al otro lado del teléfono. Parecía mi madre.

Puse los ojos en blanco sin enfadarme.

—Malia, de verdad, que no voy a un «club de la lucha» clandestino en el que habrá gente manchada de sangre peleándose hasta la muerte. Es un gimnasio para entrenar artes marciales, nada más.

—En el que planeas infiltrarte para hablar con el propietario, que seguramente sea experto en artes marciales —me recordó mi misión.

—Exacto. Pero no habrá ningún problema, confía en mí.

Tenía la esperanza de que Simon me apoyara, así que pensaba ser educada y rogarle que me ayudara. Si notaba que no tenía el más mínimo interés, me iría y ya se me ocurriría otra cosa.

Malia masculló que, si en dos horas no le devolvía la llamada, se presentaría allí con una unidad de policías, y ahí dejamos la conversación.

Me guardé el móvil y abrí la puerta. Al otro lado de una fachada de ladrillo vista, encontré un área de recepción abierta con un mostrador que parecía hecho de metal. No había nadie, así que esperé y miré a mi alrededor con curiosidad.

El gimnasio era básicamente una sala enorme que estaba dividida en distintas zonas de entrenamiento: varios rings de boxeo tradicionales, una jaula de artes marciales mixtas y un par de rincones con esterillas. En alguno de ellos había gente que practicaba patadas y puñetazos con su entrenador o ponía en práctica ejercicios de lucha. De los techos sin enlucir colgaban cuerdas, *punching balls* y sacos de boxeo, que parecían esperar a que alguien los golpeara. A pesar del aspecto burdo del local, me sentí como en casa. Las máquinas, el ruido de los zapatos contra el suelo y de los puños contra el cuero, el olor a sudor fresco y a goma, todo ello había sido mi vida en los últimos años. Estuve a punto de sentir nostalgia de Inglaterra. No es que me hubiera gustado estar tan lejos de

Nueva York, pero sí me había sentido cómoda en el gimnasio de Cambridge al que acudía a entrenar tres veces a la semana.

—Hola, tú debes de ser Helen, ¿verdad? —Una joven de pelo afro oscuro había vuelto al mostrador de recepción y me estaba sonriendo. Ese gesto me tranquilizó, porque tenía un cuerpo tan fibroso que no quería convertirme en su enemiga—. Siento haberte hecho esperar. Hoy estamos un poco hasta arriba.

—No te preocupes. Así he tenido la oportunidad de echarle un vistazo. Tenéis un local muy chulo.

—Sí, nos sentimos muy orgullosos. —Sonrió de lado—. Me llamo Demi. Mi hermano mayor, Simon, es el dueño de Tough Rock. Bienvenida a nuestro gimnasio. —Me pasó una carpeta con sujetapapeles con un formulario—. ¿Te importa echarme una firmita? Es para asegurarnos de que no nos denuncias si alguien te rompe la nariz.

Demi rio, yo me limité a asentir.

—Claro.

Mi firma no era especialmente legible, así que no tuve que modificarla para hacerla pasar por la firma de Helen Miller. Le devolví el formulario a Demi y esta lo dejó en la bandeja.

—¿Tienes alguna pregunta? —quiso saber.

—No, la verdad es que no.

No quise preguntar por Simon, habría llamado la atención. Seguramente, Demi habría querido enterarse de qué conocía a su hermano y, en menos de lo que canta un gallo, me vería con la necesidad de esclarecer el asunto. Prefería ir con los ojos abiertos para ver si me lo encontraba en alguna parte. Sabía qué pinta tenía por los artículos que había leído sobre el gimnasio y por las fotos de la noche en que murieron Valerie y Adam.

—Estupendo. —Sin embargo, la expresión de su rostro se tornó un gesto compungido—. Mira, normalmente soy yo la que hace de guía y te enseña dónde cambiarte y dónde hacer el calentamiento, pero nos ha fallado un entrenador y tengo que cubrir su clase. Así que le he pedido a un cliente habitual que se encargue él de la visita y, créeme, vas a salir ganando con el cambio. —Se dio la vuelta—. Ah, ahí viene.

En la sombra de la parte trasera del gimnasio, como si fuera una película, se dio la vuelta un chico de alta estatura y cuerpo musculoso y se acercó a nosotras. Llevaba unos pantalones de chándal hasta las rodillas y una de esas camisetas de sisa ancha que solían usarse en sitios como Tough Rock. Cuando vi esos brazos tan definidos y ese andar ágil, estuve dispuesta a darle la razón a Demi.

Hasta que la luz iluminó su rostro y me quedé paralizada.

«Oh, no. No, por favor. Él no».

—Mierda —mascullé, y suprimí un lamento crispado. ¿Jessiah Coldwell también entrenaba aquí? Y no solo eso, ¿tenía que ser él quien me hiciera de guía para enseñármelo todo? Magnífico. ¿Qué le había hecho yo a este universo de mierda?

Demi interpretó mi rostro de una forma totalmente distinta.

—Sí, yo opino igual. Está más bueno que el pan.

En eso tenía razón, si se miraba desde un punto de vista objetivo. Pero, en este caso, yo era la persona menos objetiva de la historia y, por ese motivo, durante unos instantes, me olvidé de que tenía que interpretar un papel y de que Helen Miller debía sentirse halagada de que la guiara un tipo tan guapo como Jessiah. Pero, claro, mi verdadero yo era demasiado fuerte y no quería pasar ni un solo segundo con este tío en este local, y menos siendo tan grande como era. Y cuando lo vi y observé su mirada, me quedó absolutamente claro que él pensaba lo mismo.

Demi no se dio cuenta de nada.

—Jess, esta es Helen Miller —me presentó—. Hoy tenía su primera sesión con Rafe, pero ha tenido que sustituir al adversario de Aaron y no estará listo hasta dentro de veinte minutos. Mientras tanto, enséñale el gimnasio y dónde puede ir calentando, ¿vale?

—¿Helen Miller? —Jessiah entrecerró los ojos.

«Mierda».

Tragué saliva. Si revelaba ante Demi quién era en realidad, estaría en un aprieto mucho antes de conseguir hablar con Simon. Pero no sucedió nada parecido. Tras un breve instante, Jessiah dejó de fruncir el ceño y me extendió la mano.

—Un placer, Helen.

La acepté y la solté tan rápido como pude.

—Sí, igualmente. —Qué alegría saber mentir con tanta facilidad.

—Pues acompáñame. —Rodeó el mostrador de recepción y se dirigió a la zona de la que había venido—. Esto te pilla muy lejos del palacio familiar —comentó en cuanto estuvimos fuera del alcance de los oídos de Demi—. ¿Se te ha ocurrido a ti ese nombre falso tan astuto? ¿Qué pasa, tu familia no sabe que te gusta pelear?

Parecía encontrarlo gracioso.

—No tienes ni idea de lo mucho que quiero pelear ahora mismo —farfullé en voz baja, aunque me oyó igualmente.

—¿Conmigo? Olvídate. Llámame anticuado, pero no peleo contra mujeres. Y contra principiantes mucho menos.

Me tenía por una principiante, qué mono.

—¿Ni siquiera si se apellidan Weston? —le pregunté con fingido interés—. Seguro que esa debe de ser la excepción.

Jessiah se quedó en el sitio y me dedicó una mirada de arriba abajo con sus ojos verdes que parecía dejar claro que nunca vencería en una pelea.

En realidad tenía razón. Para ser mujer, mi metro setenta y siete era una estatura alta, pero aun así él me sacaba más de una cabeza. Y tampoco es que fuera uno de los tíos petados que se dedican a aumentar músculos en el gimnasio, sino que más bien era atlético, con un físico superior al mío. Aunque eso no implicaba que tuviera una técnica mejor.

—No —respondió finalmente, y negó con la cabeza—. Sin excepciones.

—Qué pena —repliqué—. Habría sido una pelea interesante. Pero si te quieres hacer el caballero con tal de no ponerte en ridículo, tú mismo.

Soltó una carcajada breve.

—¿Consideras que soy un caballero porque me niego a pelear contigo? El nivel está cayendo en picado en los círculos de Park Avenue.

Puse los ojos en blanco ante ese malentendido deliberado.

—¿Por qué no me dices simplemente dónde están los vestuarios? El resto ya lo encontraré yo sola.

—Ni en broma. —Jessiah negó con la cabeza—. Si Demi se entera que no te he tratado como es debido, se pondrá de mala leche. Y ninguno queremos que Demi se ponga de mala leche. —Me señaló una puerta de color oscuro—. Ahí están los vestuarios y las taquillas; las llaves están puestas. Cámbiate, yo te espero aquí mientras.

—Genial —dije en tono lúgubre. Pero como no quería confesarle a Demi de qué o de dónde conocía a Jessiah, no me quedó más que seguirle el juego. Me pregunté por qué no me habría delatado. Probablemente pensara que de verdad estaba usando un nombre falso para ocultarle a mis padres que quería entrenar en este gimnasio y eso le hacía más gracia de lo que le había enfadado nuestro encontronazo en la ceremonia. Sin embargo, ese no era el único motivo por el que prefería pasar desapercibida.

Sin volver la vista atrás, desparecí detrás de la puerta y dejé mi mochila junto a la hilera de taquillas metálicas de color negro. En un primer momento, pensé en cambiarme muy despacio para hacerlo esperar todo lo posible y así reducir el tiempo que tenía que pasar con ese imbécil. Pero al final decidí que prefería terminar con esto cuanto antes, me quité la ropa y me puse el chándal que había traído. Metí la ropa en la taquilla junto a la mochila y la cerré. Cuando volví a abrir la puerta, tenía la esperanza de que Jessiah se hubiera ido. Pero seguía allí, con las manos en los bolsillos y, de nuevo, hubo un momento en el que algo en mí reaccionó al verlo, antes de que mi cerebro interviniera. Siempre me habían atraído los chicos como él, salvajes, ligeramente impertinentes y seguros de sí mismos, a los que no parecía importarles lo que pensaran los demás. Jessiah entraba en esa categoría con los ojos cerrados, pero, afortunadamente, recordé unos segundos después las palabras desagradables que había pronunciado contra mi hermana, y la sensación desapareció tan rápido como si nunca hubiera existido.

—Lista —dije.

—Bien. —Asintió—. Vamos.

11

Jessiah

Cuando abrió la puerta, una parte de mí esperaba que Helena se hubiera puesto uno de esos atuendos que solía llevar la gente en los gimnasios normales: llamativo, caro y totalmente inapropiado para las artes marciales. Sin embargo, me sorprendió, porque cuando salió al pasillo, ya cambiada de ropa, llevaba unos pantalones de chándal negros y un top del mismo color que conformaba una cruz en la espalda y terminaba a la altura de las costillas. Mi mirada recayó en su vientre plano y en los huesos de la cadera, que se dejaban ver sobre la cinturilla de esos pantalones tan favorecedores. Por un instante, me olvidé de lo que quería decir. Cuando la vi en la cena con un vestido elegante, ya me había parecido impresionantemente guapa, pero con esta ropa estaba rematadamente sexy. Era un hecho innegable, por muy infame que fuera su apellido.

—Lista —dijo, y me miró con esos ojos a medio camino entre la crispación y la agresividad de la que llevaba haciendo alarde desde que nos habíamos visto hoy.

Asentí y respiré hondo.

—Bien, vamos.

En realidad, hoy había venido para desfogarme un poco con las *punching balls* o quizá hacer un par de rondas de combate de entrenamiento con alguno de los otros chicos, pero Demi me había abordado nada más entrar para pedirme que le enseñara el local a una posible nueva socia y, como me caía bien la hermana de Simon, había accedido. Nadie podría haber adivinado que se trataba precisamente de Helena Weston, que aparentemente había decidido hacerse la malota y probar con las artes marciales. Me hubiera parecido más factible que se dejara caer por Tough Rock la reina de Inglaterra que la hermana de Valerie.

Aún no había logrado olvidar sus palabras sobre mi ausencia cuando Adam murió, pero tampoco ese brillo rabioso en sus ojos, que me retaba en más de un sentido. Quizá por eso no era capaz de darme la vuelta y abandonarla a su suerte.

—Aquí están las salas de entrenamiento para los ejercicios en grupo y para las competiciones. —Señalé una puerta gris al final del pasillo—. Ahí encontrarás un cuarto con todo el equipamiento que necesitas para cada deporte. ¿En qué te has apuntado?

Rafe enseñaba varias disciplinas, así que no podía saberlo.

—Una hora de «a ti qué te importa» —respondió Helena, dándome a entender que no quería hablar conmigo. Como si no lo supiera ya. Al fin y al cabo, ya me había dejado más que claro en nuestro último encuentro lo que pensaba de mí.

—Muy bien. —Me encogí de hombros—. ¿Sabes que es ilegal firmar con un nombre falso?

Durante apenas un instante, percibí el miedo en los ojos claros de Helena, pero luego reapareció en ellos el orgullo.

—Pues adelante, denúnciame. Seguramente encuentres algún programa al que venderle la historia. —Puso una voz grave para intentar imitarme—. He pillado a Helena Weston con un nombre falso en un gimnasio, por lo visto está ocultándole a sus padres que quiere aprender *krav maga* y defensa personal. Menudo escándalo.

—¿Para eso estás aquí? —pregunté con escepticismo—. ¿Para qué quieres aprender defensa personal? Simplemente pídele a tu papaíto que contrate a un guardaespaldas. Estoy seguro de que te pondrá toda una manada a tu servicio, todos dispuestos a aceptar una bala por ti.

Y de nuevo, esa mirada fría como el hielo.

—¿Te has parado a pensar que quizá yo no quiera eso?

Algo muy dentro de mí reaccionó a ese tono al igual que había respondido a su mirada al verla en la recepción. Pero desdeñé esa sensación.

—¿Quieres librarte de la imagen de princesa del Upper East Side? —le pregunté con suficiencia para olvidar que me había vuelto a pasar. No quería sentir eso, y menos, hacia ella—. Qué loable, aunque me parece bastante absurdo. Como dicen por ahí: puedes sacar a la chica de Park Avenue, pero nunca sacarás Park Avenue de la chica.

Helena entrecerró los ojos.

—¿Eso es lo que piensas? ¿Que soy una princesita?

—¿Qué vas a ser si no?

Era la hija de una de las familias más poderosas de la ciudad, vivía en uno de los edificios más caros al este de Central Park y era la hermana de una de las reinas, o más bien de la reina de la nueva generación de ricos de Nueva York. Sentía cómo crecía la rabia en mi interior al pensar en Valerie. Sin embargo, esta vez no se extendió a Helena.

—Pues por lo visto eso no te impidió ir detrás de mí en la sala Rainbow. —Ladeó la cabeza—. ¿Por qué lo hiciste?

—No tenía ni idea de quién eras —me defendí ante ese error fatal.

—Y todavía no lo sabes —replicó ella, alzando la barbilla—. No has respondido a mi pregunta.

«Parecías alguien a quien debía preguntarle si necesitaba ayuda», pensé. «Y creí haber visto en tus ojos lo mismo que yo sentía». Pero no dije nada de eso en voz alta.

—Me pareciste guapa —contesté en su lugar—. Y no tenía planes para esa noche.

Helena soltó una carcajada.

—No sé qué me parece más insultante: que pienses que soy la típica princesita del Upper East Side o que creyeras en serio que me iría a la cama contigo. Eso no sucederá jamás, incluso si no te hubieras plantado delante de una cámara para culpar públicamente a mi hermana de la muerte de tu hermano.

Sabía de lo que estaba hablando. Mi madre había tenido una manera muy particular de superar el dolor de la muerte de Adam: había acudido a todos los platós para dejarle claro a la gente que mi hermano aún seguiría con vida si no se hubiera enamorado de Valerie. También había incitado a los amigos de Adam a que contaran la misma historia, al igual que a mí. Sin embargo, yo me había negado a hablar en público de esa horrible pérdida, excepto una única vez, como un mes después del entierro de Adam. Los periodistas me acorralaron a altas horas de la noche, provocándome y presionándome para que no me marchara. Al final, exploté.

Mi diatriba sobre Valerie tuvo más de un millón de visualizaciones antes de que eliminaran el vídeo. Era evidente que Helena lo había visto y, naturalmente, me odiaba por ello.

—No te preocupes —dije fríamente—. Te prometo que nunca volveré a preguntarte cómo estás.

—Vaya, la primera cosa sensata que has dicho hoy —replicó en tono mordaz—. ¿Dónde está la sala de calentamiento? Tengo que empezar poco a poco.

—Aquí. —Crucé una puerta abierta hasta una sala más pequeña que contaba con barrotes en la pared y esterillas en el suelo—. Deberías coger una cuerda y dedicarte a saltar un par de minutos. Acuérdate de estirar para no lesionarte.

—Como te dije —respondió a la defensiva—, estaré bien.

Acto seguido, cogió una cuerda y empezó a saltar a toda velocidad como si no le costase nada.

Estupendo, no parecía que se fuera a estrangular accidentalmente. Era mi momento de desaparecer.

—¿Todo bien por aquí? —Cómo no, Demi apareció detrás de mí justo cuando quería marcharme—. Rafe necesita un poco más de tiempo. Por desgracia, Tim se ha hecho daño y estamos esperando al médico. Perdóname, Helen, tu primer día de entrenamiento está siendo bastante caótico, pero Jess se conoce el programa básico como la palma de la mano, así que él hará de profesor hasta que llegue Rafe.

Y sin más, se marchó.

—Claro, a Jess le encantará —mascullé.

Mi plan para esa tarde era hacer un poco de ejercicio y quizá ir a cenar con Demi y Simon, no entrenar a una novata que no me soportaba.

Helena soltó la cuerda, se puso las manos en las caderas y, de repente, ya no me pareció tan imponente como hacía un minuto. No obstante, regresó el desafío en sus ojos.

—Bueno, pues enséñame lo básico, Jess. —Enfatizó la forma acortada de mi nombre como si solo fuera a dignarse a pronunciarla una única vez—. O mejor empezamos con algo más emocionante. Ya sabes que las princesitas del Upper East Side necesitamos siempre un poco más.

—¿Estás segura de que eso es lo que quieres? —pregunté—. Podría hacerte daño.

—Vaya, por fin dejas de hacerte el caballero. No te pegaba nada.

Se puso en el centro de la esterilla y me indicó que me acercara. Yo me encogí de hombros y cumplí sus órdenes.

—Vale, entonces empecemos con un barrido de patada frontal. —Así me aseguraba de que dejara de ser una bocazas—. ¿Lista?

—Siempre.

Me ahorré todas las explicaciones, agarré a Helena de los hombros, me coloqué detrás de ella y, con un movimiento rápido, levanté sus piernas del suelo. Sin embargo, antes de que cayera en la esterilla, deslicé el brazo por detrás de su espalda y la atrapé. Estaba tan cerca que pude ver que sus ojos azules tenían un par de motitas marrones y que tenía la piel adornada de pecas de color claro.

—Punto para ti —jadeó Helena, y me estremecí al pensar en otra circunstancia en la que podía soltarme algo así. Por el amor de Dios, ¿por qué me resultaba tan atractiva esta chica? Era la combinación perfecta de todo lo que no quería en mi vida.

La alcé hasta que estuvo enderezada de nuevo, la solté y pensé en decirle alguna condescendencia. Pero entonces, de repente, se agachó y me golpeó fuertemente en la parte de atrás de la rodilla. Un segundo después me encontraba de espaldas sobre la esterilla.

—Joder —solté mientras recuperaba el aliento. ¿Acaso me había...?

Una sonrisa triunfante apareció en los labios de Helena, que se inclinó sobre mí con las manos en la parte superior de mis muslos.

—¿Era así? —preguntó con inocencia.

—No es tu primera vez, ¿verdad? —Era más una afirmación que una pregunta. Lo había ideado desde el principio. Lo tenía en mente desde que Demi me había pedido que le enseñara un par de movimientos.

—No —respondió con una sonrisa maliciosa—. Qué va.

Esperé a que me diera algún golpe más, pero en su lugar extendió la mano para ayudarme a levantarme, lo cual era una humillación aún peor, y ella lo sabía. Acepté su mano, pero no tenía ninguna intención de auparme. Al contrario, aproveché que tenía mucha más fuerza que ella para atraerla hacia mí, con la intención de que se cayera en la esterilla. Sin embargo, Helena movió intuitivamente la cadera para amortiguar la caída y evitó caer a mi lado.

Cayó directamente encima de mí.

12

Helena

Sinceramente, debería haber sabido que Jessiah buscaría la revancha, pero estaba tan contenta de haber conseguido tumbarlo de espaldas que me descuidé. Se aprovechó del momento y, como si fuéramos los protagonistas de una de esas comedias románticas superficiales, en vez de caer en la esterilla a su lado, caí encima de él, cómo no.

Quise levantarme o apartarme de inmediato, pero mi cerebro hizo caso omiso. Miré directamente a los ojos de Jessiah, sentí su cuerpo contra el mío y no pude evitar que se me secara la boca en cuanto noté todos y cada uno de los músculos tensos de su cuerpo debajo de mí. Jessiah tenía las manos en mis brazos, ya que instintivamente me había agarrado, y no las apartó, sino que se quedó mirándome. Me quedé hipnotizada por la cercanía de nuestros cuerpos y empecé a sentir algo en mi interior, aunque no fuera mi intención. ¿Cómo era posible que me sintiera tan atraída por una persona a la que no soportaba? ¿A la que incluso odiaba?

«Joder, y vaya si lo odio».

Ese pensamiento hizo que se rompiera el hechizo. Apenas un segundo después, aparté la mirada de Jessiah, me zafé de su agarre y me separé de él.

Jessiah también se levantó, con mucha más elegancia que yo, y compuso una expresión que no logré identificar.

—Supongo que estamos empate —dijo en tono neutral.

—En absoluto —respondí sombríamente, y volví a hacerme la trenza, que se había soltado en la demostración de Jessiah. «No estaremos en paz hasta que demuestre que estás equivocado sobre Valerie».

—Es verdad, eres la vengadora de tu hermana. —Puso los ojos en blanco y eso hizo que me cabreara al instante—. ¿No crees que podrías hacer algo mejor con tu tiempo?

Lo miré fijamente.

—Tal como te dije la última vez que nos vimos: no tienes ni idea de quién era Valerie.

—Ah, entonces ¿no era una de esas tías fiesteras que cada fin de semana iban a una discoteca distinta? —Me miró con un interés fingido, pero me di cuenta de que la rabia ya lo había consumido. Me alegré; al fin y al cabo, era un Coldwell.

—¿Y qué si lo hacía? —repliqué—. Formaba parte de su trabajo. —¿Por qué la gente era incapaz de entender que su apariencia exterior no cuadraba con su interior? Sobre todo cuando uno aprendía, al igual que había aprendido mi hermana, que era mejor no mostrar su verdadera personalidad en público—. Pero eso no implica que tomara drogas.

—Venga ya, ¿en serio te lo crees? —Jessiah se peinó con los dedos—. Yo también he ido a ese tipo de fiestas, ¿tú no? Siempre hay alguien que trae coca.

—Es cierto —coincidí—. Siempre pasa eso. Pero no significa que todos la tomen. ¿O eso es lo que hacías tú?

Me encogí de hombros.

—Un par de veces, pero no era para mí.

—¿Y qué me dices de Adam? —solté la pregunta antes de pensar siquiera en lo peligroso que era expresar algo así. Si los Coldwell descubrían que estaba buscando pruebas de la inocencia de Valerie, harían todo lo posible por detenerme. Y no sabía hasta dónde estaban dispuestos a llegar.

—No, Adam no tomó nada nunca. —La voz de Jessiah temblaba de rabia contenida—. Mi hermano era la mejor persona de toda esta puta ciudad. Siempre se ponía el último y cuidaba de los demás, nunca salió de fiesta a lo loco ni tampoco se dejaba llevar. Hasta que llegó Valerie. Eres una chica inteligente, Helena, así que dime: ¿cómo es que no ves la conexión?

Sacudí la cabeza. ¿De verdad quería convencerme de que ese punto de vista tan absurdo era la realidad?

—¿Cómo no eres tú capaz de ver que ese era precisamente el problema de Adam? ¿Las expectativas, la presión, toda esa gente que estaba a su cargo? Valerie fue la primera que lo cuidó a él, en vez de al revés.

—Claro, justamente ella, una Weston que no se interesaba por nada más que por ella misma. —Jessiah resopló con sorna—. Adam fue un pasatiempo para Valerie, al igual que las decenas de hombres con los que estuvo antes. Eres incapaz de verlo porque la adorabas ciegamente.

Boqueé en busca de aire, porque lo que estaba diciendo era totalmente falso, pero a la vez sus palabras habían dado en el blanco. En los últimos años, me había preguntado miles de veces si había pasado algo por alto, si Valerie me había ocultado algo que finalmente causara su muerte. Y cuando miré a Jessiah, el emblema de la familia que se refería a mi hermana como «asesina», quise hacerle daño. Quise hacerle tanto daño como él me había hecho a mí, y no tardé en encontrar algo que diese perfectamente en el clavo.

—¿Sabes lo último que hablé con Adam antes de que muriera? —le pregunté conteniéndome todo lo posible—. Me dijo que quería que tú fueses el padrino, pero que le daba miedo pedírtelo, porque pensaba que considerarías la boda una ridiculez y ni siquiera te dignarías a ir. ¿Lo sabías?

En el segundo en que las palabras salieron de mi boca, supe que había dado en el blanco.

El resplandor de la ira en los ojos de Jessiah se desvaneció y dio paso a un dolor que sentí como mío propio, ya que ambos habíamos perdido a alguien a quien queríamos. Y entonces me sentí mal. No porque pensara que no se mereciera ese dolor, sino porque me estaba portando igual que él y su familia. Había puesto mi tristeza por delante de la suya, como si mi dolor por la pérdida de Valerie valiera más que el suyo por Adam. Y no era así, ni yo quería ser así.

Respiré hondo, pero él se me adelantó.

—No —dijo sin mirarme a los ojos—. No lo sabía.

Acto seguido, salió de la sala y yo me quedé allí plantada, mirando la puerta abierta, hasta que un hombre de unos treinta años, de pelo corto y oscuro, entró y me habló.

—Hola, soy Rafe. —Sonrió y me extendió la mano—. Tú debes de ser Helen. Perdón por los cambios de última hora, la próxima vez todo irá bien, te lo prometo. ¿Empezamos?

Aparté la mirada de la puerta, acepté la mano de mi entrenador y asentí.

—Sí —contesté unos segundos después—. Comencemos.

Cuando terminó el entrenamiento, yo estaba más que agotada, pero había merecido la pena. Rafe era aún más exigente que el entrenador que tenía en Cambridge, aunque se había deshecho en elogios y me había motivado a superar mis limitaciones. Me exigió tanto que tuve que dejar de pensar en Jessiah, y le estuve muy agradecida por ello. Había sido él quien había empezado con las humillaciones públicas a Valerie; era justo que tomara un poco de su propia medicina, ¿no?

—Tienes muy buena técnica —comentó Rafe cuando terminamos y salimos de la sala de entrenamiento—. ¿Quién te ha enseñado?

—Fue en Inglaterra. He estado estudiando en Cambridge un par de semestres. —No podía ocultar el leve acento británico, así que era mejor decir la verdad.

—Quien fuera el que te entrenara allí, hizo muy bien su trabajo. —Rafe me miró—. ¿Por casualidad te interesaría competir si te ponemos un poco más en forma? Andamos flojos en cuanto a mujeres se refiere.

Antes de que pudiera contestar, Demi apareció a nuestro lado.

—Haré como que no he oído eso de «flojos» —replicó—. Aunque, por desgracia, tiene razón, es evidente que tenemos un exceso de hombres. Si te haces socia fija del gimnasio, nos harías muy felices.

Ese no era en absoluto el plan. Solo quería aprovechar para hablar con Simon, no convertirlo en algo permanente. Después de todo, había entrado con un nombre falso y no estaba convencida de que Jessiah mantuviera el secreto para siempre.

—Sí, por qué no —me oí decir a pesar de todo. Quitando la presencia de ese otro socio del gimnasio, me gustaba el sitio y, además, no había visto a Simon por ninguna parte. Tendría que venir varias veces para tener la oportunidad de hablar con él. Quizá podía cuadrar mis horarios en el futuro para no tener que encontrarme con Jessiah.

—Entonces, ven, que te doy la documentación. —Demi me señaló el mostrador y yo le di las gracias a Rafe antes de seguirla—. Oye, ¿qué ha pasado con Jess? —me preguntó—. Después de entrenar contigo, ha cogido sus cosas y se ha marchado.

Me encogí de hombros y puse cara de desconcierto.

—Ni idea. Se pensaba que era una novata y le he demostrado que no era el caso. Puede que le haya herido su vanidad.

—Bueno, dudo que haya sido eso. A Jess le gustan las mujeres fuertes. En todos los sentidos.

—¿Lo dices por experiencia propia? —Alcé una ceja. ¿Habían tenido algo en el pasado o lo tenían actualmente? ¿Y a mí qué más me daba?

—No —rio Demi—, pero he entrenado muchas veces con Jess y no es de esos que dicen «deja que yo te enseñe». —Se metió por detrás del mostrador y sacó un par de papeles—. Puede que le haya pasado algo al hermano y por eso se ha ido tan rápido.

Aproveché la oportunidad y jugué mis cartas.

—¿Su hermano? Creía que había muerto.

—Sí, su hermano mayor sí. Pero tiene otro más pequeño, Eli, tendrá ahora catorce o quince años. Y sigue teniendo problemas para superar lo que le sucedió hace años.

Me devané los sesos, pero no recordaba nada de lo que estaba hablando.

—¿Qué sucedió? —pregunté con la esperanza de parecer más cotilla que otra cosa.

—Lo secuestraron. —Demi negó con la cabeza—. El chófer de la familia estaba involucrado y colaboró en su secuestro. Tardaron una semana en encontrarlo.

Lo mucho que abrí los ojos en ese momento no fue fingido. No sabía nada de eso.

—¿Secuestrado? Qué locura.

Ese había sido el mayor miedo de mis padres cuando los tres hermanos éramos pequeños, pero por suerte nunca nos había sucedido nada. Al parecer, sí le ocurrió al hermano pequeño de Jessiah e, instintivamente, empaticé con él.

—Exacto. En fin, desde la muerte de Adam, Jess se ocupa de cuidar de Eli, porque su madre... No se lo cuentes a nadie, pero es una verdadera bruja. —Demi torció el gesto—. Y a veces Eli sufre de ataques de pánico y Jess tiene que irse corriendo. —Me sonrió—. Ay, no paro de contarte todas las primicias. Perdona, seguro que no te interesa nada de esto.

Sonreí levemente. Que Demi dijera que Trish era una bruja la hacía más simpática todavía.

—No te preocupes. Siento pena por Eli. Y por Jess, la verdad. —¿Había dicho eso en voz alta y encima lo pensaba sinceramente? Guau.

—Sí, hay gente que parece haber nacido estrellada, como se suele decir. —Demi marcó los huecos que debía firmar en el formulario—. Primero se murió su padre, luego pasó lo de Eli y, encima, se muere Adam... Jess no ha tenido buena suerte en la vida.

Ahora que estaba hablando, no era capaz de impedir que siguiera contando.

—Sí, lo de Adam estuvo en boca de todo el mundo. ¿Sabes qué sucedió en realidad?

—Fue un asunto de drogas. Murió junto a su novia, una chica del Upper East Side. Estaban muy enamorados y se habían prometido y todo, pero al parecer fueron demasiado lejos y se metieron coca adulterada. Una mierda. —Demi volvió a negar con la cabeza.

—Sí, está claro —murmuré, y le agradecí que no hubiera mencionado que Valerie era la responsable de todo. Lo que más me sorprendía era que Jessiah pareciera haberle contado tantos detalles sobre su vida y, a pesar de ello, no les hubiera dicho quién pensaba que era la responsable. Qué curioso.

—Toma, puedes llevarte la documentación, leerlo todo tranquilamente y me la traes la próxima vez que vengas. ¿Estás tan contenta con Rafe como él lo está contigo?

Asentí con sinceridad.

—Totalmente. Nunca he tenido un entrenador tan bueno.

Demi sonrió.

—Me alegra oír eso. ¿Quieres que te dé cita para la semana que viene a la misma hora o prefieres en otro momento?

—No me importa, cuando tengáis un hueco.

Pensé que así sería más rápido tener la oportunidad de encontrarme con Simon. El deporte me venía bien y me sentía más serena y relajada, y eso a pesar del encontronazo con Jessiah.

Demi me dio cita para el sábado. Luego sonó el teléfono de recepción y yo me fui al vestuario a cambiarme de ropa.

El gimnasio no se había vaciado mientras tanto; de hecho, había ocurrido todo lo contrario. Saludé a un par de socios que me miraron con poco interés y me dirigí a las taquillas, donde cogí mi mochila y saqué mis cosas. Ya cambiada, caminé hacia la salida, pero por el camino vi una puerta abierta en la parte de atrás del gimnasio. Al otro lado se veían archivadores y la esquina de un escritorio. ¿Sería el despacho de Simon? ¿Estaría dentro?

Dudé por un instante y, acto seguido, enfilé hacia allí con el corazón latiéndome con fuerza y el estómago revuelto. Quizá solo estaba Demi ordenando algunos papeles, pero, conforme me fui acercando, oí una voz grave que parecía hablar por teléfono y luego, colgó. ¿Sería él de verdad? Había pensado muchas veces qué diría cuando conociera a Simon, cómo conseguiría que me dijera lo que quería saber. Sin embargo, mi cerebro estaba ahora totalmente en blanco, ningún pensamiento era capaz de superar la barrera de la tensión del momento. No obstante… Tenía que aprovechar la oportunidad, así que me cuadré de hombros y caminé los dos últimos pasos hasta la puerta.

Simon estaba sentado al escritorio y miraba con el ceño fruncido una nota escrita a mano. Alcé la mano y llamé al marco de la puerta.

—¿Sí? —Simon levantó la mirada y yo reuní todo el coraje que tenía para entrar en el despacho—. Hola, ¿en qué puedo ayudarte?

«Quiero que me digas lo que viste la noche en que murió mi hermana». Evidentemente, no lo expresé en voz alta, simplemente sonreí.

—Hola, sí, es posible. Soy nueva y hoy he tenido el primer entrenamiento con vosotros.

—Ah, es cierto. Demi me habló de ti y Rafe me ha dicho que has sido todo un descubrimiento. —Ensanchó la sonrisa—. Helen Miller, ¿verdad?

Titubeé un instante. No sabía si debía desvelar mi tapadera. Finalmente, respiré hondo y me lo jugué todo a una carta.

—Bueno…, no. En realidad me llamo Helena. Helena Weston.

La sonrisa de Simon se esfumó y, acto seguido, entrecerró los ojos ligeramente.

—¿Weston? ¿Eres la hermana de Valerie?

Asentí.

—¿Y por qué te has inscrito en el gimnasio con un nombre falso, Helena? —Su voz se había vuelto más grave y su expresión, más seria y sombría. No obstante, seguía sentado al escritorio y todavía no me había echado, así que di un paso al frente para explicarme.

—No he utilizado un nombre falso para engañarte a ti, sino para que mi familia no se enterara —juré—. Tenía muchas ganas de venir a entrenar aquí, pero mis padres me lo prohibirían si lo supieran. Y lo sabrían en cuanto vieran mi nombre en el contrato.

Simon se quedó mirándome fijamente, como si estuviera considerando si debía creerme o no.

—Si lo que dices es verdad, ¿por qué me lo has contado? ¿No acabas de cargarte tu plan de pasar desapercibida? Como comprenderás, no puedo dejar que nadie entrene aquí bajo un nombre falso. Es ilegal.

—Lo sé —asentí—, pero no estoy aquí solo para entrenar. He venido para buscar información sobre la noche en que murieron Valerie y Adam. Lo cierto es que esperaba que tú pudieras ayudarme.

—¿Ayudarte yo? —repitió en tono incrédulo—. ¿Cómo podría ayudarte con eso? Han pasado más de dos años y todo el mundo ha dicho todo lo que tenía que decir al respecto. —Parecía que no tenía nada más que añadir. Señaló la puerta—. Será mejor que te vayas, Helena. No puedo ayudarte.

Me quedé plantada donde estaba, mientras en mi cerebro una voz gritaba «no, no, no». Esta era la única oportunidad que tendría de sonsacarle información a Simon. No podía amilanarme tan rápido.

—Tú también tienes una hermana, ¿verdad? —le pregunté con voz temblorosa—. ¿Y si se tratara de Demi? ¿Y si hubiera sido ella la que muriera de esa forma tan terrible y supieras que no ha sido culpa suya a pesar de que todo el mundo dice lo contrario? ¿No harías todo lo posible por limpiar su nombre? ¿Lo que fuera?

Esto no formaba parte del guion que había elaborado para esta conversación; en realidad, debería haber sido clara y directa, pero, una vez que me brotaron las lágrimas de los ojos, fui incapaz de contenerlas. Y aunque el arrebato no había formado parte del plan, pareció surtir efecto. La mirada de Simon se suavizó un poco y, al cabo de unos segundos, señaló a mi espalda.

—Cierra la puerta.

Hice lo que me pedía y me senté en la silla que estaba al otro lado del escritorio.

—¿Por qué crees que yo puedo ayudarte en algo? —me preguntó—. Había un montón de gente de tu círculo en aquella fiesta. ¿Por qué no les preguntas a ellos?

—Porque, al contrario que tú, todos afirmaron que había drogas en la fiesta, y tú eres el único que estuvo allí esa noche que no ha hablado públicamente del asunto ni de mi hermana. Por eso quería hablar contigo, para preguntarte por qué.

Simon me miró, se frotó la nuca e inspiró y exhaló ruidosamente.

—Si crees que no dije nada para proteger a tu hermana, lamento decepcionarte. Valerie y yo no nos conocíamos mucho e incluso a día de hoy no tengo muy claro qué hacía yo en aquella fiesta. Las altas esferas no son lo mío, como ya te puedes imaginar. —Señaló las paredes de ladrillo sin enfoscar y entendí lo que quería decir.

—Pero Adam era amigo tuyo, ¿no? —pregunté—. Por eso estabas allí.

—Sí, supongo que fue por eso. —Simon encogió los anchos hombros—. Estaba tan emocionado por el compromiso que pensé «por qué no».

—Y aunque eras su amigo, nunca dijiste que pensabas que Valerie había sido la que había llevado la droga a la fiesta, al contrario que los demás. ¿Por qué?

—Porque yo no miento. Ni siquiera por un amigo y, mucho menos, por dinero.

—¿Por... dinero? —Fruncí el ceño—. ¿Te ofrecieron dinero para que hablaras mal de ella?

Simon me miró con dureza.

—No has escuchado eso de mi boca. No quiero que nadie lo sepa.

—Por supuesto. —Asentí y me ahorré la pregunta de quién le había ofrecido dinero para que hablara pestes de Valerie. Ya sabía la respuesta. Trish Coldwell había utilizado todos los medios a su alcance para culpar a mi hermana de la muerte de su hijo. Ni siquiera me sorprendió que hubiera recurrido al soborno para conseguirlo.

—Lo cierto es que no vi ninguna droga en la fiesta y estoy seguro de que no hubo ninguna después de que me fuera. —Simon alisó una hoja de papel arrugada sobre el escritorio—. Es lo que le dije a la policía. No tengo ni idea de por qué no lo tuvieron en cuenta. Supongo que no me creyeron o que había demasiados testigos que decían lo contrario. Yo era el único negro de la fiesta y el único que no pertenece a la clase alta. Ya sabes cómo son estas cosas. —Se encogió de hombros.

Me lo podía imaginar.

—Has dicho que estabas seguro de que no había drogas. ¿Por qué?

—Porque Adam, cuando entramos en la habitación del hotel, echó a un tipo que llevaba drogas. Lo hizo de forma bastante discreta, pero yo acababa de salir del baño y escuché cómo discutían.

Se me aceleró el pulso; en mi corazón sentí por un momento que estaba a punto de obtener una información importante.

—¿Sabes quién era ese tipo?

—Un camello, por lo que entendí. Alguien lo contrató como una especie de regalo por el compromiso. Algo típico de los ricos. —Simon se encogió de hombros—. En definitiva, que Adam le dijo que no lo quería allí y al final el tío se fue.

¿Un camello que alguien había enviado a la fiesta como regalo? Eso sí que era una información con la que podía trabajar. Si averiguaba quién era ese tipo, podría buscarlo y hacerle preguntas.

—¿Te enteraste de cómo se llamaba? —pregunté—. El camello o quien lo envió.

—No, ninguna de las dos cosas. Creo que el camello tenía un nombre que empezaba por P, aunque tampoco estoy del todo seguro. Pero Adam lo conocía, de eso estoy convencido. Lo escuché decir que no le había dado dinero para que volviera a vender droga. Supongo que le habría dado uno de sus préstamos y se arrepentía de ello.

¿Uno de sus créditos? Me sonó de algo. Valerie me había contado que Adam tenía una especie de proyecto social. «Le presta a la gente dinero en efectivo para que puedan hacer algo con sus vidas, sin intereses, sin condiciones. Dice que cuando uno es rico se tiene una responsabilidad con aquellos que han tenido menos suerte en la vida».

El camello era una de esas personas, aunque lo cierto era que no sabía si eso me llevaría a alguna parte. No había registro bancario de los créditos que pudiera buscar. Podía ponerme en contacto con alguna de las antiguas amigas de Valerie por Instagram, pero me parecía demasiado peligroso. Aunque supieran quién era el camello, seguramente no me dirían su nombre cuando preguntara por él. No, debía encontrar otra forma de dar con ese tío.

—No estarás pensando en buscarlo por tu cuenta, ¿no? —Simon pareció darse cuenta de lo que quería hacer con la información—. Me parece una idea terrible.

No respondí a su pregunta, pero en su lugar, contesté:

—Gracias por tu ayuda, Simon. Te agradezco mucho que hayas hablado conmigo. —Había avanzado en la investigación y, aunque no tenía ni idea de cómo iba a encontrar al camello, tenía un nuevo objetivo—. Siento mucho haber mentido sobre mi nombre. No ha sido con mala intención.

—No pasa nada.

—Que tengas un buen día. —Sonreí y me dirigí a la puerta.

—¿Helena? —me volvió a hablar Simon—. Espera un momento.

—¿Sí? —Me volví.

—Prométeme que no harás ninguna tontería si te digo cómo averiguar el nombre de ese tipo.

—Por supuesto —respondí demasiado rápido, y me aclaré la garganta—. No estoy haciendo ninguna tontería. Solo quiero saber la verdad, pero me está ayudando una agente de policía, así que todo irá bien. Te lo prometo.

—De acuerdo. —Haber mencionado a Malia parecía haber disuadido a Simon—. Había un libro, una especie de libretita con rayas doradas que Adam siempre llevaba encima.

La recordaba, la había visto un par de veces, cuando la sacaba del bolsillo para apuntar algo. Pero no sabía para qué la usaba exactamente.

—¿Y qué? ¿Crees que sus poemarios me ayudarán en algo? —Sonreí sin entusiasmo.

—Seguramente no. —Simon ensanchó la sonrisa—. Pero había más; ahí es donde apuntaba a la gente a la que le prestaba dinero.

Abrí los ojos de par en par.

—¿Cómo lo sabes?

—Porque a mí también me prestó dinero unos seis meses antes de que muriera. Tuvimos problemas de humedad en invierno por una avería en las tuberías, aquí, en el gimnasio, y los bancos no querían ayudarme. Pero Adam sí, y recuerdo que apuntó mi nombre y la cantidad en la libretita. Su madre no tenía ni idea de que lo hacía, por eso no guardaba esa información en su ordenador ni en su móvil.

Eso significaba que el nombre del camello también estaba en la libreta. Sentí que la adrenalina me corría por las venas. Solo debía encontrar esa libretita; así averiguaría el nombre del camello y podría continuar con la investigación.

—Gracias —dije de nuevo con más énfasis, antes de darme la vuelta para abrir la puerta—. Me has ayudado mucho, de verdad.

Simon me miró serio.

—Por favor, vuelve para entrenar aquí. Me sentiré mejor si sé que puedes defenderte, sea lo que sea que estés tramando. Aunque no uses tu verdadero nombre.

Compuse una sonrisa sincera.

—Cuenta con ello.

Como no quería volver a agradecérselo, me limité a sonreír, me eché la mochila al hombro y salí del despacho en dirección a la calle.

El aire exterior era gélido y me subí la cremallera de la chaqueta antes de sacar el móvil y marcar el número de Malia.

—¡Sigues viva! —exclamó esta, que parecía verdaderamente aliviada.

—Pues claro —repliqué—. Y creo que tengo algo que nos puede servir.

En pocas palabras, le conté lo que Simon me había contado sobre Adam y el camello. Malia parecía impresionada.

—La verdad es que parece una buena pista, pero dudo que vaya a ayudar a Valerie.

—No me importa. Lo único que quiero saber es quién lo contrató. Porque esa misma persona podría haber enviado a otro o haber traído droga por su cuenta. —Respiré hondo—. ¿Tú podrías averiguar quién se quedó los efectos personales de Adam? Ya sabes, después…, después de su muerte. —Me acordé de la bolsa de plástico que mi hermano había traído de la oficina del forense, en la que se encontraban todas las cosas de Valerie: el móvil, las joyas, un bolso con maquillaje. No sabía qué había sido de todo eso, pero supuse que también habría una bolsa parecida con las cosas de Adam. Y quien la hubiera recibido tenía en su poder la libreta.

—Espera que lo mire. —Oí el repiqueteo del teclado y los clics leves del ratón—. La firma del documento es más bien un garabato, pero… Ah, ya lo veo. Está a nombre de Jessiah Coldwell. Fue el hermano el que se la llevó.

Me resigné ante el destino y cerré los ojos sin pronunciar palabra. Por supuesto que había sido Jessiah el que se había llevado las cosas de Adam. La persona con la que no quería volver a hablar en la vida (algo recíproco después del encontronazo de hoy) estaba en posesión de lo único que me acercaría a la verdad sobre mi hermana.

—Len, ¿sigues ahí?

—Sí, aquí estoy. Gracias por la información. Luego hablamos.

Colgué antes de que pudiera contestarme. La euforia que había sentido unos minutos antes se congeló en el frío. Había encontrado una pista, y era buena. Ahora solo debía dar con la forma de quitarle la maldita libreta a Jessiah. Sin que se diera cuenta, claro. Una risa histérica me hizo cosquillas en la garganta, pero no dejé que emergiera. Tenía un objetivo y pensaba cumplirlo.

Sin importar lo que tuviera que hacer para ello.

13

Jessiah

«Me dijo que quería que tú fueses el padrino, pero que le daba miedo pedírtelo, porque pensaba que considerarías la boda una ridiculez y ni siquiera te dignarías a ir. ¿Lo sabías?».

Eso fue lo primero que pensé al abrir los ojos a la mañana siguiente y, poco a poco, empecé a recuperar la consciencia. Menuda hazaña teniendo en cuenta al lado de quién estaba. Tras la conversación con Helena, me marché del gimnasio y llamé a Samara para vernos en un bar que estaba a tres calles de distancia. Aunque no nos quedamos mucho allí, tenía más ganas de distraerme que de mantener una conversación. Así que nos fuimos a mi casa, nos pimplamos una botella de un whisky obscenamente caro e hice todo lo posible por olvidar lo que acababa de pasar. Absolutamente todo.

Funcionó, porque dejé de pensar en la conversación de Tough Rock, pero por la mañana las palabras de Helena seguían en mi cabeza, tan claras como el día anterior. Probablemente debería haber ido a surfear en vez de intentar olvidarlo con sexo. Me venía mejor para los pensamientos intrusivos, aunque no fuera tan divertido.

Rodé sobre mi espalda y me quedé mirando el techo. Lo que me dijo Helena fue mucho peor que lo que me había hecho sobre la esterilla poco antes. No sabía nada del deseo de Adam. Ni siquiera me lo había planteado. Las semanas previas a su muerte, mi hermano y yo apenas habíamos hablado, no porque estuviéramos peleados, sino porque yo había estado ocupado con el albergue de Australia y con la chica de la que me había enamorado.

Nunca me tomé en serio la relación de Adam y Valerie, más bien pensé que era una buena distracción que se merecía desde hacía tiempo. Cuando me contó lo del compromiso, solté una carcajada incrédula y le dije que estaba loco por tomar una decisión tan importante a los seis meses de conocerla. Pues claro que no me había pedido que fuera su padrino, habría pensado que me negaría. Pero yo nunca habría hecho eso, por mucho que me opusiera a la relación.

—Eh, JC, ¿estás bien? —Samara se apoyó sobre un codo y me miró. Ni siquiera me había dado cuenta de que estaba despierta—. Madre mía, deben de atormentarte unos pensamientos horrendos. Debería sentirme ofendida. —Se apartó la larga cabellera morena de la cara y me acarició el torso—. Venga, habla conmigo. Te sentirás mejor.

Sonreí levemente y la besé en los labios. Nos habíamos conocido hacía casi dos años y nuestra relación de follamigos no había cambiado. El sexo con desconocidas ya no me entusiasmaba, porque nunca era tan bueno como con alguien conocido. Era mejor follar con la persona a la que amabas, pero esta era la mejor alternativa hasta que supiera dónde quería vivir. No quería volver a dejar a alguien atrás cuando me fuera. La última vez que me mudé, dejé una parte de mí en Australia. Con Mia.

«No puedo mudarme, Jess. Este es mi hogar, en Nueva York me moriría. Pero lo solucionaremos, ¿vale? Lo solucionaremos».

No solucionamos nada. No había pasado ni medio año cuando la ciudad y mi familia me arrollaron con toda su locura. No estaba disponible cuando quedábamos por Skype, me encontraba irritado, muchas veces estresado y, a menudo, trataba a Mia injustamente. Y cuando me di cuenta de que ya no era el chico del que ella se había enamorado, decidí acabar con todo. No era justo mantener una relación que estaba condenada al fracaso.

¿Y ahora? Ahora Mia estaba con otra persona, alguien mejor, mi amigo Paul, que me había ayudado con el albergue. Les tenía tanto cariño a ambos que no me había molestado que estuvieran juntos, aunque a veces me preguntaba si me volvería a pasar algo así.

—¿Jess? —Samara me hizo volver al presente.

—Adam quería que fuera su padrino —cedí finalmente a sus preguntas—. Aunque a mí no me mencionó nada antes de morir.

Al principio, cuando Helena me lo contó, me cabreé, porque sabía que lo había hecho para lastimarme, tal como indicaba su rostro. Pero luego la ira había desaparecido y ahora solo estaba triste. Triste porque mi hermano hablara con ella del tema pero no conmigo.

—¿Por qué no te lo dijeron antes? —preguntó Sam—. Ha pasado mucho tiempo desde la muerte de Adam para hacer un comentario como ese.

Me senté y me quité el pelo de la cara.

—Porque antes no la conocía.

—¿A quién? —Sam alzó una ceja.

—A Helena. La hermana de Valerie.

Sam resopló entre dientes.

—¿Una Weston? Ahora entiendo por qué estás de tan mal humor. Estoy segura de que no te lo contó con tacto.

—No. —Me reí sin alegría—. Me parece que nunca podré escapar de esa familia.

Sam soltó una ligera carcajada y me apartó un rizo del rostro.

—Algún día lo conseguirás. Cuando puedas irte de aquí, estoy segura de que los Weston no te seguirán.

Samara no sabía mucho de la enemistad entre ambas familias, pero todo el que llegaba a Nueva York se enteraba de la animadversión que se profesaban los Coldwell y los Weston desde mucho antes de que murieran Valerie y Adam.

—Esperemos que sí. Pero primero toca hacer el desayuno. —Me levanté y me puse algo antes de tomar la mano de Sam y levantarla también—. ¿Gofres, tortitas o huevos revueltos? —En realidad ya sabía la respuesta.

—Solo café, como siempre. Nunca comprenderé cómo puede comer la gente cosas tan contundentes recién levantados —dijo ella con un estremecimiento.

Me tuve que reír.

—Thaz cree que las mujeres solo se acuestan conmigo porque les hago el desayuno. ¿Podrías llamarlo y decirle que tú demuestras lo contrario?

Samara sonrió con malicia.

—Por supuesto. Pero entonces intentará convencerme de nuevo de que hable contigo para abrir ese restaurante. Y ya sabes que puede ser muy persuasivo. —Dio un paso adelante, se estiró y me dio un beso—. Por mi parte, me acuesto contigo porque me gusta y nos lo pasamos genial. Dile eso si quieres.

Me reí, bajé las escaleras y fui directo a la máquina de café.

—¿Te quedarás más tiempo en la ciudad?

—Qué sutil, señor Coldwell. —Negó con la cabeza—. No, no puedo. Hoy me voy a Boston y mañana salgo para Escocia. Si todo va bien, dentro de poco estaremos haciendo nuestro propio whisky, y no costará quinientos dólares como la botella de ayer. —Señaló la botella medio vacía que había en la mesita junto al sofá.

—A mi cuenta bancaria le haría mucha ilusión. Además, estoy seguro de que a tu follamigo le harás algún descuento.

Sus ojos oscuros brillaron.

—Pondré una casilla adicional para ti en los formularios de pedido.

Mientras molía los granos de café y vertía los polvos en el filtro, Samara desapareció en el cuarto de baño. Cuando salió, llevaba el móvil pegado a la oreja. No me enteré de lo que hablaba con las escasas palabras que pronunciaba, pero conocía la expresión de su rostro. Así que, en vez de coger una de las tazas de cerámica del estante, usé uno de los vasos de bambú para llevar que me había regalado un cliente. Cuando Sam colgó, lo llené de café, eché un poco de leche de almendras y cerré la tapa.

—Tengo que irme, hay un problema con uno de los proveedores —explicó.

—¿Puedo ayudarte en algo? —le pregunté, y empujé el café a lo largo de la encimera.

—No, ya me encargo yo. —Se inclinó, me dio un beso rápido en la mejilla y cogió el vaso—. Gracias, eres un amor. ¿Hay algo que no sepas hacer?

—Muchas cosas, pero no soy tan tonto como para decírtelas.

Samara se rio.

—Volveré a Nueva York dentro de diez días —me avisó cuando estaba junto a la puerta—. Ha sido un placer, JC, como siempre.

Sonrió lascivamente. Yo me incliné hacia delante con una sonrisa idéntica.

—Lo mismo digo. Llámame.

Y se fue.

Al contrario que Sam, yo sí era un fanático del desayuno, y como hoy no tenía ninguna reunión, decidí hacer unas tortitas. Normalmente solía prepararlas cuando Eli estaba en casa, pero si las hacía con harina integral, me convencía de que no era una opción tan poco saludable. Sin embargo, acababa de sacar los ingredientes de la despensa cuando llamaron a la puerta. En un primer momento, miré a mi alrededor buscando qué se había podido dejar Samara, ya que solía pasarle a menudo, pero no encontré nada. Di unos cuantos pasos y abrí la puerta de par en par.

—Ya sabía yo que te acostabas conmigo por el desayuno... —Me callé en cuanto vi que no era Sam la que estaba al otro lado de la puerta, sino mi madre, con un abrigo impecable de color claro y un peinado perfecto—. ¿Trish? ¿Qué haces tú aquí?

—Por lo visto, ser testigo de lo que tú consideras tu vida amorosa. —Entró en el apartamento como la reina de hielo que era—. Qué curioso que tengas reuniones tan temprano con esa chica del whisky que acabo de conocer abajo. Parece que las horas de oficina ya no están de moda.

—Sabes de sobra que en la gastronomía no existe el horario de nueve a cinco —mascullé, aunque tampoco era que le debiera ninguna explicación.

—Claro que lo sé, estuve mucho tiempo casada con tu padre. Pero no sabía que te dedicaras a la gastronomía. ¿O es que ahora tienes tu propio local en vez de construirle restaurantes a la gente?

Solté un bufido. Nunca cambiaría.

—Por si lo has olvidado, soy dueño de doce restaurantes. Creo que con eso ya merezco dedicarme a la gastronomía.

—Eso no es más que administrar una herencia —espetó con desaprobación.

—Vaya, ¿y cómo lo llamarías si me pongo a trabajar en tu empresa?

—La única oportunidad de hacer algo decente con tu vida.

Contuve una réplica.

—¿Querías algo? —pregunté. Normalmente siempre tenía reuniones desde las siete de la mañana hasta las diez de la noche. Trish Coldwell no solía visitar a su hijo de forma espontánea y por la bondad de su corazón. Debía de tener algún motivo y, cuanto antes me lo dijera, antes se iría.

—Primero tomemos un café, si es que tienes de grano.

—Por supuesto. —Fui a la cocina, repetí el mismo procedimiento de antes y, aunque me hubiera gustado ponérselo también para llevar, elegí una taza de cerámica, la llené y la puse sobre la encimera.

Como siempre que mi madre venía al apartamento de Adam, parecía como si un extraterrestre hubiera aterrizado en mitad del Salvaje Oeste. No encajaba de ninguna forma. La decoración rústica desentonaba tanto a su lado que su simple presencia parecía ensuciar la ropa en tonos claros de mi madre.

—Gracias. —Mi madre frunció los labios, se sentó en uno de los taburetes y le dio un sorbo al café antes de continuar—. Ayer fuiste al gimnasio —dijo sin entonarlo como una pregunta, lo cual significaba que ya lo sabía y, por lo tanto, que alguien le había contado dónde estaba.

—Pensaba que habías dejado de espiarme —comenté con frialdad, aunque en mi interior quería decirle cuatro cosas bien dichas.

Cuando me mudé con ella, estuvo pagando a alguien durante un tiempo para que me vigilara: dónde iba, con quién quedaba. Encontré la forma de escaquearme y, finalmente, se dio por vencida. Hasta ahora, por lo visto.

—No tengo la menor intención de espiarte. Pero tampoco hago oídos sordos cuando alguien me cuenta que te han visto cometiendo un error gravísimo. —Dejó la taza sobre la encimera y me miró seriamente—. Estoy segura de que sabes a lo que me refiero.

—No tengo ni idea. —Por supuesto que sí, pero a veces me divertía hacerla enfadar.

—¿Estás seguro? Entonces ¿te parece normal echar el rato con Helena Weston en ese gimnasio de artes marciales de tres al cuarto?

Así que se trataba de eso. Sonreí, aunque no me hacía mucha gracia. Una parte de mí estaba enfadada.

—Yo no lo llamaría «echar el rato».

—¿Y cómo llamarías a revolcarte con ella por el suelo de la sala de entrenamiento?

Trish alzó una ceja con interés, pero esa compostura era todo fachada. Siempre se comportaba así cuando yo hacía algo que la estaba sacando de quicio. Sabía que, debajo de esa superficialidad, estaba dolida.

—No fue… tan así. —Hasta a mí mismo me sonó poco convincente, aunque era la verdad—. Me pidieron que hiciera de guía en el gimnasio. Cuando estábamos en esa sala, le enseñé un movimiento y ella luego se vengó. Eso es todo.

—Ah, eso es todo. Entonces ¿me estás diciendo que no tienes ningún interés en ella?

—No te estoy diciendo nada más que lo que sucedió —la corregí—. No nos llevamos bien, de hecho, Helena me odia. ¿Cómo no iba a hacerlo después de lo que pasó?

Mi madre me miró con tanto detenimiento que supe que estaba analizando cada músculo de mi rostro.

—Ella te odia, ¿y tú a ella?

Sacudí la cabeza con una sonrisa.

—Y yo que pensaba que esta conversación no podía volverse más absurda.

—¡Fuiste tras ella en la sala Rainbow! —exclamó, y no me sorprendió que lo supiera—. Tu hermano perdió la vida por culpa de una Weston y tú no tienes nada mejor que hacer que perseguir a su hermana. ¿Qué quieres que piense?

—¡En la sala Rainbow no sabía quién era! —Dejé escapar un suspiro cargado de ira. ¿Cuántas veces iba a tener que explicarlo?—. Simplemente la vi allí y me preocupé por ella. Si hubiera sabido que era una de ellos, no lo habría hecho.

—Pero lo hiciste. Porque hubo algo que te hizo hacerlo. Dime que no te sientes atraído por ella, Jess, o…

—¿O qué, madre? —repliqué con dureza—. ¿Con qué pretendes amenazarme? ¿Qué podrías quitarme para que me comporte como tú esperas? ¿Tu respeto? ¿Tu afecto? ¿Alguna otra cosa que nunca he tenido? ¡Dime!

Su mirada cambió y supuse que esas cosas sí que la preocupaban. ¿De verdad tenía miedo de perderme a mí también?

—Esta noche la he pasado con Samara, no con Helena —continué más calmado—. Supongo que eso te deja más tranquila, ¿no?

Soltó un resoplido que casi sonaba triste.

—No, por supuesto que no. ¿O crees que tu hermano y Valerie se enamoraron nada más verse? Fueron poco a poco, porque se tomaban en serio el uno al otro. Todavía recuerdo la primera vez que Adam me habló de ella. Me dijo que no podía evitar sentirse atraído por ella, que lo sentía en lo más profundo de... Bueno, ya sabes. —Hablaba bajito, con la vista fija en la taza. Pocas veces la había visto así desde la muerte de Adam—. Le brillaban los ojos, como si Valerie fuera la respuesta a todas sus preguntas, como si fuera su refugio. Al principio pensé en lo envidiable que es sentir eso por otra persona, hasta que me quedó claro que esos sentimientos no eran una bendición. Fueron una maldición que le costó la vida.

Ambos nos sumimos en el silencio, unidos brevemente por el dolor de la pérdida de Adam. Pero esta vez no sentí rabia contra Valerie, sino arrepentimiento por no haberme tomado en serio la relación. Recordé las palabras de Helena: «Valerie fue la primera que lo cuidó a él, en vez de al revés». Quizá hubiera algo de verdad en ello.

—Se perdió en esos sentimientos y, al final, perdió hasta la vida. —Mi madre alzó la vista—. No soportaría que te pasara lo mismo. Las relaciones entre los Coldwell y los Weston nunca salen bien. Yo lo sabía y, aun así, no impedí la relación entre Adam y Valerie. Nunca me lo perdonaré.

Dudé un momento, pero finalmente, decidí calmarla.

—No me siento atraído por Helena —dije lo que mi madre quería escuchar—. En ningún sentido.

El alivio se extendió por su rostro.

—Bien. Eso es bueno. —Entonces estiró la mano y me acarició ligeramente la mejilla, antes de ponerse en pie y recuperar la compostura rápidamente—. Tengo que irme, tengo una reunión dentro de veinte minutos en la oficina. Gracias por el café.

Asentí.

—De nada.

—Seguramente nos veamos el viernes cuando recojas a Eli.

Se acercó a la puerta y, entonces, recordé algo.

—¿Tú sabías que Adam quería que fuese su padrino de boda? —le pregunté cuando estaba a punto de irse.

Trish se quedó en el sitio.

—No —respondió—, pero no me sorprende. Puede que Adam y tú no os parecierais demasiado, pero eras una de las personas más importantes de su vida. Es normal que quisiera que formaras parte de su boda.

Después de pronunciar esas palabras, se fue y me quedé a solas con mis pensamientos. Y con lo que le había dicho a mi madre para que se tranquilizara. «No me siento atraído por Helena. En ningún sentido».

Le había mentido muchas veces en el pasado, y en la mayoría de las ocasiones, por motivos mucho peores que este. Sin embargo, no me arrepentía de haberlo hecho. Mi madre se volvía impredecible en todo lo referente a los Weston, así que era mejor tranquilizarla. Además, a pesar de mi mentira, era una certeza. No había nada entre Helena y yo.

Y nunca lo habría.

14

Helena

—¿Quieres otro café?

Levanté la cabeza y observé el gesto sonriente de la camarera. Me había hecho la misma pregunta cinco veces en las últimas tres horas, el tiempo que llevaba sentada en la cafetería junto a la ventana. De vez en cuando miraba mi ordenador, pero la vista se me iba una y otra vez al edificio que tenía enfrente: la casa en la que vivía Jessiah Coldwell, según había descubierto sin mucho esfuerzo. Al parecer, toda la ciudad sabía que se había mudado al antiguo apartamento de su hermano cuando volvió. Malia ni siquiera tuvo que mirarlo en la base de datos de la policía de Nueva York. Había estado en el apartamento un par de veces con Valerie cuando Adam todavía vivía, así que no me había costado mucho dar con la calle. No obstante, esa había sido la parte fácil de mi plan.

Corrían las últimas horas de la tarde y, después de haberme pasado la mañana en clases de las que ni siquiera recordaba de qué iban, había decidido quedarme aquí. Bueno, primero verifiqué que el nombre de Jessiah Coldwell apareciera en la fachada del edificio, para así asegurarme de que vivía allí y, luego, llamé al timbre para ver si estaba en casa. En cuanto sonó el timbrazo, salí huyendo hasta el café y me quedé allí a la espera de que se me ocurriera algo que me permitiera entrar en la vivienda y buscar la libreta sin que Jessiah se diera cuenta. No había tenido ningún éxito hasta el momento. Aunque podía usar la destreza con las ganzúas que había aprendido en Inglaterra, sabía de buena mano que esa casa estaba llena de medidas de seguridad. Una vez, durante una fiesta, la alarma sonó sin motivo y Adam puso los ojos en blanco al explicarnos lo insistente que había sido su madre para que la instalara. No, de eso ya podía olvidarme. Solo funcionaría si Jessiah estaba dentro de casa, pero que me invitara a pasar y me dejara rebuscar entre las cosas de Adam solo ocurriría en un universo paralelo.

—¿Quiere otro? —repitió la camarera, que recogió la taza vacía de la mesa.

—Será mejor que me pase ya al té —le dije como respuesta. Ya estaba más que nerviosa y la cafeína que había ingerido en la últimas horas no me estaba ayudando—. Algo relajante si es posible.

—Por supuesto. —Sonrió y señaló mi portátil, en el que estaba abierto un antiguo proyecto de la Universidad de Cambridge para guardar las apariencias—. El proyecto final te está costando, ¿no?

—Ah, sí. —Reí de forma bastante convincente—. Mucho. Por eso me he venido aquí, se me estaba cayendo la casa encima.

—Ya me imagino. Voy a ver qué tengo para calmarte los nervios.

—Gracias —sonreí, y se fue.

De nuevo, volví la vista hacia la puerta de la casa para ver si Jessiah salía. No podía quedarme aquí sentada eternamente. Mis padres habían planeado esa noche una cena con la familia de Paige y esperaban que estuviera en la mesa a las siete en punto. Me quedaban como mucho dos horas para resolver este asunto y aún no tenía ni idea de cómo hacerlo. ¿Y si volvía a la mañana siguiente? Era un pensamiento tentador, pero no tenía tiempo que perder. Sin la libreta no podía seguir adelante.

—Toma, tu té. Una mezcla de tila con melisa. Si esto no te calma, más te vale darte un golpe en la cabeza —bromeó la camarera, y me reí. ¿Podría darle un golpe en la cabeza a Jessiah y fingir que se había producido un robo? «Se te está yendo la cabeza».

—Oye —le dije a la camarera. Por lo visto me encontraba tan desesperada que estaba dispuesta a pedir consejo a desconocidos—. Si te hubieras peleado con un chico que conoces, pero tiene algo que quieres, ¿qué harías para conseguirlo?

—¿Qué pasó con el chico? —preguntó ella.

—Bueno… Tenemos un pasado, hubo una discusión y me provocó, así que yo le eché en cara algo hiriente. —Algo muy hiriente, de lo que ahora me arrepentía, aunque no me gustase esa sensación.

La camarera se encogió de hombros.

—¿Has probado a pedirle disculpas?

—¿Disculpas? —repetí.

—Sí —asintió—. Mi madre siempre decía que el saber disculparse es una de las cualidades más importantes de una persona. A veces, el simple hecho de darte cuenta de que has dicho una estupidez es suficiente.

Al ver que otros dos clientes querían pagar, me dejó sola con sus palabras, que me hicieron reflexionar. Quizá tuviera razón. Quizá podía pedirle perdón a Jessiah y, si aceptaba mis disculpas, me ofrecería entrar en su casa. Después solo necesitaba un plan para quedarme a solas un par de minutos y así buscar la libreta. Si alguien llamaba a la puerta, podría funcionar. Solo necesitaba una buena excusa.

Más bien una excusa oficial.

De repente, tenía un plan formándose en mi cabeza, aunque solo estuviera en la fase inicial. Saqué el móvil y llamé a Malia; ya debía de haber acabado su turno, así que le pregunté si quería ayudarme sin explicarle lo que tenía pensado.

Con un «voy en cuanto pueda», se presentó poco después en la cafetería y se dejó caer en la silla que había a mi lado.

—¿Cuál es la emergencia? —preguntó.

—La libreta —respondí.

—¿La libreta? —Me miró inquisitivamente—. ¿Te refieres a la libreta de Adam? ¿La que te dijo Simon Foster? ¿Por eso me preguntaste la dirección de Adam?

—Exacto. —Sonreí—. Vas a ser una inspectora increíble, Malia.

Me dio un golpe en el brazo.

—Vale, estás dando por sentado que las cosas de Adam están en la casa de Jessiah.

—Eso espero. Si las ha tirado o, Dios no lo quiera, se las ha dado a su madre, no tengo ninguna posibilidad de conseguir la libreta. —Entonces tendría que pensar en otra cosa—. Pero puede que se haya quedado con la bolsa. Yo lo habría hecho.

Malia lucía esa mirada que había perfeccionado con Valerie: escéptica y cariñosa a la vez. Siempre había sido la más sensata de las dos y empecé a notar que estaba continuando con la tradición conmigo.

—Déjame adivinar. Quieres que forme parte de tu plan de sacar la libreta de allí. ¿Qué tienes pensado?

—Voy a llamar al timbre —repliqué con todo el convencimiento que conseguí reunir.

Malia frunció el ceño.

—Al timbre.

—Exacto.

—¿Y luego?

—Jessiah y yo nos pondremos a hablar, o al menos eso espero, y tú tienes que hacerlo salir de la casa —expliqué rápidamente antes de que tuviera ocasión a negarse—. Por ejemplo, podrías decirle que ha aparcado donde no debe. Eso me daría un par de minutos para echar un vistazo por la casa. Me la conozco, así que si la libreta esta allí, la encontraré rápido.

El cariño desapareció de la mirada de Malia y solo quedó el escepticismo.

—Len, soy policía, no puedo pedirle a alguien que salga de su casa con un falso pretexto. Además, ni siquiera sé si Jessiah tiene coche y mucho menos cómo es. Estamos en Nueva York.

Supe a lo que se refería. En esta ciudad, la gente no solía tener coche. Pero los ricos sí. Y algo me decía que Jessiah también.

—Eso puedes averiguarlo. Solo tienes que hacer una llamadita y que alguno de tus compañeros lo compruebe.

Puse mi mejor cara de corderito. Malia resopló.

—Sí, puedo hacerlo, pero ni por esas funcionaría tu plan. Aunque tenga coche, sigue siendo neoyorquino, así que no será tan tonto de dejar el coche mal aparcado. Necesitamos otra excusa.

Vi cómo se movían los engranajes de su cerebro y lo celebré internamente. Sabía que Malia me ayudaría.

Sin decir palabra alguna, sacó su móvil y llamó a alguien. Dio el nombre de Jessiah y explicó brevemente los datos que necesitaba. Asintió al recibir la respuesta y finalmente, colgó.

—Tiene una camioneta negra, una Ford F-150 —me informó—. Es un modelo muy común, pero seguro que no hay muchas por la calle.

—¿Tiene una camioneta?

La miré con incredulidad. No me lo esperaba. O tal vez sí. Tampoco me imaginaba a un tío como Jessiah conduciendo un Lamborghini o un Maserati. Ni siquiera un Mercedes o un Audi.

—Por lo visto, sí. —Malia guardó su teléfono—. Ven, vamos a buscar el vehículo. Lo mismo tenemos suerte y tiene algo roto. Así podemos usar eso como excusa para que salga. —Estuve a punto de echarme a sus brazos, pero ella levantó las manos—. No voy a presentarme como policía, que quede claro. No puedo hacer eso bajo ningún concepto.

—No tienes por qué —repliqué rápidamente—. Si logras que salga como una transeúnte preocupada, también me vale.

Le hice un gesto a la camarera y recogí mi portátil. Cuando pagué, le agradecí el consejo de la disculpa y Malia y yo salimos de la cafetería.

En el exterior hacía más frío que los días anteriores. Me subí la cremallera de mi chaqueta de cuero.

—¿Y qué esperas conseguir con todo esto? —me preguntó Malia mientras paseábamos por la calle en busca de una camioneta negra—. ¿Crees que te sentirás mejor cuando descubras la verdad sobre Val?

Negué con la cabeza.

—No, no lo creo. Pero quiero hacerle justicia. Quiero que los demás entiendan por qué la echo tanto de menos.

—Yo también la echo de menos, Len. —El tono de Malia se suavizó—. Terriblemente, además. Pero nosotras sabemos que no fue la responsable de su muerte y la de Adam. ¿No es eso suficiente?

—No —contesté—. Para mí no es suficiente. No es que Valerie no tuviera ningún defecto, pero era maravillosa y tenía buen corazón y no pienso permitir que la gente piense que era una fiestera irresponsable que obligó a su novio a tomar cocaína adulterada. —Respiré hondo y me ardieron los pulmones—. No puedo hacerlo.

—De acuerdo, lo entiendo. —Malia me acarició el brazo—. Pero deberías...

—¡Es ese! —exclamé de repente. Había encontrado el vehículo negro—. ¿Es esa la matrícula?

Asintió y, acto seguido, rodeó el vehículo y murmuró un leve «bingo» cuando llegó al guardabarros trasero.

Corrí hacia donde estaba y vi que había una abolladura y unos arañazos notables. Era evidente que alguien le había dado con el coche y Jessiah no había reparado los daños.

—Esto me vale. Contaré que he visto que un conductor se chocaba contra la camioneta al salir del aparcamiento y se daba a la fuga. Eso te dará seguro unos diez minutos. —Malia sonrió—. Pero primero te toca a ti.

En mi interior bulló una emoción que hizo desaparecer el frío. Me froté las manos.

—Puedo enviarte un mensaje en cuanto me deje pasar. Primero tengo que convencerlo para quedarme sola en su casa antes de que le obligues a salir.

Si todavía seguía en pie en el pasillo, no habría motivos para que me dejara en el interior. Necesitaba que Jessiah me invitara a pasar y hablara conmigo un par de minutos, que confiara en mí hasta cierto punto, si es que eso era posible.

—Claro, esperaré por aquí.

Después de eso, no había motivos para posponer lo inevitable, así que me dirigí a la fachada de la casa de Jessiah. Este abrió la puerta sin usar el intercomunicador y yo me sentí en tensión mientras cruzaba el vestíbulo y subía las escaleras. El pasillo que desembocaba en el apartamento me pareció que medía kilómetros de largo y, por el camino, me replanteé una y otra vez si debía darme la vuelta. No obstante, mantuve mi objetivo en mente y llamé a la puerta en un arranque de valentía.

Mientras esperaba, respiré profundamente para intentar relajar mi pulso, que latía furiosamente. No lo conseguí. Cuando se abrió la puerta, el corazón me iba a doscientos por hora.

—¿Tú?

Jessiah me contempló pasmado. No pude culparle.

—Hola. —Sonreí a medias, no quería que se diera cuenta de que tramaba algo. Como quien no quiere la cosa, bajé la mirada para ver cómo iba vestido, una camiseta simple y unos vaqueros oscuros algo desgastados, y me detuve más de la cuenta en los músculos que sobresalían bajo las mangas. «Eh, hola, Helena, ¿te has olvidado de tu plan?». Recobré la compostura y lo miré a los ojos.

—¿Tienes un momento?

—¿Un momento? ¿Para ti? —Dudó, pero finalmente se hizo a un lado y me dejó pasar al apartamento.

Era tan bonito como lo recordaba, acogedor y cálido, con suelos de madera y muebles oscuros. Me encantaba la amplitud y el encanto industrial de ladrillos vista y vigas de acero. La decoración parecía la misma que la que tenía Adam en su día; al menos, me sonaban el enorme sofá verde oscuro, la mesa de madera rústica y los taburetes de la barra de la cocina. Sin embargo, en ninguna de mis visitas anteriores había olido tan bien como ahora, seguramente por las ollas que había al fuego, de las que salía vapor.

—¿Qué haces aquí, Helena? —me preguntó Jessiah.

Me giré hacia él. Tenía los brazos cruzados y parecía mucho más imponente que la última vez que nos habíamos visto. No podía culparlo. Recordaba perfectamente su reacción tras hablarle sobre Adam.

—Quería disculparme —dije, e, involuntariamente, cuadré los hombros.

De nuevo, la sorpresa se apoderó de su mirada.

—¿Disculparte?

Asentí.

—Sí. —Aunque formaba parte de mi plan usar la disculpa como excusa para entrar en el apartamento, lo cierto era que en ese momento sentía la necesidad de pedirle perdón de verdad—. Lamento mucho lo que dije ayer sobre tu hermano. Estaba dolida y quería hacerte daño por cómo habías descrito a mi hermana, como si… Da igual. No estuvo bien. Yo no soy así y no quiero convertirme en ese tipo de persona.

Jessiah tomó aire para responder, pero en ese momento, algo empezó a burbujear excesivamente en una de las ollas. Corrió hacia los hornillos, cogió una cuchara de madera y removió el contenido.

Lo seguí un par de pasos y me quedé a medio camino.

—Fue una putada tener que oír eso después de dos años —dijo Jessiah, que me miró—. Pero supongo que… lo provoqué.

—Es posible —coincidí—, pero no estuvo bien.

Jessiah se encogió de hombros y, a pesar de que no pensaba que me fuera a perdonar tan rápido, pareció dejar el tema a un lado.

—Creía que te ibas a disculpar por la jugada del gimnasio —dijo, y oí un deje divertido en su voz.

—No —respondí y compuse una sonrisa cautelosa—. Eso sí te lo merecías.

Jessiah resopló un poco, pero de alguna forma parecía darme la razón. Luego dejó la cuchara a un lado y apoyó las manos sobre la encimera, como si estuviera replanteándose algo.

—¿Quieres comer algo?

—¿Comer? —repetí con crispación.

—Sí, ya sabes, ingerir alimentos. Por favor, no me digas que solo tomas Coca-Cola light y ensaladas sin aliñar.

Negué vigorosamente con la cabeza; esa afirmación no podía haber estado más alejada de la realidad.

—No, a mí… me encanta comer. Pero…

—Pero ¿qué? —Jessiah me sonrió por primera vez desde que había llegado y algo se me removió en el estómago—. Solo es pasta con queso feta, aceitunas y tomate seco. No le he puesto veneno ni nada, si eso es lo que estás pensando.

Solté una carcajada breve.

—No es lo que estaba pensando. Simplemente no me esperaba que me fueras a invitar a comer.

Se encogió de hombros.

—¿Por qué? ¿Porque nuestras familias se odian?

—Por ejemplo. O quizá porque nuestro último encuentro no fue precisamente agradable. O porque crees que mi hermana fue el peor error que cometió tu hermano. —Esas fueron las palabras exactas de Jessiah después de su muerte. Recordaba perfectamente cómo había hablado de ella, lleno de rabia, lleno de odio. Y, a pesar de que había venido porque necesitaba la libreta y no podía permitirme el lujo de hacer enfadar a Jessiah, no pude resistir hacer el comentario.

Jessiah hundió la cabeza, se echó el pelo hacia atrás y volvió a mirarme.

—¿Me creerías si te dijera que me arrepiento de haberlo dicho?

—¿Lo dices en serio? —repliqué mirándolo fijamente.

No dijo nada, y yo sentí una punzada de decepción, aunque sabía que era una chorrada. Que yo me hubiera disculpado y Jessiah me hubiera ofrecido algo de comer no significaba que nos fuéramos a hacer amigos. Nada había cambiado entre nosotros.

Me habría encantado despedirme e irme, pero había venido por una buena razón y pensaba llevar a cabo el plan. A la sombra de la encimera de la cocina, cogí mi móvil y le di a Malia el visto bueno para empezar con la distracción.

Pero entonces Jessiah añadió algo más.

—Volví a la ciudad unos días después de que…, de lo que pasó. Mi vida estaba en Australia y tenía tantísimas ganas de largarme de aquí que me importaba una mierda lo que estuviera pasando en Nueva York. Además, Adam se encargaba siempre de todo, porque era un buen samaritano de libro. —Sonrió con tristeza—. Pero, de repente, él ya no estaba, y mi madre no paraba de dar entrevistas. Yo no quería saber nada del tema, pero los periodistas me seguían con sus cámaras, sus micrófonos y sus preguntas impertinentes. «¿Qué opinas de la muerte de tu hermano por culpa de las drogas? ¿Por qué crees que Adam tomaba cocaína? ¿Crees que quería suicidarse y por eso tomó demasiada?». —Jessiah respiró ruidosamente—. Los ignoré un día, otro, y otro. Intenté arreglar todo lo que podía arreglar, tal como hacía Adam. Pero, en algún momento, después de una semana sin dormir y sin descanso, se me echaron encima una noche. Estaba a punto de marcharme, como siempre hacía, cuando uno de ellos me preguntó: «¿Guardas silencio porque te culpas por la muerte de tu hermano?».

Proferí un grito ahogado, aunque sabía muy bien cómo se las gastaba la prensa.

—¿Eso es lo que te dijo?

Jessiah asintió.

—Me cabreé muchísimo, mucho más que las veces anteriores. Monté en cólera y empecé a gritarles todo lo que se me pasó por la cabeza en ese momento, sin pensarlo demasiado.

Cuando alzó la vista, sus ojos me atravesaron de la cabeza a los pies. Tal vez fuera esa sinceridad en sus palabras. Tal vez fuera la tristeza en sus ojos, que tanto me recordaba a la mía. Como si fuéramos las dos caras de una misma moneda, como si la muerte de nuestros hermanos nos hubiera unido de forma innegable. Durante unos instantes, se produjo un silencio y una complicidad donde no podía darse, y me di cuenta de que me sentía conmovida por ello.

—Entonces…, entonces ¿nunca quisiste formar parte de esa campaña de desprestigio? —le pregunté en voz baja. Esto arrojaba una nueva luz sobre el asunto, o más bien, sobre Jessiah. Aunque no había olvidado lo que me había dicho tanto en el gimnasio como en la sala Rainbow, ahora lo consideraba una persona totalmente distinta.

—No —negó con la cabeza—. Tampoco te voy a mentir: no me gusta lo que sé sobre Valerie. Pero no me correspondía a mí decir esas cosas en público.

—Eso ya me lo has dicho —le recordé.

—Lo sé. Y te pido perdón si te hice daño.

Lo dijo con tanta sinceridad que lo creí. Aunque, por cómo lo había expresado, me quedó claro que no se estaba disculpando por Valerie, sino por cómo me había hecho sentir a mí. Aun así, podía aceptar sus disculpas. Quizá debería haber sido más implacable; al fin y al cabo, era un Coldwell, sin embargo... Ahora mismo no me apetecía pelearme con él. La conversación me había generado un sentimiento que no quería que acabara. Así que me limité a asentir y Jessiah cogió dos platos de una estantería. Sin preguntar nada más, los cargó de una pasta que olía que alimentaba y empujó el mío en mi dirección.

—¿Nos tomamos esto como la pipa de la paz? —le pregunté con una sonrisa irónica.

—Digamos que sí —respondió él.

15

Jessiah

No me esperaba la visita de esta noche, ni hoy ni nunca. Que Helena Weston estuviera en la puerta de mi apartamento era una situación tan descabellada que, en un primer instante, no pude más que mirarla, hasta que me preguntó si tenía un momento. Sus disculpas también me pillaron por sorpresa, al igual que mi reacción al escucharlas.

No tenía ni idea de por qué mi ira hacia Valerie se había transformado en un leve destello tras mirar los ojos de Helena, de por qué había sentido la necesidad de disculparme porque no quería que sufriera. En realidad sí que me hacía una idea, pero era mejor que no la admitiera en voz alta. Como dije, nuestras familias se odiaban y la visita de mi madre me lo había vuelto a dejar claro. ¿Adónde quería ir a parar, a excepción de a una guerra?

Y, sin embargo, era incapaz de separarme de Helena, no podía afirmar que nos fuera a ir mejor si se marchara. En su lugar, le puse un plato de pasta delante y observé con una satisfacción prohibida cómo se quitaba la chaqueta de cuero y se sentaba en el taburete de la cocina. Con una sonrisa, Helena tomó el tenedor que saqué del cajón y ensartó la pasta para llevársela inmediatamente a la boca.

—Joder, qué bueno está esto.

Helena dejó escapar un gemido de placer que me causó una descarga eléctrica por todo el cuerpo que, por lo visto, solo ella era capaz de provocar.

—¿Dónde has aprendido a cocinar así?

Me reí ante su entusiasmo.

—Hablas como si te hubiera servido un menú de varios platos en vez de unos espaguetis.

—Esto no son unos simples espaguetis —negó Helena vehemente—. Creo que hace mucho tiempo que no pruebo algo tan bueno.

—Has estado en Inglaterra, así que no es que sea un gran cumplido —le dije con sorna. Los británicos no eran conocidos por sus habilidades culinarias. Bueno, los estadounidenses tampoco.

—Es cierto. Pero ya llevo aquí unos días y tenemos una cocinera estupenda en casa. Venga, ¿dónde has aprendido a hacerlo?

—En todas partes y en ninguna. —Me encogí de hombros y tomé mi plato para acercarme a la esquina donde estaba ella—. Mi padre solía llevarme con él a sus restaurantes y fui aprendiendo cosillas.

Helena se quedó mirando su plato.

—Siento mucho lo de tu padre. Sé que murió hace unos años.

—Gracias —compuse una sonrisa torcida—. Pero no deberías disculparte tanto, o al final me voy a acabar acostumbrando.

—Cosas peores se han visto —replicó ella sin importancia y volvió a cargar el tenedor de espaguetis—. ¿Me estás diciendo que aprendiste simplemente mirando?

—No, claro, la mayor parte lo aprendí por mí mismo.

Me contempló con una expresión en los ojos que era menos condescendiente de lo que se podía esperar de una Weston, algo más parecido a la admiración.

—Deberíamos contratarte a ti en vez de a nuestra cocinera —bromeó.

—Sí, a tus padres seguro que les encantaría —bufé divertido, aunque rápidamente me puse serio—. ¿Saben que estás aquí?

Helena levantó una ceja.

—Por supuesto que no. Si lo supieran, me mandarían de vuelta a Inglaterra hoy mismo.

—Entonces supongo que no fue idea tuya mudarte allí.

Helena probó otro bocado y pareció vacilar antes de responder.

—No, no fue idea mía. Si por mí hubiera sido, me habría quedado en Nueva York. Pero nadie me preguntó.

—¿Fue difícil para ti tener que marcharte? —En el momento en el que pronuncié esas palabras, me di cuenta de que probablemente no debería haberle preguntado algo tan personal, pero no me retracté. Nunca lo hacía.

Helena levantó la mirada y, en sus ojos azules, vi la sorpresa, no por la pregunta, sino porque pareció darse cuenta de que me interesaba de verdad.

—Sí —contestó con un asentimiento—. Nueva York es... Básicamente es mi refugio, y mis padres me enviaron a otro país con la intención de protegerme. Lo que yo tuviera que decir al respecto no se tuvo en cuenta. —Sacudió ligeramente la cabeza, y luego me miró como si de repente hubiera recordado con quién estaba hablando—. Supongo que eso me convierte en lo contrario de ti —añadió deprisa, y volvió a coger el tenedor.

—¿De mí? —pregunté.

—Sí, por lo que he oído no eres muy fan de esta ciudad —sonrió levemente.

Resoplé.

—Eso es quedarse corto.

Mi aversión por Nueva York era un secreto a voces, así que no me sorprendió que Helena lo supiera. Puede que incluso lo oyera de la boca de Adam.

—Entonces ¿por qué vives aquí? —siguió preguntando—. Me has dicho que tu vida estaba en Australia. ¿Por qué no has vuelto?

Dudé antes de responder. Contarle a una Weston los problemas de mi familia era demasiado peligroso, así que le ofrecí una respuesta vaga.

—Porque aquí hay gente que me necesita.

Helena me miró detenidamente, como si supiera de quién estaba hablando, pero no insistió más en el tema.

—Vale, lo entiendo. Lo que no comprendo es por qué tanto odio a Nueva York. Puedo entender que prefieras Australia, sobre todo en los meses de invierno, pero… esta ciudad es tu hogar.

—Nací y me crie en Nueva York, pero eso no significa que sea mi hogar.

Esa puntualización no salió a la ligera de mis labios. Aunque le había comentado previamente a Helena lo que había provocado mi arrebato frente a las cámaras, contarle lo que sentía por Nueva York era una cosa muy distinta. Porque esta ciudad me asfixiaba.

Helena dejó a un lado el tenedor.

—Entonces ¿no hay nada que te guste de esta ciudad? ¿Nada en absoluto? ¿El edificio Chrysler, por ejemplo, el parque de High Line o Little Italy? A todo el mundo le gusta Little Italy. Tiene que haber algo que no odies.

—El aeropuerto me encanta —dije de broma, y sonreí cuando ella puso los ojos en blanco con gesto amable—. En realidad sí que hay un par de sitios que me gustan: uno de mis restaurantes, este apartamento o la playa de Rockaway Beach en verano. Pero odio la esencia de Nueva York: la estrechez de la ciudad, el tráfico, el ritmo, la falta de amabilidad de la gente. Y, por supuesto, el tiempo. No me digas que te parece que hace buen tiempo en Nueva York.

—Como bien has comentado antes, he pasado dos años en Inglaterra —replicó Helena riendo, y eso causó una presión agradable en mi estómago—. En cuanto al clima, sí, probablemente cualquier sitio sea mejor que este. —Luego volvió a ponerse seria y me miró pensativa—. Qué locura, ¿no? Tú no querías volver y yo no quería irme. Si nos hubiésemos intercambiado, todo habría ido bien.

Asentí.

—Al parecer compartimos el destino de no conseguir lo que queremos.

Helena sonrió con tristeza y, en ese simple gesto, observé tanta fragilidad que deseé rodear la encimera y darle un abrazo. No porque pensara que era débil, sino porque era lo suficientemente fuerte como para no tener que ocultar sus sentimientos. Helena despertaba algo en mí que no sabía entender ni describir y, cuando nuestras miradas se volvieron a encontrar, supe que no era el único que lo sentía. «¿Qué me estás haciendo?», pensé. Me cautivó desde el primer segundo. ¿Esto era lo que Adam había sentido con

Valerie? ¿Dejó de ser precavido porque pensaba que esa chica merecía cualquier sacrificio? No lo sabía, pero de repente, comprendí la expresión «contra toda lógica».

Quise decir algo, pero, un segundo después, sonó un ruido estruendoso: el timbre. Me disculpé con Helena, me levanté del taburete, me acerqué al telefonillo y me lo puse en la oreja.

—¿Sí?

—¿Hola? —dijo una voz de mujer—. ¿Es tuya la camioneta negra que está aparcada delante del bar tailandés? Una vecina me ha dicho que es tuya.

—Sí, es mía. ¿Algún problema?

—Eso parece. Será mejor que bajes para verlo.

—Voy. —Miré a Helena, que estaba sentada junto a la encimera y me miraba inquisitivamente—. Tengo que bajar un momento, hay algún problema con mi coche. Sírvete más pasta si quieres. Ahora mismo vuelvo.

Me puse los zapatos y salí del apartamento. Sin embargo, por el camino no me paré a pensar ni un momento en lo que le podría haber pasado al coche, sino en Helena. En que la situación parecía haber cambiado entre nosotros y en lo mucho que deseaba que siguiéramos así.

Incluso cuando sabía de antemano que era una idea absurda.

16

Helena

Cuando Jessiah salió del apartamento, me quedé unos segundos donde estaba, como si mis escrúpulos me ataran a él con una cuerda. De repente, me parecía mal llevar a cabo lo que había venido a hacer. Después de que me invitara a comer y habláramos (y especialmente después de sentir algo que me costó mucho dejar a un lado), ¿no debería simplemente pedirle que me diera la libreta? «¿Y qué razón le vas a dar? ¿Que la necesitas para investigar la muerte de tu hermana? Sigue siendo el hijo de Trish Coldwell y ella no debe saberlo. Has venido para ayudar a Valerie, ¿es que se te ha olvidado?».

Esa voz en mi cabeza me convenció de aprovechar esta oportunidad única, así que me recompuse y me levanté del taburete. Con tanta decisión como pude amasar, me dirigí a la cómoda que había junto al enorme sofá para abrir los cajones y ver si había dentro alguna libreta de rayas doradas. Me sentí un poco mal por invadir la privacidad de Jessiah, pero me tranquilicé pensando que él nunca se daría cuenta. Al menos, si me daba prisa.

En los cajones no encontré más que DVD, velas y objetos varios. Los cerré y me dispuse a darme la vuelta cuando mi mirada recayó sobre un par de fotos que había encima de la cómoda. Aunque sabía que no tenía ni un minuto que perder, me quedé mirándolas.

En una de ellas, aparecía Jessiah mucho más joven que ahora, seguramente con doce o trece años, sentado junto a un hombre a una mesa con un mantel a cuadros rojos y blancos. Parecía algún restaurante. Ambos se mostraban radiantes de felicidad, lo cual no era de extrañar con la enorme pizza que tenían delante. Este debía de ser su padre. Recordé que Adam no tenía una relación muy cercana con él, pero debía de haber sido totalmente distinto para Jessiah.

Seguí cotilleando y encontré una foto en la playa con un chico de cabello negro y una chica rubia en bikini que le pasaban el brazo por encima a Jessiah. Este llevaba el pelo mucho más largo que ahora, recogido en un moño. Los tres salían sonrientes y parecían pasarlo bien. A su lado había una foto en la que aparecía un niño de cabello moreno que supuse que sería Eli, y otra con Adam. Cogí esta última entre mis manos.

La foto debía de tener un par de años, porque Adam lucía más joven de lo que yo lo había conocido. Ambos hermanos iban vestidos con un chándal y, al fondo, reconocí unos árboles nativos del país, pero más salvajes que los de Central Park. Contemplé pensativa a los jóvenes que salían en la foto. Se parecían y, al mismo tiempo, no tanto. Era como si Adam fuera la versión educada de Jessiah. Los dos eran altos y rubios, pero Adam tenía una pose tranquila, un brillo suave en los ojos del que Jessiah carecía por completo. Incluso en esta foto en la que ambos parecían felices, tenía un destello desafiante en la mirada que me hacía sentir cosas que no quería sentir. Dejé la foto en su sitio al instante.

«Vamos, date prisa».

Rápidamente me dirigí a las puertas dobles que conducían al piso superior. Allí encontré el baño, que ya conocía de mi anterior visita y, al otro lado, había un vestidor. Abrí la puerta, encendí la luz y entré.

Tanto a izquierda como a derecha se habían instalado estanterías y percheros, pero la mayoría de ellos estaban vacíos, mientras que el suelo estaba lleno de cajas de cartón. Una punzada de emoción me recorrió el estómago. ¿Serían las cosas de Adam? Me agaché junto a las cajas y abrí una. Dentro había ropa, en su mayoría camisas y jerséis que seguramente pertenecieran a Adam. Deprisa, pasé a la siguiente, en la que encontré una caja con un reloj y revistas, y luego seguí. Hasta que encontré una cajita de cartón algo separada de las demás. Seguí mi instinto y la abrí.

El corazón empezó a latirme desbocado en cuanto vi lo que había dentro: una bolsa de plástico enorme con doble cierre en la que habían escrito con rotulador el nombre de Adam y la fecha de su muerte. Eran sus efectos personales en el momento de la muerte. Quizá el universo sí que me estaba tratando bien.

Me temblaban los dedos cuando abrí el cierre y saqué un par de billetes, una tarjeta de crédito y varios recibos. Y, entonces, vislumbré la libreta, encuadernada en cuero negro con una raya dorada, tal como la había descrito Simon. Había encontrado lo que estaba buscando. Había encontrado la libreta.

Me levanté rápidamente, guardé la libretita y volví a cerrar la bolsa con cuidado, al igual que la caja de cartón. Aunque parecía que Jessiah no había revisado las cajas últimamente, tampoco estaba segura. «Y ahora, sal de aquí». En el apartamento no se oía nada, por lo que entendí que Malia había conseguido entretener a Jessiah el tiempo suficiente. Ahora solo debía asegurarme de que todo estaba tal como lo encontré y volver a sentarme en el taburete de la cocina.

Al dejar la caja de cartón en su sitio, me llamó la atención algo que colgaba por fuera de otra de las cajas. Una prenda de mangas largas, de color azul marino y puños apretados, una sudadera más que normal. Sin embargo, las manos me volvieron a temblar cuando la saqué de la caja medio abierta. En cuanto sentí la tela entre mis dedos, se me hizo un nudo en la garganta, pero cuando puse la sudadera a contraluz, se me saltaron las lágrimas.

Era una sudadera de Columbia, con las letras y el escudo de la universidad un poco descoloridos. Pero ese no era el motivo por el que me había afectado tanto, sino más bien que esa sudadera había pertenecido a mi hermana. Valerie debía de habérsela prestado a Adam, porque le encantaba ponérsela por las noches, cuando se acurrucaban en el sofá para una noche de Netflix. Resistí la necesidad de llevármela a la nariz porque, si después de tanto tiempo hubiera tenido el más leve aroma a Valerie, me habría desplomado ahí mismo, en el vestidor de Jessiah. ¿Y si me llevaba la sudadera? ¿Se daría cuenta de que faltaba?

Todavía estaba considerándolo cuando oí unos pasos y cómo se cerraba la puerta del apartamento. Me quedé paralizada.

—¿Helena? —pronunció Jessiah sorprendido al no verme en la cocina, donde me había dejado.

—Mierda.

El pánico se apoderó de mí, que aún seguía con la sudadera de Valerie entre las manos, mientras mi mente funcionaba a toda velocidad.

¿Qué debía hacer ahora?

17

Jessiah

La joven que me esperaba en la puerta de abajo me contó que había visto que alguien le daba un golpe a mi coche, así que me dirigí rápidamente al final de la calle, donde se encontraba mi coche, para ver que la abolladura que había descubierto tenía ya un par de meses. Cuando fui a ver a uno de mis clientes en Harlem, aparqué en una esquina un poco complicada y un taxi le dio un golpe a la camioneta. Tenía pendiente llevarla al taller desde hacía mucho tiempo, pero había ido retrasándolo tanto que ya ni lo recordaba. Aun así, le agradecí a la chica que se hubiera tomado la molestia y volví a casa.

La puerta del apartamento seguía abierta, pero cuando entré me di cuenta de que el taburete de la cocina estaba vacío y el plato seguía allí. Helena no estaba por ninguna parte. ¿Se habría marchado? Después de la conversación que habíamos tenido, me extrañaba. ¿Quizá estaba en el baño?

—¿Helena? —la llamé.

Escuché una maldición entre dientes y un golpe sordo. ¿Venía del vestidor? Seguí la corazonada desagradable que sentí en mi interior y me acerqué. Estuve a punto de chocarme con Helena cuando abrí la puerta.

—¿Qué haces aquí? —pregunté.

Helena se quedó mirándome sorprendida, en las manos sostenía una sudadera azul oscuro que reconocí vagamente. Era de la Universidad de Columbia y estaba entre las cosas de Adam, aunque mi hermano había estudiado en Cornell. Y, entonces, entendí lo que pasaba.

—¿Por eso has venido? —pregunté con frialdad.

—Jessiah, no… —empezó ella, pero la interrumpí.

—¿Por eso has venido aquí? ¿Porque querías la sudadera de Valerie? —La miré fijamente, atónito y cabreado. Y más me cabreé cuando vi en la expresión de Helena que había dado en el clavo—. ¿Has venido hasta aquí, me has soltado una disculpa falsa, has sido amable, todo para robar algo de mi apartamento? ¿También ha sido cosa tuya que alguien viniera a buscarme para sacarme de casa y así poder rebuscar tranquila?

Retrocedió un par de pasos y dejó la sudadera sobre la caja donde supuse que la había encontrado.

—La disculpa no era mentira —explicó en un tono culpable que dejaba claro que todo lo demás sí que era verdad. Su visita había sido un montaje y yo había caído en la trampa.

—¿Y no se te ocurrió pedirme que te la diera? —pregunté con amargura—. Ah, no, los Weston no hacéis eso. ¡Siempre tan educados, eso es lo único que sabéis hacer!

Helena alzó el mentón y, de nuevo, vi la ira en su rostro, la expresión que siempre guardaba para mí.

—¡Cómo si fueras a dármela después de cómo me trataste en Tough Rock!

—¡Pues claro que sí! —espeté con un gruñido—. ¿Crees que querría quedarme con algo suyo? —Pasé a su lado, cogí la sudadera y se la dejé bruscamente en las manos—. Toma, llévate esta mierda. Antes de que la queme en una hoguera.

Helena la agarró y, durante unos segundos, sus dedos tocaron los míos y nos quedamos callados, entre todas las palabras que no habíamos dicho y las que sí. Luego aparté la mano, volví a zancadas hasta la puerta y la abrí.

—Supongo que ya tienes todo lo que buscabas.

No me dirigió la mirada mientras se ponía la chaqueta y metía la sudadera en el bolso.

—Gracias por la comida —pronunció en voz baja al pasar por mi lado.

—De nada —respondí en tono sombrío.

Acto seguido, cerré la puerta, me apoyé en ella y maldije en voz alta.

¡Joder, me cago en todo! ¿Cómo había podido ser tan estúpido? Sabía cómo funcionaba esa familia, sabía cómo se las gastaban los Weston y, sin embargo, no me lo había visto venir y había dejado que me engañara. Había algo en esta chica que me hacía olvidar todas las precauciones, todas las sospechas, solo deseaba que ella sintiera lo mismo. Pero una cosa era segura, como me juré lúgubremente en ese mismo instante: nunca volvería a suceder. Para mí, Helena Weston estaba muerta.

Para siempre.

18

Helena

El corazón me latió con fuerza en la garganta todo el camino en taxi de vuelta a casa. Mi cuerpo no me dejaba calmarme, como si supiera lo cerca que había estado de descubrirme. Eso sin hablar del cargo de conciencia. Y, para colmo, tras despedirme rápidamente de Malia y agradecerle su ayuda, llegaba tarde a la cena de esta noche. Mierda. Mierdamierdamierda. ¿Cómo era posible que hubiera salido tan mal?

Aún sentía una punzada de dolor por la mirada de decepción de Jessiah. Eso era lo que más me mortificaba, salvo ese momento en el que nos miramos cuando estábamos comiendo y sentí más claro que nunca que había algo entre nosotros. Algo que ninguno de los dos sabía explicar con palabras y que éramos incapaces de ignorar. Había disfrutado muchísimo de la conversación, de las risas, de su honestidad, de esa mirada que tenía. Desde que volví, no me había sentido mejor que en esa media hora.

Sentí que me dolía el estómago cuando comprendí que nunca volvería a mirarme o hablarme de ese modo. Todavía me resonaban en la cabeza los insultos que había pronunciado a puerta cerrada mientras yo corría escaleras abajo. Estaba más enfadado que nunca conmigo. Y eso que no sabía que no había ido a su casa por la sudadera, sino para robar la libreta de su hermano fallecido de entre sus pertenencias.

Respiré con dificultad y presioné los labios, mirando por la ventanilla del taxi. Antes me daba igual lo que pensaba o sintiera Jessiah, pero ahora me sentía como una mierda por haberlo engañado.

Cuando llegué a casa, mi madre me estaba esperando en el vestíbulo de la entrada. Estaba vestida con un conjunto perfecto estampado de cuadros grises y zapatos a juego.

—Por el amor de Dios, ¿dónde estabas? —me preguntó nada más verme—. Paige llegará en cualquier momento con sus padres y tú parece que has estado viviendo en la calle. ¿No te he dicho que tires ya esa chaqueta?

—Perdona, el tráfico está fatal —mentí, maldiciendo incluso por haberme puesto la chupa de cuero. Aunque lo cierto era que no había planeado llegar tan tarde. Normalmente me quitaba deprisa la chaqueta y la escondía antes de que la vieran mis padres.

—Pues date prisa y, por favor, ponte el vestido que te he comprado.

—¿Me has comprado un vestido? —pregunté frunciendo el ceño. Solo íbamos a cenar con la familia de Paige, que se consideraba un rango social inferior al nuestro. ¿Por qué mi madre estaba montando tanto follón por esta cena?

—Sí, porque está visto que tú no tienes ningún interés en reponer tu ropa. Venga, Helena, que vas a llegar más tarde de lo que es ya.

Me limité a asentir y me dirigí al piso de arriba con el bolso bien apretado al pecho. Una vez en mi habitación, saqué la sudadera de Valerie y la libreta de Adam y lo escondí todo detrás del estante suelto de mi armario. Si mi madre lo descubría, volvería a cuestionar si haberme traído a Nueva York había sido una buena idea. Podría haber dicho que era mía, ya que yo era alumna de Columbia, pero la sudadera estaba tan descolorida que difícilmente podía pasar por nueva.

Fue entonces cuando mi mirada recayó en el vestido que estaba sobre mi cama. Era de color rosa palo, con falda de tul y un delicado encaje en las mangas; exactamente el estilo que solía llevar antes de marcharme de Nueva York. Mi yo de diecisiete años habría saltado de alegría, pero la de ahora torció el gesto. Eché un vistazo a la etiqueta: Dolce & Gabbana. Seguramente habrá costado más de mil dólares. ¿Por qué me compraba mi madre algo así sin preguntarme?

Me fui al baño, me peiné y me maquillé de nuevo. Luego me desvestí y me puse el vestido. Me miré detenidamente al espejo. No es que me quedara mal, es que no me gustaba. Y algo en mí se negó a llevarlo.

Volví al armario y cogí otro vestido que había traído de Inglaterra, como la chaqueta de cuero: era negro y también tenía mangas de encaje, aunque era mucho menos femenino que el que me había comprado mi madre. Lo pillé en Saks porque la duquesa Kate lo había usado en algún evento y, claro, no me quedaba otra que tenerlo. Sin embargo, en Cambridge no había tenido oportunidad de usarlo; en las fiestas universitarias no se llevaba este tipo de ropa.

Estaba decidida a sacarlo de la percha, pero no me moví. Por supuesto, había una parte rebelde en mí a la que le hubiera gustado, pero el precio de este acto de resistencia me parecía demasiado alto. Si había algo que no podía hacer era dejar que mis padres pensaran que me parecía a Valerie. Y ella habría hecho lo que yo estaba a punto de hacer.

Suspiré ruidosamente, dejé el vestido en su sitio, me puse los zapatos y bajé las escaleras. Cuando llegué al último escalón, sonó el timbre y la criada se dispuso a abrir. Unos segundos después, mis padres y Lincoln llegaron al vestíbulo y saludaron a Paige y a su familia. Yo les di la mano y asentí educadamente.

—Estás muy guapa, hija —me dijo mi madre con una sonrisa de camino al salón—. Los colores claros te quedan mejor.

—Sí —respondí, aunque pensaba lo contrario—. Muchas gracias por comprármelo. Tienes razón, he descuidado mucho mi armario. La semana que viene iré de compras.

—Si quieres, puedo acompañarte. Hace mucho que no lo hacemos.

Sonreí.

—Estaría bien.

Una parte de mí se alegró de que quisiera pasar tiempo conmigo. Lo había echado en falta en los últimos años, pero sabía qué tipo de ropa acabaría en mi armario si lo hacía. A mi madre no le interesaba lo más mínimo cómo era su hija actualmente, solo veía lo que quería ver.

Durante el aperitivo estuve en silencio la mayor parte del tiempo, ya que me rondaba en la cabeza la tarde que había pasado con Jessiah. Todavía saboreaba la pasta en mi lengua, sus palabras en mi oreja y sus ojos sobre mí. Hoy había podido vislumbrar cómo era realmente el hermano de Adam y me había dado cuenta de que me gustaba. Sin embargo, él creía que lo único que quería era engañarlo, y eso me dolía más de lo que esperaba.

—Tobias, ¿cómo va el acuerdo de Winchester? He oído que estás teniendo problemas.

Acabábamos de sentarnos a la mesa del comedor frente a un plato de venado que Mary nos había preparado, cuando Clive, el padre de Paige, empezó a hablar de negocios. No me extrañó. Al fin y al cabo, este matrimonio también servía para fortalecer la relación entre ambas familias. Los Irvine se dedicaban al sector de la construcción y eran muy conocidos por restaurar edificios antiguos. Clive y mi padre llevaban varios años trabajando codo con codo.

—Nada que no tenga solución —respondió mi padre con una sonrisa—. El propietario tiene otra oferta en la mesa y le está costando decidir qué concepto prefiere. Pero nosotros tenemos a la ley de nuestra parte y seguro que conseguimos sacar adelante el proyecto.

—A menos que Trish Coldwell convenza al alcalde de que la defienda —contravino Clive—. Y lo tiene comiendo de su mano.

Mi padre frunció el entrecejo. Parecía enfadado.

—Si esa persona se cree que puede construir otra monstruosidad sin estilo en ese terreno, entonces se va a enterar de lo que es meterse conmigo.

Levanté la vista sorprendida. Mi padre había usado un tono seco y cargado de desprecio que nunca le había escuchado. Aunque quizá fuese porque llevaba mucho tiempo fuera de casa.

Cuanto más tiempo pasaba con mi familia, más convencida estaba de que el brunch de los domingos hacía mucho que no se celebraba y que nunca se volvería a celebrar. Mis padres y mi hermano se trataban con tanta seriedad que me resultaba ridículo imaginármelos en pijama tomando el desayuno juntos.

—No se le ha perdido nada en esta ciudad, en eso estamos todos de acuerdo —asintió la madre de Paige, Eleanor—. Pero, bueno, después de la muerte de su hijo mayor, ya no tiene ningún sucesor, así que quizá CW pase a mejor vida. Algo bueno sacaríamos de la tragedia.

Contuve el aliento.

—Madre —susurró Paige, atónita.

Sin embargo, a excepción de nosotras dos, nadie más pareció ofenderse de que Eleanor se alegrara tan abiertamente de la muerte de Adam y, por consiguiente, de la de Valerie. Mi madre hundió la vista en su plato y siguió comiendo, mi padre dio un sorbo a la copa de vino y Lincoln se limpió la boca con la servilleta. ¿Es que nadie pensaba decir nada? ¡Éramos los Weston, por el amor de Dios! Nadie nos insultaba, y menos entre estas cuatro paredes.

Respiré hondo.

—Estoy segura de que Valerie estaría muy contenta de que su muerte ayudara a derrocar a Trish Coldwell —dije con sarcasmo—. Pero creo que te estás apresurando demasiado. Trish tiene otros dos hijos.

Eleanor alzó una ceja depilada y prefirió ignorar mi primer comentario.

—Sí, pero ninguno de los dos es apto para seguir sus pasos. Elijah ni siquiera es capaz de ir al colegio todos los días porque está mal de la cabeza. Y de Jessiah mejor ni hablamos.

No pude evitar preguntarle al respecto.

—¿Por qué no?

Mi hermano pareció recuperar su voz en ese momento.

—No tiene ningún interés por la empresa familiar ni por nuestro entorno. Evita las altas esferas de Nueva York como la peste. Es algo que nunca ha ocultado, además.

—Pero ahora acompaña a su madre en los eventos oficiales —rebatí, y por la reacción que tuvo mi familia, me di cuenta de que debería haberlo pensado antes de hablar—. O eso he oído —añadí rápidamente, y tomé un sorbo de agua.

—Es cierto. —Mi padre me miró fijamente, como si quisiera saber cómo me había enterado de eso. Que ellos tuvieran constancia, no había acudido a ningún evento desde mi regreso.

—Sí, es evidente que Trish lo tiene ahora mucho más controlado. —Eleanor dejó su vaso sobre la mesa—. Se me ponen los pelos de punta cuando pienso en lo que solía hacer antes.

—¿Y qué hacía? —pregunté llevándome unas judías a la boca. Sabía que estaba colándome con el interrogatorio, pero era imposible que nadie de esta mesa supiera que yo había tenido algún contacto con el hermano de Adam.

—Bueno, ese no es un tema apropiado para la mesa. —La voz de mi madre dejaba entrever una leve advertencia—. De lo que podemos estar seguros es de que Jessiah no se va a encargar de la empresa en el futuro.

—Ni siquiera ha estudiado nada. —Eleanor arrugó la nariz—. Tiene veintitrés años y no ha hecho nada con su vida. Si fuera mi hijo, estaría avergonzada.

—En realidad, eso tampoco es del todo así —intervino Lincoln. Miré a mi hermano sorprendida. ¿Estaba defendiendo a

Jessiah?—. Es propietario de varios establecimientos gastronómicos de la ciudad. Y promueve varias *start-ups*, sobre todo restaurantes, cafeterías y discotecas.

Ese dato me habría sorprendido si no hubiera conocido hoy mejor a Jessiah. Me parecía algo plausible del chico que me había invitado a comer, aunque hasta ese momento no me había mostrado más que desprecio. Los cargos de conciencia me removieron el estómago, junto a otro sentimiento que prefería ignorar. ¿Por qué no me había guardado la libreta y había vuelto a su cocina? Así no habría pasado nada.

«¿Y qué habrías hecho después? Tus padres serían capaces de mandarte a la Luna antes de permitir que lo volvieras a ver».

—Esos restaurantes los heredó de su padre —negó Eleanor con la cabeza—. Y esos otros proyectos... no me parecen un trabajo digno. Más bien el pasatiempo de alguien que no sabe qué hacer con su vida.

—A mí me parece muy digno ayudar a la gente a levantar su propia empresa —comenté y, de nuevo, noté que había llamado la atención de mis padres.

«Ten cuidado, Helena, estás caminando sobre un hielo muy fino», me advirtió una voz en la cabeza.

Mi padre volvió a dirigirme una mirada penetrante, pero esta vez apartó la vista antes de lo que esperaba.

—Creo que podemos considerarnos afortunados de que nuestros hijos sigan el camino tradicional para su futuro —sentenció de forma diplomática—. A Lincoln le está yendo muy bien en la empresa y Helena seguro que encuentra una dedicación apropiada.

—¿No quieres trabajar para la empresa? —preguntó Clive con la misma suavidad con la que le hablaría a un niño de cinco años.

Quizá le preocupaba que la detestable de su mujer tuviera algo que decir.

—En realidad, todavía no tengo ningún plan. Mi hermana y yo queríamos montar nuestra propia empresa —tragué saliva—, pero desgraciadamente eso ya no va a poder ser.

—¿Tu propia empresa? Qué ambiciosa —asintió Clive con aprobación—. ¿Y a qué se dedicaría? Supongo que al negocio inmobiliario, no me imagino otra cosa cuando se juntan dos Weston.

—No, nada de inmuebles —respondí, tratando de mantener a raya mi tristeza—. Queríamos ofrecer visitas a la ciudad.

—¿Visitas a la ciudad? —Paige abrió los ojos de par en par—. ¿Te refieres a enseñarles el Empire State a una horda de turistas con riñonera y cámara de fotos? ¿Por qué querías hacer eso? —preguntó con el gesto torcido.

Me hubiera encantado replicarle un par de cositas al respecto, pero me controlé y me dirigí de nuevo a Clive.

—Elaboramos un nuevo concepto: «Friends and the City». La gente debería ver la ciudad como si se la enseñara un amigo o una amiga, no siguiendo a un guía malhumorado que tiene cinco grupos de turistas al día. Iba a ser un servicio completo con las visitas, las comidas, vida nocturna… Pero también relajado, viendo los rincones secretos de la ciudad, y siempre con un guía de tu misma edad a tu lado.

Mi madre presionó los labios y mi padre se sirvió otra copa. Nadie los superaba en la desaprobación silenciosa. Siempre detestaron la idea de Valerie y mía e intentaron disuadirnos, al contrario que Adam, que hasta nos prometió ayudarnos económicamente. Seguramente se alegraran de que ya no fuera a salir adelante.

—Pues me parece un concepto maravilloso —dijo Clive, y me alegré de que alguien de la mesa lo viera así—. Esta ciudad tiene mucho más que ofrecer que Liberty Island y Times Square. Sería una pena que nadie lo viera.

—Sí, eso es lo que siempre decía Valerie —sonreí.

—Si alguna vez lo pones en marcha, avísame. Tengo colegas de negocios en el extranjero que serían muy buenos clientes.

—Yo… —empecé, pero mi madre intervino.

—Evidentemente, Helena no tiene ninguna intención de seguir los pasos de su hermana. ¿No es cierto, querida? —Su mirada era una clara advertencia para que no dijera nada fuera de lugar y, de repente, entendí por qué se había tomado tan en serio esta cena. Quería dejarles claro a los Irvine que Valerie había sido una excepción, la oveja negra de los Weston. Por eso tenía que ponerme este vestido, porque yo era la hija insignia, y Valerie nunca se habría vestido así.

En mi interior brotó una ira incontrolable que hizo que me faltara el aire y me temblaran las manos. No debería haberme sorprendido de que pensaran así sobre Valerie; siempre había sabido que mi hermana desafiaba a mis padres con su terca forma de ser. Pero lo que más me dolía era ver lo poco que defendían a mi hermana. Se habían distanciado de su hija como la rama enferma que se corta de un árbol para que no contagie a las demás. Y, en ese momento, los odié por ello.

Sin embargo, no podía decir nada, no podía mostrar mi rabia. Si lo hacía, me enviarían a Inglaterra a la mañana siguiente y no tendría ninguna oportunidad de limpiar el nombre de Valerie. Así que me esforcé por recobrar la compostura y lo conseguí.

—No —respondí con una sonrisa tan pasiva como pude—. Por supuesto que no.

Acto seguido, cogí el tenedor y comí en silencio. Sentí pena, ya que la única persona a la que quería contarle cómo me sentía en esos momentos ya no estaba en mi vida.

19

Helena

Era más de medianoche cuando por fin cerré la puerta de mi habitación, me cambié el vestido por el pijama y me desmaquillé en el baño. Los Irvine se habían quedado un buen rato para hablar de los detalles de la boda y yo no me había atrevido a preguntarles a mis padres si podía marcharme. Así que me había quedado sentada en el salón escuchando la discusión en silencio: si llamaba más la atención una boda de verano o de invierno y qué hoteles de lujo eran mejores para la celebración. Y durante todo ese tiempo, me pregunté qué habría dicho Valerie sobre todo este asunto. «Linc, ¿con esa Barbie buscona te vas a casar? No lo dirás en serio». No habría dudado en dejar claro lo que pensaba, pero ella no estaba para comentar la decisión de Lincoln.

Ni estaría nunca.

Me acerqué al armario, aparté la balda suelta y cogí la libreta. Acaricié con los dedos la sudadera de Valerie, pero no me atreví a sacarla. Me fui a la cama con la libreta, me metí dentro, encendí la lámpara de la mesita de noche y apagué la del techo. Mis dedos permanecieron inmóviles sobre el elástico estrecho que cerraba la libreta. ¿Encontraría dentro lo que andaba buscando? ¿O habría sido todo para nada y tendría que empezar de cero?

Nunca lo sabría si me quedaba mirando la cubierta, así que me recompuse y quité el elástico. Abrí la libreta con la respiración contenida. Las páginas crujieron levemente cuando empecé a hojear lo que había en ellas. Y, entonces, solté el aire y sentí que se me hacía un nudo en la garganta. Nombres y cantidades de dinero, tal como Simon me había contado. Si conseguía localizar al chaval al que habían echado de la habitación de Adam, estaría mucho más cerca de averiguar la verdad.

Seguí avanzando, ya que lo más lógico era que estuviera en las últimas entradas. Simon me había contado que Adam le había dado dinero al camello para que dejara de vender droga, y no podía haber sido mucho antes de que se celebrara la fiesta de compromiso. Busqué entre las notas a alguien cuyo nombre empezara por P y lo encontré en la penúltima página. «C. Pratt» y, al lado, «5.000», lo cual debía significar que Adam le había prestado cinco mil dólares. Aparte de ese, también encontré otros dos nombres con P, que apunté en mi móvil, pero algo me decía que ese tal Pratt era el indicado. Y así fue. No tardé ni tres minutos en encontrarlo en Instagram, donde publicaba fotos en varias discotecas de Nueva York. Siempre iba vestido con ropa cara y acompañado de chicas guapas. La cuenta se llamaba @colton4prattident y su significado, un juego de palabras con su apellido y la palabra «presidente», me hizo poner los ojos en blanco, a pesar de que se trataba de una ventaja. Tenía predilección por los trajes y ningún sentido de la modestia, pero no me importaba. Bajé la vista al móvil y sentí una felicidad anticipada llena de rabia.

—Colton Pratt —murmuré en voz baja—. Ya es hora de que nos conozcamos.

La Glowfly era una de esas discotecas a las que todo el mundo quería ir, pero donde la mayoría se quedaba en la puerta. El local era un poco estrambótico, un poco prohibido y, por supuesto, condenadamente exclusivo. Se encontraba en las afueras de Nolita, por lo que no estaba en un barrio que solieran frecuentar los ricos, pero ese era precisamente su atractivo. También para Colton Pratt, que hacía aquí sus trapicheos.

No había salido de fiesta ni una sola vez desde que había vuelto a Nueva York, y eso que ya habían pasado cinco semanas. Sin embargo, por un lado, había estado demasiado ocupada con la universidad y la investigación de Valerie y, por otro, mis padres me impedían salir por las noches y me obligaban a participar en cenas de negocios en casa o me llevaban a eventos. Mi primera quincena en Nueva York solo había sido el periodo de gracia y, a partir de ahí, me encontré cenando tres veces por semana con gente a la que debía convencer de que no me parecía en nada a mi hermana. Evidentemente, no lo dijeron nunca en voz alta, pero yo sabía perfectamente lo que esperaban mis padres de mí. Ya en su día no me gustaba que me exhibieran en los eventos como un caballo de buen ver, pero ahora lo detestaba con todo mi ser. Sin embargo, no me quedaba otra si quería quedarme en Nueva York, así que apreté los dientes e hice lo que me pedían.

En la mayor parte de los casos. Porque hoy pensaba aprovechar que mis padres estaban pasando el finde fuera para seguir la pista que me habían dado Simon y la libreta de Adam. No fue difícil descubrir qué locales frecuentaba el camello, ya que lo publicaba todo en Instagram. Los días en los que los nombres de la gente como él apenas eran un susurro entre los pasillos eran cosa del pasado.

La cola de la Glowfly se alargaba media manzana cuando me bajé del taxi, y me alegré al notar que, ahora que estábamos a principios de abril, empezaba a hacer más calor. Hasta el momento había conseguido eludir que mi madre me pusiera un chófer privado, no parecía tener prisa por contratar a nadie. ¿Para qué molestarse cuando podía controlarme la mayor parte del tiempo?

Me cuadré de hombros, alcé el mentón unos centímetros y marché con el corazón acelerado junto al resto de gente. Nunca había estado en la Glowfly; antes de que me mandaran a Inglaterra, el local no era más que un patio trasero. Tampoco me reconocería nadie, aunque primero tendría que ver si me dejaban entrar. Un par de años antes hubiera sido fácil: ningún propietario de discoteca que valorara las relaciones públicas habría rechazado a Valerie Weston. Pero hoy iba sola. Pronto descubriría si mi nombre servía de algo en la Glowfly.

—Hola —saludé al portero, que estaba ocupado con un grupo de chicas borrachas a las que no quería dejar pasar.

Se giró hacia mí con el gesto crispado.

—¿Sí? —preguntó, y repasó con la mirada cómo iba vestida: un vestido negro, no demasiado corto, pero sí lo suficiente, con tacones altos, un bolso clásico de Chanel y mi chaqueta de lentejuelas escandalosamente cara de Prada. No obstante, no quise usar la baza de la ropa cara.

—Helena Weston —dije con el tono que siempre le había oído a mi hermana, un deje de confianza que bordeaba la arrogancia—. Me están esperando dentro.

Como era de esperar, el portero abrió los ojos ligeramente y compuso una expresión que reconocí como agradecimiento. Acto seguido, apartó el cordel negro y abrió la puerta.

—Bienvenida a la Glowfly —dijo. Después cerró la puerta a mi espalda y siguió ocupándose de las otras chicas.

Dejé escapar el aire con alivio. Había sido más fácil de lo que esperaba. Ahora me quedaba la parte más complicada de la noche.

Dejé la chaqueta en el guardarropa y me dirigí al interior de la discoteca. Estaba hasta los topes, lleno de gente vestida desde lo más chic a lo excéntrico, que bailaba en la pista o estaba sentada en las zonas de *lounge*, de asientos bajos y sofás tapizados de terciopelo y botones brillantes. En honor al nombre del local, por las paredes se extendían hasta el techo unas luces que parpadeaban ligeramente. Sonreí al verlo; a Valerie le hubiera gustado este sitio.

Había bastante gente en la barra, pero uno de los camareros no tardó en llamar mi atención.

—Hola —me saludó—. ¿Qué te pongo?

—Un gin-tonic con hielo, por favor —respondí antes de hacerle la pregunta que había ensayado cien veces en mi cabeza. Incluso un par de veces delante del espejo—. Oye, ¿por casualidad has visto a Colton Pratt esta noche?

—¿A Pratt? —El camarero negó con la cabeza—. No, todavía no. Pero no creo que tarde en llegar, todavía es pronto.

Por suerte tenía tiempo de sobra, mis padres estarían en Boston dos días para reunirse con unos socios. Desde hacía años, mi familia tenía propiedades allí, por lo que a menudo visitaban esa hermosa ciudad, que se encontraba a un par de horas al norte. A mí me venía genial, porque hoy no habría podido usar a Malia como coartada. De hecho, a ella no le había contado que pensaba venir aquí. Colton Pratt era narcotraficante, por lo que no se podía decir que fuera un ciudadano modelo, y estaba segura de que Malia se habría opuesto a que hablara con él.

—Aquí tienes tu gin-tonic.

El camarero me puso la copa por delante y yo le entregué un billete de cincuenta.

—Gracias —sonreí—. Y si ves a Pratt, avísame.

Sabía cómo era por las fotos de Instagram, pero era mejor no arriesgarse.

—Claro —asintió. Le di las gracias y se fue a atender a otro cliente.

Cogí la copa y me dirigí a los asientos que había detrás de la pista de baile, ya que desde ahí se veía mejor la entrada. Sin embargo, no pasé desapercibida durante mucho tiempo.

—¿Helena? —oí una voz sorprendida sobre la música del local—. Helena, ¿eres tú?

Me volví y vi quién me estaba hablando. Se trataba de Madeleine Richardson, más conocida entre sus múltiples seguidores de YouTube como Maddy Rich, una de las antiguas amigas de mi hermana y la más rápida en volver a la vida cotidiana después de su muerte. Consideré fingir que se había confundido, pero luego lo pensé mejor. Cualquier fuente de información que me ayudara era bienvenida. Y Maddy conocía a todo el mundo.

—¡Hola! —la saludé con un entusiasmo fingido, y me acerqué.

Me dio dos besos en el aire cerca de la mejilla izquierda y derecha.

—Qué alegría me da verte —aseguró con una sonrisa—. Habíamos escuchado que habías vuelto a la ciudad, pero como desapareciste sin dejar rastro, pensé que solo eran rumores.

Le devolví la sonrisa.

—Pues no, he vuelto.

—Ya veo. Y estás estupenda. Te noto más adulta. Ven, tómate algo con nosotros. —Me llevó hasta unos sofás de terciopelo sobre una tarima en los que estaban sentadas otras cuatro o cinco personas. En un primer momento, quise negarme, ya que mi intención era esperar a Pratt, pero luego me di cuenta de que desde allí se tenía una vista aún mejor de la puerta, así que me dejé llevar—. Gente, seguro que os acordáis de Helena, ¿verdad? La hermana pequeña de Valerie —dijo señalando a sus amigos. Sus rostros variaron de la perplejidad a la felicidad, pero en ninguno reconocí un sentimiento de culpa.

A pesar de la ira visceral que sentía, los saludé amablemente y me senté en un hueco entre Maddy y el que estaba sirviendo champán, Preston Whitaker, que parecía tan arrogante como su nombre. Nunca habíamos tenido mucho en común, así que no me extrañó que me mirara como si no me conociera. Aunque eso dio igual, ya que Maddy me acaparó por completo.

—Bueno, cuéntame, ¿qué tal por Inglaterra? ¿Has conocido a algún miembro de la realeza?

¿Eso era lo que le interesaba? Reprimí un bufido, aunque no debería haberme sorprendido.

—No —respondí, y señalé mi gin-tonic cuando Maddy me ofreció una copa de champán—. Y, como te podrás imaginar, no ha sido muy divertido estar en el exilio.

—Bueno, pero ya estás aquí. —Sacó el móvil—. Tenemos que decírselo a la gente pero ya. ¿Tienes algún hashtag para tu regreso?

Levanté una mano para impedir que nos hiciera una foto juntas.

—Lo siento, no puedo. Mis padres me matarían si supieran que estoy aquí. Ya sabes, por lo que le pasó a Valerie. Es mejor que vaya de incógnito.

Maddy abrió los ojos de par en par y reconocí un sentimiento de arrepentimiento en ellos.

—Oye, siento mucho que no pudiéramos hacer más después de que Westwell…, después de que ambos tuvieran un final tan trágico. Pero mis clientes se opusieron y Valerie no hubiera querido que perdiera mi sustento para emprender una guerra inútil contra Trish Coldwell. El espectáculo debe continuar. Valerie habría hecho lo mismo.

Quise rebatir esa afirmación con todo mi ser, porque estaba segura de que Valerie hubiera sido leal. Pero cuando miré a las personas que había sentadas a la mesa, ocupadas mirando el móvil o manteniendo conversaciones triviales, no tuve claro si mi hermana los consideraba amigos de verdad o simplemente salía con ellos por conveniencia. Lo que sí sabía seguro era que, por mucho que en el pasado hubiera deseado formar parte de este grupo tan exclusivo, ahora no me interesaba lo más mínimo.

Así que me puse a pensar una respuesta adecuada mientras dejaba caer la mirada sobre la puerta otra vez… y, de repente, me quedé sin aliento. No porque por fin hubiera llegado Colton Pratt, sino porque acababa de aparecer Jessiah Coldwell.

No nos habíamos visto desde aquella tarde en su apartamento hacía más de tres semanas. Me sorprendí a mí misma buscándolo en los eventos a los que iba con mis padres, pero no estuvo en ninguno. Ni siquiera sabía qué habría hecho si me lo hubiese encontrado. ¿Volver a disculparme? ¿Explicarle que en realidad quería robar la libreta de Adam y no la sudadera? «Ja, ja, ja, pues claro que no». Aun así, mi corazón retumbó con ganas contra mis costillas en cuanto lo vi.

—Ah, sí, es Coldwell II. —Maddy también se había dado cuenta. Me dedicó una mirada comprensiva—. ¿Hago que lo echen? —ofreció—. Me llevo bien con los porteros.

Estuve a punto de echarme a reír ante esa sugerencia. Aunque no había visto a Jessiah en las últimas semanas, lo había buscado en Google más veces de las que podía admitir. Seguramente ya me había leído todos los artículos que existían sobre él, de los cuales pocos hablaban de su papel en la familia Coldwell. La mayoría trataban de su compromiso con los restaurantes, bares y discotecas de los que hablaba Lincoln. Al parecer, Jessiah convertía en oro todo lo que tocaba y, por lo tanto, era bienvenido en todos los locales de Nueva York. Ni aunque Maddy hubiera sido la presidenta del país habría convencido al dueño de que tenía que echar a Jessiah Coldwell.

—No, no hace falta —negué con la cabeza, pero no dije nada más. No podía contarle a nadie que una parte de mí se alegraba de verlo, con ese sencillo atuendo de camisa gris y vaqueros con el que lucía más que cualquiera del resto de los chicos que estaban allí con ropas caras o extravagantes. Jessiah no necesitaba nada llamativo para captar mi atención, le bastaba con su mera existencia. Desde que se disculpó por lo que dijo sobre Valerie, había aumentado su influencia sobre mí. Seguramente porque la ira ya no era capaz de vencer a otro sentimiento muy distinto.

Jessiah se rio sobre algo que le había dicho su amigo, que reconocí como Balthazar Lestrange, y se acercaron a la barra. Desde allí, echó una miradita al resto de la discoteca y, como si siguiera el guion de nuestra complicada historia, se encontró con mi mirada unos segundos después.

Apenas había luz, pero me dio la impresión de que veía rabia en sus ojos. Aunque pensaba girarme para apartar la mirada, finalmente fue él quien lo hizo al darme la espalda.

Una sensación de decepción se abrió paso por mis entrañas. «¿Qué esperabas?», se preguntó una voz en mi cabeza. No tuve respuesta.

—¡Hombre, por fin has llegado!

Maddy se puso en pie y yo levanté la vista, enfadada, ya que ni siquiera me había dado cuenta de que alguien se había acercado a la mesa. El recién llegado fue recibido con alegría por todos los presentes, hasta que se giró en mi dirección y el saludo se quedó atascado en mi garganta.

—Hola, no nos conocemos, ¿verdad? —me preguntó con una sonrisa. Sus ojos oscuros brillaron con interés.

—No —respondí extendiendo la mano—. Me llamo Helena.

—Colton Pratt. —Aceptó mi mano y siguió sonriendo—. Encantado de conocerte, Helena.

20

Jessiah

—¿Has reconsiderado lo del Harper?

Thaz alzó su copa para que brindara y le seguí la corriente, aunque en realidad me tenía de los nervios.

—¿Cuántas veces me lo vas a preguntar?

—Pues hasta que me digas que sí. —Mi amigo me sonrió—. Además, ya hace un montón desde que lo hablamos en el Bella Ciao, me tocaba recordártelo.

Puse los ojos en blanco.

—No he venido aquí para hablar contigo del Harper, sino para divertirnos un poco. —Para eso la Glowfly era el mejor sitio—. Si solo piensas darme por culo sobre el restaurante, me largo.

—Joder, tío, tranquilízate. —Thaz levantó las manos—. Llevas semanas con un humor de perros, mucho peor del que te suele causar Nueva York. ¿Quieres contarme de una vez lo que te pasa?

—¿Qué me va a pasar? —Comencé a enumerar—: Trish ha redoblado sus esfuerzos por convencerme de que trabaje en su empresa, ninguno de mis proyectos está saliendo como debería y mi hermano lleva una semana sin pisar el colegio porque le da miedo salir de casa. ¿Cómo quieres que esté de buen humor, Balthazar?

—¿Eli ha vuelto a recaer? —preguntó Thaz, inquieto—. ¿No iba a ir a una psicóloga nueva?

—Sí, así es, pero me da la impresión de que sus métodos no están mejorando nada.

Me bebí la copa de un trago y pedí otra con un gesto de la mano. Intenté con todas mis fuerzas no volver a recorrer la discoteca con la mirada. No sirvió de nada. Mis ojos recayeron de nuevo en Helena, que estaba sentada con un grupo del Upper East Side y parecía estar pasándoselo estupendamente.

Habían pasado tres semanas. Tres semanas desde que había venido a mi casa para robar la sudadera de Valerie, y todavía estaba enfadado por ello. No porque pareciera tener tendencias criminales, sino porque me había engañado. Normalmente se me daba bien saber cuándo estaban aprovechándose de mí, pero mi habilidad había fracasado estrepitosamente en su caso. De hecho, cuando se sentó en mi cocina y se comió mi pasta, estaba convencido de que sus disculpas eran sinceras, pero lo había fingido todo para recuperar un recuerdo de su hermana.

Mis sentimientos se habían enfriado al no verla en tanto tiempo, pero ahora regresaron con toda su fuerza. No solo la decepción y el enfado…, sino todo lo demás. No porque estuviera rematadamente sexy con ese corto vestido negro; de hecho, me gustaba más cuando iba con unos simples vaqueros y la chupa de cuero. Era por ella. Simplemente ella. No era capaz de explicármelo, pero cuando nuestras miradas se encontraron y vi el arrepentimiento en sus ojos, volví a sentir esa atracción. Conseguí mantenerla a raya mediante la razón y la rabia que sentía, pero eso no implicaba que fuera capaz de quitarle los ojos de encima por completo. Sobre todo si él estaba sentado a su lado.

—¿A quién miras tanto? —Thaz siguió mi mirada y encontró su objetivo—. Ah, vale. ¿No decías que Helena no significaba nada para ti?

—Y así es —gruñí. Y, sin embargo, no quería verla tan cerca de Colton Pratt, con quien estaba coqueteando como si no fuera uno de los camellos más solicitados de la ciudad—. ¿Qué hace con Pratt? ¿Es que no sabe quién es?

Thaz se encogió de hombros.

—Ni idea. Por lo que se comenta por ahí, no ha salido de fiesta desde que llegó. Se dice que los padres la tienen atada en corto después de todo lo que pasó con Valerie. Pero no te preocupes, está con Maddy Rich, Whitaker y demás. Tendrán cuidado.

—Sí, claro. —Los amigos inútiles de Valerie seguro que constituían una barrera de seguridad formidable. En absoluto.

Nos pusieron en una mesa desde la que se veía toda la discoteca y me senté de forma que tuviera buena vista del grupo de Helena. Sin embargo, no estuvimos mucho tiempo a solas, ya que Cassandra, la propietaria de la Glowfly, se acercó a vernos.

—Hola, chicos. —Se dejó caer en el cojín que había junto a Thaz y puso los ojos en blanco—. Hoy va a ser una de esas noches. Primero se rompió el dispensador de agua, luego el del hielo, dos clientes se han puesto a follar en mi despacho y, si los empleados no hubieran estado al quite, un ventilador habría incendiado el almacén.

—O sea, un sábado noche como cualquier otro, ¿no? —pregunté en broma.

—Exacto —dijo riendo—. Me he enterado de que el gran Jess Coldwell ya no busca solo invertir, sino que quiere montar algo propio.

Busqué a Thaz con la mirada.

—Tienes ganas de morir, ¿no?

—¿Por qué me miras a mí? —replicó este—. Ha sido Cass la que lo ha dicho, no yo.

—Después de que tú hayas extendido el rumor.

—En absoluto. Es posible que alguien me haya preguntado y yo no haya negado que vaya a abrir un local. Y puede que haya mencionado tu nombre un par de veces, pero nunca nos he relacionado a los dos, lo juro —dijo con la mano en el corazón.

Cassandra me miró de hito en hito.

—Entonces ¿no es verdad?

Negué con la cabeza.

—No. Lo que Balthazar no entiende es que su deseo no se va a hacer realidad.

Mi amigo puso los ojos en blanco y, mientras le explicaba a Cassandra que yo algún día entraría en razón, dirigí la mirada a Helena, que seguía sentada junto a Pratt. Si no me equivocaba, en los últimos minutos parecían haberse acercado más.

No, no me equivocaba. Mis dientes rechinaron ligeramente cuando vi que Pratt acariciaba la mejilla de Helena y se inclinaba más. No eran celos lo que provocaba esa reacción, o al menos, no exclusivamente. Sobre todo era preocupación.

—Me voy a acercar —dije, y me puse en pie.

—¿Qué piensas hacer? —Thaz me agarró del brazo—. ¿Pretendes pelearte con Pratt? A Helena no parece importarle que le esté dando el coñazo.

En eso tenía razón, aunque no entendiera por qué. Sí, Pratt no era feo y sabía cómo comportarse, al menos, mientras no lo tomaran por tonto. Pero era un gilipollas y no quería que Helena estuviera cerca de él.

Mi móvil vibró en el bolsillo de mis pantalones y lo saqué. Cuando vi el nombre en la pantalla, contuve la respiración y me olvidé de Helena y Pratt por un segundo. Miré a Thaz.

—Voy a salir un momento, es importante.

Mi amigo se limitó a asentir y siguió hablando con Cassandra, mientras yo me abría paso entre la gente, le dedicaba una última mirada a Helena y buscaba la puerta oscura que se camuflaba en la pared. Al otro lado se encontraba la sala del personal, pero la discoteca estaba tan abarrotada que no había nadie. Entré y acepté la llamada.

—Hola, Mia. —Noté que el corazón me latía en la garganta.

—Hola, Jess, cuánto tiempo —respondió ella. Su voz suave con acento australiano despertó tantos recuerdos en mí que me tomé un momento antes de contestar.

—Sí, es cierto.

No habíamos vuelto a hablar desde que lo dejamos por Skype porque yo no tenía tiempo para ir a verla. Los dos nos sentamos frente al ordenador y lloramos, pero en algún momento nos dimos cuenta de que no solo debíamos acabar con la relación, sino con aquella conversación. Esa había sido la última vez que había escuchado su voz. Después de eso, apenas había hablado un par de veces con Paul por teléfono para finiquitar el traspaso del hostal y, finalmente, también dejé de tener contacto con él. Instagram era la única vía que tenía para saber algo de ellos. Así es como me había enterado de que Mia y Paul eran novios. Por todo ello, esta llamada era más que extraña.

—¿Qué hora es allí? —preguntó Mia—. Espero no haberte despertado.

Siempre se confundía con el cambio horario cuando teníamos una relación a distancia.

—No, qué va. Son poco más de las once de la noche, pero he salido.

Para ella debían de ser las tres de la tarde. Seguramente hacía buen tiempo, ya que estaban a finales de verano. Oí que Mia inspiraba.

—¿Cómo te va, Jess? ¿Nueva York sigue siendo un infierno para ti o ya te has acostumbrado?

—Estamos a principios de abril y sigue haciendo diez grados en la calle, eso debería contestarte, ¿no? —respondí en broma. No quería contarle cómo me sentía de verdad. Aunque notaba una cercanía especial al hablar con Mia, era consciente de que los días de contárnoslo todo ya habían quedado atrás—. ¿Y vosotros? ¿Va todo bien? Me refiero al hostal.

Evidentemente no quería hablar de su relación con Paul.

—Bueno…, no mucho. Por eso te he llamado. —Hizo una pausa—. Hemos tenido unos problemillas últimamente. No te lo pediría si tuviera otra opción, pero primero sufrimos una tormenta que nos impidió alquilar cuatro bungalós, luego se nos rompió el aire acondicionado y…

—¿Cuánto necesitas? —la interrumpí, porque no quería que me diera explicaciones. Tanto ella como Paul estaban haciendo un buen trabajo con el hostal, pero no tenían muchos ahorros. Si no me hubiera ido, no tendrían estos problemas, así que naturalmente quería ayudar.

—No mucho —tartamudeó—. Con cinco mil nos basta.

—¿Solo cinco mil? ¿Estás segura? —Por los desperfectos que había mencionado, parecía que necesitaba el triple o el cuádruple.

—Sí. Con eso ya podemos pedir un préstamo.

Esa frase me dolió en el alma.

—¿Prefieres pedir un préstamo y pagar los intereses que dejar que te preste el dinero?

—Jess, no tiene nada que ver contigo. Sé que nos darías mucho más, pero Paul... —se quedó callada.

Entonces lo comprendí.

—Paul no tiene ni idea de que me has llamado, ¿verdad?

—No. —Como me imaginaba. Nunca habría dejado que Mia me llamara para pedirme dinero. No con el pasado que teníamos—. No quería que lo hiciera. Decía que ya habías sido bastante generoso al darnos parte del negocio sin pedir nada a cambio como para ahora exprimirte más dinero.

Suspiré. Paul era una persona orgullosa, una cualidad que siempre me había gustado de él. Ya éramos amigos cuando vivíamos en Nueva York y, un día, se nos ocurrió emigrar y montar un hostal en Australia. Solía sentirse incómodo porque yo fuera el único que aportaba capital, mientras que él solo aportaba mano de obra, ganas e ideas. A mí nunca me molestó, pero sí que habíamos discutido por ello, así que no me extrañaba que hubiera rechazado la sugerencia de Mia de pedirme ayuda.

—¿Le vas a decir de dónde has sacado el dinero? —pregunté. ¿Y estaba yo dispuesto a dárselo si me decía que no? No quería ocultarle nada a mi amigo, incluso aunque ya no lo fuéramos en realidad. Pero, por otro lado, su relación no era asunto mío. Si Mia quería mentirle, no era cosa mía.

—Ni idea. —Exhaló—. Aún no he pensado en eso.

—No quiero saber nada de eso —dije.

—Jess…

—No, Mia, déjalo.

La forma en la que había pronunciado mi nombre me causó un profundo dolor. No porque la extrañara a ella, sino porque extrañaba lo que habíamos tenido juntos. Saber que tenía a alguien incondicionalmente, sentir que había hecho lo correcto al confiar a ciegas en esa persona, todo eso lo echaba en falta más de lo que creía. Pero tendría que esperar, porque mi corazón no soportaría perder a alguien así otra vez.

—Mándame los datos bancarios para hacerte el ingreso. Ya aclararemos los detalles más adelante.

—Gracias. Te lo agradezco de todo corazón. —Sonaba sincera.

—De nada.

Me despedí y colgué. Durante un momento, me quedé allí plantado y, luego, volví a la discoteca. Thaz seguía con Cassandra en la mesa, así que automáticamente dirigí la vista hacia el otro lado de la sala, donde estaba Helena con Pratt.

No, más bien, donde Helena había estado con Pratt. Porque se había ido. Se habían ido los dos.

—¿Dónde está? —le pregunté a Thaz. Mi intuición se había convertido en un miedo auténtico.

—¿Dónde está quién?

—¡Helena, joder!

Se dio cuenta de que ya no estaba donde la había visto antes, pero desdeñó el problema con un gesto.

—Seguramente esté bailando.

Pasé la mirada por la pista de baile, pero no estaba por ninguna parte. Mierda. ¿Se habría ido con Pratt a casa? No, no haría algo tan irresponsable. ¿O sí? ¿Qué sabía en realidad de ella?

Sin pensármelo dos veces, me dirigí a los baños e ignoré que Thaz me llamaba. Tenía que encontrarla. Tenía que encontrarla como fuera.

Lo antes posible.

21

Helena

Me quedé petrificada en cuanto vi que Colton Pratt se acercaba a nuestra mesa, a pesar de que esperaba conocerlo y de que precisamente por eso me encontraba allí. Sin embargo, cuando me dio la mano y se presentó, se apoderó de mí un miedo atroz. No solo porque fuera un narcotraficante conocido en toda la ciudad y, por tanto, un criminal, sino, sobre todo, porque pretendía sonsacarle información y, de repente, no tenía ni la más remota idea de cómo hacerlo. Así que en un primer momento me limité a sonreír, incapaz de pronunciar una sola palabra, pero cuanto más tiempo pasaba sentada charlando con él, más relajada me sentía. Colton no solo era un tío guapo, sino también divertido, encantador e inteligente. No tuve que esforzarme mucho para coquetear con él y me sorprendí a mí misma riendo con ganas al oír sus bromas. Pero no olvidé mi plan, simplemente me lo ponía más fácil, o al menos, eso esperaba.

—¿Cómo es posible que jamás te haya visto en esta hermosa ciudad, Helena? —me preguntó Pratt.

Cogí mi copa de la mesa y apoyé el brazo en el reposabrazos del sofá en el que estábamos sentados. Los demás se habían ido a bailar, excepto Preston, que estaba sentado en una butaca con el móvil en la mano y no nos prestaba atención.

—Pues porque he estado una temporada en el extranjero —respondí yo. Hasta el momento, no se había dado cuenta de que era la hermana de Valerie, y yo no pensaba contárselo, no fuera a ser que eso le disuadiera de hablar conmigo.

—¿En el extranjero? —Me miró atentamente—. ¿Dónde?

—En Cambridge, Inglaterra. He estado estudiando allí —respondí con una sonrisa, mientras pensaba frenéticamente cómo pasar de este tema a la noche en la habitación de Adam y Valerie.

—Vaya, Inglaterra —asintió, impresionado—. ¿Cómo es que has vuelto? ¿Te cansaste del mal tiempo y el pescado frito con patatas?

—Algo así, sí. —Le sonreí de lado y decidí arriesgarme. Llevábamos allí sentados una hora y tenía la sospecha de que, a menos que le diera un motivo para quedarse, no tardaría en marcharse para ocuparse de sus asuntos—. En Inglaterra estaba bien, pero Nueva York ofrece mejores posibilidades de… entretenimiento.

Pratt levantó una ceja.

—No me digas.

Deslizó su mano por mi cuello y me acarició suavemente la piel. Sentí que algo en mi interior se tensaba con placer, aunque no tuviera ningún sentido. Me di cuenta en aquel momento de que llevaba demasiado tiempo sin estar con nadie físicamente. No quería poner fin a mi mala racha con Pratt, pero tampoco podía ignorarlo por completo, al menos hasta que consiguiera la información, así que sonreí y fingí que me agradaba que me tocase, lo cual no estaba muy lejos de la verdad.

—Pareces bastante seguro de que eres mejor que el pescado frito con patatas —comenté, y Pratt soltó una carcajada, pero no tardó en componer un gesto serio e inclinarse hacia mí.

—No tienes ni idea, Helena —respondió en voz baja, tan cerca que podía sentir su aliento. Acto seguido, superó los últimos centímetros que nos separaban y me besó. Fue un gesto bastante inofensivo, con los labios cerrados, y se alejó de mí rápidamente. Sin embargo, en sus ojos percibí que quería más y, entonces, comprendí que esa era mi oportunidad de conseguir más respuestas. La gente tendía a revelar más secretos cuando desconectaban.

—¿Puedo preguntarte algo? —susurré junto a su oído.

—Por supuesto —contestó él con voz grave.

—Dentro de poco es mi cumpleaños —expliqué con el mismo tono—. ¿Es verdad que se te puede contratar como si fueras un regalo para la fiesta? ¿A ti y a tus... productos?

—Puedes contratarme para cualquier cosa que se te ocurra, guapa —murmuró, y volvió a besarme, y esta vez, continuó bajando por mi cuello. No pareció sorprendido de que supiera quién era y a qué se dedicaba.

—¿De verdad? —continué—. ¿Como en la fiesta de compromiso de Adam Coldwell? Allí también fuiste contratado por alguien, ¿no?

Pratt se separó de mí y sus ojos empezaron a tornarse cautelosos.

—¿Cómo lo sabes?

—Ni idea —respondí como quien no quiere la cosa—. Supongo que me lo contaría alguien. Pero fue así, ¿no? Perdona, no quería ponerte en un apuro. —A pesar de que era justo lo que quería hacer, mi instinto me advirtió de que estaba bailando junto a un volcán y que estaba a punto de caerme dentro.

—No te preocupes, no pasa nada. —Pareció relajarse de nuevo, pero no volvió a acercarse tanto a mí. Simplemente compuso una sonrisa encantadora y se puso en pie—. ¿Qué te parece si nos vamos a un sitio un poco más privado? Esta discoteca tiene un par de rincones a los que no todo el mundo tiene acceso.

Dudé. ¿Debería irme con él? ¿O era mejor que me negara y perdiera la oportunidad de descubrir algo sobre la muerte de Valerie? No, no podía permitirme eso. Pratt no había negado haber estado en aquella fiesta, por lo que aún existía la posibilidad de sonsacarle algo si preguntaba en el momento adecuado.

Así que, a pesar de la sensación inquieta que se acomodaba en mi estómago, acepté la mano que me ofrecía, nos alejamos de los sofás y caminamos pegados a la pared, hasta que Pratt abrió una puerta y nos encontramos en un pasillo que estaba más oscuro que la discoteca.

—No te preocupes, me conozco este sitio. Ven conmigo. —Y, en vez de aprovecharse de la oscuridad para volver a besarme, avanzó con determinación por el pasillo.

Sentía cierta desazón en las entrañas, como si supiera que algo iba mal. Sin embargo, en ese momento, Pratt abrió otra puerta y me empujó bruscamente a un callejón oscuro, fuera de la discoteca. Había llovido copiosamente, por lo que el suelo estaba resbaladizo, y estuve a punto de caerme con los tacones. Me apoyé y me di la vuelta.

—¿Te has vuelto loco? —le espeté a Pratt para ocultar mi miedo—. ¿Qué coño te pasa?

Me agarró del brazo y, con un movimiento rápido, me puso contra la pared y me echó la mano al cuello. Todo el deseo y el encanto habían desaparecido de sus ojos. Lo único que brillaba en ellos era la desconfianza.

—¿Qué quieres de mí? —siseó—. ¿Por qué te interesa si estuve en la fiesta de Adam Coldwell?

—Yo… solo he dicho que era mi cumpleaños y que quería saber si podía contratarte para eso —dije con voz temblorosa. Puto miedo.

—¡Mentira! —exclamó.

—¡No te estoy mintiendo!

—Dime ahora mismo la verdad o te vas a arrepentir, y mucho.

Pratt apretó la mano con más fuerza y sentí algo frío en el cuello. ¿Era una navaja? Mierda. Mierdamierdamierda.

—Está bien, está bien, te lo diré. —No tenía mucho sentido seguir haciéndome la inocente. Quizá, si decía la verdad, me dejaría en paz—. Estoy intentando averiguar algo de aquella noche, algo que me ayude a aclarar la muerte de Valerie.

—¿Y por qué me buscas a mí? ¡Yo no tengo nada que ver con la muerte de Valerie y Coldwell!

—Hablé con un chico —logré decir— que me dijo que alguien te envió a la fiesta, pero que Adam te echó porque no quería drogas en su fiesta de compromiso.

Sentí la lluvia en la piel, las gotas frías atravesaron mi fino vestido. Y la navaja apenas estaba a unos milímetros de clavarse.

—¿Qué más sabes?

—Nada. De verdad.

—No me creo ni una palabra.

Hizo más presión con la navaja y, unos segundos después, noté que se me clavaba ligeramente en la piel. Respiré con dificultad, los pulmones me ardían.

—Es la verdad, ¡te lo juro!

Un fino reguero de sangre me cayó hasta la clavícula. Me quedé aún más quieta que antes. La navaja estaba peligrosamente cerca de la arteria carótida, un paso en falso y el reguero se convertiría en un manantial. El pánico inundó mi cerebro de cuestiones inútiles. ¿Cuánto se tardaba en morir si se seccionaba una arteria? ¿Y cómo iban a explicar mis padres mi muerte en las altas esferas?

—Anda, te atreves a jurarlo —se burló Pratt—. Me importan un carajo tus juramentos, preciosa. Admítelo: te ha enviado él para ver si era capaz de guardar el secreto.

—¿Quién? —le pregunté como respuesta—. ¿A quién te refieres? No sé de qué me estás hablando. —Sentí que el vestido empezaba a empaparse de sangre. Tenía que hacer algo, decirle algo para que me dejara escapar. Me había entrenado en las artes marciales por si ocurría algo como esto, pero ningún agarre, puñetazo o patada servía de nada si no podía moverme por tener una navaja en el cuello. Pratt me había pillado desprevenida y en aquel momento no me había esperado que me atacara de esta forma. Y ahí estaba, sin nada más que mi voz como arma—. De verdad que no lo sé —repetí.

—Venga, Helena, seguro que puedes hacerlo mejor. Dime la verdad y lo mismo te dejo esa cara bonita que tienes de una pieza.

A pesar del pánico que sentía, me sobrevino un pensamiento claro: quizá lo mejor era darle a Pratt lo que quería. O al menos, fingirlo.

—Sí, tienes razón —conseguí decir—. Me ha enviado él.

—¡Lo sabía! —bufó Pratt, pero no relajó el agarre. Casi podía sentir la ira que emanaba de su cuerpo—. Creo que es hora de dejároslo claro de una vez: ya no soy un camello de tres al cuarto que se deja intimidar por Carter Fields. ¿Crees que lo entenderá si le dejo a su soplona muerta en la puerta de su casa?

Volvió a clavarme la navaja y el dolor punzante se extendió hasta el brazo. Pratt me acababa de dar un nombre, pero no me serviría de nada si me mataba. Contuve el aire y consideré mis opciones. ¿Debería intentar librarme de él aunque me arriesgara a que me cortara el cuello? «Si no lo intentas, morirás seguro».

De repente, algo retumbó al fondo del callejón y se oyó como una especie de silbido indignado. Pratt se giró sorprendido y apartó la navaja de mi cuello. No perdí ni un segundo. Le pegué un puñetazo en el estómago que lo dejó doblado y oí cómo caía la navaja. Levanté la rodilla y le di de lleno en la cara. Pratt profirió un lamento, pero no se rindió y yo no iba con la ropa adecuada para una pelea. Tras soltar una maldición, me estampó contra la pared con todo su peso y echó ambas manos a mi cuello, apretando con fuerza.

Me aferré a sus brazos en un intento absurdo por liberarme, pero me tenía totalmente sujeta. Boqueé en vano para llenar mis pulmones.

—Serás puta —siseó—. ¡Te voy a matar!

Apretó con más fuerza, decidido a llevar su amenaza hasta el final. Intenté resistirme y tomar aliento, pero no lo logré. Usé todas mis fuerzas para apartarlo, pero fue inútil. Las estrellas danzaron ante mis ojos, prácticamente sin oxígeno. No me quedaba mucho.

Un segundo después, alguien agarró por detrás a Pratt, lo alejó de mí y lo estampó contra la pared contraria. Yo me llevé las manos a la garganta, tosiendo e intentando respirar de nuevo. Impotente, observé que Pratt se abalanzaba sobre su atacante y le daba un navajazo. Un grito de dolor me indicó que había acertado, pero no podía ver nada.

—¡Cuidado! —grité, pero no fue necesario. El chico que me había salvado se movió como un rayo, como una sombra entre las sombras, y Pratt no tuvo ninguna oportunidad. Tres golpes certeros y una patada perfecta después, el camello acabó en el suelo.

—Te mataré —juró.

—No prometas nada que no puedas cumplir, cabrón —gruñó el desconocido, y de una patada, lo dejó inconsciente. Se inclinó sobre el cuerpo para comprobar que verdaderamente estuviera noqueado y se acercó a mí. Cuando estuvo lo bastante cerca como para que pudiera ver el contorno de su rostro, descubrí por qué su voz me había resultado familiar.

—¿Tú? —Lo miré incrédula.

—¿Estás bien? —me preguntó Jessiah.

Me reí secamente y me sobrevino otra tos.

—Prometiste que nunca más… me preguntarías eso, ¿no te acuerdas?

—Entonces no sabía que te molaban los malotes y las situaciones peligrosas. —Buscó un interruptor en la pared de la puerta y encendió una lámpara exterior. Me observó bajo la luz tenue y vio la sangre que tenía en el cuello—. Déjame ver —añadió y estiró la mano.

—Nada grave —dije—. ¿Y tú? ¿Te ha dado?

Vi que en la camisa se le había formado una mancha oscura. Jessiah se miró y pasó los dedos por la zona.

—No es más que un rasguño. —Me miró preocupado—. ¿Te ha hecho algo más? ¿Te ha tocado? Si es así…

Negué con la cabeza.

—Estoy bien —respondí acariciándome la garganta. La herida no parecía muy profunda y seguramente no tardaría en sanar. Lo que no tenía ni idea era de cómo explicarles a mis padres su origen, pero ya se me ocurriría algo de camino a casa. ¿Dónde estaba la calle principal? Tenía que pillar un taxi lo antes posible. Sentía las rodillas tan flojas como un flan y tenía la sensación de que, en cuanto me desapareciera la adrenalina de la sangre, me desplomaría en el callejón. Y aunque ningún sitio era adecuado para eso, desmayarse entre cubos de basura y delante de Jessiah era la peor de las opciones.

—No estás bien, Helena —replicó con suavidad—. Estás temblando y bajo los efectos de una conmoción.

Echó mano a los hombros, como si quisiera darme su chaqueta, pero no llevaba ninguna; solo una camiseta gris que ahora estaba totalmente empapada.

Me hacía una idea de la impresión que debía de estar dándole, llena de heridas y tan empapada como él. Aun así, apreté los dientes para ocultar el dolor.

—No pasa nada —repetí con voz temblorosa—. No ha sido más que un susto. Recojo mis cosas y me voy directa a casa.

Aunque no sabía cómo iba a recuperar mi bolso sin que Maddy y los demás me vieran. Quizá podía pedirle a ese camarero tan majo que me lo trajera.

—Tengo una idea mejor. —Jessiah se acercó tanto que sentí la calidez de su cuerpo. No se atrevió a tocarme, pero señaló más allá del callejón—. Uno de mis restaurantes está en esa esquina. Vamos allí para que puedas ponerte algo de ropa seca, una tirita para la garganta y un trozo de pizza para que tu cuerpo vuelva a ponerse en marcha. Luego te pediré un taxi y podrás ir adonde quieras.

Era tentador, muy muy tentador. En casa me esperaban cuatro paredes vacías y, aunque me estaba haciendo la dura, sabía que lo que había sucedido esa noche me iba a pasar factura. Pratt, la navaja en el cuello, el peligro. ¿Qué pasaría cuando todo eso me cayera encima como un maremoto?

—De ninguna manera —dije a mi pesar, por mucho que quisiera aceptar su oferta—. Ya has hecho bastante por mí. Muchas gracias por tu ayuda.

Acto seguido, me giré y agarré el pomo de la puerta para volver a la discoteca. Un segundo después, todo se volvió negro a mi alrededor. Me aferré al metal frío y esperé a que se me pasara, pero, en su lugar, sentí dos manos cálidas que me rodeaban los brazos.

—Pizza, tirita, ropa seca —repitió Jessiah, inamovible—. No admito discusión.

—Vale —cedí, aunque más bien lo hicieron mis rodillas por mí. Comer algo seguro que me vendría bien—. Pero mis cosas están en la discoteca, mi bolso y mi chaqueta.

Volví a tratar de abrir la puerta, pero Jessiah me detuvo. Echó una ojeada a Pratt, que yacía en la acera bajo la lluvia totalmente inmóvil.

—¿Qué hacemos con él? —pregunté. Había amenazado a Jessiah tanto como a mí. En algún momento se despertaría y recordaría lo que había pasado. Difícilmente dejaría pasar un asunto como este. Jessiah pareció pensar lo mismo.

—Conozco gente que puede encargarse de que desaparezca de la ciudad —dijo en tono sombrío—. Y que no regrese nunca más.

—Suena bien —asentí con un tembleque.

—Me ocuparé de ello luego.

Me pasó un brazo por encima y cruzamos la puerta, que cerró con llave después. No pude evitar apoyarme contra su hombro. Jamás en mi vida me había sentido tan débil y vulnerable. Excepto después de la muerte de Valerie.

—Voy a por tus cosas —me dijo suavemente y me soltó—. Espérame aquí.

Me limité a asentir y me dejé caer desde la pared al suelo frío, donde cerré los ojos. Mi cerebro aún no había asimilado lo que acababa de pasar, pero mi cuerpo sí que sabía que mi vida había estado en peligro y estaba respondiendo en consecuencia. Por mucho que lo intenté, no fui capaz de reprimir los temblores y, cuando la puerta de la discoteca volvió a abrirse, compuse un gesto de dolor. Sin embargo, se trataba de Jessiah, que volvía con mis cosas y también con su chaqueta y una manta fina, que me echó por los hombros en cuanto me puse en pie.

—Ya podemos irnos. Mi amigo Balthazar le echará un ojo a Pratt hasta que venga mi contacto. —Me miró preocupado—. No he traído el coche, pero el restaurante está a un par de calles. ¿Crees que podrás ir andando o prefieres que llamemos a un taxi?

—No, puedo ir andando —respondí con un asentimiento—. Seguro que moverme y respirar aire fresco me viene bien, ¿verdad?

—Eso dicen. —Rio levemente—. Venga, amapola, demos un paseíto.

22

Jessiah

No había mentido cuando dije que el Bella Ciao estaba en la esquina de la Glowfly, pero sí que la había engañado al dármelas de salvador despreocupado, porque no estaba para nada relajado, sino todo lo contrario. Me había cagado de miedo en cuanto me di cuenta de que ya no estaba en la discoteca y más aún cuando la vi fuera, contra la pared, con las manos de Pratt rodeándole el cuello. Tuve que controlarme al máximo para no mandarlo al hospital en vez de simplemente incapacitarlo. Mentira, me había controlado para no matarlo.

Podría haberme convencido de que no tenía nada que ver con Helena, porque no había nada que detestara más que la violencia contra las mujeres y porque habría intervenido fuera quien fuera. Y eso era cierto. Pero lo que había sentido, ese miedo, esa rabia desproporcionada que estuvo a punto de convertirse en una histeria incontrolable…, eso no se debía a mis valores, sino a Helena. Afortunadamente, ella no se dio cuenta de mi tormento interior mientras caminábamos hacia el restaurante.

—¿Por qué me has llamado así? —me preguntó en voz baja.

La había vuelto a rodear con el brazo, ya que noté que la conmoción y el frío todavía no habían desaparecido, y ella me había pasado el brazo alrededor de la cintura para tener un punto de apoyo. Me resultó una postura terriblemente cómoda. Cualquiera que nos viera nos tomaría por un par de enamorados que vuelven a casa. Si no fuera por la sangre que Helena tenía en el cuello y yo en el pecho. O por el hecho de que ambos estábamos totalmente empapados.

—¿Por qué te he llamado cómo? —repliqué.

—Amapola. Antes me has llamado así.

Sonreí.

—Ah, es por Helena de Troya. Se decía de ella que tenía un rostro tan bello como estas flores, capaz incluso de hacer surcar mil barcos.

Helena resopló.

—Creo que mi rostro no da para tanto.

«Ni te lo imaginas».

—Es ese de ahí.

Acortamos los cincuenta metros que nos quedaban y me acerqué a abrir la puerta, que no tenía nada característico. Ya era más de medianoche, así que había pocos clientes en el Bella Ciao cuando entramos por la puerta lateral. En cuanto Taddeo me vio, reconocí el gozo en su rostro, pero luego su vista cayó sobre mi acompañante y se quedó petrificado.

—*Mio Dio!* —exclamó—. Pero ¿qué demonios ha pasado?

—No es más que un rasguño —repitió Helena mis palabras. Luego pareció recordar sus modales y masculló un educado «señor».

Taddeo sacudió la cabeza, pero antes de que siguiera insistiendo levanté las manos en señal de defensa.

—Luego te lo explico, ¿vale? ¿Podrías traerme una muda de ropa que le venga bien? Y si tienes, alguna para mí también.

—Sí, algo encontraré, no os preocupéis —asintió Taddeo—. Id al despacho. Ahora voy y os llevo algo de ropa. ¡Leonora, enciende el horno, vamos a necesitar pizza!

Antes de que la mujer de Taddeo nos viera con nuestras pintas sacadas de una noche de Halloween y se echara las manos a la cabeza, llevé a Helena al despacho que había en la parte trasera del bar. Era una habitación pequeña y abarrotada, con un viejo sofá, un escritorio y columnas de archivadores. Había probado a explicarle a Taddeo las ventajas de una administración sin papeles. A la vista estaba que había fracasado.

No nos habíamos dirigido una sola palabra cuando ya estaba Taddeo de vuelta con una montaña de ropa en los brazos.

—Son los uniformes de los empleados y algunas prendas de la caja de objetos perdidos, todo recién lavado. La mayoría seguro que le queda grande, pero al menos estará seca y calentita.

Se lo agradecí y se fue. Eché una ojeada a la pila de ropa y elegí una sudadera y unos pantalones largos de tejido suave. Le di ambas cosas a Helena y señalé una puerta estrecha que se abría junto al escritorio.

—Ahí está el baño. Si conozco bien a Taddeo, tendrá toallas de mano en el armarito que hay al fondo a la derecha.

Helena me sonrió agradecida y vi que volvía a tener color en el rostro cuando desapareció en el baño.

Me cambié los vaqueros por unos pantalones que usaba el camarero de Taddeo y luego me quité con cuidado la camiseta y la dejé sobre el radiador. Me dolía el tajo que me había hecho Pratt, pero solo era un corte superficial. Saqué el botiquín del armario que había junto a la ventana, empapé un algodón con agua oxigenada y me froté la herida. Luego, me puse una tirita para no manchar la ropa limpia.

Se abrió la puerta y volvió Helena. Llevaba la sudadera, que prácticamente la engullía, y se había recogido el pelo en una coleta alta. A pesar de lo que había sufrido aquella noche, en cuanto me vio con el torso desnudo mientras elegía una camiseta de trabajo que ponerme, no consiguió apartar la mirada de mí. Luego pareció darse cuenta de que la estaba viendo y compuso un gesto de desinterés fingido antes de sentarse en el sofá y resoplar.

—Menuda noche de mierda —farfulló secándose las mejillas. En el baño se había desmaquillado, pero aún le quedaban un par de líneas oscuras bajo los ojos.

—Bueno, ¿qué esperas cuando tratas con el peor camello de toda la ciudad? —Me puse un polo con el logo del restaurante y volví a empapar un algodón en agua oxigenada—. ¿Me dejas ya que le eche un vistazo? —pregunté señalándole el cuello.

Helena asintió con cansancio y levantó la cabeza cuando me senté a su lado. Miré la herida y froté hasta que se quitó la sangre; el rasguño no era muy profundo. Con un poco de suerte, no le quedaría ni cicatriz.

—No es grave —informé.

—Te lo dije —me respondió en voz baja y esperó a que le pusiera una tirita sobre el arañazo. Luego bajó la barbilla y se quedó muy cerca de mí, tan cerca que apenas nos separaban unos centímetros. Debería haberme apartado, pero no lo hice, y Helena tampoco. Por un momento, se prendió una chispa que me hizo sentir como hacía mucho que no me sentía. Luego hice lo correcto, me aparté, me levanté del sofá y tiré el algodón a la basura.

—Voy a ver cómo va la cena —anuncié y salí por la puerta en dirección a la cocina.

Leonora y Taddeo estaban delante del horno hablando en voz baja. En cuanto me vieron llegar, se quedaron callados.

—La pizza estará lista en nada —me dijo Taddeo, que me miró serio—. ¿Qué le ha pasado a la pobre chiquilla, Jess? Tenía mala pinta.

—No digas eso. —Al fin y al cabo era una Weston, que vivían obsesionados por la perfección. Me apoyé en la encimera—. La ha atacado un camello en la puerta de la Glowfly.

—¿Un camello? —repitió con el ceño fruncido mientras Leonora abría el horno y sacaba dos pizzas—. ¿Qué relación tiene con él? ¿Es que se droga?

Negué con la cabeza. Si de algo estaba seguro era de que, después de lo que le había pasado a su hermana, Helena pasaba absolutamente de las drogas.

—No, no tengo ni idea de qué quería de ella. Pero me he asegurado de que deje de ser una amenaza —lo pronuncié en un tono tan sombrío que Leonora se detuvo en seco.

—Te gusta, ¿verdad? —me preguntó.

Me quedé callado unos instantes. ¿Me gustaba Helena? Ojalá hubiera podido responder a esa pregunta tan sencilla. Nos habíamos peleado en todas las ocasiones que nos habíamos visto, era una persona terca y solo me decía la verdad cuando le interesaba. Pero había algo que me atraía muchísimo, aunque fuera una locura ceder ante ese sentimiento.

—No puede gustarme —me limité a responder.

—¿Por qué no? —preguntó Leonora, indignada—. Eres un muchacho muy guapo, bastante listo y educado. Cualquier chica tendría suerte de tenerte.

Me incliné y le planté un beso en la mejilla.

—Gracias, Leo, pero ni aunque eso fuera verdad se aplicaría a esta chica.

Uno de los camareros, Massimo, se asomó a la ventanilla.

—Se han marchado los últimos clientes, acabo de cerrar con llave.

—Estupendo, así podéis comer en la ventana.

Leonora puso las pizzas en enormes platos y me hizo un gesto con la mano para que fuera a avisar a Helena. Cuando entré en el despacho de Taddeo, me la encontré todavía sentada en el sofá, leyendo una carta del menú que se había encontrado.

—La pizza está lista y Leonora ha preparado ya la mesa —le dije. Helena se echó un vistazo a sí misma, pero antes de que pudiera expresar sus dudas sobre si llevaba el atuendo adecuado, añadí—: El restaurante está vacío. No te verá nadie.

Pareció sentirse aliviada y se puso en pie con cuidado para comprobar si su cuerpo lo soportaba, pero este había aguantado bien el ataque de Pratt, porque un segundo después pasó a mi lado y me rozó levemente el brazo.

—¿Vienes? —preguntó en un tono que sonaba un poco impaciente.

Sacudí la cabeza con una sonrisa y la seguí. Por lo visto, Helena Weston era más dura de lo que había pensado. No sabía por qué me sorprendía tanto. Pero sabía que, cada minuto que pasaba con ella, corría más peligro. Si no me andaba con cuidado, pronto me habría metido en un lío mucho peor que un narcotraficante enfadado. Lo más absurdo era que no me importaba. Al contrario, por primera vez en mucho tiempo, me sentía yo mismo. Jamás sería capaz de renunciar a ese sentimiento.

Independientemente de adónde me llevara.

23

Helena

Me encantó el restaurante de Jessiah desde el momento en el que entré. El ambiente pintoresco estaba lejos de ser moderno, pero era increíblemente acogedor y me hacía sentir como en casa. Eso también se debía a la pareja mayor que llevaba el lugar, que a mí me trataron como si fuera una clienta habitual y a Jessiah un poco como a un hijo. Les agradecí varias veces la ropa y la pizza, que, con solo mirarla, hizo que me rugiera el estómago de forma visceral. El gerente se limitó a hacer un gesto con la mano y tanto él como su esposa se retiraron de la mesa, que estaba en un rincón y no era visible desde la ventana que daba a la calle.

—¿Prefieres de salami y peperoni o de champiñones y pimiento? —preguntó Jessiah, cuando volvió de la barra y me dejó la Coca-Cola delante.

—Las dos me parecen bien. —Y olían que alimentaban.

—Muy bien, pues… —Se dio la vuelta, cogió dos platos más y dejó las pizzas en la parte central entre ambos—. Sírvete.

No tuvo que decírmelo dos veces. Cogí una porción y dejé a un lado los cubiertos para comérmela simplemente con las manos. El sabor de la masa fina, con una salsa de tomate perfecta y aquellos trozos de salami y mozzarella que se me deshacían en la boca, logró que suspirara de satisfacción.

—Esto es el paraíso en la Tierra —comenté.

—¿Mejor que mi pasta? —preguntó Jessiah con sorna y se peinó hacia atrás unos mechones de pelo rubio. La lluvia había causado que se le rizaran más de lo normal, pero ese peinado me gustaba más de lo que admitiría jamás.

—Pues claro, estamos hablando de una pizza. ¿No has oído eso de: «No puedes hacer feliz a todo el mundo, no eres una pizza»? Pues es verdad, sobre todo si es tan exquisita como esta.

—Sí, Leonora es la mejor.

—Sin lugar a dudas.

Todavía sentía la conmoción en los huesos, pero, a cada minuto que pasaba, me encontraba mejor. Al lado de Jessiah me sentía segura, y no solo porque me hubiera ayudado con Pratt. Había algo en él que me hacía sentir así, aunque sus ojos revelaban lo contrario: la voluntad de rebelarse y la necesidad de libertad. Quise entender esa contracción, conocer mejor cómo era Jessiah Coldwell, qué se le pasaba por la cabeza, qué sentía. Incluso aunque no fuera buena idea hacerlo.

—¿Por qué lo has hecho? —pregunté entre bocado y bocado.

—¿Por qué he hecho qué?

—Traerme aquí, invitarme a la pizza, conseguir ropa de los empleados… ¿Por qué? No te he dado ningún motivo para que seas amable conmigo.

Jessiah encogió los hombros.

—Eso no tiene nada que ver. Necesitabas ayuda y yo estaba allí. Fin de la historia.

—Entonces ¿sigues enfadado conmigo?

Era algo que ahora mismo no me podía imaginar, pero recordaba perfectamente la discusión que habíamos tenido la última vez que nos vimos. Ese «de nada» pronunciado como un gruñido estaba grabado a fuego en mi mente.

A Jessiah le hizo gracia mi pregunta.

—Parece que te sentirías aliviada si así fuera.

Negué con la cabeza.

—No, en absoluto, pero supongo que sería lo justo.

—Si eso es lo que quieres, prometo volver a enfadarme contigo en cuanto te recuperes —contrarrestó—. Ahora mismo me resulta un poco complicado.

Sus palabras me hicieron reír.

—¿Y si te dijera que ya me encuentro mucho mejor?

—Lo siento, pero eso no lo decides tú —replicó. Sus ojos verdes brillaron de una forma que hicieron que el corazón me latiera un poco más rápido. Cogí otro trozo de pizza y comimos en silencio hasta que tuve que añadir algo más.

—Lo que hice… Lo siento. Debería haberte pedido que me dieras la sudadera de Valerie. Pero ni si quiera se me pasó por la cabeza. —Para mí era importante aclararlo. Era importante que no se hiciera una idea equivocada de mí. «Claro, porque no estabas allí para robar la libreta de Adam, ¿verdad?». Ignoré esa voz—. Lo cierto es que llevo mucho tiempo viviendo en un mundo en el que hay que mantener las apariencias, y por eso siempre busco la forma de hacer las cosas por mi cuenta.

Jessiah asintió lentamente.

—Sé a lo que te refieres.

—¿En serio? Creo que te has resistido a pertenecer a ese mundo.

—Es posible —contestó, y se encogió de hombros. No pareció sorprenderse de que estuviera al tanto de sus numeritos de adolescente—. Pero si lo que buscas es un consejo de cómo enfrentarte a tus padres…, no puedo decir que recomiende mis métodos.

—No quiero rebelarme contra ellos —repuse—. No quería decir eso. Soy una persona privilegiada gracias a ellos: tenemos dinero e influencias, puedo ir a cualquier universidad que elija, viajar adonde quiera. No me parece justo quejarme de mi familia, sería una desagradecida.

—Puedes agradecer ese privilegio y, aun así, no aprobar todo lo que hacen tus padres —afirmó Jessiah con el ceño fruncido—. Y no me digas que no hay nada que no te cabree de ellos.

Su franqueza consiguió que se me soltara la lengua antes de que mi cerebro pudiera impedirlo. Era un Coldwell, pero yo estaba enfadada como una mona. Y tenía que hablarlo con alguien que me entendiera.

—Para ellos no soy más que una herramienta de promoción —me sinceré—. Desde que he llegado no se les ha ocurrido otra cosa que obligarme a llevar vestidos bonitos y presentarme en sociedad como la hija modelo. En las últimas dos semanas me han dado tres teléfonos de hijos de socios para que quede con ellos. El fin de semana que viene habrá una noche de prueba previa a la inauguración del Hotel Mirage y tengo que ir con acompañante sí o sí. Como si estuviéramos en el siglo XIX y tuviera que encontrar un marido digno de mi estatus para que la herencia no recaiga sobre un primo lejano. —Tomé aire después de hablar tan rápido. Pero me sentí bien.

Jessiah me dedicó una mirada larga.

—¿Y vas a ir con uno de esos chicos?

Resoplé.

—Por supuesto que no. ¿O es que crees que quiero pasarme toda la noche hablando de fideicomisos, coches y noches de desfase en Cabo?

—No tengo ni idea, ¿quieres? —bromeó, aunque parecía satisfecho con mi respuesta. Lo miré detenidamente.

—¿Te hace tu madre lo mismo? ¿Te hace quedar con mujeres? —pregunté mientras me limpiaba los dedos con la servilleta.

—Dios no lo quiera, no —rio Jessiah—. Trish sabe que sería una pérdida de tiempo.

—¿Trish? —Había usado su nombre de pila al hablar de su madre—. ¿No la llamas mamá?

Jessiah negó con la cabeza.

—No, nunca lo he hecho. Cuando era niño, ella siempre estaba trabajando y, cuando se separaron, me fui con mi padre. Luego volví a vivir con ella cuando era adolescente, pero no nos llevábamos muy bien. Llamarla por su nombre era parte de mi forma de rebelarme contra ella, pero, de alguna forma, se me quedó. Me parecía absurdo llamarla mamá, y ahora me lo parece incluso más. No tenemos una relación especialmente cercana.

Fruncí el ceño.

—Pero vas con ella a todos los eventos. ¿Por qué?

—Desde luego no porque quiera hacerle el favor. —Sonaba tan sombrío que no quise seguir presionando sobre el tema.

—Bueno, en cualquier caso, en las altas esferas están como locos contigo —bromeé para quitarle hierro al asunto—. Después de todo lo que pasó en su día entre las hijas de la alta sociedad y tú, pensé que nunca más te dejarían entrar.

Jessiah sonrió.

—Sí, yo también me lo pregunto de vez en cuando.

No pude evitar reírme, porque parecía realmente contento de decirlo.

—¿Es cierto que una vez interrumpiste el discurso del presidente de una organización benéfica que se ocupaba de la restauración de un ferry histórico porque estabas follándote a su hija entre bastidores?

Volvió a sonreír.

—Es posible, pero ya no hago esas cosas.

—¿El qué, follar? —pregunté con sarcasmo.

—Follar entre bastidores mientras alguien da un discurso —me corrigió como quien no quiere la cosa—. Ahora prefiero hacerlo en otros sitios. Sitios privados.

Suspiré.

—Simplemente di que te has vuelto un aburrido.

Una de las comisuras de sus labios se curvó hacia arriba.

—Ay, si tú supieras —replicó, y a pesar del tono jocoso, su voz dejaba entrever algo más, un deje que hizo que me subiera la temperatura—. Hacerlo en público tiene un puntillo interesante, pero seamos sinceros: los mejores polvos son cuando nadie te molesta.

En cuanto lo dijo, mi cabeza empezó a imaginarse cómo sería que Jessiah me besara o me tocara. Cómo sería dormir con él, sentirlo y perderme en sus brazos. Ahora que había desaparecido toda la aversión que sentía hacia él, surgió una atracción sin límites. Tragué saliva y miré para otro lado por si acaso veía en mis ojos lo que estaba pensando.

Pero fue él quien volvió a hablar.

—Aunque nunca lo he hecho en un callejón oscuro. Ahí me llevas ventaja.

Jessiah me miró detenidamente y la calidez que sentía se evaporó al recordar a Pratt.

—No estábamos allí por eso —repliqué. Algo en mí sentía la necesidad de aclararlo, para que no pensara que era tan idiota de irme por ahí con un camello.

—Entonces ¿no te pasaste toda la noche coqueteando y luego te fuiste con él? —Jessiah me miró incrédulo.

Alcé las cejas.

—Llámame aburrida, pero hacerlo con una navaja al cuello no es una de mis posiciones preferidas.

—¿Qué hacías allí con él, entonces?

—Fue... —Me callé. ¿Podía contarle a Jessiah mi plan? Mi primer impulso respondió un no rotundo. Al fin y al cabo, nadie sabía nada de mi misión, y menos nadie que se apellidara Coldwell. Pero... no quería mentirle, sobre todo después de lo que había pasado hoy—. Estaba intentando sonsacarle una información —dije finalmente sin aclarar nada.

—¿Qué información? —replicó Jessiah enseguida.

Lo consideré unos instantes y modifiqué un poco la verdad.

—Había oído el rumor de que Pratt estuvo en la habitación de hotel la noche en la que murieron Valerie y Adam. Así que, cuando lo vi en la Glowfly, pensé que podría hablar conmigo del tema.

—¿Has perdido la cabeza? ¿Por qué preguntarle sobre algo que le costó la vida a dos personas? —Jessiah tomó aire—. Los tíos como Pratt son impredecibles y peligrosos. Podría haberte hecho daño de verdad, ¡o algo peor!

—Pero no lo hizo —respondí, aunque todavía me duraba la conmoción que había sufrido esa noche—. Solo quería saber si alguien había dicho o hecho algo… Algo que yo no supiera. —Una parte de mí quería explicárselo todo a Jessiah, pero no podía involucrarlo en la investigación, ni decirle que sabía que había sido Carter Fields el que había enviado a Pratt a la habitación de hotel. Casi había olvidado que había logrado mi objetivo y que conocía a Carter de antes de la muerte de Valerie. Ambos eran viejos conocidos y habían salido de fiesta juntos más de una vez. De hecho, durante un tiempo habían sido más que eso, hasta que mi hermana terminó la relación. No me esperaba en absoluto que Carter Fields estuviera relacionado con el tema de las drogas. No obstante, hoy pensaba dejar a un lado toda esta información, no quería seguir pensando en Pratt—. No te preocupes, ya se me ha quitado la idea, si eso te tranquiliza.

—Solo un poco —murmuró Jessiah—. Prométeme que no volverás a hacer una locura así.

Lo miré y, de repente, sentí miedo, pero no solo por mí.

—¿De verdad crees que esas personas de las que has hablado pueden ocuparse de que nunca vuelva por aquí?

Su amenaza de muerte todavía rondaba por mi mente.

—Sí —asintió Jessiah—. El amigo al que he llamado tiene mi absoluta confianza y se le da muy bien sacar de la ciudad a malnacidos como ese.

—Estará haciendo un favor a la ciudad —masculló lúgubremente—. Así habrá un traficante menos vendiendo esa porquería a la gente de aquí.

Jessiah no dijo nada durante unos segundos y, luego, respiró hondo.

—Sí, en eso tienes razón. —Reconocí la tristeza en sus ojos verdes, lo cual llamó aún más mi atención, pero no tardó en sonreír, y supe que pensaba cambiar de tema—. Todavía no me has dicho cómo piensas escaquearte de los intentos de emparejamiento de tus padres.

Sonreí, y no me pareció mal que dejáramos a un lado esos temas tan serios.

—Ni idea. Había pensado en montarme un «Jessiah Coldwell» y acostarme con cualquier tío cuando mis padres tuvieran una visita importante. Pero con eso solo conseguiría provocarlos. Así que al final tendré que encontrar alguno que ellos consideren aceptable para que dejen de intentar emparejarme, por lo que tendré que elegir a uno de los tíos que me han presentado. Como ves, es un círculo vicioso.

—¿Qué pasaría si llevaras a un chico que consideraran totalmente inaceptable? —preguntó Jessiah, y sus ojos relucieron con más fuerza. No sabía si se estaba refiriendo a sí mismo, pero solo de imaginármelo volví a notar ese calor que me recorría todo el cuerpo.

—Creo que entonces me pondrían de patitas en la calle.

Me miró sorprendido.

—¿Todavía vives con ellos?

—Por obligación —respondí con un suspiro—. Es parte del trato para que me dejen vivir de nuevo en Nueva York. Tengo que vivir con mis padres y acatar sus normas.

Jessiah sonrió de lado.

—¿Y aun así has vuelto? Realmente tiene que gustarte mucho esta ciudad.

Me reí.

—Sí, es cierto, aunque tú no lo entiendas porque estás deseando irte en cuanto tengas la oportunidad. —Lo miré reflexiva—. ¿De verdad no hay nada que te haga quedarte? ¿Algo que te reconcilie con Nueva York?

Me miró durante tanto tiempo y con tanta intensidad que estuve a punto de apartar la mirada. Pero no lo hice. Mantuve el contacto visual y esperé.

—No —respondió simplemente, pero sonrió—. Nada en absoluto.

—No te creo.

Entonces fue él quien rio.

—¿Alguna vez aceptas respuestas que no te gustan?

—En este caso, no —repliqué con una sonrisa—. Siendo el dueño de un restaurante que sirve pizza como esta, ya tienes todo lo que necesitas. —Al pronunciar la palabra «restaurante», vi algo extraño en el rostro de Jessiah. No sabía si lo había imaginado, pero me pareció percibir cierto anhelo en sus ojos—. ¿En qué estás pensando?

—En nada.

—Venga, dilo —presioné.

Jessiah resopló.

—Uf, Balthazar me está intentando comer la cabeza con algo. Hay un restaurante en el East Village que parece que va a ponerse a la venta y que sería perfecto para un concepto que tengo en mente desde hace años.

—¿Cuál es el concepto?

—Un restaurante de desayunos. No de los que te ponen huevos revueltos y tostadas durante todo el día, sino más bien variaciones para que sirvan como almuerzo y cena.

Jessiah me miró con timidez, como si esperara que me pareciera algo absurdo. Pero todo lo contrario.

—Me parece una idea fantástica —comenté, entusiasmada—. Si hay una ciudad preparada para una nueva idea gastronómica, esa es Nueva York. Deberías hacerlo.

Suspiró y sacudió la cabeza.

—No, no puedo. Ya abandoné un negocio cuando me volví de Australia y se me partió el alma. No pienso hacerlo dos veces —dijo en un tono tan triste que me dio la sensación de que hablaba de algo más que de un restaurante.

—Entonces ¿no piensas abrir tu corazón a nada nuevo? —pregunté en voz baja. Sabía lo ambiguo que sonaba—. Creo que sería un error.

—¿De verdad? —Jessiah alzó la vista y nuestros ojos se encontraron, sin que pudiera o quisiera evitarlo.

—Sí —asentí con énfasis y mantuve el contacto visual.

—¿Y por qué estás tan segura, amapola? —me preguntó, y sentí un cosquilleo cuando me di cuenta de que me había puesto ese apodo.

Sonreí.

—Ni idea. Supongo que es solo una corazonada.

Se nos hizo tarde, hablando sobre esto y aquello, riéndonos y bromeando con el otro cada vez que encontrábamos la oportunidad. Llegó la medianoche, y la una, y Taddeo vino a despedirse y le pidió a Jessiah que cerrara todo con llave cuando nos fuéramos. Pero incluso después de que él y su mujer se fueran, no supimos ponerle fin a la conversación. Hablamos sobre Cambridge, las peculiaridades de los ingleses, mis estudios, sus proyectos y, finalmente, llegó el turno de hablar de la época de Jessiah en Australia.

—¿Un hostal para surfistas? —pregunté después de que me contara que había comprado un pequeño albergue de bungalós y que lo había renovado con un amigo—. Entonces ¿también haces surf?

Asintió.

—Siempre que puedo. Aunque, por desgracia, Rockaway Beach no tiene nada que ver con la costa australiana. Allí me levantaba muchas mañanas a las cinco para estar solo en la playa. Surfear al amanecer suena cursi que te cagas, pero también es algo único. Y sentarse en la arena mirando al mar con un café en la mano… No hay nada que me dé más paz.

—Suena increíble —dije.

—Sí, pero el precio fue muy alto.

¿El precio? ¿Hablaba de la muerte de su hermano?

—Lo que le pasó a Adam no tuvo nada que ver contigo —comenté con suavidad, porque no sabía si lo había dicho por eso. Pero yo conocía ese sentimiento de sentirse responsable. Lo conocía demasiado bien.

—¿Cómo puedes estar tan segura? —rio Jessiah con tristeza—. No me digas que no te preguntas si podrías haberlo evitado, si seguirían con vida si hubieras hecho algo distinto.

Sentí un nudo en la garganta y fruncí los labios al notarme las lágrimas en los ojos.

—Todos los días —respondí en voz baja.

—Entonces ya sabes que no existe absolución ninguna. Nunca.

Sí, lo sabía. A pesar de que yo no había estado a miles de kilómetros de distancia, sino en mi cama con un resfriado, también me preguntaba si mi presencia en la fiesta de compromiso de

Valerie habría podido evitar su muerte. Pero nunca obtendría respuesta a esa pregunta.

—Tal vez también podamos ser felices sin esa absolución —repliqué lo que se me pasaba por la cabeza.

—Sí, tal vez —respondió Jessiah en un tono lúgubre.

Levanté la vista y me encontré con sus ojos. Contuve la respiración al ver cómo me miraba: con una franqueza absoluta y algo que hacía que me sintiera resplandeciente. No tenía ni idea de por qué me sentía así en su presencia, tan vulnerable e invencible al mismo tiempo. Evidentemente, porque me atraía físicamente; era el chico más sexy que había conocido en mi vida. Pero eso no lo era todo. Porque me gustaba, me gustaba de verdad. No solo por su humor seco, que tanto se parecía al mío, sino por la forma en la que trataba a la gente que le importaba, por haberse quedado en Nueva York a pesar de lo mucho que odiaba la ciudad. Y porque no había ocultado cómo se sentía por la muerte de Adam.

Ese dolor, ese dolor tan profundo que ambos compartíamos, había creado una conexión desde el primer momento que nos vimos. Sin embargo, poco a poco, había desembocado en algo más. Algo mucho más fuerte, que sería capaz de unirnos más allá de nuestra pérdida, si lo permitíamos. Algo que podría hacer que nos sintiéramos completos de nuevo. Darme cuenta de ello fue tan conmovedor que, durante un segundo, sentí que mi corazón se ensanchaba. Solo de imaginar que podríamos librarnos de este dolor me pareció abrumador. Podríamos ser felices.

Pero entonces volví a la realidad, que me golpeó con la fría certeza de que eso nunca sucedería. Al menos en esta vida. No con nuestros apellidos, con nuestras familias, que se odiaban hasta la médula.

Respiré hondo y reuní toda mi fuerza de voluntad para romper el contacto visual. Acto seguido miré el reloj que había sobre la barra.

—Creo… Creo que debería volver a casa —dije con voz ronca—. Mis padres no están, pero seguramente el portero se chive si aparezco mañana por la mañana.

Jessiah asintió.

—Tienes razón. Ya es bastante tarde.

En un tenso silencio, llevé los platos a la cocina mientras él apagaba las luces del restaurante. Me disponía a echarle al menos un agua a los platos cuando, de repente, todo se sumió en la oscuridad a mi alrededor. Cerré el grifo rápidamente y dejé los platos.

—¿Jessiah? —lo llamé con un deje de alarma.

La puerta de la cocina se abrió y entró él.

—Solo se puede apagar la luz de aquí desde la barra —me explicó—. Es uno de los detalles encantadores de este local. Pero me conozco este sitio como la palma de mi mano, puedo guiarte hasta la calle. Pero solo si me llamas Jess. Ninguno de mis amigos me llama Jessiah.

—¿Quién dice que eres amigo mío? —pregunté con picardía.

Jessiah se limitó a reír y dijo:

—Vamos.

Bajo el tenue resplandor de las luces de emergencia, vi que me extendía la mano, y se me desbocó el pulso en cuanto la agarré. Tenía los dedos cálidos y me sentí bien cuando los entrelacé con los míos. Jessiah me guio entre las mesas, pero yo no me conocía el sitio tan bien como él y no tardé en chocarme con algo que se cayó estrepitosamente al suelo.

—Mierda —mascullé. Esquivé hacia un lado y, de repente, noté a Jessiah muy cerca. Ambos contuvimos la respiración en cuanto nos dimos cuenta. Sentí su cuerpo contra el mío y vi la sombra de su rostro. De repente, no existía nada más salvo ese lugar.

Jessiah alzó una mano y me acarició la mejilla levemente, de forma casi imperceptible. Sus dedos me rozaron la piel y me bajaron hasta el cuello. Y, a pesar de que la caricia fue increíblemente superficial, sentí el mismo calor que si me estuviera besando… y eso era lo único que deseaba en aquel momento. Pero entonces se apartó y me soltó la mano.

—Deberías cambiarte —dijo en voz baja.

—Sí, cierto —coincidí, y dejé escapar el aliento. Jessiah se acercó a la puerta para encender la luz del pasillo y yo pasé a su lado.

En el despacho, me quité la ropa que había cogido prestada y me puse el vestido, que ya estaba seco. Apenas se notaba la sangre, pero, aun así, la escondí poniéndome por encima la chaqueta de lentejuelas. Cuando terminé, me dirigí hacia Jessiah, que cerró el restaurante a nuestro paso y, al salir a la calle, vi que ya había un taxi. Debía de haberlo llamado mientras tanto.

—¿Estás bien? —me preguntó con gesto serio. Supe que se refería a si debía dejarme volver a casa sola.

—Sí —asentí—, ahora sí.

Permanecimos indecisos uno frente al otro, hasta que me decidí y le di un abrazo. Él no dudó ni un segundo en devolverme el gesto. Sentí sus manos en mi espalda, empujándome contra él, y yo envolví mis brazos con fuerza alrededor de su cuello. Respiré hondo y me permití esos segundos de calidez y cercanía antes de separarme.

—Gracias, Jess —dije en voz baja—. Gracias por todo.

—De nada, amapola —sonrió, y me acarició brevemente el brazo. Acto seguido, se metió las manos en los bolsillos de los pantalones—. Descansa. Y hazme el favor de no codearte más con traficantes, anda.

Tuve que reírme.

—Te lo prometo.

Me alejé, me subí al taxi y, mientras enfilábamos Park Avenue, me pregunté cómo era posible que una noche que había empezado con tan mal pie se hubiera transformado en la mejor que había vivido en mucho tiempo. Me había sentido plena en esa mesa del Bella Ciao junto a Jess, con nuestra conversación y con esas mariposas en el estómago cada vez que lo miraba. Y, sin embargo…, no habíamos intercambiado números de teléfono ni habíamos prometido vernos de nuevo. Quizá se nos había pasado. Quizá ya no se hacía eso ahora que era fácil encontrarse por redes sociales. Pero quizá, y eso era lo más probable, no lo habíamos hecho porque sabíamos perfectamente que esta velada había sido algo puntual.

Sabíamos que nunca volvería a suceder.

Nunca.

24

Jessiah

Miré desde la ventanilla de mi coche los grandes ventanales al otro lado de la calle, sobre los que colgaba un letrero que rezaba: HARPER'S. Llevaba ya media hora sentado en el coche delante del local y aún no tenía claro si debía entrar. No había venido porque hubiera cedido a la petición de Thaz. Por mucho que estuviera tentado a poner en marcha mi idea, nunca lo haría en Nueva York. Sin embargo, me daba miedo lo que ocurriera cuando entrara y descubriera si el viejo Harper estaba dispuesto a venderle el restaurante a mi amigo. Temía que, al poner un pie en el interior, me inspirara tanto que fuera capaz de imaginarlo todo.

El restaurante era uno de los más antiguos del barrio y, si bien había cambiado de manos varias veces a lo largo del tiempo, siempre había sido una mina de oro. Era perfecto para lo que tenía en mente, y lo sabía porque había entrado en múltiples ocasiones: la distribución y el tamaño del local eran exactamente lo que quería. Pero nunca en esta ciudad. Y por eso me quedé allí sentado, congelándome poco a poco, incapaz de tomar una decisión. ¿Y si dentro de dos años volvía a marcharme y debía abandonar el restaurante?

«¿De verdad no hay nada que te haga quedarte?».

La voz de Helena me sonaba tan clara en la cabeza como si estuviera sentada a mi lado en el restaurante, a pesar de que habían pasado tres días desde que nos habíamos despedido en el Bella Ciao. No me extrañaba que recordara sus palabras; en realidad, no era capaz de quitármela de la cabeza. Ni su risa, ni sus comentarios sarcásticos, ni ciertamente esos momentos en los que la conexión había sido tan intensa que debería haberme dado miedo. Pero no fue así. Saboreé dolorosamente lo que había entre nosotros, todo lo que me hacía sentir. De hecho, había rechazado quedar con Sam el día anterior; le solté como excusa que tenía que ocuparme de un proyecto que me absorbía mucho tiempo, aunque era totalmente falso. ¿Por qué había rechazado la posibilidad de un polvo fantástico? Por una mujer que estaba fuera de mi alcance, porque noté cómo Helena reaccionó a mi tacto y no se atrevió a acercarse a mí. Los dos teníamos claro que no teníamos ninguna posibilidad. Por eso mismo no había intentado averiguar su número de teléfono, porque por un lado tenía muchísimas ganas de verla, pero, por el otro, sabía que cada minuto que pasábamos juntos nos ponía más en peligro.

«Entonces ¿no piensas abrir tu corazón a nada nuevo? Creo que eso sería un error».

La mirada que me dedicó en ese instante se me había grabado a fuego en la mente, como todas las imágenes que me había creado en la cabeza ante la perspectiva de estar con ella. En la cocina había estado a punto de besarla; todo el cuerpo me pedía que lo hiciera. Al final, la razón había intercedido, pero me daba la sensación de que sería incapaz de frenarme si se daba otra oportunidad. La atracción entre nosotros era demasiado fuerte, y no tenía ni idea de cómo atajarla.

Mascullé una maldición al darme cuenta de que volvía a pensar en lo mismo y aparté la mirada del Harper's. Luego eché mano al contacto para irme de allí.

Sin embargo, antes de que pudiera girar la llave, me sonó el móvil. Saqué el teléfono del hueco del salpicadero y vi la foto de mi hermano pequeño en la pantalla. Probablemente querría preguntarme a qué hora lo recogería mañana para ir al cine.

—Hola, Eli, ¿qué pasa?

—¿Jess? —oí responder con voz frágil.

Al momento, el corazón me pasó de las habituales cincuenta pulsaciones a doscientas. Conocía ese tono de mi hermano, lo había oído en demasiadas ocasiones.

—¿Estás sufriendo un ataque de pánico? —le pregunté mientras arrancaba el coche rápidamente—. ¿Qué ha pasado?

—No lo sé con certeza… Estaba… —dejó la frase a medias. Supuse que estaba demasiado alterado como para explicarme cómo había llegado a esa situación en la que se encontraba.

—Vale, tranquilo. Todo irá bien. Voy de camino. Pero tienes que decirme dónde estás, enano.

Cuando Eli se encontraba en ese estado, podía desorientarse en cualquier parte, incluso en lugares en los que no era para nada seguro.

—En algún lugar de la Sexta Avenida —respondió con voz temblorosa—. Creo que… veo Bryant Park.

—Entonces no tardaré mucho. No me cuelgues. —Esta situación se había dado en tantas ocasiones que se había convertido en una rutina para mí. En estos momentos, Eli no era capaz de pensar con claridad—. Ya sabes que es algo pasajero. No está sucediendo nada que te ponga en peligro. Acuérdate de lo que has aprendido: inspira, espira y déjalo pasar —le aconsejé con voz tranquilizadora, y al otro lado, oí que Eli tomaba aire de forma consciente para calmarse—. Muy bien —afirmé, y giré en Union Square—. Ya estoy en la avenida. Estoy contigo en cinco minutos.

—Vale —dijo mi hermano—. Lo siento mucho, Jess, no…

—No digas eso —le interrumpí—. No tienes de qué disculparte. Tú sigue respirando, ¿vale? Ya mismo estoy allí.

La avenida estaba un poco congestionada, pero me metí entre dos taxis y un autobús sin miramientos hasta que llegué a Bryant Park. Encontré a Eli delante del supermercado Wholefoods. Estaba en cuclillas, con la espalda apoyada en el escaparate grisáceo de la tienda y las manos alrededor de la cabeza. De una maniobra que seguramente se saltaba varias normas de tráfico, di un volantazo de ciento ochenta grados para no aparcar en la acera contraria. Luego detuve el coche.

—Estoy aquí —dije por teléfono, y colgué.

Salí deprisa del vehículo y corrí en su dirección. Nadie le estaba prestando atención al chico que estaba sentado en el suelo, con los ojos cargados de pánico y que agarraba el móvil con tanta fuerza que los nudillos se le habían quedado blancos. Así era Nueva York; aquí la gente pasaba de largo cuando veía a alguien que necesitaba ayuda. No se interesaban por nadie más que sí mismos. Parecía que ese era el lema de esta puta ciudad.

—¡Eli! —grité en cuanto estuve cerca. Mi hermano levantó la vista y me reconoció unos segundos después. Se puso en pie. Sentí cómo temblaba cuando lo abracé con fuerza—. Todo va bien

—dije suavemente mientras le acariciaba la espalda, tal como solía hacer cuando era mucho más pequeño—. Todo irá bien. Estoy contigo.

Se le pasaron un poco los temblores, pero sabía que aún no lo había superado del todo. Me separé de él y lo llevé hasta mi coche. Eli se montó, yo corrí a sentarme en el asiento del conductor y cerré las puertas. Con una mirada angustiada, Eli contempló a la gente que había en la calle, como si quisiera adivinar si alguno de ellos suponía una amenaza. Le toqué el brazo, pero no reaccionó.

—Oye, mírame, enano.

Eli apartó los ojos de la ventanilla y de la gente que había en el exterior y me miró.

—Te voy a sacar de aquí, ¿vale? —le dije, y volví a arrancar el coche. A mi espalda oí un bocinazo, pero me limité a hacer un corte de manga al conductor y me dirigí a una de las calles laterales.

Eli respiró hondo y permaneció callado hasta que estuvimos a medio camino del West Village.

—¿Adónde me llevas? —me preguntó. Su voz estaba recuperando la firmeza.

—A mi casa —respondí. En realidad, tenía una reunión en el centro en media hora, pero ya la reprogramaría. Eli necesitaba en estos momentos un lugar seguro y estaba claro que la casa de mi madre no era uno de ellos—. Le diré que hemos adelantado lo del cine porque mañana no tengo tiempo.

—¡No, no puedes hacer eso! —negó moviendo vigorosamente la cabeza—. He quedado con papá para ir a ver a la abuela y el abuelo. Si no me llevas, pensará que he vuelto a tener otro ataque.

—Eli, has tenido un ataque. —Lo miré serio—. ¿De verdad crees que puedes ocultarle a tu padre algo así? —El cabello húmedo le caía sobre el rostro y sus ojos delataban un brillo agotado que solo tenía cuando le daba un ataque. Henry no era tonto y conocía a su hijo.

Eli inspiró y espiró profundamente.

—Le diré que hemos estado haciendo deporte —repuso, y parecía que volvía a estar sereno—. Ya me ha funcionado otras veces. Déjame en casa de papá, ¿vale? Por favor, Jess.

Suspiré.

—Está bien.

Giré en la siguiente calle a la izquierda y tomé la Quinta Avenida en dirección norte, donde vivía Henry.

—No le dirás nada a papá y a mamá, ¿verdad? —me pidió mi hermano, temeroso.

—¿Lo he hecho alguna vez? —Siempre cubría a Eli delante de mis padres, independientemente de lo que hubiera hecho—. ¿Quieres contarme qué es lo que ha pasado? ¿Por qué ibas solo por Bryant Park? —Ese no era el camino que debía seguir de casa al instituto y ninguno de sus amigos vivía por allí. Al menos que yo supiera.

—Estoy…, estoy yendo a una psicóloga nueva —comenzó titubeante mientras jugaba con la banda elástica que llevaba en la muñeca. Se suponía que la tenía para evitar los ataques de pánico, ya que le producía un leve dolor al romperla—. La de la terapia de exposición.

—Entiendo —murmuré. Seguía estando en contra.

—Ayer tuve la tercera sesión y, como me dijo que tenía que ir enfrentándome poco a poco a las situaciones que me dan miedo, pensé…

—Pensaste en ponerte manos a la obra del tirón —terminé la frase por él—. ¿Y dónde está Frank? —Era su chófer, el exmarine responsable de llevar a Eli del instituto a casa y al resto de los sitios.

Mi hermano hundió la cabeza.

—Le dije que no lo necesitaba porque papá vendría a recogerme. He cogido el autobús. Mi compañero de clase, Jonathan, tiene un cachorrito y me dijo que podía pasarme a verlo. Pensé que era una buena oportunidad, porque me encantan los perros y tenía muchas ganas de ir. Pero ni siquiera he llegado a la puerta de su casa.

—Por el amor de Dios, Eli —suspiré—. No puede ser que creas que estos actos espontáneos son la solución a tus problemas. ¿Por qué has hecho algo así?

—¡Porque estoy harto de ser el bicho raro, Jess! —exclamó mi hermano—. ¡Quiero dejar de tener miedo todos los días! ¡Quiero quedar con mis amigos e ir al instituto sin preocuparme por nada más! Odio que estos ataques de mierda gobiernen mi vida, ¿es que no lo entiendes? —Inspiró y espiró profundamente de nuevo—. Pues claro que no lo entiendes. Tú nunca le has tenido miedo a nada.

Dejé escapar un resoplido.

—Pues claro que tengo miedo. De muchas cosas, aunque no sean las mismas que las tuyas. —Se me vino a la mente entonces Helena, cuando Pratt la empujó contra la pared. Aparté el recuerdo al instante.

—Con dieciocho años te echaste la mochila a la espalda y te fuiste a Australia —me dijo mi hermano—. Eso es más valiente de lo que yo he hecho nunca. Ni siquiera sería capaz de montarme en un avión sin echarme a temblar.

Acabábamos de llegar a la casa de Henry, así que aparqué en la acera, apagué el motor y miré a Eli.

—Salí huyendo de aquí —le expliqué con sinceridad. Nunca habíamos hablado del tema, siempre le había dicho que quería ver algo distinto a Nueva York. Pero Eli tenía ya quince años y podría aceptar la verdad—. No soportaba esta ciudad después de la muerte de mi padre y, sobre todo, de lo que pasó después. No fue un acto de valentía, simplemente una huida hacia delante. —Que conllevó horribles consecuencias visto lo que le sucedió a Adam.

—Yo tampoco soporto vivir aquí —dijo Eli en voz baja mirando por la ventanilla. Me rompió el corazón ver lo indefenso y desesperado que sonaba. Después del secuestro, mencioné que mi hermano tal vez no estaba hecho para la gran ciudad, al igual que yo. Pero, evidentemente, mi madre no quiso saber nada de una mudanza a una zona más rural. Cada vez que lo sacaba a colación, se limitaba a hablar de un internado en Europa, que era lo último que Eli quería o necesitaba. Por eso mismo dejé de mencionarlo y me dediqué a hacer todo lo posible por reducir los ataques.

—¿Sabes qué deberíamos hacer? —dije en un intento de sonar positivo—. Este finde iremos por fin a Swan Lake. —Allí estaba la granja de mi padre. Ya no vivía nadie allí, simplemente la mantenía, pero, si llamaba con antelación, podrían prepararnos la casa principal.

—¿Crees que mamá y papá nos dejarán ir? —preguntó Eli, dudoso.

—Averigüémoslo —repliqué, abriendo con energía la puerta del conductor.

Al igual que mi madre, Henry vivía en uno de los edificios más modernos de Nueva York, aunque era algo más pequeño que la casa de los Coldwell. El conserje nos saludó a mí y a Eli y nos subimos al ascensor para llegar al piso de arriba. Esperé a que mi hermano abriera la puerta y, al otro lado, ya le estaba esperando su padre, claramente enfadado.

—¿Dónde estabas? —le espetó a su hijo—. Deberías haber llegado hace una hora. ¿Y qué es eso de que Frank no te ha recogido del instituto?

Eli encogió los hombros.

—Perdóname, papá, yo… estaba…

—Ha sido culpa mía —intervine—. Le dije a Frank que podía marcharse porque lo iba a recoger yo del instituto. Luego nos hemos ido a los muelles a jugar al baloncesto y se nos ha pasado la hora.

Henry me miró fijamente con sus ojos oscuros y supe en lo que pensaba: en la época en la que vivíamos en la misma casa y no hacía más que mentirle. Desde entonces, nuestra relación había mejorado, pero Henry sabía que siempre me ponía de parte de Eli.

—Gracias por traerlo, Jess —se limitó a decir—. Pero ahora me gustaría hablar un momento con mi hijo a solas.

—En realidad, esperaba poder hablar un momentito contigo —repliqué yo, y alcé el mentón. Henry y yo nunca habíamos tenido una relación de familia, pero desde la muerte de Adam nos prodigábamos algo de respeto.

La historia de cómo llegó a formar parte de nuestra familia era fácil de contar. Henry era diez años más joven que mi madre y estaba trabajando en la empresa como administrativo. Así se conocieron. No me cabía duda de qué les había gustado del otro: los dos eran igualmente inteligentes, ambiciosos y estaban obsesionados con el éxito. Trish se casó con él apenas seis meses después, y un año más tarde, llegó Eli al mundo. En aquel momento todavía vivía yo con mi padre, pero Adam me contó que Henry la había presionado para que tuvieran su propio hijo. Probablemente había sido su estrategia para vincularse para siempre con CW y Trish, aunque había tenido un éxito relativo: era dueño de la mitad de las acciones de la empresa, pero hasta que no se divorció no obtuvo lo que realmente quería: un puesto ejecutivo. Si Eli decidía unirse a la empresa, todo eso podía cambiar, pero, para Henry, lo más importante era que su hijo se valiera por sí mismo.

Asintió brevemente.

—De acuerdo. Eli, ve a cambiarte, que nos vamos a casa de los abuelos.

Mi hermano cogió su mochila y se dirigió a su habitación. Yo seguí a Henry a la cocina, que me recordaba mucho a la de mi madre: toda la casa era igualmente fría y estéril, salvo que estaba decorada de negro en vez de blanco.

—¿Qué sucede? —me preguntó sin ofrecerme nada—. Ya llegamos tarde.

—No tardaré mucho. —Lo miré fijamente—. Si te parece bien, me gustaría llevar a Eli a la granja este fin de semana. Cuando lo hemos hecho otras veces, siempre le ha venido bien.

—No creo que tenga mucho sentido —replicó Henry sacudiendo la cabeza—. Nunca lo superará si huye de la ciudad. ¿Para qué nos gastamos entonces una fortuna en terapia de exposición si no se expone a nada?

Solté un bufido.

—Es solo para que pueda respirar tranquilo, nada más. Me da la sensación de que, últimamente, los ataques son más frecuentes. ¿Es posible que Trish y tú le estéis presionando demasiado?

Henry entrecerró los ojos.

—Entonces ¿admites que ha tenido uno antes? Conozco a mi hijo, Jess, no me tomes por tonto. Ha sufrido un ataque y te ha llamado a ti, ¿no es así?

—No deberías hacerte esa pregunta, sino más bien, ¿no te da que pensar que, si se da el caso, me llame a mí en vez de a ti? —Entrecerré los ojos—. Trish y tú seguís haciéndole pensar que no está a la altura. ¿Cómo va a mejorar si piensa que te va a decepcionar en cuanto muestre alguna debilidad?

—No sabía que era de tu incumbencia cómo lo eduquemos —espetó Henry.

—Eli es mi hermano —repliqué con frialdad—. Así que claro que me incumbe cuando me da la sensación de que no está bien.

—Hermanastro —me recordó Henry—. Y no tienes ni idea de lo que es ser padre y no saber cuándo logrará superar sus traumas.

—Cierto, pero sí sé lo que es no estar a la altura de las expectativas.

Henry resopló.

—¿De verdad te estás comparando con Eli? Eras un vago que prefería surfear a ir al colegio y que pensaba que era un acto de rebelión acostarse con chicas en la planta de arriba mientras nosotros teníamos una cena de negocios abajo. Te importaba una mierda lo que tu madre o yo quisiéramos para ti.

—Totalmente cierto —coincidí—, pero a Eli sí que le importa.

—¡No le impongo ninguna expectativa desorbitada! —estalló Henry—. ¡Solo quiero que vuelva a ser normal!

En ese momento, se desató toda mi ira.

—¡Es que ya es normal! —le espeté a mi padrastro—. Ha pasado por algo terrible que no es capaz de gestionar, pero ¡claro que es normal! Sé que a Trish no le entra en la cabeza, pero pensaba que tú tendrías el sentido común necesario para entender que solo estáis empeorando las cosas.

Había sido un momento horrible para todos el día que recibimos la llamada de que el coche de Eli había sido encontrado en un callejón y que no había ni rastro de él. Y sí, había pasado mucho tiempo. Lo que Trish y Henry no comprendían era que ese adolescente de quince años seguía siendo el niño pequeño que se pasó casi dos semanas encerrado en un sótano sufriendo abusos, y que se necesitaba algo más que terapia para arreglarlo: una familia que le ayudara. Tras el secuestro, Adam y yo habíamos hecho todo lo posible para que Eli se sintiera seguro, y parecía que lo habíamos logrado. Pero entonces Adam murió y, aunque a mí no me importaba pelearme con Trish y Henry todos los días si hacía falta, era una batalla inútil si no me escuchaban.

—No estamos empeorándolo, pero si sigues diciéndole esas cosas a Eli, Trish y yo tendremos que reconsiderar si deberías seguir viéndolo —pronunció Henry con un tono gélido.

Solté una carcajada.

—¿Lo dices en serio? Una idea maravillosa. Voy a tener que llamar a un par de personas para ver cómo puedo impedir que lo veas tú.

—No me amenaces, Jessiah —me advirtió—. O te arrepentirás.

—No, no me amenaces tú a mí, Henry. —Di un paso adelante—. Trish y yo no tenemos una relación especialmente cercana, pero cuando se trata de ir a la guerra me parezco a ella de una forma aterradora. Así que deberías saber que es muy mala idea meterse conmigo.

—Tú...

—¿Estáis discutiendo por mi culpa?

Nos dimos la vuelta y vimos que Eli estaba en la puerta. Al mismo tiempo que yo decía que sí, Henry dijo que no, y eso demostró quién le estaba diciendo la verdad. Pero ahora mismo todo eso daba igual. Tenía que hablar con mi madre sobre el viaje a Swan Lake.

—Me tengo que ir, tengo una reunión. Nos vemos mañana, enano.

—Sí, estupendo —dijo Eli con una sonrisa cautelosa mientras le dirigía una mirada rápida a su padre, aunque fue lo suficientemente inteligente como para no seguir hablando conmigo.

Me despedí y me fui y, mientras estaba en el ascensor, me pregunté si llegaría el día en que ya no me necesitaran en Nueva York.

O si tendría que resignarme a vivir aquí para siempre.

25

Helena

El sol brillaba cuando salí de la universidad y me dirigí al coche que me esperaba al otro lado de la calle. En cuanto Raymond me vio, cuadró los hombros y me abrió la puerta.

—Tenemos que ir directos al Hotel Mirage, señorita Helena —me dijo—. Su madre la espera allí dentro de media hora.

«Y no solo mi madre», me pasó por la mente. La inauguración del hotel ponía fin a una semana de espera y me abría la posibilidad de tomarle el pulso a Carter Fields, que no había estado en la ciudad últimamente, pero sin duda se dejaría ver por el Mirage.

No necesité a Malia ni a la base de datos de la policía de Nueva York para conocer mejor a mi objetivo, ya que lo conocía… o lo había conocido antes de mi temporada en el exilio. Carter era el hijo menor de la familia Fields, propietaria del Hotel Vanity en el que Valerie y Adam perdieron la vida. Había sido Carter el que les había regalado la habitación por el compromiso y por eso no lo había considerado sospechoso hasta ahora, porque Carter y Valerie habían sido amigos. Antes de conocer a Adam, habían tenido una relación más íntima, pero mi hermana se dio cuenta pronto de que no le interesaba ese tipo de relación. Tampoco era de extrañar; Carter era el postureta más grande del mundo. Coches, mujeres, drogas, todo formaba parte de su imagen de playboy, aunque Valerie siempre decía que, debajo de esa fachada, era un chico estupendo. Por ello, esperaba que fuera capaz de contarme algo sobre aquella noche, que me confirmara que Valerie y Adam no usaron los servicios de Pratt porque no querían drogas en su fiesta.

Nos movimos por el atestado tráfico de Nueva York y, aunque estaba entusiasmada con mi nueva misión, mis pensamientos se desviaron hacia otra persona que no era Carter. No había visto a Jessiah…, Jess, desde la noche del Bella Ciao, pero no se me había ido de la mente. Pensé en muchas ocasiones en buscar su número de teléfono, pero no lo hice. Era mejor no correr el riesgo de volverle a perder, lo cual sucedería más pronto que tarde si tenía alguna relación con él. Lo que nos separaba era más fuerte que lo que nos unía.

Mi madre, junto a Lincoln y Paige, ya me esperaba en la puerta del hotel, así que dejé a Jess en un segundo plano de mi mente, compuse una sonrisa y salí del coche.

—Aquí estás. —Mi madre escudriñó el atuendo que llevaba, pero hoy había pensado con antelación y no llevaba mi chupa de cuero, sino un abrigo ajustado sobre mi jersey de cachemira gris y unos vaqueros negros que prácticamente no lo parecían. Con un asentimiento de aprobación, me dio la mano—. Entremos.

Pasamos al Mirage por las puertas enlucidas en color dorado y me quedé pasmada. Recordaba vagamente cómo había sido el hotel antes de que lo cerraran ocho años atrás, una reliquia de épocas pasadas cargada de terciopelo, felpa, papel pintado con motivos en relieve y alfombras gruesas. Evidentemente, se había modernizado en todos los aspectos, pero seguía conservando el encanto de antaño. Los suelos resplandecían en tonos dorados, los muebles de la entrada, elegidos por interioristas, resaltaban en colores oscuros, verde y negro, con cojines en contraste. Los uniformes del personal seguían la misma línea de tonos y hacían sentir que el hotel mismo cobraba vida. No fui capaz de asimilar todos los detalles de un solo vistazo, pero en ese mismo momento supe que me encantaba. Hasta mi madre estaba impresionada.

—Muy bien hecho —comentó, que expresado por sus labios era un cumplido inigualable.

Por supuesto, los empleados constataron nuestra llegada y, poco después, uno de ellos se acercó a nosotros, y no solo saludó a mi madre, sino también a Paige, Lincoln y a mí, y nos pidió que nos registráramos en recepción.

—Oye, ¿dónde está papá? —pregunté mientras nuestro equipaje, que había traído mi madre, pasaba por nuestro lado hasta el ascensor.

—Tiene una reunión y vendrá directamente hacia aquí. —Como siempre que hablaba de mi padre últimamente, la expresión de mi madre se convirtió en una máscara impenetrable. Por el momento, no había conseguido que me contaran qué estaba pasando, ni ella ni mi hermano. Había comprobado si mi padre estaba durmiendo en la antigua habitación de Valerie, pero no parecía ser el caso. Aunque era difícil de saber, ya que casi nunca estaba en casa.

—Bienvenida al Mirage, señora Weston —nos saludó el encargado de recepción—. Ya tenemos preparada la habitación para usted y su familia. Yo me encargaré de llevarlos. Y si necesitan cualquier cosa, o hay algo que no sea de su agrado, no duden en avisarnos.

El Mirage había recibido muchas críticas por este evento, ya que, en vez de hacer una inauguración oficial, había decidido organizar una noche de prueba con clientes destacados. Los más poderosos, ricos y bellos de Nueva York pasarían una noche en el hotel para poner a prueba todos los servicios y descubrir cuáles eran sus puntos débiles antes de la apertura oficial. Ni qué decir tiene que mi madre aceptó la invitación de inmediato. Nada le gustaba más que imponer su perfeccionismo a los demás.

Entramos en el ascensor y el conserje posó una tarjeta de acceso frente al teclado.

—Su habitación se encuentra en el noveno piso, señora Weston —informó a mi madre—. La habitación de su hijo se encuentra en el octavo y la de su hija en el séptimo, ambas, por supuesto, con vistas al parque.

Mi madre se dio cuenta.

—¿Noveno piso? —preguntó—. El hotel tiene diez plantas, ¿no es así?

El conserje asintió.

—Así es.

—Entonces ¿por qué tenemos una habitación en el noveno piso?

Entendí lo que quería decir: los espacios más exclusivos en los hoteles como este siempre se encontraban en el piso más alto. Y, evidentemente, esperaba recibir esa habitación.

—Es una suite, señora —le corrigió con una sonrisa profesional—. Muy bonita, además. Estoy seguro de que le gustará.

Supuse que mi madre montaría la escenita de «¿usted sabe quién soy yo?», pero, en su lugar, se limitó a sonreír y compuso una sonrisa.

—Sí, desde luego.

¿En serio? Miré a mi hermano, pero él no torció el gesto, así que me convencí de que estaba paranoica y esperé a que llegáramos al séptimo piso. El conserje me dio la tarjeta y el número de habitación, salí del ascensor y me dirigí hacia mi puerta.

Mi habitación era impresionante, decorada con los mismos colores que el vestíbulo de entrada, con unas vistas increíbles de Nueva York, un baño de lujo y provista de una bandeja llena de delicatesen. Por desgracia, no tenía tiempo para disfrutarla, ya que la cena de gala empezaba al cabo de media hora y todavía tenía que cambiarme… y descubrir cómo sonsacarle a Carter Fields la verdad sobre la noche de la muerte de mi hermana. Me metí un bombón de praliné en la boca, eché un vistazo a la ciudad y corrí a ponerme el vestido.

Treinta minutos después, me encontraba con mi hermano y su prometida (tal como ella nunca se cansaba de repetir) a un lado del salón, cada uno con una copa en la mano. La mayoría de los invitados ya estaban allí, pero no todos. Mis padres no solían seguir la norma de que las personas más importantes deben llegar las últimas al evento.

—¿No has podido encontrar ningún acompañante, Helena? —La mirada de Paige revelaba algo parecido a la pena.

—No, no quería venir con ninguno —le respondí sin que me molestara—. No me gusta comprometerme de antemano, ¿sabes?

Cuando vas sola a los sitios, puedes echar un vistazo a la oferta y, al final de la noche, decidir con quién te vas a la cama.

Paige abrió los ojos de par en par. Estuve a punto de echarme a reír, y casi que pude escuchar la voz de Valerie, que no habría dejado pasar el comentario: «¿Qué pasa, Barbie buscona, demasiado para ti?».

—Len está de broma —se apresuró a decir mi hermano.

—No es ninguna broma.

—Cierto, como ahora vives con mamá y papá —sonrió—, quizá sí que deberías aprovechar la oportunidad y llevarte a alguien a tu habitación esta noche.

—Sí, pero ¿quién? —Miré a mi alrededor como si realmente estuviera buscando algún candidato, aunque en realidad a quien buscaba era a Carter Fields. Sin embargo, no estaba por ninguna parte—. Hay mucho donde elegir y no quiero tomar la decisión equivocada si van a acabar desnudos ante mis ojos.

—¿Podéis dejar de hablar de sexo? —susurró Paige—. Esas cosas no se hablan en público.

Me reí.

—No te preocupes, P. Lincoln te enseñará cómo se hace después de la boda. Ha adquirido mucha experiencia en los últimos años.

Paige se sonrojó ligeramente, aunque no me quedó claro si de vergüenza o de rabia. Por desgracia, mi atención se desvió hacia otra parte antes de que pudiera decir más sobre el tema.

—No lo está diciendo en serio —escuché decir a alguien a mi lado. Me di la vuelta y descubrí a mi madre, que parecía estar dándole su opinión a una de las trabajadoras del hotel. Puse toda mi atención en mi sentido del oído para saber qué pasaba.

—Lo siento mucho, señora Weston, pero ya no se puede cambiar. —La mujer sacudió la cabeza con pesar.

—No quiero que me pidas perdón, lo que quiero es una solución al problema.

Mi madre usó su mirada fulminante, la que yo había esperado que usara en el ascensor. Cuando a Blake Weston no le gustaba algo, lo mejor era arreglarlo. Y lo antes posible.

—Pero ya no puedo cambiar la asignación de los asientos —respondió la mujer, algo desesperada—. Todo está perfectamente coordinado, la mayoría de los invitados ya han llegado y saben dónde se van a sentar. Si cambio algo, será un caos absoluto.

—A mí eso me da completamente igual. Cambia un par de tarjetas de sitio o nos iremos inmediatamente de la prueba. Mi hija no se sentará a la mesa con esa persona.

Un momento. ¿Estaba hablando de mí? Me separé de Lincoln y Paige y me acerqué a mi madre.

—Oye, mamá, ¿qué es lo que pasa? —Sonreí a la empleada del hotel con amabilidad para que supiera que no todos los Weston querían fulminarla con la mirada. Me correspondió con una sonrisa débil. La expresión de mi madre se volvió aún más sombría.

—Ya me encargo yo, cariño.

—Es evidente que estás hablando de mí —insistí—, así que me gustaría saber qué está pasando. Tal vez pueda ayudar a resolver este asunto.

—La hemos sentado a la mesa con el resto de los jóvenes que no trajeron acompañante, señorita Weston —me informó la trabajadora con una mirada ansiosa.

—No me parece ningún problema —respondí. Al fin y al cabo, me había negado a venir con alguno de los chicos que mis padres habían elegido para este evento. Aunque debía bailarles el agua para poder quedarme en Nueva York, no habían querido llegar al extremo de obligarme a llevar a un acompañante. Todavía.

Mi madre soltó un resoplido.

—De ninguna manera. No mientras Jessiah Coldwell esté sentado a esa mesa. ¿Tan poco conoces a las familias importantes de esta ciudad como para cometer un error tan garrafal? —La pregunta iba dirigida a la trabajadora, que volvió a disculparse, aunque de forma inaudible. ¿Jess estaba aquí? Sabía que a veces acompañaba a su madre a ciertos eventos, pero no me esperaba que viniera a algo de este tipo. Sentí los nervios en el estómago y, tan discretamente como pude, eché un vistazo a mi alrededor, pero no di con él, o quizá aún no había llegado. Me volví hacia la trabajadora.

—No hay necesidad de montar un follón por eso —me oí decir—. No me importa sentarme a la misma mesa que Jessiah.

«Tampoco sería la primera vez», añadí mentalmente, y recordé el abrazo que nos habíamos dado al despedirnos la última vez que nos vimos, hacía ya una semana. Y su caricia en la cocina a oscuras. Al hormigueo en el estómago se le unió una sensación cálida en mi interior. Si mi madre se hubiera enterado de aquella noche, yo no estaría aquí hoy, ya me habría mandado a Cambridge. Sin embargo, no pude evitar emocionarme ante la perspectiva de volver a ver a Jess. La empleada del hotel suspiró con alivio.

—Muchas gracias por su comprensión, señorita Weston.

Acto seguido, desapareció tan rápido como si temiera que mi madre fuese a objetar mi decisión.

—Helena, por favor te lo pido. —Ahora entendía su disgusto—. Toda la alta sociedad estará aquí esta noche. ¿Qué van a pensar cuando vean que te sientas a la misma mesa que el hijo de Trish Coldwell?

—No lo sé, mamá. Quizá que los dos estamos en la mesa de los solterones. —La miré—. ¿Por qué crees que va a ser un desastre? Lleváis muchos años yendo a los mismos eventos que los Coldwell. —«Sí, pero no contigo», pareció añadir con la mirada. Entrecerré los ojos—. ¿Qué crees que va a pasar? ¿Que voy a coger el cuchillo de untar y voy a montar un escándalo?

—Esa es la menor de mis preocupaciones —respondió con sequedad.

—Entonces ¿qué? Ah, ya entiendo. —No pude evitar sonreír—. Es por la reputación que tiene, ¿no?

Mi madre frunció los labios y no se dignó a responder a mi pregunta.

—Si no te hubieras negado a venir con Edward, no estaríamos teniendo este problema.

—Tú eres la que está causando problemas —le recordé—, pero puedes quedarte tranquila, mamá. Jessiah y yo nos comportaremos en la cena sin tirarnos uno encima del otro. Y si sentimos la necesidad de hacerlo, buscaremos un sitio tranquilo donde nadie nos escuche.

Intenté que sonara lo más absurdo posible, pero en cuanto la idea comenzó a cobrar vida en mi cabeza, tuve que pensar en otra cosa rápidamente para que no se me sonrojaran las mejillas. Mi madre levantó la barbilla y me miró fijamente con sus ojos oscuros.

—No le veo la gracia, Helena.

—Sí que la tiene. Ahora discúlpame, tengo que irme a mi mesa.

Fingí una reverencia y me sentí un poco tonta cuando me alejé, pero también tensa. Hacía diez minutos, lo único que me interesaba de este evento era Carter Fields, pero ahora todo había cambiado.

El motivo de ese cambio entró en el salón mientras yo me sentaba a la mesa y saludaba a todos los que se encontraban allí, entre ellos, Celia Woodraw. Era la hija del director de Bloomingdale's y la conocía desde siempre, aunque de forma superficial, porque era una cotilla de manual. Apenas había terminado de decir «hola» cuando miró la puerta con ojos desorbitados.

—Ha venido Jessiah Coldwell —susurró.

Me di la vuelta.

Por supuesto, venía más guapo de lo que debería estar permitido, y eso que llevaba un traje y a mí me gustaba más cuando vestía con ropa informal. Sin embargo, ese dos piezas oscuro le quedaba de muerte, y la camisa negra a juego con la corbata le daba un toque extravagante que encajaba a la perfección con el ambiente, sobre todo por el contraste con su rebelde cabello rubio. Vi que mi padre ya había llegado y que estaba hablando con los Irvine, por lo que mis padres estaban ocupados y me pude permitir una leve sonrisa cuando se encontraron nuestras miradas. La respuesta me llegó de inmediato, aunque fuera sutil: ese brillo en los ojos fue suficiente para que me temblaran las rodillas.

Cuando Jess se acercó a mí, o más bien, a la mesa, tuve que concentrarme para respirar con normalidad y fingir que no nos conocíamos de nada. Saludó primero a todo el mundo que estaba sentado y, por último, me miró a mí.

—Helena —pronunció con un asentimiento. Para los más despistados, aquel saludo pareció algo natural, pero sus ojos mantuvieron la misma expresión que hizo que sintiera mariposas en el estómago. No obstante, mi madre ya se había dado cuenta de quién había llegado a la mesa, por lo que no quise mostrar nada que desvelara mis verdaderos sentimientos.

—Jessiah —le devolví el asentimiento y compuse un gesto imperturbable que me quedó bastante bien. Porque en ese momento no solo nos miraba mi familia, sino otros muchos ojos del salón.

Por supuesto, el primer encuentro público entre la hermana de Valerie y el hermano de Adam era todo un acontecimiento para los más sensacionalistas. Sabía que estaban esperando ver cuál de sus predicciones se hacía realidad. ¿Nos tiraríamos a la garganta del otro? ¿O seguiríamos los pasos de nuestros hermanos?

De momento, no hicimos nada de eso. Jess se sentó y, como no estábamos sentados el uno al lado del otro (si hubiera sido así, mi madre hubiera convocado un ejército), desapareció de mi alcance.

Yo me acomodé también en mi asiento, y tenía la mente tan concentrada en Jess que estuve a punto de pasar por alto que Carter Fields había entrado en el salón. Venía acompañado de una chica morena muy guapa y tenía el mismo aspecto con el que lo recordaba hacía tres años: un tipo seguro de sí mismo y consciente de su estatus en la sociedad. Sin embargo, por ahora no podía hacer nada de lo que tenía planeado. Debía esperar el momento en que pudiera pillarlo a solas.

Durante la siguiente media hora, intenté por todos los medios centrarme en las conversaciones que estaba teniendo, lo cual no era fácil, porque mantenía un oído fijo en lo que Jess hablaba con Celia, que no apartaba el brazo de su regazo.

—¿Cómo es que nos has brindado este honor? —ronroneó Celia—. La semana pasada eché un vistazo a la lista de invitados y no te vi a ti, solo a tu madre.

—Me ha pedido que la sustituya en el último momento —respondió él con una sonrisa que, aunque evasiva, me dolió.

—Supongo que entonces debería darle las gracias —rio Celia—. Estos eventos suelen ser la mar de aburridos, pero creo que este puede resultarte interesante.

Me quedé observándolos, pero Jess no me devolvió la mirada y yo me centré de nuevo en mi plato. Si alguien se daba cuenta de que estaba tensa ante su presencia, empezarían los rumores.

—¿Helena? —dijo en ese momento el hermano de Celia, Wilson (quien debería odiar a sus padres por el nombre que le habían puesto), y apartó mis pensamientos de Jess—. He oído que estudias Psicología. Qué interesante.

Estuve a punto de gemir de crispación, pero me contuve y le respondí lo más educadamente posible.

Los platos principales se fueron sucediendo mientras Celia seguía coqueteando con Jess. Cada vez que oía su risa, apretaba con más fuerza el tenedor. Me parecía asquerosamente injusto que alguien como Celia estuviera sentada a su lado y pudiera hablar con él y que yo estuviera condenada al otro extremo de la mesa a escuchar los comentarios aburridos sobre política de Wilson Woodraw. No pude evitar sentir una cólera impotente.

—¿Va todo bien? —Wilson me estaba mirando—. No tienes buen aspecto.

Si Wilson se había dado cuenta, era que había llegado el momento de salir a tomar el aire fresco, antes de que el resto del salón reparara en ello. Así que me puse en pie, me disculpé con la excusa de que quería despejarme y me dirigí hacia la puerta. Afortunadamente, antes del postre había bastante movimiento, ya que la gente pasaba a saludar a sus conocidos de otras mesas, y nadie notó mi ausencia.

Cuando llegué a la puerta, miré a ambos lados para saber cuál era el camino más rápido al exterior. Al final del largo pasillo parecía haber una salida a una terraza iluminada; sin embargo, mientras me dirigía hacia allí, vi movimiento por el rabillo del ojo. Alguien bajaba las escaleras en dirección a la calle. No, no era alguien cualquiera. Era Carter Fields, que, como de costumbre, aprovechaba el momento previo al postre para escabullirse del evento y seguir la fiesta en otra parte. Era una oportunidad única para seguirle y preguntarle por Pratt y las drogas, que era para lo que había venido.

Tan rápido como me permitieron los tacones, seguí sus pasos, y estuve a punto de alcanzarlo antes de que saliera a la calle. Me disponía a coger aire antes de hablar con él cuando alguien lo interceptó: un hombre de traje con el que tenía un trato cercano. Se dieron la mano y salieron juntos del hotel, mientras que yo me quedé en el sitio y los observé sin poder hacer nada. Esa había sido mi oportunidad y la había desperdiciado. ¿Y por qué? Porque me había dedicado a cabrearme con el destino en vez de estar pendiente de cuándo salía Carter del salón.

Resoplé con frustración y traté de asimilar la decepción. Tendría más oportunidades de hablar con él, estaba segura, pero hubiera sido mejor ahora que más adelante.

Al final, la persecución inútil de Carter había surtido el mismo efecto que el aire fresco, ya me sentía lo suficientemente renovada como para volver a la mesa. Haría todo lo posible por ignorar a Celia y a Jess y me iría lo antes posible a mi habitación.

Deshice mis pasos en busca del salón. Debían de estar a punto de servir el postre, ya que no había nadie por los pasillos. Solo había un hombre plantado en la puerta, y yo me quedé pasmada en cuanto reconocí quién era: Jess. Tenía las manos en los bolsillos del traje y miraba en mi dirección, como si me estuviera esperando. ¿Sería así o era una coincidencia?

Mientras yo consideraba si era inteligente hablar con él a los ojos de todos, Jess giró a un lado y desapareció detrás de unas cortinas verde oscuro. Me di la vuelta para asegurarme de que nadie lo había visto y acorté la distancia hasta el lugar en el que Jess había desaparecido. El corazón me latía con fuerza en la garganta al apartar la pesada tela de terciopelo. Al otro lado había un reservado con un par de sillas y una mesa baja; Jess estaba junto a la ventana y me miraba expectante.

—Hola —dijo.

—Hola —respondí yo, y recordé la risa de Celia. Al instante me sobrevino la frustración por lo que había presenciado.

—¿Te encuentras bien? —me preguntó Jess—. No pareces muy contenta hoy.

Bufé levemente.

—Ya, al contrario que tú.

Era una tontería por mi parte decir algo así, porque sabía que había sido Celia la que había coqueteado con él, no al revés. Sin embargo, seguía pensando que esa putada no era justa, así que yo tampoco lo fui.

—¿Lo dices en serio? —Jess parecía divertido—. No creerás de verdad que me interesa Celia Woodraw.

—No. Sí. Yo qué se. —Mis manos se cerraron en puños sin querer y me obligué a relajarlas—. Tampoco parecía que no tuvieras interés por cómo estabais hablando.

—¿Hubieras preferido que te hablara a ti entonces? —El tono jocoso desapareció de sus palabras y, cuando lo miré, vi algo de rabia en los ojos de Jess—. ¿Delante de tu familia? ¿De toda la gente que hay en el salón?

Sabía que estaba intentando romper mi coraza, pero, aun así, no pude más que defenderme.

—Por supuesto que no —repliqué más rápido de lo que pretendía—. Pero tampoco tendrías que... —me interrumpí, porque me di cuenta de que sonaba ridículo. No tenía derecho a reprocharle nada a Jessiah Coldwell solo porque habíamos cenado juntos en el Bella Ciao.

Jess se acercó a mí.

—¿Crees que me gusta tener que fingir que me interesa lo que dice Celia cuando tú estás cerca?

—Si no es así, se te da muy bien actuar —contesté.

—Sí, es cierto, porque no me queda otra. —Su tono de voz hizo que levantara la vista—. No tienes ni idea de lo mucho que me molesta tener que fingir delante de la gente que no te conozco, sobre todo cuando quiero hacer otra cosa muy distinta.

Sin darnos cuenta, nos habíamos acercado el uno al otro y apenas estábamos a medio paso de distancia. Estaba tan cerca de Jess que podía contemplar su rostro al completo: el pelo que le caía sobre la cara, la boca y, especialmente, la mirada de sus ojos verdes, que se había vuelto más intensa que nunca. ¿Cómo iba a resistirme? En ese momento me parecía totalmente imposible, independientemente de lo que habíamos hablado en nuestro último encuentro.

—¿Y qué cosa es esa? —pregunté en voz baja.

—Lo sabes perfectamente —respondió en el mismo tono.

Respiré hondo, incapaz de pronunciar palabra alguna, y, en su lugar, acorté la distancia que nos separaba y me quedé tan cerca de su cuerpo que sentí su calor. Tampoco me hacía falta, la temperatura del mío ya era bastante elevada. Y siguió subiendo cuando Jess levantó una mano y me acarició la mejilla.

—Helena… —pronunció mi nombre en un susurro, de una forma que nadie había hecho antes, grave y seductora.

Sabía que debía marcharme, porque era imposible que hubiera algo entre nosotros. Pero hice todo lo contrario. Mis manos se abrieron paso por su pecho y mis dedos siguieron hacia arriba, a la espera de que Jessiah nos liberara a los dos.

Jess curvó los labios en una sonrisa leve pero endiabladamente sexy e inclinó la cabeza. Sin embargo, antes de que pudiera besarme, algo interrumpió mi concentración: unas voces en el pasillo que no pertenecían a nadie en concreto. De repente, comprendí dónde estábamos y recuperé la cordura. Recobré la compostura y me separé de Jess.

—Espera —dije sin aliento—. Aquí no deberíamos…

—¿Helena? —me llamó alguien desde fuera, en voz baja, como si no quisiera llamar la atención. Era Lincoln. Era evidente que había visto cómo me marchaba del salón.

—Mierda —solté, y miré a Jess—. Tienes que irte. Si nos encuentra aquí juntos…

La mirada de Jess recayó sobre la cortina que nos separaba del pasillo, y en sus ojos percibí ese brillo rebelde que tanto me gustaba. Se resistía a marcharse y a hacer lo contrario de lo que quería, al igual que yo. Pero había demasiado en juego, y cosas que no sabía.

Le toqué el brazo.

—Jess, por favor.

Finalmente, asintió y me dedicó una mirada que no ayudó a sofocar el deseo que sentía en mi interior. Acto seguido, abrió la cortina que separaba un reservado de otro y desapareció.

Y prácticamente en el mismo segundo, mi hermano abrió de par en par la cortina que daba al pasillo y, por la expresión de su rostro, supe que se hacía una idea de lo que acababa de pasar.

«Oh, no».

26

Jessiah

Apenas había llegado al reservado de al lado cuando Lincoln encontró a Helena. Y, por mucho que detestara que los Weston se interpusieran en mis deseos, me alegré de haberme ido. No porque creyera que teníamos que ocultar lo que había entre nosotros, sino porque sabía que le acarrearía muchos problemas si su familia lo descubría.

—¿Qué estás haciendo aquí, Helena? —preguntó su hermano con recelo—. ¿Estaba contigo?

«No solo estaba con ella, tío. He estado a punto de besarla». Llevaba deseando hacerlo desde la noche que pasamos en el Bella Ciao. Y sentí claramente en mi cuerpo lo cerca que había estado de cumplir mi deseo.

Encontrarme aquí a Helena esta noche no había sido ninguna sorpresa. Al contrario, había venido porque sabía que estaría. Mi madre había recibido la invitación a la inauguración hacía semanas, pero evidentemente no pensaba acompañarla para hacer de probador de hoteles. Hasta que supe que Helena estaría allí. Entonces aproveché la oportunidad, en contra de mi buen juicio.

La vi ahí, junto a la mesa, de nuevo con el pelo suelto, esta vez con un vestido ajustado hasta la rodilla de color azul oscuro con encajes en el escote. Estaba guapísima, como siempre que la había visto, aunque no pudiera decírselo delante de un montón de gente que estaba esperando que diéramos algo de lo que hablar. Nos habíamos pasado la noche condenados a ignorarnos, pero cuanto más se alargaba la cena, más dispuesto estaba a olvidar toda precaución y buscar la manera de encontrarme con ella a solas. Sobre todo porque me di cuenta de que ella no estaba bien. Así que, en cuanto Helena salió, me puse en pie y fui tras ella. Unos minutos más tarde, comprobé que se había sentido tan frustrada como yo por la situación y que ya no podía mantenerme alejado de ella.

Al menos, hasta que llegó su hermano.

—¿A quién te refieres? —replicó Helena al otro lado de la cortina en un tono que daba a entender que no tenía ni idea de nada, aunque estaba claro que Lincoln se refería a mí.

—¡Pues a Jessiah Coldwell! —Bajó la voz, pero no pudo ocultar su enfado—. Sé que salisteis juntos de una discoteca hace unos días. Y he visto cómo os miráis cuando pensáis que nadie os presta atención. ¿De verdad vas a negar que querías verte aquí con él?

No me moví del sitio. No me gustaba especialmente escuchar conversaciones ajenas, pero tampoco me interesaban mucho los modales y estaba preocupado por Helena. Aparté con cuidado la cortina para ver lo que pasaba al otro lado.

—Menuda absurdez. —Helena se cruzó de brazos y miró a su hermano como si fuera estúpido. Se me aceleró el pulso de nuevo solo con verla—. No quería quedar aquí con él. Quería… —se interrumpió.

—¿Qué querías? —insistió Lincoln.

Helena se quedó callada un instante, como si estuviera considerando si debía decir la verdad o no. Su hermano no tuvo la paciencia de esperar.

—Respóndeme, Len, o se lo cuento a mamá y a papá. ¿Desde cuándo estáis así?

—No hay nada entre Jessiah y yo —explicó—. Simplemente nos hemos cruzado un par de veces en las últimas semanas y…

—¿Y qué? —Lincoln parecía verdaderamente preocupado, lo que me sorprendió, porque normalmente controlaba sus emociones igual que sus padres. Este asunto parecía sacarlo de quicio.

—Hemos… Nos hemos dado cuenta de que nos gustamos, ¿vale? —Helena levantó ambas manos.

Tuve que sonreír al escuchar cómo lo confesaba con tanta naturalidad. Y tenía razón: me gustaba. Probablemente fuera algo más que eso, si era sincero conmigo mismo.

—¿Que te gusta? —repitió Lincoln, atónito, y cerró los ojos como si eso confirmara sus peores miedos—. ¿Es el eufemismo de «me he acostado con él»?

—No, por supuesto que no —respondió Helena con aplomo, manteniendo sus gestos totalmente bajo control. Me dio la sensación de que, aunque estaba diciendo la verdad, había pensado en ello y yo no pude evitar imaginar qué habríamos hecho si no nos hubieran interrumpido.

Lincoln no terminó de creérselo.

—¿Tienes idea de lo que significaría para nuestra familia que salieseis juntos? ¿El daño que nos causaría?

—¿Crees que me importa la reputación en una sociedad que piensa que Valerie es responsable de la muerte de Adam? ¡Me da igual lo que piensen!

—¿Te da igual lo que pensemos mamá, papá o yo? —contraatacó Lincoln con enfado—. Porque somos nosotros los que pagamos las consecuencias, ¡igual que pasó con Val! Creía que habías aprendido de sus errores.

Helena sacudió la cabeza.

—¿Qué error cometió? ¿Ser ella misma? ¿Estar con alguien a quien amaba? ¿O morir?

Me conmovió la forma en la que veía a Valerie, cómo defendía a su hermana a pesar de lo que se decía sobre ella. Y que creyera en algo que hasta ese momento yo no había comprendido: que Adam y Valerie se querían.

Lincoln miró a Helena con decepción.

—¿Qué te ha pasado? Antes sabías lo que suponía ser una Weston.

—Sí, antes obedecía sin rechistar y pensaba que todo lo que me decían era verdad. Pero mira a tu alrededor. Mamá y papá, tú y Paige, es todo mentira.

—¿Mentira? ¿Eso es lo que te ha dicho para que seas como él? ¿Te ha dicho que la familia da igual, que lo importante es hacer lo que uno quiera en la vida?

Estuve a punto de bufar de lo equivocado que estaba. Sí, me había comportado como un egoísta cuando me fui de Nueva York, pero ahora era distinto. Mi vida no se parecía en nada a lo que deseaba hacer. Por la expresión que compuso Helena, parecía que iba a decir exactamente lo que yo pensaba, pero se limitó a fruncir los labios y no dijo nada.

Su hermano se frotó la frente con cansancio.

—No puedo creer que se esté repitiendo toda esa mierda de Westwell. —Fue solo un murmullo, pero lo escuché.

—¿Quién dice que se está repitiendo? —preguntó Helena—. Jess y yo no somos Valerie y Adam. Lo que les pasó a ellos no tiene nada que ver con nosotros.

—Todo tiene que ver con ellos, Helena —le espetó Lincoln—. Lo que hagas o dejes de hacer es muy importante para nosotros. Y si mamá y papá se enteran de que estás saliendo con Jessiah... Ya sabes lo que harán.

Hasta yo lo sabía. Helena me lo había contado cuando estuvo en mi casa para robar la sudadera de Valerie: la enviarían de vuelta a Inglaterra. En mi interior se removió una sensación parecida al miedo. Y entendí que prefería que no formara parte de mi vida antes de que desapareciera por completo.

—¿Se lo vas a contar? —preguntó Helena.

—No, ¿de qué serviría? Te volverían a mandar al exilio y lucharían contra Trish Coldwell con más ahínco. Pero solo lo ocultaré si te alejas de Jessiah. Tienes que olvidarte de él. Lo entiendes, ¿verdad?

Hubo un breve silencio, tras el que Helena respiró hondo.

—Sí —oí que decía, y se me hizo un doloroso nudo en el estómago con esa simple respuesta—. Lo entiendo.

Lincoln dejó escapar un suspiro de alivio.

—Bien. Será mejor que volvamos antes de que alguien nos busque.

Apartó la cortina a un lado y ambos salieron al pasillo, de vuelta al salón.

Yo me quedé donde estaba e intenté entender por qué me hacía tanto daño que Helena dijera que se mantendría alejada de mí, cuando sabía que era lo correcto. Sin embargo, no era eso lo que querríamos decidir y eso era lo que me estaba volviendo loco. Que Helena y yo no tuviéramos la oportunidad de descubrir por nuestra cuenta qué había entre nosotros o hacia dónde se dirigía todo esto. Por eso me dolía tanto, porque seguramente nunca sabría lo que esta chica podría haber significado para mí.

Recobré la compostura y, por un instante, consideré la opción de irme a mi habitación, quitarme el traje y pasar del resto de la noche. O mejor aún, largarme de aquí, coger mi tabla e irme a la playa, donde al menos recuperaría parte de mi libertad. Pero sabía que no solo me estaba observando Lincoln, sino también mi madre. Me había comprometido a ser su acompañante y, por lo tanto, tenía que cumplir con mi palabra.

Así que volví al salón y a mi mesa, donde en ese momento se estaba sirviendo el postre. Helena había vuelto a sentarse en su sitio, con las manos sobre la servilleta, y se esforzaba por fingir que todo iba bien. Pero incluso cuando sonrió y habló con el que tenía al lado, me di cuenta de lo mucho que le estaba costando mantener las apariencias. Y, cuando nuestras miradas volvieron a cruzarse, lo corroboré. Con mucho gusto me habría levantado, me habría acercado y la habría besado delante de todos los presentes hasta que se quedaran sin aliento, para así dejar claro de una vez por todas que nos importaban una mierda los apellidos de cada uno. Pero, claro, no podía hacer eso.

Me agarré a la razón y no permití que Helena viera cómo me sentía, porque no quería ponérselo más difícil de lo necesario. En su lugar, me aislé de los demás, enterré mis sentimientos y sonreí con indiferencia. Después aparté la mirada, cogí la cuchara y fingí que no había nada más importante que el postre que tenía delante. En mi interior se desató una tormenta, pero de cara a la galería aparenté una tranquilidad absoluta e interpreté mi papel. Al fin y al cabo, eso era lo que hacía esta gente.

No, mentira.

Eso era lo que hacía esta gente, entre la que yo me incluía.

27

Helena

Poco después de medianoche, me tumbé en la cama y me quedé mirando el techo, sin tan siquiera plantearme dormir. Todavía me rondaba por la cabeza lo que me había dicho Lincoln.

«Pero solo lo ocultaré si te alejas de Jessiah. Tienes que olvidarte de él. Lo entiendes, ¿verdad?».

Habían pasado varias horas, pero sus palabras seguían produciéndome un dolor quedo. Significaban que no podía decidir por mí misma de quién me enamoraba o con quién quería estar y, sobre todo, significaba que esa persona nunca podría ser Jess. ¿Por qué se lo había contado a Lincoln? En realidad, lo había hecho porque esperaba que mi hermano lo entendiera. Pero no lo había hecho. Al contrario, me había dado un ultimátum y yo lo había aceptado, a pesar de que quería gritar que no con tanta fuerza que todos se cayeran de sus sillas. Había afirmado entenderlo, pero en verdad no lo entendía. Lo peor de todo había llegado cuando volví a sentarme a la mesa y Jess regresó. No sabía si había escuchado nuestra

311

conversación; desde ese momento, evitó mi mirada y se despidió tan pronto como pudo sin llegar a ser maleducado. Después lo volví a ver hablando con su madre y compañeros de trabajo, pero, como sabía que Lincoln me estaba vigilando, seguí el ejemplo de Jess y fingí que no nos conocíamos de nada. No quería arriesgarme a que me mandaran de nuevo a Inglaterra y perder la oportunidad de restaurar la reputación de Valerie, así que no me quedaba otra, aunque no tenía ni idea de cómo hacerlo.

Incluso ahora, me sentía totalmente abrumada por el deseo que Jess había despertado en mí. Aunque el dolor era más fuerte. Nunca me habría imaginado que me dolería tanto romper una relación que ni siquiera había empezado. Pero así era. Me dolía muchísimo, sobre todo porque no había tenido la oportunidad de hablar con él, de explicarle por qué tendría que evitarlo a partir de ahora, a pesar de que no era eso lo que quería.

«Pues hazlo ahora».

Esa voz, que sonaba sospechosamente a la de Valerie, replicó en tono despreocupado, como si no fuera gran cosa buscar a Jess de madrugada. Era una locura. ¿Y si alguien me veía o me encontraba con mi familia? Le había asegurado a Lincoln que cumpliría con nuestro acuerdo.

Y, no obstante, la idea no se me iba de la cabeza, más bien me generó una emoción que me hizo levantarme de la cama y pensar en ello. No tenía el número de teléfono de Jess ni sabía cuál era su habitación. Pero quizá había una forma de averiguarlo.

Decidida, me acerqué al teléfono que estaba sobre el escritorio junto a la ventana, cogí el auricular y marqué el número de recepción. Sonó una sola vez y alguien respondió.

—Hotel Mirage, habla con Brenda, ¿en qué puedo ayudarle?

—Brenda, tienes que ayudarme —dije imitando el tono imponente de Trish Coldwell lo mejor que pude—. Estoy aquí, en la habitación 754, en la que supuestamente debería estar mi hijo y para la que me han dado tarjeta de acceso. Sin embargo, aquí están las cosas de alguna jovencita. Necesito el número de la habitación correcto. Ya.

—¿Con quién hablo? —preguntó Brenda, confundida.

—¿Que con quién? —repetí—. ¿Quién soy? Soy Trish Coldwell y quiero que me digas ahora mismo el número de habitación de mi hijo o te prometo que habrá consecuencias.

—Por supuesto, señora Coldwell, le pido disculpas. —Oí cómo Brenda tecleaba frenéticamente—. Su hijo está en la habitación 612.

—Muy amable, Brenda. —Colgué y respiré hondo, con el corazón en la garganta. Hacerme pasar por la madre de Jess había sido peligroso, pero no se me había ocurrido ningún otro plan.

Esperé un rato y, luego, volví a coger el auricular. Antes de marcar la habitación 612, me detuve. Los hoteles guardaban registros de las llamadas internas entre las habitaciones. Debía ir a ver a Jess en persona para no dejar rastro. Era peligroso en muchos sentidos, pero quería hablar con él. Necesitaba hablar con él cara a cara.

«¿Y no tiene nada que ver que quieras continuar donde os quedasteis?».

Ignoré esa voz con la que no podía discutir, cogí mi propia bata, porque nunca me gustaban las batas de los hoteles, por muy mullidas que fueran. Me puse el batín de seda japonés, las zapatillas planas que había reservado para el desayuno de mañana, y me guardé el móvil en el bolsillo.

Las luces del pasillo estaban encendidas, pero no había nadie a la vista. Corrí hacia el ascensor.

La habitación de Jess estaba un piso por debajo de la mía, así que tomé las escaleras para asegurarme. Lo más seguro es que todavía hubiera algún cliente en el bar, y prefería que nadie me viera con la bata o encontrarme con alguien a quien conociera y tener que explicarle por qué salía de la habitación con esas pintas.

El pasillo del sexto piso también estaba vacío, así que caminé rápidamente entre las puertas en busca de la habitación 612. Cuando la encontré, miré a ambos lados, llamé a la puerta y esperé.

No sucedió nada.

Quizá Jess no estaba allí o ya estaba durmiendo. Era casi la una de la madrugada y no sabía cuándo se había ido a su habitación. ¿Debería volver mañana e intentar hablar con él entonces? ¿O era mejor averiguar su número de teléfono y llamarlo?

Mientras lo pensaba, se abrió la puerta. En cuanto vi a Jess con una camiseta blanca y unos pantalones de chándal grises, sentí un hormigueo en el estómago.

—Hola —sonreí de lado.

—Hola —respondió él, que se hizo a un lado para dejarme pasar, y cerró la puerta. Nos quedamos junto a la entrada.

—Quería explicarte algo —empecé a decir.

Jess negó con la cabeza.

—No hace falta. Escuché lo que hablasteis tu hermano y tú. Creo que tiene una opinión muy firme acerca de lo que es mejor para ti. Y estar en mi habitación seguro que no forma parte de eso.

Sonaba serio y, cuando lo miré a los ojos, reconocí una preocupación genuina en ellos, y algo más que hizo que se me partiera el corazón.

—No —admití, y me aclaré la garganta, porque me notaba la voz rota—. Pero no podía no hacerlo. Tenía que verte.

Jess se apoyó en la pared que tenía enfrente y, cuando levanté la vista, me encontré con su mirada, en la que pude entrever muchas cosas. Sentí como si el espacio que había entre nosotros se llenara. No podía pensar en nada más que en tocarlo, en besarlo.

Pero me recompuse.

—¿Nos escuchaste? —pregunté, intentando reprimir mi impulso todo lo que pude—. ¿Cuánto?

—La mayor parte —dijo Jess—. Sobre todo el final, cuando te pidió que te alejaras de mí. Parecía que tú estabas de acuerdo. —Respiró hondo—. ¿Es así?

«No, joder, claro que no», pensé. Mi hermano y yo no pensábamos lo mismo ni por asomo, pero no solo había venido aquí para decirle la verdad a Jess. Había venido para mentirle fríamente y anteponer los deseos de mi familia a los míos. Eso es lo que se esperaba de una Weston, lo que esperaban de mí. Y de ello dependía poder seguir luchando por Valerie o no.

—Sí —dije finalmente—, así es.

28

Jessiah

Por supuesto, estaba despierto a eso de la una cuando alguien llamó a mi puerta. ¿Cómo iba a dormir después de lo que había estado a punto de pasar con Helena en el reservado y la breve pero insistente conversación que había tenido con su hermano? Al terminar, había intentado por todos los medios poner «al mal tiempo buena cara», pero en cuanto pude salí huyendo de allí. Me planteé pedir el número de habitación de Helena en recepción, sin embargo, el impulso de hacerlo se esfumó tan rápido como había surgido. No me podía arriesgar a que apareciera alguien cuando preguntaba por ella. Y menos cuando tanto mi madre como los Weston se encontraban en el mismo hotel.

Así que había decidido irme a mi habitación y había intentado trabajar un poco; acababan de llegar las declaraciones trimestrales de los restaurantes de mi padre y tenía que revisarlas. Pero fui incapaz de concentrarme, mis pensamientos volvían a Helena una y otra vez. Dios, solo de acordarme de lo cerca que habíamos estado, se me volvía a poner dura. ¿Qué tenía esta chica que me alteraba tanto?

Cuando llamaron a la puerta, dejé el portátil a un lado, me levanté y me dirigí a la puerta sin mucho entusiasmo, ya que no esperaba a nadie. Pero en cuanto eché un vistazo por la mirilla, me di cuenta de que la última persona que esperaba ver hoy estaba al otro lado. Deprisa, quité el pestillo y abrí la puerta.

Tanto su saludo como sus palabras parecían medidas y, en los ojos de Helena, vi que no había venido a mi habitación a hacer lo que nos habían impedido hacer, a pesar de que llevaba una bata de seda que estaba rogando que se la quitara. Entonces supe cómo se comportaba cuando tenía una misión en mente, y no me gustaba la misión que quería llevar a cabo. Le dije que ya había escuchado la conversación e ignoré el cosquilleo que sentí en el estómago cuando me respondió que quería verme. Le debía una respuesta, pero si por mi fuera, no habría usado las palabras para dársela.

—¿Nos escuchaste? —preguntó—. ¿Cuánto?

—La mayor parte —respondí—. Sobre todo el final, cuando te pidió que te alejaras de mí. Parecía que tú estabas de acuerdo. ¿Es así?

Titubeó, pero alzó el mentón.

—Sí, así es. —Tan pronto lo dijo, soltó un bufido y sacudió la cabeza—. Por Dios, claro que no estamos de acuerdo. Pero no me queda otra, Jess. Quiera o no, tengo que alejarme de ti.

Parecía que ella había aceptado esa decisión hacía mucho tiempo y yo sentí que se generaba un nudo apretado en mi interior. Fue como un golpe gélido, porque no me esperaba sentir este rechazo. Joder, no tenía ni idea de hacia dónde podía ir esta relación. Me quedaban tres telediarios para acabar enamorado de ella, a pesar de que nunca había querido empezar una relación en Nueva York. Pero lo cierto era que siempre me rondaba la mente, que cada vez se me acercaba más al corazón, y que no podía ignorar todo lo que me hacía sentir. La oscuridad en mi interior se deshacía al mirarla a los ojos, y sentía esperanza, porque era algo por lo que merecía la pena luchar.

—Cuéntame qué está pasando con tu familia —le pedí en voz baja, con la espalda contra la pared para mantener las distancias. Era mejor no tener la tentación de tocarla.

Helena dudó un momento antes de responder.

—Mi familia…, nosotros… Joder, coño. —Sacudió la cabeza y probó de nuevo—. Al parecer, la reputación de nuestra familia se ha visto muy dañada tras la muerte de Valerie, así que estamos en el punto de mira. Como ya sabes, los círculos en los que nos movemos son muy conservadores, y cualquier escándalo sería un desastre para mis padres.

—¿Eso es lo que seríamos? —Solté una carcajada seca—. ¿Un escándalo?

Helena alzó la mirada.

—Se ve que seríamos el mayor escándalo posible.

—¿Y? ¿Tú también lo crees?

—Da igual lo que yo piense —respondió.

La miré serio.

—Para mí sí es importante.

—Si… —Tragó saliva—. Si descubren lo que ha pasado, me volverán a mandar a Inglaterra. Así que da igual si todas esas normas que me imponen me parecen ridículas o no. Si tengo que volver, se acabó. Todo. —Antes de que pudiera contestar, recuperó la compostura—. Tengo que irme.

A pesar de sus palabras, no pareció decidirse, porque no se movió. Entonces, dio un paso hacia mí, levantó la mano y me acarició la mejilla lentamente hasta el cuello. Yo me quedé totalmente quieto, aunque la caricia me estaba matando por dentro.

—No deberíamos seguir —dijo suavemente con impotencia.

—Lo sé.

Tenía razón, y no solo por su familia, también por la mía. Lo mejor para ambos era dejar las cosas como estaban antes de empezar siquiera. Antes de que nos convirtiéramos en algo importante para el otro y la ruptura fuera demasiado dolorosa. Porque los dos habíamos soportado ya suficiente dolor.

No obstante, no era eso lo que quería, no quería acabar con nada de eso. Y Helena parecía pensar lo mismo, porque sus dedos aún me seguían recorriendo la piel. Durante un instante, la atracción entre nosotros se volvió más que intensa, pero noté que Helena se estaba resistiendo con todas sus fuerzas. Apartó la mano y la mirada y se acercó al pomo de la puerta.

—Es lo correcto —dijo, aunque me miró como si quisiera que yo la contradijera.

—Sí —respondí, pero aun así extendí la mano para rozar levemente sus dedos. No pude resistirme.

—Jess… —Mi nombre se convirtió en un susurro suplicante en su boca.

—Deberías irte ya, amapola —dije en voz baja—. Sabes que a mí no se me da muy bien seguir las normas. Y cuanto más tiempo te quedes, más aumentarán mis ganas de romperlas.

La mirada de Helena estaba cargada de contradicciones, pero su muro empezaba a derrumbarse, casi podía verlo; el deseo y el anhelo ocuparon el lugar de la razón desesperada. Ninguna otra mujer me había puesto tanto como para mirarla de esa forma, sabiendo exactamente cuánto me deseaba. Sin embargo, no me lancé a dar el primer paso, sino que esperé con la respiración agitada a ver lo que ella hacía.

Helena respiró entrecortadamente, mientras la lucha en sus ojos azules llegaba a un punto de inflexión. Y, en el momento en el que se rindió, dijo lo que yo tanto esperaba.

—Rómpelas.

Esa palabra bastó para que la excitación me recorriera todo el cuerpo. La tensión que había entre nosotros redujo a cenizas toda razón y precaución. Acorté la distancia que nos separaba, le rodeé el cuello con las manos y la besé.

«Por fin».

Eso fue en lo único en lo que pensé mientras mis labios presionaban los suyos. Por fin. Sabía lo mucho que lo había deseado, pero nunca me había permitido hacerlo. Ahora era más que consciente de ello, con cada fibra de mi ser.

Aun así, me contuve y dejé que Helena marcara el ritmo. Requeriría de todo mi autocontrol hacerlo suave y lento, pero si eso era lo que quería, lo cumpliría a rajatabla. Sin embargo, un segundo después, cuando separó los labios y se apretó contra mí, me quedó claro que no lo quería ni suave ni lento, por lo que el autocontrol pasó a ser historia. Gemimos al unísono cuando nuestras lenguas se encontraron y me abrí paso por su boca notando que le temblaban las rodillas. Mis manos se posaron en la delicada tela de su bata, atrayéndola hacia mí.

Ninguno de los dos llevábamos excesiva ropa, por lo que sentí cada movimiento de su cuerpo contra el mío, cada respiración, cada contorsión tentadora. No podía pensar en absolutamente nada, solo podía seguir esta maldita necesidad que se había ido acumulando desde que fui consciente por primera vez, en Tough Rock, de lo que sentía al tocarla.

Sus manos me acariciaron el cuello, los hombros y el torso hasta el dobladillo de la camiseta. Deslizó los brazos hacia debajo y sentí el tacto cálido de sus dedos sobre mis músculos. Solo con tocarme, sentí una descarga eléctrica que fue directa a mi ingle y solté un gruñido desesperado que ahogué en su boca. Helena se estremeció al sentir mi excitación y, un segundo después, agarró la camiseta y la levantó. La ayudé a sacarla por encima de mi cabeza y ella se quedó quieta por un instante. La forma en la que miró mi torso desnudo y se mordió el labio fue demasiado para mí.

Helena dejó caer la camiseta al suelo y yo quise hacer lo propio, pero no junto a la puerta. Con un movimiento rápido, encajé a Helena sobre mis caderas y me la llevé al dormitorio, donde la dejé sobre la cómoda que estaba contra la pared. Mis manos se deslizaron bajo el cuello de la bata, apartándola de sus hombros, y mis dedos tocaron su suave piel. Sin aliento, me despegué de sus labios y la besé desde la oreja hasta la clavícula pasando por el cuello, ida y vuelta. Helena suspiró y me acercó con las piernas, presionando sus caderas contra mi erección. Jadeé junto a su boca y la sellé con otro beso mientras desataba el cinturón que llevaba anudado a la cintura. Me detuve un momento para admirar las vistas, pero no duré mucho.

Helena me miró con una expresión en los ojos que me dieron ganas de besarla de nuevo. Joder, estaba deseando quitarle el resto de la ropa y sentirla por completo, descubrir lo que le gustaba y satisfacer todos y cada uno de sus deseos. Durante un instante, pensé en todas esas noches en las que me subía a la tabla entre la oscuridad y el frío y lo arriesgaba todo para volver a sentirme vivo.

Esto era mucho mejor.

Me hizo un gesto, volví a levantarla y la llevé hasta la cama. Por el camino, ella misma se quitó la bata y las zapatillas. Caímos juntos sobre el colchón suave y, sin reparos, aparté el portátil que se interponía en nuestro camino. Con avidez, Helena me mordió el labio inferior y, luego, pasó la lengua lentamente por encima para acabar sumergiéndomela de nuevo en la boca. La acaricié y sentí su cuello y sus pechos y, durante unos segundos, fui suave y lento. Ella me agarró del pelo y gimió levemente cuando mis dedos se deslizaron por debajo de su camisón y no encontraron ninguna otra barrera. Tomándolo como una invitación a seguir, le acaricié los muslos hasta la rodilla y volví a subir, pero me detuve justo antes de llegar a su punto más sensible. «Sin prisas». Teníamos toda la noche por delante y, aunque por un lado quería moverme lo más rápido posible, por otro quería disfrutar al máximo de este momento.

Helena se movió debajo de mí, deslizó una mano por mi vientre y alcanzó la cinturilla de mis pantalones. Y, a pesar de que ni siquiera fue más allá y se limitó a tocarme la ingle lentamente, sentí que estallaba por dentro. Proferí una maldición y fruncí los labios, suplicando no correrme en ese mismo instante en el que también deseaba que me la rodeara con los dedos para asegurarse de ello. Mi pelvis se movió en su dirección sin que pudiera evitarlo. Joder, no podía más. No con ella. No después de todas las veces que me lo había imaginado sabiendo que nunca se haría realidad.

Estaba a punto de suplicarle que se detuviera cuando retiró la mano, quizá porque sabía que me iría rápido si seguía por ahí.

La rodeé con los brazos, la besé de nuevo y pasé las manos por su pelo, antes de darme cuenta de que todavía llevaba demasiada ropa. Me retiré despacio para bajar de sus hombros los estrechos tirantes de su camisón cuando, de repente, oí algo.

Era un ruido estrepitoso, un pitido penetrante. Tardé un buen rato en darme cuenta de que era mi móvil, que dejó de sonar para volver a hacerlo de nuevo. Alguien no parecía entender que estaba ocupado con cosas más importantes.

Helena se dio cuenta de que me había despistado.

—¿Quieres responder? —preguntó sin aliento.

—En absoluto —respondí.

Soltó un gruñido de aceptación y me besó el cuello mientras bajaba las manos y metía los pulgares en mis pantalones. Cerré los ojos, porque quería concentrarme por completo en su tacto. Pero entonces volvió a sonar el móvil y, de repente, me acordé de dónde estaba. Y de quién dormía a un par de pisos de distancia con conocimiento pleno de cuál era mi habitación.

—Mierda —espeté jadeando, lo que hizo que Helena levantara la vista—. Tengo que cogerlo.

Helena me soltó y nos miramos unos instantes, como si la llamada de móvil nos hubiera sacado de un sueño que termina abruptamente. Compuse una sonrisa fácil para ocultar mis emociones y, acto seguido, me puse en pie y descolgué.

—Es más de la una, Trish —dije sin saludar mientras intentaba respirar con normalidad. Lo conseguí al darle la espalda a Helena, ya que si la miraba, ahí tendida en la cama, no era capaz de pensar con claridad.

—Tienes toda la razón —respondió mi madre—. Justo es ahora cuando Bill Jefferson se ha retirado junto a la chimenea para hablar de negocios. Y ya sabes cuánto le gustan las charlas triviales y esas chorradas, así que te necesito aquí.

Busqué alguna excusa.

—Pues la verdad es que tengo un dolor de cabeza tremendo y ya estoy metido en la cama. Seguro que puedes hacerlo tú sola.

—Tómate una pastilla y vístete otra vez, que te espero abajo en diez minutos. Tu hermano habría dado cualquier cosa por llegar a un acuerdo con Jefferson. Si no quieres hacerlo por mí, al menos hazlo por él. —Me lanzó esa pulla referente a su muerte y me colgó.

Me giré hacia Helena con el teléfono en la mano.

—¿Qué quería tu madre? —preguntó, aunque ya parecía haberlo averiguado. Con un gesto parecido a la modestia, se volvió a colocar los tirantes del camisón en su sitio.

—Echar a perder mi buen humor —gruñí—. Quiere que vaya a una reunión con un inversor importante que hay abajo. Y ha usado la baza de Adam para que no pueda negarme.

—¿Y qué pasa si no apareces? —preguntó Helena, pero ya estaba en pie, poniéndose la bata, porque sabía que no íbamos a poder continuar donde lo habíamos dejado. Nunca en mi vida había odiado tanto la empresa de mi madre.

Resoplé.

—¿Tú qué crees? Conseguirá la tarjeta de acceso de esta habitación y se plantará aquí dentro de diez minutos. No, por desgracia, tengo que ir. Seguramente sea algo rápido, no te darás ni cuenta de que me he ido.

Helena soltó una carcajada breve.

—Lo dudo mucho.

Le dediqué una sonrisa torcida como respuesta. Mi camisa estaba en la silla del escritorio, me la puse y la abotoné. Luego saqué del armario el traje y me cambié los pantalones de chándal por los finos de algodón. Había dejado el cinturón puesto, así que fue algo rápido. Luego me puse la chaqueta, me peiné el cabello con los dedos y me volví hacia Helena, que estaba sentada en la cama con las piernas cruzadas.

—Solo necesito un cuarto de hora, como mucho veinte minutos. ¿Seguirás… aquí?

Todo este asunto se nos había ido de las manos y, aunque yo no me arrepentía de absolutamente nada de lo que había pasado, quizá Helena no pensara lo mismo. Sonrió.

—Sí, por supuesto.

Me incliné para darle un beso rápido, cogí la maldita corbata y la tarjeta de acceso y no quise mirar atrás cuando me dirigí a la puerta para salir de la habitación.

29

Helena

Jess se fue y yo me quedé sola en su habitación. Necesitaba asimilar lo que acababa de pasar, adónde nos había llevado ese «rómpelas» y cómo me había sobrepasado esa atracción mutua. Jamás había sentido algo tan intenso, y a la vez tan cómodo, al acostarme con alguien la primera vez. Besar a Jess, tocarlo y recibir sus caricias era una sensación maravillosa. Todavía sentía su cuerpo bajo los dedos, sus músculos, su calidez. Escuchar los gemidos que se le escapaban cuando hacía algo que le gustaba. ¿Cómo sería si fuésemos más lejos? ¿Hasta el final? Solo de pensarlo me acaloré de nuevo.

Me puse en pie y fui al baño para refrescarme un poco. Cogí una toalla de mano, la puse bajo el agua fría y me humedecí el rostro. Cuando me miré en el espejo, observé a alguien que conocía pero que no había visto en mucho tiempo. Los ojos relucientes, las mejillas aún sonrosadas. Sin embargo, además de la maravillosa ingravidez que sentía, algo más se abría paso en mi interior a cada segundo que pasaba: culpa.

No hacía ni tres horas que le había prometido a Lincoln que me mantendría alejada de Jess. Y allí estaba ahora: había estado a punto de acostarme con él, rindiéndome a ese sentimiento abrumador que nos afectaba a ambos, a pesar de que sabía exactamente cuánto estaba en juego. Lo estaba arriesgando todo. ¿Había caído en un gesto egoísta y equivocado? ¿O me merecía hacer algo que sentía tan natural?

Me pasé los dedos por el pelo y salí del baño, dando zancadas por la habitación, sumida en un caos mental y emocional. Una vez que empecé, fui incapaz de aislarme de las dudas. ¿Qué pasaría cuando nos despidiéramos mañana? ¿Jess y yo podríamos mantener una relación sin que nadie se enterara? ¿O sería una cosa puntual porque todo lo demás estaba condenado al fracaso? El pánico se apoderó de mí nada más pensar que no volvería a verlo después de esta noche. Sin embargo, el miedo tampoco disminuía si me imaginaba que intentábamos estar juntos en contra de todo pronóstico y que nuestras familias se enteraran en algún momento de lo que había entre nosotros. Fuera lo fuera eso. En realidad, no tenía ni idea de si él sentía lo mismo. De hecho, no tenía ni idea de qué sentía.

Angustiada, me senté en la cama y esperé a que Jess volviera. Fue un infierno. No porque estuviera pensando en irme; no pensaba hacerlo bajo ningún concepto. No quería condenarme al mismo estado que nos había traído a este punto. No, tenía que hablar con él. Había que buscar una solución y no podía encontrarla sin él. Además, una parte de mí, totalmente independiente del sentido común, quería que continuáramos donde lo habíamos dejado.

Justo cuando miraba el reloj de la pared por décima vez para saber si habían pasado ya los veinte minutos, sonó el tono de llamada de mi móvil. Me giré para buscarlo y lo encontré en el suelo junto a la cama. Debía de haberse caído cuando me quité la bata. Lo recogí rápidamente y descolgué sin mirar la pantalla.

—¿Diga?

—¿Helena? —sonó la voz de mi madre—. ¿Dónde estás?

—Hola, mamá. —¿Por qué llamaba tan tarde?—. Eh… en mi habitación. ¿Dónde voy a estar si no?

—Tú sabrás. Yo estoy ahora mismo en tu habitación, así que, a menos que te hayas vuelto invisible de repente, tú no estás aquí.

«Mierda». ¿De dónde había sacado la tarjeta de acceso?

—Sí, vale, no estoy allí, pero espera un momento.

Colgué, me puse las zapatillas, me anudé la bata y cogí una libreta y un boli. «Tengo que irme un momento», garabateé en una de las hojas, que arranqué y dejé sobre la cama. No sabía si podría volver cuando convenciera a mi madre de que todo iba bien. Pero quería. Joder, tenía que volver más tarde, o me volvería loca en más de un aspecto.

Salí de la habitación y me dirigí a las escaleras, abrí la puerta y subí corriendo los escalones. Cuando giré la esquina de mi planta, vi que mi madre me esperaba fuera de la habitación. La puerta estaba abierta. Mi madre me miró con los brazos cruzados y con los labios apretados en una fina línea.

—¿Qué demonios haces fuera? ¿Con esa ropa? —Me gesticuló vehementemente con la mano y la seguí al interior de mi habitación.

—Solo estaba al final del pasillo, hay allí un balcón —expliqué—. Me dolía la cabeza y necesitaba tomar un poco el aire. La ventana de mi habitación no se abre.

Mi madre me fulminó con la mirada aún más intensamente.

—¿Has salido en bata al balcón de un hotel del centro de Nueva York? ¿En abril, a diez grados? —Me agarró del brazo y resopló al darse cuenta de que mi piel no estaba en absoluto fría—. Dime ahora mismo dónde has estado, y no te atrevas a mentirme.

Hubo un deje en su tono que me llamó la atención. ¿Le habría contado Lincoln lo que había pasado con Jess?

—En serio, solo quería tomar el aire —repetí, tratando de mantener una expresión inocente. De hecho, ahora sí que tenía frío. Si se enteraba de que había estado con Jess, me mandaría esa misma noche en el siguiente vuelo que hubiera a Londres Stansted. Y esta vez sin billete de vuelta.

—Vaya, el aire de la habitación 612 debe de ser estupendo. ¿Allí sí que se puede abrir la ventana? —El rostro de mi madre era como una máscara de piedra—. Te han visto entrar en la habitación, así que no lo niegues. ¿Quieres que llame a recepción para preguntar quién se hospeda allí o prefieres ahorrármelo y contármelo tú misma?

Fruncí los labios. Por lo visto, Lincoln no me había delatado, así que todavía no estaba todo perdido.

—Helena, estoy esperando.

¿Y ahora qué? Podría decirle, por ejemplo, que allí se hospedaba Celia Woodraw, y que nos habíamos llevado tan bien en la cena que habíamos seguido hablando después. A mi madre le parecería genial que me llevara bien con ella y quizá podría salirme con la mía. No, espera. Había una opción mucho mejor.

—Es la habitación de Wilson Woodraw —dije con voz firme. No me gustaba mentirle de esa forma, pero no me quedaba otra si quería quedarme en la ciudad. Ahora tenía mucho más que perder que la oportunidad de limpiar el nombre de Valerie. Cuando pensé en la posibilidad de no volver a ver a Jess, noté un dolor en el pecho.

—¿Wilson Woodraw? —repitió mi madre—. ¿Los Woodraw de Bloomingdale's? Pero si no lo soportas. Cuando lo conociste a los quince años en el baile de debutantes me dijiste que nunca habías estado con una persona tan aburrida.

—Es cierto —coincidí—, pero yo he cambiado y él se ve que también. Y como quería que le diera algún consejo para el semestre que va a pasar en Cambridge, me fui a su habitación para hablar un poco del tema.

Mi madre entrecerró los ojos.

—¿Y qué te impidió hacerlo con ropa normal? Wilson Woodraw es un muchacho muy respetable, estoy segura de que no le causaste buena impresión.

—Ah, con eso no tuvo ningún problema, créeme. —La miré y esbocé una sonrisa divertida.

Demasiado.

—Qué interesante. —Mi madre se acercó al teléfono y marcó el número uno para hablar con recepción—. Soy Blake Weston. —Por el amor de Dios, ¿pensaba comprobar mi historia? Contuve el aliento y confié en que el recepcionista no dijera nada—. Tengo un problemilla, a ver si puedes ayudarme. Sí, exacto. He intentado contactar con el señor Woodraw en la habitación 612, pero el teléfono hace un ruido raro. ¿Podrías comprobarlo?

«Mierda. Sí que era inteligente».

Literalmente vi cómo se derrumbaba la mentira en el gesto de mi madre y, cuando respondió, despejó todas las dudas.

—Vaya, ¿el señor Woodraw no está hospedado en la habitación 612? ¿De quién es la habitación, entonces?

«Por favor, dile que no puedes compartir esos datos. Díselo».

—¿Que no puedes compartir esa información? —repitió mi madre. Sentí que se me aligeraba una carga en el corazón. El recepcionista iba a recibir una buena propina mañana por la mañana—. Claro, por supuesto que lo entiendo. Sin embargo, como comprenderás, es mi deber como ciudadana que respeta la ley de esta ciudad denunciar cuando se violan las leyes que protegen a los menores. Me he pasado un momento por el bar y el camarero le ha servido una copa de bourbon a un chico de diecisiete años. Sería una pena que os revocaran la licencia justo cuando acabáis de inaugurar el hotel.

Hacía varios segundos que había dejado de respirar, petrificada, a la espera de lo que sucedería a continuación.

Mi madre escuchó algo más, colgó y se volvió hacia mí, prácticamente a cámara lenta. Antes de que abriera la boca, supe que todo había terminado.

—¿Jessiah Coldwell? —preguntó, atónita. Entonces, miró lo que llevaba puesto con otros ojos y ató cabos—. Por favor, dime que no es verdad. Por favor, dime que no estabas con él —suplicó con un deje de histeria, y supe que mis posibilidades de salir airosa de este asunto se habían reducido a cero.

—No es lo que piensas —intenté explicarme con la excusa más usada de todos los tiempos—. Fui allí para ponerle fin. Lincoln me dejó claro que…

—¿Tu hermano lo sabía? —me interrumpió sin esperar una respuesta. En su lugar, gesticuló para abarcar el desastre en el que había dejado mi habitación—. Coge las cosas que necesites para pasar la noche. Vas a dormir en nuestra habitación.

—Mamá…

—¡No quiero oír nada más! Ya hablaremos arriba cuando estemos con tu padre. Pero espero que la Universidad de Cambridge no te haya eliminado de su base de datos, porque vas a volver antes de lo que canta un gallo.

Quise rebatir, discutírselo o simplemente rogarle que lo reconsiderara, pero sabía que en ese momento era una pérdida de tiempo. Así que hice lo que me había pedido, recogí un par de cosas y la seguí sin mediar palabra desde mi habitación a la suite en la que se hospedaban mis padres dos plantas más arriba.

Era más grande que la mía y tenía un salón, pero, en cuanto entré, supe que el presentimiento que había tenido al llegar no andaba desencaminado. Era una suite estándar del hotel, no una de las habitaciones de lujo del último piso. Era evidente que la reputación de mis padres en Nueva York se había resentido bastante.

Aunque eso ahora mismo era el menor de mis problemas.

—¿Qué ha pasado? —Mi padre salió del baño, todavía con la camisa y los pantalones del traje puestos, solo le había dado tiempo a quitarse la chaqueta—. Helena, hija, ¿estás bien?

—Está perfectamente —resopló mi madre—. Acaba de acostarse con un Coldwell, que parece que es lo que más les va a nuestras hijas. —Cogió su móvil y marcó un número. Después de un «Ven ahora mismo a nuestra habitación», colgó.

La mirada de mi padre se tornó seria cuando me miró.

—¿Que has hecho qué?

—No me he acostado con él —dije, esta vez con la verdad por delante. Aunque lo habría hecho si nadie nos hubiera interrumpido. Y vaya si lo hubiera disfrutado. Deseé que no se me notara en la cara—. Nunca ha pasado nada entre nosotros.

—Hasta hoy, por lo visto. —Mi madre me fulminó con la mirada—. No tengo palabras para describir que estés saliendo con el hijo de la mujer que lleva meses difamando el nombre de tu hermana. Esperaba más de ti.

—Mamá, Jessiah no es como Trish, ¿vale? No se crio con ella, de hecho, no tienen absolutamente nada en común. Jess es… —Me callé. Si les decía lo que pensaba de él, no mejoraría la situación, más bien al contrario.

Mis padres intercambiaron una mirada.

—¿Qué es? —preguntó mi padre con una mirada severa.

—Es honesto y servicial, amable…, una buena persona.

No sabía qué había de malo en mis inocentes palabras, pero mi madre palideció y mi padre se sentó en la cama como si le acabaran de dar una mala noticia.

—¿Qué pasa? —pregunté.

—Es lo mismo que dijo ella entonces —susurró mi madre—. Las mismas palabras que pronunció Valerie sobre Adam Coldwell cuando le suplicamos que no saliera con él.

Me habría encantado chillar que yo no era Valerie y que Jess no era Adam, que no pensábamos comprometernos ni tomar cocaína en una habitación de hotel para acabar muertos. Pero me quedé callada. Estaba claro que no podría cambiar la opinión que tenían de Jess.

—Mañana mismo te vuelves para Cambridge —soltó mi padre, dejando claro que era una decisión inamovible. Aun así, volví a encontrar mi voz, porque sabía que estaba a punto de perderlo todo: la confianza de mis padres, la posibilidad de cumplir mi misión y a Jess.

—No, papá, por favor, no me alejéis de aquí —imploré—. Acabo de volver y aquí estoy bien. He estado viviendo sola desde que murió Valerie ¡y ahora vuelvo a tener una vida! —Pasé la mirada de él a mi madre—. Además, no ha llegado a pasar nada y nadie se ha enterado. A partir de ahora cumpliré todas las normas que me impongáis, seas cuales sean.

Alguien llamó a la puerta desde el pasillo y mi madre se acercó a abrir. Lincoln pasó a la habitación, con el pelo revuelto y vestido con chándal.

—¿Qué es tan importante como para sacarme de la cama? —preguntó cerrando la puerta tras de sí. Cuando sus ojos se encontraron con los míos, noté su decepción, pero también preocupación.

—No finjas que no sabes nada —espetó mi madre en tono cortante.

Torcí el gesto ante mi hermano. Él se limitó a encogerse de hombros.

—Bien, pues no lo haré. —Lincoln se pasó la mano por el pelo oscuro y se sentó en una silla. Debería haberme disculpado por haber ido a la habitación de Jess a pesar de la conversación que habíamos mantenido, pero no me arrepentía de haberlo hecho. Después de ese beso interrumpido, no podía romper el contacto sin darle ninguna explicación; no era ético. «Ah, ¿y lo que ha pasado después sí que lo era?». Fruncí los labios.

Mi padre miró a Lincoln.

—Este es un asunto familiar. Que tú creas que no es necesario informarnos de que tu hermana va por el mal camino, no significa que nosotros pensemos lo mismo.

—Simplemente pensé que Helena y yo estábamos de acuerdo —explicó Lincoln—. Al menos, me dio la impresión de que entendía lo que estaba en juego.

—Pues por lo visto no fue así —siseó mi madre—, porque no ha tenido nada mejor que hacer que ir medio desnuda a la habitación de esa persona en cuanto tuvo la oportunidad.

Respiré hondo.

—Estoy aquí delante, ¿vale? Os estoy escuchando y os agradecería que no hablarais de mí como si no estuviera presente.

Eché un vistazo a la hora y vi que había pasado casi media hora desde que Jess se había ido a la reunión con su madre. ¿O habría vuelto ya? Y si era así, ¿qué habría pensado al encontrar la nota en la que rompía mi palabra? ¿Creería que había cambiado de opinión? Volvió a dolerme el estómago.

—Vamos a volver a mandar a Helena a Cambridge. —Mi padre ignoró mis palabras por completo—. Mañana mismo.

—¿Estás seguro de que eso es lo más inteligente? —Lincoln miró a mi padre con gesto serio—. Piensa en el trato de Winchester. Richard ya se muestra bastante escéptico de que podamos implementar los cambios que le hemos comentado. No podemos permitirnos ningún desliz antes de la presentación que tenemos a principios de junio. Y si Helena vuelve a desaparecer después de que todo el mundo sepa que ha vuelto… Habrá rumores.

La parte de mí que esperaba acurrucada por el miedo a que me reservaran el vuelo sintió esperanza de repente.

—Más rumores habrá si la ven con Jessiah Coldwell —replicó mi madre.

—Estoy seguro de que no tiene intención de volver a verlo, ¿verdad, Helena?

Mi padre me miró. Al parecer, había decidido volver a prestarme atención.

—No, por supuesto que no —respondí, y sentí que algo dentro de mí se rebelaba profundamente contra esas palabras. Empleé toda mi voluntad en apartar ese sentimiento. Sí, me gustaba Jess, me gustaba mucho, quizá hasta me estaba enamorando de él. Pero si no conseguía quedarme en Nueva York, jamás lo volvería a ver, así que debía impedirlo por todos los medios. También por Valerie. Sobre todo por Valerie, me corregí—. Como os he explicado antes, solo fui a verle para decirle que no podíamos volver a vernos. Que él... fue un error.

Traté de contenerme todo lo posible, prácticamente como si no fuera asunto mío. En mi interior se debatía un caos absoluto de miedo y tristeza.

—De acuerdo —asintió mi padre—. Puedes quedarte, al menos hasta que hayamos cerrado el trato de Winchester. Después volveremos a hablar sobre si debes volver a Inglaterra o no. Pero quiero que tengas presente que tomaremos medidas para asegurarnos de que cumples con nuestras normas.

Me limité a asentir.

—Ya puedes irte a dormir, que es muy tarde. Puedes dormir ahí. —Mi madre señaló el sofá que había en un rincón, que estaba abierto para que hiciera las veces de cama y que tenía las sábanas puestas. Me pregunté por qué. ¿Estaban mis padres durmiendo en camas separadas en esta habitación de hotel? Era imposible que supieran de antemano que iba a dormir yo aquí.

No planteé la pregunta, porque sabía que era el peor momento para abordar la relación de mis padres. En su lugar, una vez que mi hermano se marchó bostezando, me metí en el baño. Sin embargo, esta vez no vi en el espejo a la misma persona de antes, la Helena alegre y vivaz, sino a una que conocía demasiado bien.

Me apresuré a volver, me tumbé en el sofá cama y me cubrí con las mantas. Qué diferente hubiera sido la noche si Jess y yo no fuéramos quienes éramos. Me habría quedado dormida en sus brazos, completamente exhausta después de haber hecho lo que habríamos hecho. Exhausta y feliz, en vez de enfadada y deprimida como estaba ahora. Ya debía de haber vuelto a su habitación, sin saber si yo iba a regresar. Sabía que se preocuparía, porque siempre se preocupaba por mí.

Poco después, mis padres desaparecieron en el baño y, aunque sabía que estaba corriendo el mayor de los riesgos, no tardé ni un segundo en descolgar el teléfono que había en la mesita junto al sofá cama.

—Recepción del Mirage, ¿en qué puedo ayudarle? —preguntó una voz de hombre.

«Por Dios, no hables tan alto, al final te van a oír».

—¿Podría dejarle un mensaje a la habitación 612? —susurré en voz baja para que mis padres no me oyeran—. Lo más pronto posible.

—Por supuesto, señorita. ¿Qué quiere decir?

No tenía tiempo de ponerme a pensar, así que decidí ser breve y concisa sin desvelarle gran cosa al recepcionista.

—Por favor, escriba lo siguiente: «Se acabó. Lo saben. Perdóname, por favor. H.».

—¿Eso es todo? —preguntó el recepcionista en tono quedo.

—Sí —conseguí decir—. Eso es todo, gracias.

Acto seguido, colgué, me metí bajo las sábanas y apreté los labios para no echarme a llorar.

30

Jessiah

—¿Cuánto queda? —soltó Eli en tono impaciente.

—Como mucho media hora. ¿Qué, ya estás cansado?

Me giré con una sonrisa y observé a mi hermano, que caminaba detrás de mí con una mochila a la espalda y una gorra de los Yankees en la cabeza. Aquella mañana, mientras desayunábamos, habíamos decidido que hacía muy buen tiempo para dar un paseo por Swan Lake. Corrían las últimas horas de la tarde e íbamos de vuelta, pero, por lo visto, a Eli se le estaba haciendo largo el camino.

—No, solo quería saberlo, eso es todo —replicó devolviéndome la sonrisa. Hacía mucho tiempo que no lo veía tan relajado. Llevábamos desde el día anterior por la tarde en la granja de mi padre y cada minuto que pasaba se olvidaba más de Nueva York. Y no solo él.

El paisaje prístino de aquí era exactamente lo que necesitaba mi hermano para relajarse. Por supuesto, había planeado este viaje con Eli en mente, pero si era sincero, a mí me estaba sentando tan bien como a él. Salir de la ciudad, ver otro panorama y vivir tranquilo. Debería haberlo hecho mucho antes.

Después de que la reunión con Bill Jefferson saliera a pedir de boca, mi madre había estado de tan buen humor que me había dado permiso para ir con mi hermano a Swan Lake. Era un pueblo pequeño, que solo tenía una calle principal con un par de casas y un restaurante de pescado. A su alrededor había fincas agrícolas con enormes extensiones de terreno, parecidas a las de mi padre, aunque él había vendido la mayor parte de las tierras a los vecinos mientras aún vivía. Lo cierto es que era una pena que nadie trabajara la granja, los establos estaban vacíos, al igual que el resto de los edificios. Mi padre regentaba una pequeña yeguada junto a un puñado de empleados, pero ahora solo quedaba la administradora, Alicia, que se encargaba de cuidar la casa principal y las múltiples estructuras que siempre estaban cerradas porque no vivía nadie.

—¿Qué quieres hoy de comer? —le pregunté a Eli, y esperé a que me alcanzara en el angosto camino—. Alicia nos ha hecho la compra, así que tenemos donde elegir.

Mi hermano frunció el ceño mientras pensaba.

—Mmm. ¿Te parece si comemos macarrones con queso?

Me eché a reír.

—¿Macarrones? Claro. —Cuando estaba con Eli, solía prepararle comida rápida, pero también le gustaba la comida italiana y la asiática. Nunca me había pedido macarrones con queso—. ¿Cómo es que se te ha antojado?

—El otro día me acordé de que Adam solía prepararlos mucho —contó Eli en voz baja—. Seguramente porque era lo único que sabía hacer.

—Cierto. —Sonreí un poco y sentí que la tristeza atenuaba el brillo del sol, aunque solo fuera por un momento—. La verdad es que no tenía mucha mano para la cocina.

—Pero sus macarrones con queso estaban la mar de bien, sobre todo cuando nos los comíamos directamente de la olla mientras veíamos alguna película.

Así habían sido la mayoría de nuestras noches cuando Henry y Trish tenían algún evento y nosotros nos quedábamos solos en casa. Habían sido de los pocos momentos que me había sentido realmente cómodo en aquella casa, junto a mis hermanos, viendo una película de superhéroes y rodeado de chucherías. Increíble que casi lo hubiera olvidado.

—Estupendo, pues ya tenemos plan para esta noche. Macarrones con queso de la olla y *Iron Man*.

—Bueno, la elección de la película es discutible, ¿no? —Eli torció el gesto. Sabía que no compartía mi entusiasmo por Tony Stark.

—Pero tendrás que escuchar mis protestas —repliqué con una sonrisa, agradecido de que el momento de tristeza hubiera pasado. Sin embargo, pensar en Adam me recordó a Valerie, lo que, inevitablemente, me llevó a Helena. Tampoco es que necesitara un estímulo para pensar en ella, lo hacía constantemente.

El recuerdo de regresar a la habitación y encontrármela vacía lo tenía tan reciente como si hubiera sucedido el día anterior, en vez de tres semanas atrás. Recordaba haber cerrado la puerta y haber dicho que había vuelto, pero no obtuve respuesta. Al principio, pensé que Helena se habría ido a dormir; al fin y al cabo, la reunión había durado casi una hora en vez de los veinte minutos que le prometí. Pero luego encontré su nota y la esperé. Y mientras me planteaba si realmente volvería o no, alguien llamó a la puerta y, al otro lado, se encontraba uno de los empleados del hotel, que tenía un mensaje para mí.

«Se acabó, lo saben. Perdóname, por favor. H.».

Aquí hacía sol y buen tiempo, era la primera vez que sentía que era primavera, pero de repente tuve frío. Sabía que Helena seguía en Nueva York y que no la habían mandado a Inglaterra, ya que Thaz tenía un amigo que la había visto por la universidad. Sin embargo, eso era todo lo que sabía. Desde la noche que pasamos en el Mirage, no habíamos compartido más que un silencio absoluto. Y, aunque tras ese fin de semana le había pedido a Thaz el número de Helena y lo había guardado como «Amapola», no me había atrevido a llamarla ni a mandarle un mensaje. Solo había dos posibles reacciones. O bien pensaba en mí de la misma forma que yo en ella, y por tanto no haría ningún bien llamándola; o bien prefería mantener su decisión y me bloqueaba. Al fin y al cabo era una Weston. Sabía cómo funcionaban ese tipo de familias: los niños aprendían desde pequeños que no había nada más importante que las apariencias. Que Helena se hubiera permitido olvidarlo en ese momento no significaba que no pudiera volver a recordarlo. Así que, fuera como fuese, no sacaba nada bueno llamándola, y el número guardado en mi móvil se había convertido en una probabilidad eterna, aunque, cuanto más lo pensaba, más me parecía una invitación al dolor y la desesperanza.

—¿Jess? —Eli me dio un toquecito—. ¿Estás bien?

—Claro —sonreí—. Estupendamente.

—Pues no lo parece.

Mi hermano era una persona extremadamente sensible y, por tanto, muy empática con los sentimientos de los demás. Un verdadero milagro teniendo en cuenta quiénes eran sus padres.

Estuve a punto de soltarle alguna excusa, pero entonces me recordé que había prometido no mentirle más. Como tampoco podía decirle toda la verdad, probé con un punto intermedio.

—Estaba pensando en una chica.

Eli se quedó en el sitio.

—¿Una chica? ¿De Nueva York?

Parecía descabellado incluso hasta para sus oídos. El año anterior me había preguntado que cómo era que no tenía novia y yo le había explicado que no quería salir con nadie de Nueva York. Por lo visto se había quedado con mis palabras.

—Sí, pero todo ha acabado antes de que pudiéramos empezar, así que es una tontería que esté aquí dándole vueltas.

Volví a echar a andar. Ya no quedaba mucho para llegar a la granja. Eli no se rindió.

—¿Por qué se ha acabado tan rápido? ¿No le gustas?

—Sí, sí le gusto.

Tenía la suficiente confianza en mí mismo como para saber que Helena no había perdido el interés de repente. Me había mostrado cómo se sentía cuando estaba a mi lado. Por un breve instante, el calor recorrió todo mi cuerpo cuando recordé el momento en el que nos tumbamos en la cama y ella posó sus labios sobre mi cuello. «Joder». Suspiré imperceptiblemente.

—Entonces ¿qué ha pasado? —insistió Eli.

—Nuestras familias tienen un pasado complicado. —«Y ambas partes harían todo lo que esté en su mano para mantenernos alejados».

Los ojos verdes de mi hermano me miraron y prácticamente vi cómo ponía en funcionamiento su cerebro.

—No estarás hablando de Helena Weston, ¿no?

Me reí amargamente; había dado en el clavo demasiado rápido.

—¿Por qué piensas eso? Los Weston no son la única familia que se lleva mal con Trish.

—Cierto, pero mamá la mencionó la semana pasada.

—¿A los Weston? ¿Por el proyecto ese que tantas ganas tiene de adjudicarse? ¿El Westchester o algo así?

—Winchester —me corrigió Eli sin adornos—. Pero no, no mencionó a los Weston, solo a Helena. Rodney estaba por allí y mamá le dijo que esa chica podría causar problemas. No pronunció su nombre hasta más tarde, y ahí fue cuando entendí que era la hermana de Valerie.

Rodney McVeil era el matón de Trish. Conseguía información mediante técnicas dudosas, seguía a gente y no tenía ningún problema a la hora de ensuciarse las manos. Que mi madre hubiera hablado con él sobre Helena me preocupaba. Yo ya le había asegurado que no me interesaba en absoluto la hermana de Valerie y no había llegado a enterarse del asunto del hotel. ¿O quizá sí?

—¿Ha dicho algo más del tema?

Eli sacudió la cabeza.

—Solo que sería peligroso que se acercara demasiado a ti. Pero no sé por qué.

Era una respuesta bastante críptica, pero me acordé entonces de la visita que me había hecho Trish en mi apartamento. Me dio la impresión de que sí que le importaba de verdad lo que yo pudiera sentir por Helena. No obstante, preguntarle a mi madre sobre el tema estaba descartado, porque solo nos traería problemas a Helena, a Eli y a mí.

—No te preocupes —le tranquilicé—. Seguramente solo esté paranoica por lo de Adam.

A pesar de que Trish era la persona más racional que conocía, cuando se trataba de la muerte de mi hermano, dejaba de comportarse como lo hacía habitualmente.

—¿Jess? —Eli me dirigió la mirada—. ¿Crees de verdad que Valerie tuvo la culpa de que tanto ella como Adam acabaran muertos?

Sí, esa era la pregunta del millón, ¿no? Hacía unas semanas, habría dicho que sí sin dudarlo, pero ahora no estaba tan seguro. Por supuesto, durante un tiempo había pensado que Valerie era la raíz de todos los males y nada me habría convencido de lo contrario. Pero ahora era incapaz de imaginarme a Helena como la hermana pequeña engañada que no podía afrontar la realidad. Era demasiado inteligente como para defender a Valerie sin tener motivos para ello, lo cual implicaba que la prometida de Adam debió de tener más facetas que las pocas por las que se le dio crédito.

—No lo sé —respondí al poco—. Al principio pensaba lo mismo que los demás: que Valerie era la responsable porque vivía en un mundo en el que las drogas formaban parte del día a día. Pero ahora… Si te soy sincero, no sé lo suficiente sobre ella como para acusarla de nada. Quizá todo fue un trágico accidente. —Eli asintió lentamente—. ¿Qué piensas tú? —le pregunté; ya tenía edad de sobra para tener una opinión sobre el tema.

Tardó un rato en contestar.

—Me he pasado mucho tiempo enfadado con Valerie. Mamá me dijo que ella era la responsable de la muerte de Adam, y yo la creí. Sin embargo, últimamente he estado pensando en lo feliz que estaba Adam poco antes de morir. Estallaba de alegría cuando estaba con ella. —Mi hermano pequeño me miró—. Daría lo que fuera por sentir algo así, sin importar quién estuviera en contra.

Recorrimos lo que quedaba de camino en silencio, uno al lado del otro, hasta que tuvimos la casa a la vista. Las palabras de Eli me siguieron resonando en la mente mientras él entraba y yo me quedaba fuera para dar una vuelta por la finca y tomar el aire. Recordé el momento en el que besé a Helena y me di cuenta de que pocas veces me había sentido tan vivo como en ese instante. No se trataba únicamente de deseo o atracción, iba más allá de querer acostarme con ella. Me había sentido feliz por primera vez en años, porque Helena despertaba en mí algo más profundo, mucho más de lo que había pensado hasta ahora.

«Daría lo que fuera por sentir algo así, sin importar quién estuviera en contra».

Y en ese momento, delante de la casa de mi padre, desprovisto del ambiente de Nueva York que siempre me limitaba el corazón, tuve algo claro: había pasado lo que me había prohibido a mí mismo. Me había enamorado de Helena Weston, princesita del Upper East Side e hija de los enemigos de mi madre. Esa chica inteligente, increíblemente guapa, testaruda y maravillosa no solo me aceleraba el corazón, sino todo lo demás.

Respiré hondo y espiré. «Me cago en todo». ¿Qué debía hacer ahora?

¿Qué podía hacer además de sacármela de la cabeza?

31

Helena

—Helena, cuéntanos un poco de la temporada que pasaste en Inglaterra. —La señora Huntington me miró—. ¿Conociste a algún miembro de la casa real? Yo me llevo muy bien con el conde de Surrey, tal vez hayas tenido la oportunidad de conocerlo.

—Qué va —sonreí con amabilidad—, por desgracia no. Mis estudios me ocupaban mucho tiempo.

—Es una lástima. Si hubiera sabido que estabas allí, le habría avisado. Tiene dos nietos maravillosos y seguro que le habría encantado presentártelos.

Mantener la sonrisa cada vez me dolía más. Además, era un poco inquietante que una de las mujeres más ricas de Nueva York me hubiera hecho la misma pregunta que Maddy Rich. Aunque ella no era amiga del conde de Surrey.

—Sí, la verdad es que es una pena. Pero fue todo muy… rápido.

Recibí miradas de compasión del grupo de mujeres que me rodeaba y supe lo que estaban pensando: la pobre chica tuvo que marcharse de la ciudad porque su hermana fue una gran decepción. No obstante, contuve la ira que sentí ante esta injusticia. Debía largarme de aquí lo antes posible y no podía permitirme ninguna distracción.

Desde el altercado en el Mirage tres semanas antes, me habían estado vigilando como si fuera una delincuente que debe reintegrarse en la sociedad. Ni siquiera la gente en libertad condicional tenía unas condiciones tan duras como las mías, segurísimo. No podía ir a ninguna parte sin que me llevara alguno de los chóferes de la familia; no podía salir ni verme con nadie sin permiso; no podía comer fuera ni participar en eventos universitarios que fueran divertidos, a menos que fuesen obligatorios. Tampoco había podido pasarme por Tough Rock desde mi conversación con Simon, aunque me hubiera venido bien el desahogo, pero, claro, no podía contarles que hacía artes marciales. Y, aun así, mis padres me preguntaban constantemente adónde iba y muchas veces me entraban ganas de gritar. Pero estaba manteniendo la compostura. Después de todo, tenía una misión.

Debido a todas estas normas estrictas, últimamente me había costado mucho seguir con la investigación de Valerie, pero hoy tenía la posibilidad de hablar por fin con Carter Fields. Mi madre iba una vez al mes a la reunión de los patrocinadores de mi antigua escuela y formaba parte del comité educativo, al igual que la abuela de Carter. Por lo visto, los dioses quisieron hacerme un favor, porque su nieto iba a recogerla después de la reunión para ir a comer juntos. Lo sabía por Valerie y, tras un par de preguntas discretas a Lincoln, me confirmó que lo seguía haciendo. Así que lo único que tuve que hacer fue acompañar a mi madre y fingir que me interesaban los asuntos del colegio. Luego me escaquearía y buscaría a Carter. Ya sabía lo que le iba a preguntar e incluso me había inventado una excusa para hablar con él. Era un plan perfecto, y esta vez no saldría mal, como pasó con Pratt.

Por desgracia, había subestimado el enorme interés que tenían las mujeres mayores por las personas jóvenes como yo. Miré con disimulo la hora. La reunión había acabado oficialmente hacía diez minutos. No me quedaba mucho tiempo.

Mi madre se acercó, con esa expresión de orgullo que siempre mostraba cuando hacía justo lo que ella quería que hiciera. Me posó suavemente la mano en la espalda.

—¿Todo bien? —preguntó en voz baja.

—Claro —me limité a asentir—, pero tengo que ir al baño. Ya sabes, el té.

—Bueno, ya sabes dónde está. Pero nos iremos en breve.

—Vuelvo enseguida.

Salí rápidamente de la sala y eché la vista por encima del hombro, pero nadie me seguía, así que di la vuelta en los baños y me dirigí a las escaleras.

Afortunadamente, Bradbury había sido mi colegio, porque, si no, me habría perdido entre los imponentes pasillos revestidos en madera. Llegué sin problemas a la puerta de entrada. En la calle había aparcados varios coches, pero no me costó identificar la limusina de Carter. Era la única que estaba con las ventanillas abiertas y de la que salía a todo volumen la música del último álbum de The Weeknd. Era evidente que no esperaba con emoción verse con su abuela, y no me extrañaba, la anciana era una arpía. Por lo que tenía entendido, Carter usaba estas comidas mensuales para sacarle un dinerillo en efectivo que luego se gastaba en lo que realmente le gustaba.

Fui directa al vehículo y le hice un gesto al conductor.

—Hola, ¿puedo hablar un momentito con Carter? No tardaré mucho.

El chófer se encogió de hombros sin mucho interés.

—Claro.

—Gracias.

Abrí la puerta y me metí en el asiento trasero de la limusina.

Carter levantó la vista del móvil, me miró y ladeó la cabeza antes de bajar el volumen de la música.

—Vaya, abuela, te estás pasando de la raya —dijo con gesto serio—. Tenemos que hablar urgentemente de tu obsesión por la juventud. ¿No prefieres envejecer con elegancia?

Sonreí, pero, en realidad, ni siquiera tuve que fingirlo. Lo cierto era que siempre me había gustado Carter porque, al contrario que todos los demás de su entorno, tenía sentido del humor y no se tomaba a sí mismo demasiado en serio. Pero como quería que me ayudara a exonerar a Valerie, probablemente me hubiera reído de su broma aunque no hubiera tenido gracia.

—¿Qué puedo decir? El cirujano me prometió un milagro y aquí lo tienes.

Carter se echó a reír y, acto seguido, me miró con curiosidad.

—Helena Weston en mi coche… ¿A qué se debe el honor?

—Quería verte y pensé que aquí tendría una buena oportunidad. —Me mantuve fiel a la verdad. Su abuela no tardaría mucho en salir, así que debía darme prisa.

—Ah, ¿sí? —Levantó una ceja y su sonrisa se volvió más sugerente—. Nunca te he tomado por una chica tan directa, pero bueno, lo mismo Inglaterra te ha cambiado. O quizá tienes los mismo genes que Valerie.

Cuando mencionó a mi hermana, tuve que contener ese dolor que tanto reconocía.

—Siento decepcionarte, Carter, pero no he venido aquí por eso.

—Qué pena. —No sonaba especialmente afectado de que no estuviera en su coche para liarme con él; seguramente recibía ese tipo de ofertas a menudo—. Aunque he oído que vas por la misma línea que tu hermana.

—¿Qué línea? —pregunté con el ceño fruncido.

—Ay, vamos, guapa, no serás tan inocente como para pensar que pasó desapercibido cómo os mirabais Jessiah Coldwell y tú durante la inauguración del Mirage. Me voy a permitir darte el consejo de que no hagas lo mismo que hizo tu hermana.

Respiré hondo para evitar que sus palabras me afectaran. Pero, aun así, necesité unos segundos para luchar contra el sentimiento que se desataba en mi interior cada vez que alguien mencionaba el nombre de Jess o yo lo recordaba.

Lo cierto era que lo echaba de menos. Parecía una chorrada, porque apenas habíamos pasado tiempo juntos, pero a mi corazón no le importaba ni la lógica ni la razón. No lo echaba en falta como se extraña a un exnovio, cuando recuerdas algo de la relación que tuvisteis juntos y te das cuenta de que no puedes contárselo. Era una emoción que me hacía tener más ganas de pasar tiempo con él, saberlo todo el uno del otro y sentirnos cerca. Nunca había sentido algo así, esa necesidad irreprimible de estar con otra persona. Y era una broma cruel del destino que precisamente fuera Jessiah Coldwell.

—No tengo ni idea de lo que estás hablando —mascullé, y traté de recomponerme. Estaba allí por Valerie. Estaba haciendo todo esto por ella, así que debía intentarlo y aprovechar mi oportunidad—. Dime —dije volviendo a ceñirme al plan—, la semana que viene celebras una fiesta en tu ático del hotel, ¿verdad?

—Ah, sí. —Me miró—. ¿Por qué? ¿Quieres venir? No es una fiesta para las chicas modositas, no sé si sabes a lo que me refiero. No sé si será demasiado para ti.

—¿Crees que será más fuerte que mandar a un narcotraficante como regalo a una fiesta de compromiso?

No estaba en mis planes ser tan directa, pero me lo había dejado a huevo. El rostro de Carter se descompuso durante un segundo, pero rápidamente esbozó de nuevo una sonrisa.

—Ya entiendo, por eso estás aquí. Pues siento decepcionarte, Helenita, pero todos saben lo que pasó aquella noche. No hay ningún secreto que debas descubrir.

—Ah, ¿no? —Lo miré fijamente—. Entonces ¿no enviaste a Colton Pratt con un montón de droga a la habitación de hotel que tan generosamente le regalaste a Valerie y Adam?

—Sí —confirmó—, pero no fue idea mía hacerlo.

—¿Y de quién fue entonces? —le espeté, y noté que las rodillas me temblaban ligeramente al saber que estaba a un paso de conocer la verdad.

—De Valerie.

Me quedé mirando a Carter. Un segundo, dos, cinco, diez. Aturdida.

—¿Q-qué? —conseguí decir. Oía un zumbido—. No puede ser. No es posible.

—Fue idea de Valerie —repitió lentamente, como si fuera idiota—. Fue ella la que me pidió la habitación, porque pensó que sería el mejor sitio para celebrarlo con Adam. Y fue ella quien me pidió algunos extras más.

Sacudí la cabeza, indignada.

—¡Pero con eso no quiso decir que trajeras drogas!

Carter soltó una carcajada.

—Sí, claro, por eso me transfirió diez mil dólares para que lo organizara todo, porque no había pensado en cocaína. En serio, Helena, nos conocíamos bien, sabía lo que quería.

—Mi hermana nunca tomó nada —protesté—. Nunca quiso saber nada de drogas.

De repente sentí frío, como si mi cuerpo supiera que mi misión estaba a punto de irse al traste, pero mi mente se negara a asimilarlo.

—No, ese era Adam —me corrigió Carter—. Era él quien nunca sobrepasaba ese límite y por eso echó a Pratt de allí esa noche. La verdad es que no sé por qué acabó esnifando nada. Supongo que el amor nos vuelve ciegos a los hombres.

—Estás mintiendo —dije en voz baja, pero en tono agudo.

Esa era la única explicación que me quedaba, que Carter estuviera mintiendo para no cargar con las culpas. Llevaba mucho tiempo preparándome para limpiar el nombre de Valerie. Era imposible que todo acabara en nada porque lo que se decía de ella fuera verdad. Yo la conocía mejor que el resto. No era responsable de lo que le había pasado.

—¿Por qué iba a mentir?

—Para no ser responsable de sus muertes —le espeté—. ¿Quién dice que Pratt no volvió más tarde siguiendo tus órdenes o que los convenciera de meterse algo?

—Por Dios, Helena. —Carter sacudió la cabeza con pesar—. Fue una absoluta tragedia lo que les sucedió a los dos. Me gustaba Valerie, nadie querría que estuviera viva más que yo, créeme. —Carter se llevó la mano al corazón, como si lo jurara—. Pero no era la santa por la que la tienes. Deberías dejar este asunto en paz, en mi opinión, y dedicarte a vivir tu vida sin mirar atrás.

—No tienes ni…

En ese momento, se abrió la puerta y la respuesta se quedó atascada en mi garganta.

—Carter, es… Ah, Helena, eres tú.

Su abuela me miró con recelo, como si pensara que me estaba insinuando a su nieto. Tuve el presentimiento de que me tenía por una versión más joven de mi hermana.

—Helena y yo estábamos charlando, abuela, pero ya soy todo tuyo. —La sonrisa de Carter permaneció inamovible mientras me miraba. Me entraron ganas de borrársela de un puñetazo—. Que vaya bien. Podrás hacerlo, estoy seguro.

No respondí nada, me limité a despedirme de su abuela con un asentimiento educado y me bajé del coche. Apenas diez segundos después, el chófer cerró las puertas, arrancó el coche y se incorporó al eterno atasco de Nueva York. Yo me quedé en el sitio, mirándolos, atónita por la información que acababa de recibir.

—¿Qué haces aquí fuera? —dijo entonces mi madre. No tenía ni idea de cuánto tiempo había pasado desde que Carter se había marchado—. Estás pálida, ¿ha pasado algo? —Por una vez su voz no tenía un deje de sospecha, sino más bien de preocupación y con ello supe que debía de parecer que acababa de ver un fantasma.

—No, todo va bien. He salido para esperarte.

—Bien, pues vámonos ya.

Mi madre enfiló hacia el coche de Raymond y yo la seguí y me dejé caer en el asiento trasero.

Afortunadamente, recibió una llamada que me permitió mirar por la ventana y ordenar mis pensamientos. O, al menos, intentarlo, mientras paseaba por la ciudad que mi hermana amaba tanto como yo.

«¿Cuál es la verdad, Valerie?», pregunté en silencio como una súplica. «¿Es cierto lo que dice Carter? Dime qué pasó realmente».

Por supuesto, no obtuve respuesta.

32

Jessiah

Respiré hondo antes de echar mano al pomo de la puerta y, cuando entré, solté el aire. Llevaba semanas evitando venir, pero los rumores se habían vuelto tan constantes que no podía seguir siendo un cobarde. Y, en cuanto me vi rodeado de la atmósfera del Harper's y olí el aroma de la fantástica comida, supe que todos mis temores se hacían realidad. El local era una fantasía. Pero no la mía.

—Jess Coldwell —me saludó Mick Harper, que salió de detrás del amplio mostrador. Lo había llamado por teléfono para avisarle de que vendría—. Me alegro de que estés aquí, hacía mucho que no te veía. La última vez medías la mitad que ahora.

Me reí.

—Eso no es verdad, Mick. Estuve aquí hace un par de años, justo antes de mudarme.

—Ah, ¿sí? Pues se me habrá olvidado. Puede que sea porque aún conservo el recuerdo de la escultura abstracta de cajas de cerillas que hiciste la última vez y eso eclipsa todo lo demás.

—Entonces tenía ocho años —recordé—. Creo que deberías superarlo.

Ahora fue Mick el que se echó a reír.

—Nunca. Ya sabes que a los viejos les gusta hablar del pasado. Como decía un sabio: «Los primeros cincuenta años son texto, el resto es comentario».

—Schopenhauer.

—Anda. —Mick asintió impresionado—. Y yo que pensaba que siempre te saltabas las clases.

Compuse una sonrisa torcida.

—No siempre.

—Ven, siéntate —me dijo señalando uno de los taburetes—. ¿Quieres comer algo?

—Normalmente no suelo decir que no, pero luego tengo otro compromiso, así que voy a tener que rechazar la comida. —Me senté en uno de los antiguos taburetes. El restaurante estaba decorado con muebles de madera que le daban un toque rústico y, mentalmente, empecé a pensar en las modificaciones que le haría… hasta que le puse freno a mi imaginación.

Mick se movió al otro lado de la barra, nos puso dos cafés y se sentó enfrente.

—Dijiste que querías hablar conmigo. Desembucha.

—¿No tienes ganas de charleta? —pregunté con una ceja levantada.

—Ya te he dicho que estoy viejo. Los viejos no pierden el tiempo.

En realidad, yo lo recordaba siempre del mismo palo. Mi padre y él, que mayormente solían estar en desacuerdo, habían estado unidos por un sentimiento de competencia amistoso. Cuando pensaba en cómo trataba Trish a sus competidores, me parecían dos mundos totalmente distintos.

—Vale, como quieras. —Di un sorbo al café—. Me han comentado que quieres jubilarte. Y vender.

Mick entrecerró los ojos y juntó sus cejas pobladas. Me preparé para una respuesta mordaz, pero de repente su rostro arrugado se iluminó.

—¿Quieres comprarlo?

Sin preguntas sobre cómo me había enterado y sin darme la charla de que este era el trabajo de su vida. Mick fue directo al grano, y se lo agradecí.

—No —repliqué—. Tengo un amigo que quiere montar un restaurante propio. Yo estaría involucrado en la planificación y la puesta en marcha.

—¿No quieres formar parte? ¿Por qué no?

Vacilé brevemente antes de dar mi respuesta.

—Porque no quiero quedarme para siempre en Nueva York y no quiero montar aquí algo que luego tenga que abandonar.

—Entonces ¿tienes pensado marcharte de nuevo? —siguió preguntando—. ¿Cuándo?

—Pues no lo sé aún —contesté vagamente—. Cuando la cosa mejore aquí.

—Entiendo —afirmó Mick asintiendo lentamente—. Pues lamento oír eso, porque en ese caso tengo que rechazar tu proposición.

Justo lo que me esperaba. Mick era terco y de la vieja escuela.

—¿No quieres ni siquiera conocer a Balthazar? Mi amigo es capaz de sacarlo adelante. No me imagino a nadie que pueda hacerlo mejor.

—Es posible, pero no lo conozco de nada. Y solo pienso vender este sitio a alguien de quien me fíe y que considere que es el apropiado para este local —explicó con una sonrisa.

—Mick…

—Hijo, te conozco desde que eres capaz de ponerte en pie. Y aunque tu padre y yo no compartíamos siempre la misma opinión, ya sabes que le tenía mucho respeto. Al igual que yo sé que él te transmitió todo lo que sabía del negocio y la sensibilidad hacia la gente. Lo llevas en la sangre. Es así de simple: si el restaurante es para ti, te lo vendo. Si no, no.

Sonreí de lado.

—Eso es extorsión.

—Tú lo llamas extorsión y yo lo llamo condición. —Mick sonrió—. Dime que no tienes ya un concepto en mente. Sé que te pasas el día adecuando locales, así que seguro que tienes ideas propias. ¿De qué se trata?

En un primer momento, quise negar que tuviera alguna idea, pero finalmente cedí.

—Un restaurante de desayunos. Pero no en plan cafetería, sino que se adapte al momento del día, y se sirvan como almuerzos al mediodía y cenas por la noche. Con un toque internacional, pero sin pasarse. —Me callé en cuanto sus ojos se encontraron con los míos—. Seguro que te parece una tontería.

Todos los que trabajaban en la hostelería sabían lo conservador que era Mick Harper. Llevaba cincuenta años sirviendo comida casera y se interesaba poco por los nuevos conceptos.

—¿Por qué? Sí que me parece una buena idea, y, sobre todo, porque es tuya. ¿Has pensado ya en un nombre?

De nuevo, volví a dudar y, de nuevo, respondí.

—Adam & Eve. Eve por «evening», que es noche en inglés, y Adam por…, bueno, ya sabes. —Tragué saliva para eliminar el nudo que se me había formado en la garganta.

—A mí me da la sensación de que sí que quieres montar tu propio restaurante. —Mick me miró sonriente—. Y no sé si alguna vez te lo he dicho, pero en realidad vengo de un pueblecito cerca de Pittsburg. Me mudé a Nueva York porque un amigo de mi padre había abierto un restaurante aquí y estaba buscando un pinche, pero al principio pensé que no duraría ni dos días en esta ciudad. El ruido, la gente… Era demasiado. De hecho, llegué a comprarme el billete de vuelta.

Lo miré fijamente.

—¿Y qué te impidió marcharte?

—Ya te lo puedes imaginar —soltó con una sonrisa traviesa—. Cuando fui a la estación de autobús con el macuto al hombro, me topé con una muchacha. Había ido a recoger a alguien y estaba ahí plantada en medio. Estaba a punto de gritarle que se quitara de ahí cuando se dio la vuelta, me miró… y ya no hubo vuelta atrás. Desde ese día, nunca me he planteado irme de Nueva York, y todavía seguimos casados mi Elaine y yo.

Sonreí con tristeza al acordarme de otra chica, aunque la historia de Helena y yo había acabado mucho antes.

—Yo no he tenido tanta suerte como tú. Creo que para mí no habrá final feliz en Nueva York.

—Quién sabe. Piénsate lo del restaurante con tranquilidad, Jess. No tengo prisa por vender, así que tienes tiempo. Pero no demasiado. Sería una pena que me sacaran de aquí con los pies por delante sin que haya llevado a Elaine a Europa.

Me reí a pesar del nudo que tenía en la garganta.

—No te haré esperar demasiado, Mick, y mucho menos a Elaine. Te lo prometo.

—Te tomo la palabra.

El Emperador era, probablemente, el restaurante más bonito de todos los que había heredado de mi padre y, por consiguiente, casi nunca pasaba por allí. No era porque la comida no fuera buena o el personal te tratara mal, todo lo contrario, sino porque no quería ver a los clientes quejarse y no apreciar la excelente comida preparada con todo el cariño.

Hoy parecía que volvía a ser el día internacional de los idiotas, porque Samara y yo no llevábamos ni quince minutos sentados a la mesa cuando la camarera, Sarah, pasó por tercera vez a nuestro lado con una bandeja en la mano y una expresión muy profesional en el rostro. No la detuve para preguntarle al respecto. Maya Fidero, que llevaba más de diez años regentando el local, y yo no nos llevábamos especialmente bien. Suponía que era porque no le gustaba que me entrometiera en sus asuntos, aunque sabía que tenía todo el derecho a hacerlo.

—Bueno, ¿qué es lo que pasa? —pregunté mientras Samara leía la carta.

Iba bastante arreglada, con un mono negro y unos tacones increíblemente altos, y se había maquillado más de lo que solía hacer cuando quedaba conmigo. Últimamente nos habíamos visto menos y, normalmente, de casualidad en algún restaurante o bar. Hacía semanas que no nos acostábamos, pero esa no era la razón por la que se había vestido así. Según me había contado por mensaje, era una cuestión de negocios y por eso quería invitarme a una cena elegante. Yo había propuesto el Emperador porque tenía que pasarme a revisar otras cosas de igual modo, y así también evitaba que Sam tuviera que pagar.

—Es por el negocio de whisky que queremos montar mi hermano y yo. —Sam cogió su copa de vino—. Mi padre nos dijo que quería participar porque lo veía lucrativo, pero ahora tiene dudas.

—¿Y necesitáis dinero? Para eso no tenías que tomarte tantas molestias. —Hice un gesto con la mano para señalar el restaurante y la ropa.

Sam entrecerró los ojos.

—En realidad, pensé que estaría bien que nos volviéramos a ver después de haber estado ausente durante semanas. Pero, bueno, sigue haciendo el tonto.

—Perdona —respondí—. No era esa mi intención.

—¿Sobre qué? ¿Por hacerme parecer estúpida o por no haberme llamado?

—Pues por las dos. Aunque lo de no llamarte sí que ha sido intencionado.

—Al menos eres sincero. —Sam negó con la cabeza—. ¿Qué te pasa? ¿Es que he hecho algo mal o qué?

Sacudí la cabeza igualmente.

—No, joder, en absoluto. Es cosa mía. No he sido… yo mismo últimamente. —Era la verdad, me gustaba más la versión de mí mismo cuando estaba con Helena. La echaba de menos. Nunca pensé que se podía echar tanto de menos a alguien con quien apenas habías pasado tiempo.

—¿Y ya vuelves a ser tú mismo?

—Estoy en ello. —Me encogí de hombros. ¿Qué más podía hacer salvo quitarme a Helena de la cabeza? La expresión «No tenéis posibilidades» parecía hecha para nosotros—. Simplemente no sabía si podíamos quedar sin…, bueno, sin follar. Por eso no he llamado.

—¿Estás de coña? —Sam me miró con incredulidad—. Ante todo somos amigos, Jess. Si no quieres acostarte conmigo por la razón que sea, solo tienes que decirlo. Siempre hemos estado de acuerdo en que esto no es nada serio, que es por diversión. No estoy enamorada de ti y no me ofendo si quieres volver a ser amigos sin más.

Evité su mirada.

—Lo sé. Lo siento mucho, Sam.

—Deja de disculparte y dime ya qué te pasa.

No respondí. No solo porque no quería responder, sino también porque Sarah volvía a pasar por mi lado con la carta bajo el brazo y una copa de Martini en una bandeja. Cuando estuvo a la altura de nuestra mesa, la hice detenerse con un gesto.

—¿Hay algún problema con un cliente? —pregunté en voz baja.

—Sí, pero no merece la pena entrometerse. —Compuso una sonrisa cansada—. Siempre hay clientes idiotas, para eso estoy más que preparada. Este tipo no es más que un presuntuoso, quiere impresionar a la chica con la que ha venido.

Sonreí.

—¿Y la ha impresionado?

—En absoluto. Tiene cara de querer atizarle con el cubo del champán. —Sarah me devolvió la sonrisa—. Con un poco de suerte, estoy presente para verlo. Tengo muchas probabilidades. Verás cuando se entere de que el tipo le ha pedido un postre bajo en calorías para su cumpleaños.

—Si es así, avísame, no querría perdérmelo.

Sarah asintió con una sonrisa y fue en dirección a la barra. Samara dio un sorbo al vino y me miró con diversión.

—¿Qué? —le pregunté.

—Ah, nada. Simplemente serías el dueño de restaurante perfecto.

—Ya soy dueño de restaurantes. De este en el que estamos, por ejemplo. —Sabía que había sonado engreído, pero no quería hablar del Harper's—. ¿Tú estás impresionada, querida? ¿O te gustaría que devolviera mi bebida?

Sam se echó a reír.

—Tranquilo, machote.

—Bueno, entonces dime qué querías preguntarme. —Sonreí—. Pero te lo advierto: si no está relacionado con el cubo de champán, me largo.

33

Helena

—¿Qué habéis hecho qué? —Miré atónita a mis padres, que, al menos, tuvieron la decencia de fingir un mínimo de culpabilidad—. ¿Me habéis organizado una cita el día de mi cumpleaños? ¿Y encima con un tío al que no conozco?

—Claro que conoces a Edward Masterson, hija —respondió mi madre en el tono que más detestaba, tan amable que me hacía parecer una loca—. Fuisteis al mismo instituto, ¿es que no te acuerdas?

Tenía ganas de estrangularla.

—Sí, me acuerdo. Era un chaval que usaba todo lo que se le venía a la cabeza para intimidar a los más débiles. De hecho, creo que Valerie le dio un puñetazo por eso mismo.

No, sabía con certeza que lo había hecho, pero tampoco habría aportado nada. Mi madre se rio con cierta estridencia.

—Eso pasó hace muchos años. Ahora Edward es un adulto que ha terminado sus estudios de empresariales y la familia ha depositado muchas esperanzas en él. Tiene unos modales impecables; me senté a su lado en el último acto benéfico de la asociación de monumentos. Es perfecto, Helena.

No, seguro que no. Perfecto era otro.

—¿Para quién? —pregunté con amargura—. ¿Para vosotros o para mí?

—Solo es una cena, Len —intervino mi padre—. No te estamos pidiendo que te cases con él. Simplemente dale una oportunidad, tú tampoco eres la misma de hace cinco años.

En eso tenía razón. Pero albergaba dudas de que Edward hubiera cambiado para bien.

—No sé por qué tiene que ser precisamente hoy.

Aunque, de todas formas, mi cumpleaños había sido un desastre. Mary me había preparado la tradicional tarta de chocolate, pero no habíamos desayunado juntos: Lincoln estaba de viaje, mi padre había llegado a casa hacía una hora. Me habían regalado un collar, pero me dio un poco la sensación de que se parecía al día previo a mi partida.

Valerie siempre solía organizarme algo por mi cumpleaños: una fiesta sorpresa, un viaje o un día de spa. Nunca me contaba por adelantado lo que íbamos a hacer y formaba parte de los recuerdos más entrañables que teníamos juntas. Ahora era todo lo contrario. En parte, porque no era capaz de olvidar las palabras de Carter sobre mi hermana: «Pero no era la santa por la que la tienes. Deberías dejar este asunto en paz, en mi opinión, y dedicarte a vivir tu vida sin mirar atrás».

Debería haber llamado a Malia después de eso, pero me daba miedo que dijera lo mismo, no sobre Valerie, sino sobre mi investigación.

—¿No tenías tantas ganas de salir? —me espetó mi madre sacándome de mis sombríos pensamientos—. Pues ahora tienes la oportunidad de hacerlo con la gente adecuada.

«Sí, quería salir, pero no con Edward Masterson, el mayor imbécil de la década».

Sin embargo, por mucho que quisiera, no podía negarme. La paz entre nosotros era frágil y más parecida a una tregua que a otra cosa. Mis padres no confiaban en mí ni yo en ellos. Era una situación tristísima, pero una realidad a la que debía acostumbrarme.

—¿Cuándo llegará a casa? —masculló.

Mi madre sonrió.

—A las siete. Te he comprado una cosita, te lo he dejado en tu habitación. —Me abrazó y me dejó un beso en el pelo—. Te lo vas a pasar genial, cariño.

Sí, segurísimo.

No me sorprendió en absoluto el vestido que encontré sobre mi cama: escote cerrado y una tela en tonos verde pálido. Estaría tan guapa como modosita, pero para una cita con un chico al que no pretendía impresionar y mucho menos conquistar, era ideal. Elegí unas cuantas joyas doradas y me dirigía al armario en busca de unos tacones cuando me sonó el teléfono. Me di la vuelta hacia el tocador y acepté la llamada.

—¡Feliz cumpleaños! —exclamó Malia, que me sonsacó una sonrisa cansada. Algo prácticamente milagroso teniendo en cuenta lo que me esperaba.

—Gracias, eres un encanto —respondí con poca convicción.

—Vaya, no te noto muy animada. ¿Tus padres tampoco te van a dejar salir hoy? —inquirió con seriedad.

Solté un resoplo.

—Sí, pero no como te imaginas. Me han organizado una cita con un tío al que le encantaba meter a sus compañeros de clase en el cubo de la basura. Es un regalo precioso, ¿no te parece?

—Tan precioso como el bote de lubricante que me regaló mi exnovio hace dos años porque quería que probásemos algo nuevo —replicó secamente.

A pesar de todo, tuve que reírme.

—Vale, eso es peor, tú ganas.

—Como suele pasar. Hoy estoy de servicio, así que si necesitas que monte una redada en el restaurante para dar por finiquitada la cita, solo tienes que avisarme. —Por desgracia, lo decía en broma, ya que sabía que se tomaba muy en serio su trabajo.

—Estupendo. —Tenía que terminar de arreglarme y debía colgar, pero aún tenía a Carter en mente y decidí arriesgarme a contárselo a Malia. ¿Qué podría pasar? En algún momento tendría que contárselo—. Oye, ¿puedo preguntarte algo? —tanteé en tono dubitativo—. ¿Alguna vez viste… que Valerie tomara drogas?

Malia permaneció callada unos segundos.

—¿Por qué me lo preguntas?

—Porque estuve hablando con Carter Fields sobre Pratt y la noche en la que murieron. Me dijo que había sido Val la que le pidió ciertos extras y que le pagó diez mil dólares en efectivo.

—Len, si yo creyera que Valerie consumía droga, ya fuera de forma habitual o esporádica, te lo habría dicho. —El tono de Malia era frío—. Era mi mejor amiga. ¿De verdad crees que te ayudaría si pensara que es culpable?

—No, pero pensé…, como dijiste que bastaba con que nosotras supiéramos que no fue la responsable, no estaba segura de si… —me interrumpí.

—¿De si pensábamos lo mismo? He arriesgado mi trabajo más de una vez para averiguar cosas sobre su muerte, Helena. ¿Cómo puedes decir eso?

—No pretendía… No pretendía ofenderte, pero después de todo lo que me dijo Carter, tenía miedo de estar equivocada, de estar perdiendo el tiempo tratando de exculparla de algo que en realidad sí que hizo.

Me daba vergüenza tener esos pensamientos, pero no podía evitarlo.

—Tendrás que decidir de quién te fías más: de un playboy, que seguramente solo quiera salvar su propio pellejo, o de tu hermana, que siempre estuvo ahí para ti.

—Malia, yo…

—Tengo que irme, me está llamando un compañero. Pásalo bien, Len. Feliz cumpleaños.

Colgué y cerré los ojos, con la sensación de que había hecho enfadar a la única persona que me apoyaba. ¿Por qué no me había callado mis dudas? Habría sido mejor.

—¿Helena? —me llamó mi padre desde el otro lado de la casa, en un tono que me indicó que había llegado mi acompañante para la noche.

Durante un instante, estuve tentada a inventarme que tenía migraña o algún virus estomacal, pero nadie me habría creído, así que me puse los zapatos, guardé el móvil y me eché una última ojeada en el espejo. En él vi a alguien que no tenía ni idea de qué hacer a continuación. Mi investigación se había topado con un callejón sin salida, mi hermana podría no haber sido la persona que yo pensaba que era y encima tenía que salir con un chico que no me gustaba simplemente porque mis padres lo pedían.

—Pues feliz cumpleaños —mascullé en voz grave.

Estaba siendo el mejor cumpleaños de la historia.

Nótese la ironía.

«Quiero irme».

Ese era el único pensamiento que cruzaba mi mente desde que Edward Masterson IV me recogió en casa de mis padres. Había traído flores, primero saludó a mis padres, luego me felicitó a mí, elogió mi atuendo y me acompañó hasta el coche, que nos llevaba al Emperador. Apenas llevábamos allí sentados veinte minutos y a cada segundo que pasaba aumentaba la necesidad de atizarle con la carta. Desde que nos habíamos sentado a la mesa, no había hecho otra cosa que volver loca a la majísima camarera con un comportamiento mezquino.

—Las proporciones siguen sin ser exactas. —Edward torció el gesto al probar el tercer Martini que le habían traído—. ¿Tan difícil es mezclar seis partes de ginebra con una de vermut? Seguro que tienen un vaso medidor por ahí.

—¿Y por qué no pides mejor otra cosa de beber? —le pregunté sin esforzarme por ocultar mi molestia—. Es evidente que así es como hacen aquí el Martini. Saben lo que hacen.

Edward frunció el ceño.

—Uno nunca debe conformarse con lo que recibe, Helena. Esa es la primera regla del éxito.

—Vaya, y yo que pensaba que la primera regla del éxito era tratar a los demás con respeto.

Al menos, eso era lo que me enseñó mi padre. Edward se rio como si hubiera hecho una broma.

—Eso es mejor dejarlo en manos de quien entiende. —Se inclinó hacia delante y me dio unas palmaditas condescendientes en la mano. Contuve el impulso de retirarla—. No te preocupes, yo te cuidaré.

Estuve a punto de decirle que nunca tendría la oportunidad de cuidarme de ninguna de las maneras. Me pareció inverosímil que Jess estuviera totalmente prohibido y, sin embargo, mis padres y la alta sociedad aplaudieran que saliera con un idiota integral como Edward Masterson. ¿Qué mierda de mundo era ese?

«Tu mundo, guapa». De nuevo, la voz sonaba sospechosamente como la de Valerie.

Afortunadamente, Edward no pidió el Martini por cuarta vez y yo superé los entrantes sin clavarle el tenedor en la mano. Sin embargo, cuando la camarera nos trajo el primer plato, volví a apretar los cubiertos, porque sabía lo que significaba la expresión que compuso Edward cuando cortó la chuleta.

—¡Camarera! —llamó de nuevo en tono imperativo.

—¿Sí, señor?

Era increíble que mantuviera la calma y la educación. Seguramente se debiera a los años de práctica. O al Valium.

—Quería el chuletón a tres cuartos, esto es un término medio. —Pinchó un trozo de carne y se lo mostró—. ¿Lo ves? Es un término medio, de hecho, un poco demasiado hecho, pero a todas luces, no está a tres cuartos.

La camarera no cambió su expresión.

—Le aseguro, señor, que…

—¿Es que sois tan estúpidos que no entendéis unas simples reglas de cocina? —la interrumpió Edward en voz alta—. ¡Quiero hablar ahora mismo con tu jefe!

No solo era un pijo, sino que además tenía ataques de cólera. El premio gordo. Solté un bufido para hacerle ver que no me quedaría sentada a su lado ni un minuto más si seguía comportándose así. Entonces, a unas mesas de distancia, se levantó alguien: rubio, alto, de porte tranquilo. Me olvidé de respirar en cuanto vi quién era.

Jess.

Sentí que se me partía el corazón después de tres largas semanas sin verlo y sin esperármelo en absoluto. Estaba tan guapo como lo recordaba y me quedó claro que mis sentimientos hacia él no habían cambiado ni un ápice después de habernos separado un tiempo. Menuda mentira eso de «ojos que no ven, corazón que no siente».

Atónita, lo miré, y vi que titubeaba por un instante al reconocerme. Sin embargo, no mostró ningún indicativo de ello y se dirigió directamente a Edward.

—¿Hay algún problema? —preguntó en un tono amable que dejaba entrever un deje cauteloso.

—No creo que sea de tu incumbencia.

Edward levantó la nariz y le dedicó una mirada cargada de arrogancia a Jess, aunque no se atrevió a mirarlo a los ojos. Iba vestido con una simple camisa oscura, una chaqueta y unos pantalones a juego y, sin embargo, tenía mil veces más elegancia que el traje a medida de mi acompañante. Al fin y al cabo, aunque la mona se vista de seda…

La mirada de Jess se tornó seria.

—Bueno, querías hablar con el jefe, ¿no? Pues yo soy el dueño.

Ver cómo se desmoronaba la seguridad de Edward al reconocer a Jess y darse cuenta de con quién se estaba metiendo fue el mejor regalo de cumpleaños que me habían hecho nunca. Probablemente fuera la primera vez que me alegraba de la buena reputación que gozaba la familia Coldwell.

—Pues —replicó Edward con gesto compungido— entonces deberías preocuparte de que tus empleados hagan su trabajo. Ni el Martini ni el chuletón estaban al nivel que esperaba. Mi amiga y yo queríamos pasar una bonita velada, pero debido al mal servicio y la mala calidad de la cocina, será la última vez que vengamos.

Al oí la palabra «amiga», Jess levantó la ceja derecha y su expresión se volvió aún más firme. Aunque seguía sin mirarme.

—El servicio ha sido fantástico —intervine yo sonriéndole a la camarera—. Y…

—Helena, por favor, no te metas —me interrumpió Edward, y me quedé callada. En ese momento, Jess levantó también la otra ceja y apartó la mirada de mi acompañante para fijarse en mí.

A pesar de que el corazón me latía con fuerza contra las costillas desde que lo había visto, no me esperaba lo que sentí cuando me miró a los ojos. No fue la oleada de anhelo que me inundó ni el arrepentimiento que hizo que se me formara un nudo en el estómago. Quería decir algo, pero no me salían las palabras. Y, un segundo después, Jess volvió la vista a Edward.

—Podemos traerte otro chuletón si quieres —dijo—. O tu abrigo. Porque me da la impresión de que no es que estés insatisfecho con la comida, sino con el hecho de que tu papaíto no te haya dado todavía el puesto que quieres en la empresa y que te estás desquitando con mis empleados en vez de con los tuyos. ¿Qué diría tu padre si supiera cómo te estás comportando? Que yo recuerde, es un hombre que valora mucho los buenos modales.

La sonrisa de Jess era más bien una amenaza. El rostro de Edward, por otro lado, estaba sonrojado, pero las palabras no parecieron surtir efecto.

—Me comeré este —farfulló—. Aunque no está hecho como yo lo pedí.

—Buena decisión. —Jess me miró a mí—. Que tenga una buena velada, señorita, a pesar de todo esto —añadió con una sonrisa distante.

Quise decir algo para que no se fuera, preguntarle cómo estaba o si me había echado tanto de menos como yo a él. Pero evidentemente no podía hacerlo, así que dejé que se marchara y fingí que no significaba nada para mí mientras el dolor latía al compás de mi corazón.

Edward soltó un bufido, indignado.

—Me parece increíble que se comporte así, como si la gente de esta ciudad no supiera que se está gastando la herencia de su padre en proyectos para pasar el rato.

En realidad no lo estaba escuchando; me limité a mirar a Jess y me di cuenta de que no volvía a su mesa, que estaba detrás de una columna totalmente fuera de mi vista, sino que se dirigía a la barra. No me lo pensé demasiado y retiré mi silla de la mesa.

—Discúlpame un momento —le dije a Edward.

—Estamos comiendo el plato principal —protestó.

—Lo sé, pero tengo que ir un momento al baño.

Sin esperar a que me diera su aprobación (que todavía estaba por llegar), dejé la servilleta junto a mi plato y fui en la misma dirección que Jess. Por el camino pasé junto a su mesa y vi con quién había venido: una mujer. Una mujer de cabellos oscuros bellísima, que iba despampanante y tecleaba en su móvil. Parecía estar esperando a que Jess volviera. Vacilé un instante. Si había venido con ella, ¿qué significaba eso? Quizá no era la única que tenía esta noche una cita. Y lo peor es que ni siquiera podía quejarme. Al fin y al cabo, había sido yo la que había puesto fin a la relación antes de que empezara. Jess estaba en todo su derecho de verse con otras personas.

«Aunque eso no hace que me duela menos».

Jess estaba al final de la barra, junto a la entrada de la cocina, y hablaba en voz baja con una mujer que, por el uniforme que llevaba, parecía la gerente del restaurante. No me quedé a observarlos, sino que pasé de largo de camino al baño y esperé que Jess pillara la indirecta, al igual que en el Mirage. Tenía que hablar con él urgentemente. Aunque sabía que no era una decisión muy inteligente que nos quedáramos a solas.

La puerta se cerró tras de mí y me quedé en el pasillo que daba a ambos baños. Anduve unos pasos, indecisa, sin saber dónde esperarlo, pero entonces la puerta se volvió a abrir. Al darme la vuelta, me encontré con Jess, que no había perdido ni un segundo. Cuando se acercó, reconocí una furia familiar en sus ojos. Aunque hoy no estaba dirigida a mí y, además, estaba mezclada con otro sentimiento que no quise admitir, ya que me daba miedo lo que suponía.

—Helena —dijo, y la simple mención de mi nombre hizo que el estómago se retorciera tan violentamente que no fui capaz de responder—, ¿qué sucede?

¿Qué debía responder? «¿Quería verte? ¿No podía aguantar ni un segundo más sin hablarte?».

—Yo… quería hablar contigo —contesté, y miré a mi alrededor para asegurarme de que nadie podía vernos ni oírnos.

Jess se dio cuenta, pasó a mi lado y abrió una puerta que parecía llevar a un despacho en desuso, ya que la mitad de la habitación estaba ocupada con manteles y cubos para el champán. Encendió la luz, me dejó pasar y, luego, entró él y cerró la puerta.

—¿Qué? —me preguntó—. ¿Qué es tan importante como para hacer esperar a tu amigo con su chuletón?

—No es amigo mío —aclaré rápidamente—. Mis padres me han obligado a tener esta cita, no pude negarme. Pero, créeme, será la primera y última vez que salga con él.

El gesto de Jess se oscureció un poco más.

—No es asunto mío con quién sales o dejas de salir.

En eso tenía razón, pero me dolió oír cómo lo decía, tan indiferente y sobrio. Quería que fuera asunto suyo. Quería que todo lo que tuviera que ver conmigo fuera asunto suyo.

—Por favor, no digas eso —supliqué en voz baja.

—¿Y qué quieres que diga? —preguntó con dureza—. ¿Que me alegro de que no te haya gustado ese machista maleducado? ¿Qué más da si igualmente tienes que salir con ellos porque tus padres te obligan a hacerlo? ¿De qué sirve si necesitamos una puerta cerrada para poder hablar entre nosotros?

Agaché la cabeza; tenía razón. Y no podía replicarle nada que no fuera una mentira.

—No tienes ni idea de lo mucho que me gustaría que las cosas fueran de otra forma —terminé diciendo.

—Ya, créeme, a mí también.

El tono de voz de Jess me hizo alzar la mirada de nuevo. La suavidad con la que habló me conmovió tanto que, de repente, lo sentí más cercano a mí que nunca. Lo único que quería era dar un paso al frente y tocarlo, aunque fuera un instante. Pero no podía hacerlo. No debía hacerlo. Porque si lo hacía, me costaría más que la última vez volver a alejarme.

Muchísimo más.

34

Jessiah

Ninguno de los dos se movió. Fue como si nos quedáramos petrificados en ese momento, en ese arrebato de impotencia. Y lo que más me dolía era que no teníamos otra opción, porque en el mundo en el que vivíamos no existía la libertad plena, por mucho que me hubiera esforzado por tenerla toda la vida. Pero no había conseguido nada, ahora me daba cuenta. Helena estaba delante de mí y podría haber estado en otro planeta. Apenas nos distanciaban un par de metros y, aun así, era inalcanzable.

—Deberías volver a la mesa —le dije en un susurro. «Vete, si no quieres que haga algo de lo que los dos nos arrepintamos».

—Sí —asintió ella, aunque no se movió ni un ápice—. Pero no quiero irme.

Exhalé ruidosamente y pasé el dedo por el canto de la mesa sobre la que estaba apoyado para no dejarme llevar. Seguramente hubiera sido mejor que cerrara los ojos para no ver a Helena; tenerla ahí, más guapa que nunca y con esa expresión en el rostro, me hacía muy difícil no cruzar la raya. Sabía lo que quería ella: lo mismo que yo. Pero ninguno de los dos se atrevía a hacerlo, porque no se trataba de un beso o darnos los números de teléfono. Era algo más.

Y los dos lo sabíamos.

—Entonces ¿qué? —pregunté y sentí que la ira se anteponía al resto de mis sentimientos—. ¿Quieres un trozo de papel para poder dejarme una nota?

Helena profirió un grito ahogado.

—Eso no es justo, Jess.

—No, no lo es —coincidí mirándola a los ojos—. En general, nada en esta puta vida es justo, pero será mejor que te acostumbres.

—Anda, mira, gracias por la lección. —Negó con la cabeza—. Pero vale, deja salir toda la ira, así te sentirás mejor.

—¡Ojalá pudiera hacerlo! —gruñí—. Me encantaría poder enfadarme contigo, por preocuparte más por las apariencias de tu familia que por... —Me callé, porque no quería ponerlo en palabras. ¿Qué conseguiría con ello? Nada más que causar dolor.

—¿Más que por qué? —Helena no quiso dejarlo escapar. Fruncí los labios.

—Que por nosotros —dije, revelando mucho más de lo que pretendía. Que Helena significaba algo para mí, que me había imaginado un futuro con ella sin darme cuenta—. Sé que hay algo entre nosotros, algo por lo que merece la pena luchar para ver hacia dónde va. Pero no podemos luchar, porque no hay ningún enemigo. Solo gente a la que queremos proteger.

Vi que las lágrimas se le acumulaban en los ojos.

—Lo sé, pero...

—Y yo también —la interrumpí—. Esa es la peor parte, que lo entiendo. Después de todo, yo también estoy en Nueva York porque mi familia es más importante que mi propia felicidad. Pero eso no lo hace más fácil, ¿vale?

—Lo sé —dijo más para sí—. Eso solo hace que sea peor.

Al oír la fragilidad en su voz, sentí la necesidad abrumadora de tocarla, pero no hice nada y la distancia entre nosotros permaneció intacta. Los dos sabíamos que no había solución. Incluso aunque nos hubiéramos conocido en secreto y nadie lo supiera, incluso si lográbamos evitar la paranoia de mi madre y la sobreprotección de los padres de Helena… ¿Qué nos quedaba? Una relación secreta, con el miedo constante a que nos descubrieran y nos separaran. No, era mejor ponerle fin ahora, cuando aún no habíamos invertido tanto tiempo como para no poder dar marcha atrás. Así podríamos seguir con nuestras vidas, aunque quisiéramos hacer algo muy diferente.

—Lo siento mucho, Jess —dijo Helena con voz temblorosa, y supe que había tomado la misma decisión que yo.

—Sí, yo también.

Nos miramos el uno al otro durante un segundo, bajo esa conformidad terrible en todos los sentidos. Y no pude soportarlo más. Tenía que marcharme ahora o nunca lo haría. Así que me despegué de la mesa y me dirigí a la puerta, pero no pude controlarme y me detuve a dos pasos de Helena.

Noté que ella contenía el aliento cuando me acerqué y tuve que hacer acopio de toda mi fuerza de voluntad para no besarla en la boca, sino posar mis labios en su frente.

—Feliz cumpleaños, amapola —murmuré—. Espero que el destino nos reparta más suerte en la próxima vida.

No esperé ninguna respuesta ni tampoco reacción por su parte. Me di la vuelta, abrí la puerta y me fui. Ella se quedó a mis espaldas y no quise volver la mirada cuando crucé el pasillo lo más rápido que pude. Me dolía en el alma dejar sola a Helena, pero no tenía elección. Los dos debíamos mirar hacia delante o toda esta historia nos destruiría. Yo lo sabía y ella era lo suficientemente inteligente para saberlo también.

Volví al restaurante a zancadas, intentando mantener a raya el pulso y el dolor que sentía en las entrañas. No tuve mucho éxito, se enquistó y revolvió como una tormenta, pero ya había aprendido a ocultarlo. En los últimos años me había convertido en un profesional.

Sam seguía sentada a la mesa y levantó la vista cuando llegué.

—¿Va todo bien? —preguntó—. Has tardado mucho.

—Sí, lo sé, perdona —sonreí brevemente—. Pero ahora que está todo aclarado, ya podemos hablar por fin de tu whisky.

—¿Seguro? —Sam entrecerró los ojos y pareció estudiarme atentamente, aunque con suerte no notaba cómo me sentía. Recobré la compostura.

—Segurísimo. —Cualquier cosa que quisiera discutir conmigo sería una distracción y ahora mismo me venía muy bien distraerme. Sobre todo porque, en ese momento, Helena volvía con su terrible cita a cinco mesas de distancia. Me obligué a no prestarle atención hasta que desapareció de mi vista y, entonces, me fijé en Samara—. Venga, dime cómo puedo ayudaros.

El apartamento estaba a oscuras. De vez en cuando, se iluminaban las ventanas si pasaba un coche por la calle, pero eso no era lo que me mantenía despierto desde que me había ido a la cama hacía un par de horas, solo. Por un instante, me había planteado dejar que Samara me distrajera de otra forma, pero después me sentí mal y me despedí de ella. Por mucho que tuviéramos claro la relación que manteníamos, no me parecían bien usarla para olvidar a otra persona. Además, nunca me sacaría a Helena de la cabeza de esa manera.

Agotado, me incorporé y me eché el pelo hacia atrás mientras intentaba desterrar los sentimientos de opresión e impotencia, y también el de soledad. Habían sido mis acompañantes desde que regresé a Nueva York, al igual que el latido en la cicatriz que todavía se estaba cerrando. Pero los días como hoy, esos sentimientos se volvían tan cercanos, tan reales, que apenas podía respirar.

Me había resignado a no dejar que nadie entrara en mi corazón durante un par de años, para sobrevivir en Nueva York y así poder marcharme de nuevo. Pero entonces apareció Helena, se abrió paso y ahora me pedían que la olvidara. ¿Y por qué? Porque nuestros hermanos se habían querido y nuestras familias se odiaban aún más desde que murieron. Era algo emblemático de Nueva York. Esta ciudad era un enorme agujero negro donde todo lo bueno se destruía al instante. Lo más importante era el poder, después el dinero, y la humanidad, la compasión y el amor no tenían ningún valor. Hoy lo tenía más claro que nunca, y por eso debía salir de allí antes de que me ahogara.

Me levanté de la cama, me vestí, cogí las llaves del coche y salí del apartamento lo más rápido que pude. Tenía el coche aparcado justo delante de la puerta, me metí de un salto y arranqué. Unos cinco minutos después, enfilé por West Street y puse rumbo al sur de Brooklyn. En la radio sonaba una canción tristona, así que la apagué, prefería soportar el silencio. Tres cuartos de hora después, llegué a mi destino.

Tal como imaginaba, la playa de Rockaway estaba desierta cuando llegué al aparcamiento y me bajé de la camioneta. Todavía era demasiado pronto en el año para los surfistas que venían a acampar varios días seguidos. Los que venían para disfrutar de la tabla en los meses cálidos se habían ido corriendo a sus casas. Y a las cuatro de la mañana nunca venía nadie.

El viento aullaba y las olas eran gigantescas, tal como esperaba. Siguiendo mi rutina, saqué la tabla de la caja de carga de la camioneta y me puse el traje de neopreno. Luego me acerqué al agua y me quedé allí parado. El mar estaba oscuro como la boca de un lobo y el cielo no se encontraba mucho más iluminado: había luna nueva. Me quedé quieto, con la mano en la tabla, sin escuchar nada más que las olas y el viento. Permanecí en silencio, aunque solo por fuera. En mi interior bullían la rabia y el dolor, la soledad y la desesperación. Podía ponerme a chillar, no había nadie que me escuchara, pero sabía que no serviría de nada. Ya me había sentido así en otras ocasiones, cuando aún no conocía a Helena. A excepción de las drogas duras, lo había probado todo para dominar este sentimiento: gritos, alcohol, sexo, correr hasta la extenuación, pegarle a un saco de arena. Nada había funcionado, excepto surfear de noche.

Lo necesitaba, necesitaba sentir algo más que la opresión que me provocaba Nueva York y la desesperanza que sentía respecto a Helena. ¿Por qué nos habíamos conocido? ¿Qué broma del destino era esta? ¿«Los hermanos tuvieron un final trágico, probemos otra vez»? Y si teníamos que encontrarnos, ¿por qué no nos podíamos aborrecer hasta la médula? ¿Por qué debía ser precisamente ella la que me dejara paralizado en la playa con la esperanza de que al cabalgar estas olas conseguiría que me olvidara de ella, al menos por un tiempo?

No lo sabía, pero sí sabía que se había acabado. Para siempre. Habíamos tomado la decisión de hacer caso a la razón, aunque eso no era algo propio de mí. En realidad, lo había hecho por ella. Solo por ella. Sin embargo, ahora tenía que encontrar la forma de superarlo. Sin ella.

Respiré hondo y exhalé con fuerza, preparándome para lo que estaba a punto de hacer. Era una locura surfear en mitad de la noche, sobre todo con este tiempo. Una locura imprudente y potencialmente letal. Nadie que tuviera idea de este deporte y no quisiera matarse habría hecho lo que yo tenía intención de hacer. No era porque estuviera cansado de vivir, eso no me lo podía permitir. Era porque necesitaba volver a sentirme vivo, joder. Vivo de verdad, no simple existencia. Los días como hoy, en los que la desesperación me superaba, tenía que demostrarme que era más fuerte que ellos, y eso solo podía hacerlo desafiando a la muerte. Esa maldita muerte que, de una forma u otra, se había llevado a todos los que significaban algo para mí. Le enseñaría que podía hacer lo que quisiera, pero no podría conmigo. Hoy no.

Un segundo después, vencí la parálisis, agarré la tabla y corrí hacia la superficie, negra como la noche, en busca de las olas. A pesar del neopreno, sentí el frío en cuanto entré en contacto con el agua y me subí a la tabla. Aunque era de noche, mis movimientos siguieron la costumbre; al fin y al cabo, llevaba surfeando desde los diez años. Sentía las olas aunque no las viera, y oía tanto las más lentas y amables como las grandes y rabiosas. Era algo que formaba parte de mí. Una parte que se pasaba la mayor parte del tiempo encadenada y que esta ciudad cada día doblegaba más. Una parte que quería estar con Helena y no era capaz de aceptar que no teníamos ninguna posibilidad.

Me arrastré sobre la tabla en la oscuridad de la noche y dejé atrás la playa y Nueva York, al igual que todos mis pensamientos y emociones. Cuando dejara de sentirme vivo en este entorno, aunque fuera un segundo, ya podrían enterrarme, junto a Adam y mi padre.

La ola a la que me dirigía se estaba acercando. Seguí adelante, con todo el cuerpo en tensión, esperando el momento oportuno. Cuando llegó, salté sobre la tabla, listo para el descenso.

La adrenalina me corría por las venas cuando surfeé la ola. Era rápida y alta, justo como a mí me gustaba. El agua me salpicó en la cara con una fuerza que estuvo a punto de tirarme de la tabla, pero me mantuve firme y cabalgué esa puta ola hasta el amargo final; la vencí antes de que me venciera a mí. No me di ni un respiro y ataqué una ola tras otra, desafiante, llevando el cuerpo y la mente al límite. En más de una ocasión estuve a punto de perder la batalla contra la violencia del mar. Pero no ocurrió. Y tras cada victoria sobre las fuerzas que me atenazaban, ganaba un poco más de mí mismo.

Pero cuanto más surfeaba, más sentía el cansancio. Los músculos empezaron a dolerme, la concentración empezó a esfumarse, y requería de toda mi fuerza para no perder el equilibrio. Aun así, seguí surfeando, ya que no había alcanzado mi límite y, para conseguir lo que quería, debía ir más allá. Para burlar a la muerte debía acercarme tanto que pudiera sentirla. No vagamente, como una idea o una posibilidad, sino directamente en la piel, en el cuerpo.

La siguiente ola parecía querer cumplir mis deseos.

Quise darme la vuelta, pero no conseguí girar la tabla lo suficientemente rápido. Un segundo después, perdí pie y salí disparado por los aires antes de caer al mar. La caída fue dura, el agua podía ser como el cemento. Intenté salir a la superficie, pero las olas volvieron a sumergirme y me arrastraron hacia el fondo. La oscuridad me arrebató cualquier sensación de arriba o abajo y sentí la presión en el pecho, la necesidad de respirar. Debería haber luchado, pero me quedé quieto, porque eso era lo que había estado esperando: el momento en el que una voz cruel sonara en mi cabeza.

«Se acabó. Has perdido».

No. Todavía no.

Con ese pensamiento, la vida se abrió paso por mi cuerpo y mi mente. La tabla me llamó, tironeando con fuerza de la cuerda que tenía atada al pie. Seguí el impulso, salí a la superficie, respiré el aire liberador y me eché el pelo hacia atrás. Tiré de la correa para acercar la tabla, pero, a diferencia de mí, esta no había sobrevivido: solo quedaba la mitad, la ola debía de haber sido tan fuerte que la había partido en dos. Era mi tabla favorita, la única que me había traído de Australia y me dolió verla así. Sin embargo, había merecido la pena.

Hice acopio de mis fuerzas para nadar hasta la costa, hacia donde me arrastré para dejar las olas atrás. Me dolían todos y cada uno de los músculos y dejé escapar un gemido cuando llegué a la fría arena y caí de rodillas. El corazón luchó desesperadamente por bombearme oxígeno por todo el cuerpo, el pecho subía y bajaba violentamente y sentía una punzada en los pulmones, casi incapaz de respirar. Y, aun así, me sentía más libre que en mucho tiempo. Más vivo que nunca. Todas mis preocupaciones estaban calladas:

los reproches, la nostalgia, las dudas, el miedo de no encontrar nunca la felicidad. Era un silencio que me daba una paz que quizá no merecía, pero que sin duda necesitaba para seguir adelante.

Con una respiración entrecortada, me tumbé de espaldas y me quedé mirando el cielo, donde no se veía ni una sola estrella. No tenía aliento suficiente para gritar a los cuatro vientos, pero sí para decir algo en voz baja. Extendí una mano y le hice un corte de mangas a la oscuridad absoluta que me rodeaba.

—Que te jodan —jadeé, sombrío.

Hoy había ganado y, como poco, me daría una media hora de tranquilidad antes de que volviera a la realidad, porque, en cuanto pudiera, me levantaría, iría al coche y volvería a casa para seguir con mi vida. Para seguir con esta vida que no quería.

Sin Helena.

35

Helena

No sé cómo conseguí volver a la mesa en la que me esperaba Edward, supongo que fueron los genes Weston. Ellos fueron los que me impidieron decirle de forma directa que quería irme a casa, o simplemente darle un puñetazo por cada comentario estúpido que hacía. También me impidieron decirle que me volvía sola en un taxi, o ir a la mesa de Jess para decirle que solo quería estar con él y que me daban absolutamente igual todas las normas de mi familia. No obstante, cuando Edward me dejó en casa y recorrí el vestíbulo en dirección al ascensor, me sentí vacía y triste, como si esa noche me hubiera absorbido todas mis ganas de vivir.

Por el camino, me preparé para las preguntas de mis padres porque, a pesar de que había aguantado toda la cena, todavía era temprano. Sin embargo, cuando entré en casa, estaba todo a oscuras, no había nadie. Al parecer, mis padres se habían marchado sin avisarme.

Me quedé en la entrada unos minutos y traté de mantener a raya mis emociones. La desilusión, la rabia. La soledad. Había vuelto a Nueva York para dejar de sentirme tan aislada de los demás, pero en ese momento me sentí más sola que nunca.

Por un instante desquiciado, me planteé subirme a un taxi e ir hasta el West Village a casa de Jess. Pero un segundo después comprendí que era absurdo. Daba igual lo que sintiéramos el uno por el otro o lo que pudiéramos haber tenido, era una relación imposible. Siempre lo había sabido, pero hasta hoy no lo había comprendido. Solo tendríamos alguna posibilidad si renunciábamos a todo, a absolutamente todo. Pero ninguno de los dos haría tal cosa. No queríamos abandonar a las personas que significaban algo para nosotros.

Subí las escaleras sin encender ninguna luz, me quité el vestido elegante, me puse el pijama, fui al baño, me desmaquillé y me metí en la cama. Eran poco más de las diez, pero carecía de energías para responder a los mensajes que me felicitaban por mi cumpleaños o para ver la televisión. Darme cuenta de que mi vida ya no me pertenecía me produjo una parálisis absoluta. En el hotel me había visto obligada a separarme de Jess, pero hoy había tomado yo misma esa decisión, y la sentía tan definitiva que apenas podía respirar.

Se me hizo un nudo en la garganta al recordarnos a ambos en ese almacén, nuestras palabras y nuestras sonrisas cargadas de tristeza. Y lo que me había susurrado antes de marcharse.

«Feliz cumpleaños, amapola. Espero que el destino nos reparta más suerte en la próxima vida».

—Sí, ojalá —respondí en voz baja. Luego apagué la luz, me acurruqué y lloré hasta quedarme dormida.

A la mañana siguiente, los párpados me pesaban como si fueran de plomo, y me pregunté si podría pasar por enferma para quedarme en la cama. En una hora empezaba la primera de mis clases, pero, como tampoco me motivaban mucho los estudios desde que volví a Nueva York, no me importaba saltarme las clases.

Sobre las mantas, vi mi teléfono, al que habían llegado nuevos mensajes; la mayoría eran felicitaciones de cumpleaños de amigos de Cambridge o de algún que otro conocido. Sin embargo, hubo un mensaje que me llamó la atención. Era de Malia. Después de nuestra última conversación, no esperaba que me escribiera tan pronto.

Abrí el chat y contuve el aliento mientras leía lo que me había escrito.

«He comprobado los datos financieros de Val. He tenido que rebuscar un poco, pero sí que hay un cargo de diez mil euros tres días antes de su muerte. Sin embargo, antes que eso hay una transferencia en su cuenta de esa misma cantidad».

«¿Una transferencia? ¿De quién?», contesté, y confié en que me respondiera rápido, aunque ella me había escrito poco antes de medianoche. Efectivamente, estaba conectada y escribiendo.

«De la cuenta privada de Lincoln. Será mejor que le preguntes a él qué pensaba hacer con ese dinero».

¿Mi hermano? ¿Él le había transferido dinero a Valerie? No entendí a qué podía deberse. Mi hermana ganaba bastante con sus colaboraciones como para poder pagar diez mil euros sin la ayuda de Lincoln. ¿O quizá no?

«¿Se te ocurre por qué le dio ese dinero? Ella tenía de sobra».

«Sí, pero en otros bancos. En mi opinión, quería que estos movimientos pasaran desapercibidos. Solo he mirado esta cuenta porque me acordé de que Valerie me habló una vez de ella. Era para emergencias».

Una cuenta para emergencias. Fruncí el ceño, porque no había oído hablar nunca de ella.

«Perdona que ayer me pusiera tan borde», siguió escribiendo Malia. «Tuve un día de mierda y me pillaste con el pie cambiado».

Sentí alivio por todo mi ser.

«Lo entiendo. Y te pido perdón. Sé que tú me dices la verdad sobre Valerie. Gracias por tu ayuda, Malia».

No tardó en contestar.

«Para eso estamos».

A ese mensaje le siguió un vídeo en el que un par de hámsteres cantaban *Feliz cumpleaños* con voz chillona, y me reí sin mucha gana. Mi hermana tenía una cuenta secreta y mi hermano le pasó dinero para algo que no querían que nadie se enterara. ¿Sabría Lincoln lo que Valerie pretendía hacer con el dinero? ¿Le habría pedido esos extras a Carter para la fiesta de compromiso? Tenía que preguntárselo, pero no por teléfono, sino cara a cara.

Lo antes posible.

Elizabeth Street Garden era uno de mis sitios favoritos de Nueva York. La mayoría de la gente ni siquiera sabía que existía un parque en pleno Lower Manhattan, entre las calles Elizabeth y Moss, porque, aunque estaba abierto al público, sí que estaba algo escondido tras una valla metálica y unos setos altos. Sin embargo, nada más cruzar el umbral, me encontré en un pequeño y verde oasis en plena ciudad, lleno de árboles frondosos, flores exuberantes y una curiosa colección de estatuas. Me senté en uno de los bancos pegados a la pared y esperé a mi hermano, pero, tras un vistazo a mi alrededor, mi nerviosismo se atenuó levemente. Me encantaba este parquecito.

A veces había conciertillos o fiestas privadas y, una de las primeras veces que vine hacía años, le dije a Valerie que este era el sitio perfecto para una boda. Ella soltó una carcajada y me deseó suerte para convencer a mis padres de algo así. Pero yo lo tenía claro. Si alguna vez me casaba, sería aquí, independientemente de lo que pensaran los demás.

Cuando vi a mi hermano entrar en el parque, me puse en pie y lo saludé con la mano.

Había decidido verme con él en el parque cuando me dijo que tenía una reunión cerca y que le gustaría almorzar conmigo. Sin embargo, Lincoln no sabía por qué quería hablar con él; quería pedirle explicaciones sobre lo que Malia había descubierto.

—Hola, Len. —Mi hermano me saludó con un abrazo y me dio una bolsa de regalo que estaba un poco arrugada—. Feliz cumpleaños, hermanita. Siento no haberme pasado por casa ayer.

—No pasa nada —sonreí brevemente, y acepté la bolsa antes de volver a sentarme. La abrí. Bajo una capa de papel de seda, se encontraba una caja de madera rectangular. La saqué con las dos manos y contuve el aliento cuando comprendí de qué se trataba—. Lincoln, esto… es…

—La caja de música de Valerie —me confirmó—. Sé que era una de sus cosas favoritas, así que cuando mamá y papa decidieron donar todas sus cosas, quise salvarla. Debería habértela dado en cuanto regresaste, pero me preocupaba que te fuera a hacer daño. Por eso te la doy ahora.

Abrí la tapa de madera tallada. Se me saltaron las lágrimas cuando escuché la delicada melodía del *Cascanueces* y vi cómo giraba la bailarina, ataviada con un vestido ajado. A Valerie siempre le había gustado el ballet de Chaikovski y había descubierto esta cajita en una tienda de antigüedades de Brooklyn. Para ella había sido un objeto muy importante.

—Gracias. —Dejé con cuidado la caja a un lado y abracé con fuerza a mi hermano—. No tienes ni idea de la alegría que me has dado.

—Estupendo. —Lincoln sonrió de forma tímida y me miró detenidamente—. ¿Qué pasa, Len? ¿Va todo bien?

Lo primero que se me vino a la mente al oír la pregunta fue Jess. Justo en este parque, en este sitio de Nueva York que hasta a él le gustaría. Me habría encantado enseñarle este lugar, al igual que el resto de mis lugares favoritos, pero eso nunca sucedería. El dolor me dejó sin aliento unos instantes, pero intenté que no se me notara.

—Sí —respondí al cabo de unos segundos. No podía contarle eso a mi hermano, no podía saber que echaba de menos a Jess—. Va todo bien, pero…

—Pero ¿qué?

Respiré hondo y me concentré en lo que tenía que pedirle.

—He estado haciendo un poco de investigación, sobre Valerie y la noche en la que ella y Adam murieron, y necesito tu ayuda con una cosilla.

Lincoln entrecerró los ojos.

—Vale. —No me preguntó por qué estaba investigando, aunque seguramente se le hubiera pasado por la cabeza—. ¿Qué puedo hacer por ti?

—Puedes contarme por qué poco antes de su muerte le transferiste diez mil dólares a su cuenta de emergencia. —Intenté sonar lo más inocente posible, pero me temblaba la voz.

Mi hermano me miró pasmado.

—¿Te has enterado de eso? ¿Cómo?

—Me ha ayudado Malia.

Asintió brevemente.

—De ninguna manera puedes contárselo a mamá y papá —me imploró—. Si se enteran de que Val tenía una cuenta secreta para ocultarles dinero, pensarán que estaba involucrada en algo turbio.

—¿Y no era así?

—Por supuesto que no —negó Lincoln con la cabeza—. Solo tenía esa cuenta de las Islas Caimán para financiar proyectos que no podían estar asociados al apellido Weston y así no enfadar a nuestros padres. Se trataba de una ayuda esporádica para casos de violencia de género, asesoramiento para mujeres que querían abortar y demás.

Abrí los ojos de par en par y sentí que un escalofrío me recorría la columna.

—Entonces… ¿tuvo un aborto? ¿Por eso necesitaba el dinero?

—¡No! —Lincoln sacudió la cabeza con vehemencia—. No, no estaba embarazada. El dinero que me pidió era para un amigo suyo. Valerie me dijo que lo necesitaba urgentemente porque su familia supervisaba todas sus cuentas. Por eso me pidió que le hiciese una transferencia a ella, porque el gestor estaba controlando todas sus finanzas y Valerie no quería hacer la transferencia desde su cuenta. Luego se lo dio en efectivo a ese amigo.

Me sentí aliviada, aunque no había descubierto nada.

—¿Sabes lo que quería hacer con ese dinero?

—Por desgracia no, pero supongo que su amigo tendría algún préstamo y no habría pagado las cuotas a tiempo. Debía de ser verdaderamente importante.

Repasé mentalmente todos los amigos varones de Valerie y anoté aquellos que parecían más propensos a verse en una situación así. Por supuesto, Carter quedaba descartado, a su familia le importaba una mierda en qué se gastaba el dinero. Tendría que hablar con el resto de los posibles candidatos para confirmar que Valerie no le dio el dinero a Carter.

—¿Por qué es tan importante saber para qué era el dinero? —me preguntó Lincoln.

Bajé la mirada.

—Carter Fields me dijo que Valerie le dio esa cantidad para comprar droga —respondí en voz baja—. Contrató a un camello para que fuera a la habitación, pero Adam lo echó de allí. Carter decía que había sido idea de Valerie.

—¿Y tú le crees? ¿A Carter? —Lincoln soltó una carcajada amarga—. Ese tipo miente más que habla, sobre todo si con eso puede salir de algún apuro. De hecho, mintió aquella noche cuando le preguntaron por qué había desaparecido una hora después de que empezara la fiesta. Dijo que su abuela no se encontraba bien, pero estaba en el Mandarin Oriental con cinco prostitutas y seguramente con un montón de cocaína.

En ese momento me avergoncé de haber prestado atención a las palabras de Carter. Yo sabía que Valerie nunca había tenido nada que ver con las drogas y había dejado que ese idiota me convenciera de lo contrario.

—Sí, ya sé que es un mentiroso. Supongo que me preocupaba que fuera verdad.

—No sabemos qué pasó —me recordó Lincoln—, y entiendo que quieras llegar al fondo de este asunto. Pero no traerás a Valerie de vuelta si descubres quién le dio ese dinero. O si confirmas que no quería drogas. —Echó un vistazo al reloj y masculló una maldición—. Tengo que irme, tengo otra reunión en veinte minutos. Ven conmigo, así te dejamos en casa.

—No, quiero quedarme aquí un ratito más.

—¿Seguro que puedo dejarte sola?

—Pues claro, estoy bien —sonreí.

—De acuerdo. —Me dio otro abrazo—. Cuídate, Len. Luego nos vemos.

—Sí, y gracias de nuevo, Linc.

Mi hermano se despidió y se dirigió a la salida. En cuanto desapareció, me puse la caja de música en el regazo y la abrí. Escuché la melodía y contemplé a la bailarina, con la firme determinación de no defraudar a Valerie. No importaba qué más tuviera que hacer, no pensaba rendirme. No mientras tuviera la posibilidad de limpiar su nombre. Seguiría investigando.

Hasta el final.

36

Helena

La mañana del 28 de mayo, me desperté sintiéndome agitada, asustada y ansiosa, como si mi cuerpo supiera qué día era y hubiera hecho un viaje en el tiempo a tres años atrás. A la mañana en la que me despertaron para decirme que mi hermana estaba muerta.

Me acordaba perfectamente de todo lo que había pasado. Un par de días antes, había pillado un resfriado en una excursión del instituto, por lo que estaba en la cama con fiebre y dolor de cabeza. Por supuesto, mis padres me habían prohibido acudir a la fiesta de compromiso de Valerie y Adam y, después de llorar y gritar un poco, no me quedó otra que acurrucarme bajo las sábanas y recrearme en mi frustración con una tarrina de Ben & Jerry's y una temporada entera de *Gossip Girl*. No me dormí especialmente tarde, pero desperté de unos sueños inquietantes cuando alguien llamó a la puerta por la mañana.

—¿Len? —Mi hermano se acercó a mi cama y me acarició el brazo—. Len, tienes que levantarte y bajar. Ha pasado algo.

Lo recordaba como si fuera ayer. El tono de voz de mi hermano me provocó un escalofrío por la espalda que no tenía nada que ver con mi enfermedad. Me puse la bata y unos pantalones de chándal y lo seguí escaleras abajo. Allí vi a mi madre, sentada en el sofá, llorando en silencio, mientras que mi padre colgaba el teléfono con una expresión de dolor en el rostro que nunca le había visto. Me quedé plantada en el umbral de la puerta, como si así pudiera mantener alejada la verdad. Pero entonces mi madre se puso en pie y me abrazó tan fuerte que apenas pude respirar.

—¿Qué ha pasado? —conseguí preguntar, aunque no quería oír la respuesta.

—Es Valerie —dijo mi madre soltándome—. La han encontrado en una habitación del Hotel Vanity.

—¿Encontrado? ¿Qué le ha pasado? ¿Está en el hospital? —Me aferré a la esperanza de que no había sucedido lo que tanto temía.

Fue mi padre el que hizo trizas ese sentimiento.

—Está muerta. —Apenas consiguió pronunciar esas dos palabras y el significado me dejó catatónica.

Hay quien dice que, cuando se reciben noticias terribles, uno es incapaz de procesarlas en un primer momento, pero yo sí lo hice. Comprendí en ese mismo instante que mi hermana estaba muerta y que era lo peor que me había pasado en la vida, ya que entendí que nunca jamás volvería a verla.

No recuerdo con exactitud lo que sucedió a continuación. Me acuerdo vagamente de Lincoln, que se acercó a mí, y de la gruesa alfombra bajo mis rodillas cuando las piernas no pudieron sostenerme, de la sensación de ser incapaz de respirar y querer morir. Como Valerie. Me llevaron a mi habitación y mi hermano se quedó conmigo mientras la gente entraba y salía de la casa. Fue él quien me trajo comida que no pude comer, e intentó abrazarme, pero yo me zafé. Pasó mucho tiempo antes de que pudiera recomponerme, y me vestí y bajé a preguntar qué había pasado.

Fue entonces cuando me dijeron que Adam también había muerto.

«¿Cómo se enteraría Jess?».

Ese pensamiento me trajo de vuelta al presente. No era extraño que pensara en Jess —de hecho, lo hacía constantemente—, pero hoy me dolía más. La muerte de nuestros hermanos no era lo único que teníamos en común, pero sí había sido el punto de partida de nuestra conexión. Una conexión imposible. Incluso hoy.

Respiré hondo y me desperecé de mi postura rígida. Luego aparté las sábanas y salí de la cama para ir al baño. De forma mecánica, me lavé los dientes y me peiné el cabello, aunque no fui consciente de nada, eran movimientos automatizados. Y no se debía solo al día de hoy. Desde la cita con Edward y el último encontronazo con Jess vivía en modo automático. Iba a la universidad, acompañaba a mis padres a los eventos, hablaba con Malia sobre la lista de amigos a los que Valerie pudiera haberle dado el dinero. Pero ni siquiera la investigación sobre su muerte era capaz de sacarme de este estado de frialdad.

Mientras me vestía, pensé en cómo habría sido este día. En Inglaterra, siempre había pasado el aniversario de la muerte de Valerie como a ella le hubiera gustado: con su comida favorita, una buena tarde de compras para hacerme con lo más ridículo que encontrara y, por la noche, *Destino de caballero*, porque era su película preferida. Lo había hecho como si ella estuviera conmigo y me había dolido en el alma, pero al mismo tiempo, me ayudaba. No sabía qué había hecho mi familia este día durante los últimos años. No me había atrevido a preguntar por miedo a la respuesta.

Cuando bajé las escaleras, oí el tintineo de los cubiertos y los platos. Me asomé y vi que mi madre estaba sentada a la mesa, al igual que Lincoln. En mi corazón se prendió una chispa de alegría: ¿de verdad iban a celebrar el brunch en honor a Valerie? Pero entonces me di cuenta de que no estaban solos. Al otro lado de la mesa, vi a Paige y a su insufrible madre y, entre ellas, un montón de libros de patrones y revistas de vestidos de novia y arreglos florales.

—Anda, hija, qué bien. —Mi madre sonrió al verme, pero parecía un poco tensa—. Paige y Eleanor han venido a hablar de un par de cosas de la boda.

—Sí, ya veo. —Contemplé a mi futura cuñada, más atónita que cabreada. ¿Sabría qué día era hoy? ¿O le daba absolutamente igual? —. Lo mismo en esos catálogos venden un poquito de tacto. Si es así, encargad al por mayor.

La mirada de Lincoln se tornó alarmada, al igual que la de mi madre, pero no pensaba rendirme. Ya me había resignado a comportarme como la hija modélica que hacía todo lo que le pedía su familia, pero no pensaba dejar pasar estas jugarretas.

Paige se encogió de hombros con un gesto inseguro.

—No sabía que…

—¿El qué no sabías? —le espeté—. ¿Que hoy hace tres años que murió Valerie? ¿Y que quizá hoy no era el mejor día para ponerte a elegir gilipolleces para tu boda?

Mi madre se puso en pie.

—Helena, esto está fuera de lugar, tú…

—¿Cómo va a estar fuera de lugar? —rugí—. Ya me he dado cuenta de que a esta familia le da igual si dos personas se quieren antes de casarse, pero ¿podemos al menos no darle el anillo a alguien que no tiene ni un mínimo de decencia?

Vi que a Paige le brotaban lágrimas en los ojos y dirigía una mirada a mi hermano en busca de ayuda. Pero Lincoln se limitó a mirarme y reconocí la confusión en su expresión. Un segundo después, se puso en pie y me pidió que le acompañara. A mis espaldas escuché que mi madre se disculpaba por mi comportamiento y estuve a punto de volverme para darle mi opinión al respecto.

—Si piensas defenderla, ya te lo puedes ir ahorrando —le informé sumida en la rabia cuando llegamos al pasillo—. No me puedo creer que se haya presentado hoy aquí con sus malditos catálogos.

Mi hermano negó con la cabeza.

—No es culpa de Paige, Len. De hecho, me preguntó si podía venir, y yo le dije que hoy era tan buen día como otro cualquiera.

—¿Y por qué le dijiste eso? —rebatí, molesta.

—Porque… —empezó, dudoso—. Porque nosotros no hemos hecho nunca nada especial por la muerte de Valerie. Estos últimos años simplemente lo hemos ignorado.

Me quedé mirándolo como Paige había hecho antes, atónita y enfadada.

—¿Por qué? —pregunté en un murmullo. No lo entendía. Había sido nuestra hermana, la hija de mis padres. ¿Acaso no se merecía que la recordaran en este día?

—¿Qué conseguiríamos con eso? —Lincoln se encogió de hombros—. Además del dolor que ya sentimos. ¿También tenemos que conmemorar el día que la perdimos?

—¿Y es mejor reprimirlo? —pregunté—. ¿Ignorar lo que pasó? ¿O es que preferís no acordaros de ella porque os humilló delante de toda la élite de Nueva York?

Mi hermano frunció los labios.

—Eso no es justo, Len.

—¿Yo soy la injusta? Entonces ¿la muerte de Valerie no es más que un inconveniente con el que tenéis que lidiar? Al fin y al cabo, era la oveja negra de la familia, ¿por qué ibais a llorarla ahora? —Respiré entrecortadamente—. Seguramente seas el que más enfadado esté con ella, ya que te tienes que casar con esa Barbie buscona cuando los dos sabemos que no es lo que quieres. Quién sabe, lo mismo dejo de echar de menos a Valerie cuando me presenten a mi futuro esposo.

Lincoln respondió a mi sarcasmo con una sacudida de cabeza.

—Mira, sé que este asunto con ya sabes quién te está costando, pero…

—Esto no tiene nada que ver con él —le espeté, aunque solo de pensar en Jess sentí un dolor quedo en mi interior—. Esto tiene que ver con esta familia y con Valerie.

Mi madre llegó ese momento.

—Se os escucha desde el comedor —comentó—. Lincoln, por favor, ve con Paige y cálmala. La pobre está angustiada.

Mi hermano se marchó sin replicar y escuché a Paige, que, entre sollozos, le preguntaba si realmente quería casarse con ella. Yo me preparé para el sermón que me iba a caer. Sin embargo, la mirada de mi madre no era de enfado, sino más bien de decepción.

—Será mejor que te dé un poco de aire fresco —dijo—. Pero, por favor, estate de vuelta esta tarde cuando nos traigan los vestidos para el baile.

—¿Qué baile? —pregunté.

—El baile anual de recaudación de fondos para la Sociedad por una Nueva York Mejor. Se celebra hoy.

—No pienso ir esta noche a ningún baile, mamá —respondí con voz firme—. No me importa hacer de hija modelo cualquier otro día, pero hoy no. Si vosotros no queréis conmemorar a Valerie, es cosa vuestra, pero yo pienso hacerlo.

Mi madre me miró fijamente.

—Este baile es uno de los eventos más importantes del año. A mí tampoco me hace gracia que coincida con el aniversario de la muerte de Valerie, pero, por otra parte, es una oportunidad de mostrarle a la gente que seguimos siendo la misma familia de antes. Aunque eso solo funcionará si aparecemos unidos. Si no vienes, habrá rumores.

«Me importan una mierda los putos rumores», pensé, aunque no lo dije en voz alta. La expresión del rostro de mi madre me contuvo: no parecía mostrar seriedad, como era habitual, sino más bien preocupación, quizá incluso miedo. Antes de que pudiera decir nada, levantó ambas manos como si no me comprendiera.

—Bien, es tu decisión. Dejo en tus manos que vayas o no. —Señaló al comedor—. Tengo que ir a suavizar las cosas.

—¿Debería…?

No me caía bien Paige, pero hoy la había tratado injustamente.

—No, no hace falta, ya me encargo yo. —Mi madre parecía cansada—. Si quieres acompañarnos esta noche, vuelve sobre las tres. —Se dio la vuelta, dio un par de pasos y volvió a girarse hacia mí—. Echamos de menos a tu hermana tanto como tú. Simplemente hemos aprendido a ocultarlo.

Me quedé mirándola, con sus palabras flotando en el ambiente, mientras mi ira disminuía poco a poco. La verdad era que no me vendría mal salir de casa durante un rato. Pensaba honrar la memoria de Valerie yendo a sus lugares preferidos, comiendo en su restaurante preferido y bebiendo café en su cafetería preferida. Y tal vez, si hacía bueno, me sentara un rato en Central Park y escribiría una publicación en Instagram, como hacía cada año.

Me acerqué al armario, saqué un abrigo fino, cogí el bolso y salí sin decir nada. Sin embargo, en cuanto cerré la puerta, supe que volvería a las tres para probarme los putos vestidos.

37

Jessiah

El 28 de mayo Nueva York se tornó un poco más insufrible de lo normal. Independientemente de si hacía bueno o no, todo parecía más sombrío, más desolador y más triste. En múltiples ocasiones me pregunté por qué; echaba de menos a Adam todos los días, no solo en el aniversario de su muerte. Sin embargo, hoy me pesaba la pérdida de una forma más grave que habitualmente.

—¿Quieres algo más, Eli? —le preguntó mi madre a mi hermano, y señaló el molde de horno que se encontraba en mitad de la mesa en el que había lasaña, la comida favorita de Adam. Lo hacíamos todos los años. La había preparado en mi casa y la había traído aquí, como siempre. Y como cada año, había propuesto comer en el loft, ya que al fin y al cabo había sido la casa de Adam, pero de nuevo mi madre se había negado. No quería relacionar a mi hermano con un lugar que nunca le había gustado. Así que allí estábamos, sentados en el comedor de su ático, en la fortaleza de la soledad, y jamás ese nombre había tenido tanto sentido.

—No —respondió Eli negando con la cabeza.

Normalmente era incapaz de contenerse cuando yo cocinaba, tampoco le venía mal para su crecimiento, pero hoy ninguno de nosotros tenía apetito. Arrastrábamos la comida por el plato y evitamos mirar a los otros a los ojos. Me pregunté por qué seguíamos haciéndolo si siempre pasaba exactamente lo mismo: comíamos poco, permanecíamos en silencio y, al final, Trish y yo acabábamos peleándonos porque ambos teníamos ese día la piel más fina que de costumbre y éramos menos proclives a controlarnos.

Torcí el gesto y miré mi móvil para consultar la hora. Fue un acto reflejo, algo que solía hacer a menudo, pero a Trish le sentó como una patada.

—¿Tienes que estar en otra parte? —me preguntó en tono mordaz. Lo que en realidad quería decir: ¿hay algo más importante que comer en honor a tu hermano fallecido?

—No, claro que no —respondí a ambas cuestiones. «Solo quería saber cuánto tiempo más tengo que aguantar antes de poder esfumarme». Me dio pena pensar algo así, sobre todo por Eli, que sentía algo más que pérdida en su lado de la enorme mesa. Pero el silencio me resultaba insoportable. Si al menos habláramos sobre Adam, si lo recordáramos… Sin embargo, eso nunca pasaba. El único sentimiento que se permitía era la comparación conmigo, en la que inevitablemente yo siempre salía perdiendo. Era algo que hacía mucho que no me ofendía, ya que era la verdad. Adam era mejor hijo, mejor hermano y mejor persona que yo. No necesitaba escapar de su vida para sentir felicidad, no cometía imprudencias para sentirse vivo.

Y, sin embargo, estaba muerto.

Tomé la jarra de agua y me serví un poco. La manga de mi sudadera se levantó y dejé a la vista el vendaje blanco que se encontraba debajo.

—¿Qué es eso? —preguntó mi madre de inmediato—. ¿Te has hecho daño?

—Es solo un rasguño. —Me bajé la manga—. Me lo hice surfeando.

La expresión de Trish se convirtió en una máscara impenetrable.

—¿De verdad tienes que practicar ese deporte? Hay otras opciones menos peligrosas de hacer ejercicio.

—Llevo surfeando más de diez años —le comenté—. Sería mucho más peligroso si me pusiera ahora a jugar al golf o al squash y me diera una pelota.

—Me gustaría aprender a surfear este verano. —Eli me miró—. El año pasado dijiste que me llevarías contigo.

Nuestra madre (aunque en ese momento era más la de Eli) soltó un gruñido de desaprobación.

—Eso está totalmente descartado, Eli. Ya lo hemos hablado varias veces. No quiero que practiques un deporte tan peligroso.

—No es peligroso si se sabe lo que hay que hacer —intervine yo.

—¿Y tú sabes lo que hay que hacer? —En los ojos de Trish llameaba la arrogancia habitual.

—Pues claro que lo sé —repliqué con dureza—. Y sabes que nunca pondría a Eli en peligro.

—No pienso discutir sobre esto en el día de hoy —puso Trish fin al asunto y seguimos comiendo en silencio la lasaña, hasta que a mi madre le sonó el teléfono. Se puso en pie y se acercó al salón, donde lo había dejado sobre la mesa de diseño. No sabía quién la estaba llamando, pero sonaba a llamada de negocios.

—¿Puedo llamarle mejor mañana? Sí, yo me encargo de que se redacte el contrato. Gracias.

Colgó y volvió a la mesa y, en su expresión, la tristeza compartió sitio con un leve triunfo.

—¿Qué contrato? —pregunté. Los asuntos de empresa no me interesaban en absoluto, pero cualquier cosa era mejor que este silencio tenso.

—El acuerdo de Winchester está prácticamente cerrado. —Cogió la copa de vino—. Dentro de poco tendremos listos los contratos y por fin los Weston dejarán de existir en esta ciudad.

Levanté la vista e ignoré la punzada que sentí en el estómago al oír ese apellido.

—¿A qué te refieres con eso?

—¿Es que no lo sabes? —Parecía sorprendida—. Este proyecto era su última oportunidad de volver al terreno de juego. El año pasado invirtieron grandes cantidades de dinero en la rehabilitación de un edificio del Upper West Side, hasta que se dieron cuenta de que la estructura del edificio estaba dañada y no tenía arreglo posible. Lo único que tenían era Winchester, pero al dueño le han gustado más mis ideas de cómo será en el futuro.

—Entonces ¿los Weston están arruinados? —Jamás me habría imaginado que ese pensamiento me desataría una sensación tan desagradable.

Mi madre me miró detenidamente y yo compuse una expresión lo más indiferente posible para no delatar mis sentimientos.

—Eso aún está por ver. Pero mi intención es hacer todo lo posible por borrarlos de la lista de personas importantes de Nueva York. Si hubieran controlado mejor a su hija…

—Entonces ¿qué? —Sacudí la cabeza, aunque sabía que era poco inteligente abrir la boca—. No sirve de nada echarle la culpa a Valerie. Los dos están muertos y nadie sabe qué pasó en realidad.

—Lo tenía embrujado —siseó Trish con amargura—. Lo sabes de sobra y, aun así, lo dices como si no lo tuvieras del todo claro. ¿En serio, encima en el día de hoy? ¿Es que no le tienes ni una pizca de respeto a tu hermano?

—Por supuesto que sí, lo único que digo es que…

—¿Que qué? ¿Crees que Adam fue el que convenció a Valerie de meterse coca? ¿Eso es lo que crees?

—No —probé de nuevo—, pero es posible que se dieran otras circunstancias. Puede que ninguno de los dos fuera responsable de lo que pasó.

—¿Estás defendiendo a esa chica? —La voz de Trish sonó increíblemente fría y supe que estábamos a punto de desencadenar la pelea que teníamos todos los años—. ¿Por qué? ¿Acaso estabas tú allí?

Sabía la lógica que encerraba esa respuesta, a pesar de que casi nunca la pronunciábamos en voz alta. En la mente de mi madre, la primera responsable de la muerte de Adam era Valerie. Y en segundo lugar estaba yo, porque no había vuelto a casa para romper esa relación.

—Claro, como si yo hubiera podido impedir que estuvieran juntos —respondí en voz baja en tono amargo. También yo me había acusado de lo mismo durante mucho tiempo. Sin embargo, a raíz de conocer a Helena, había comprendido que mi hermano y su hermana se habían enamorado perdidamente el uno del otro, por mucho que yo no me diera cuenta. Quizá lo hiciera como forma de autoprotección, como decía Trish. Pero quizá era verdad—. ¿Qué te hace pensar que lo hubiera conseguido? ¿De verdad crees que Adam era tan tonto que comenzó una relación y le pidió matrimonio simplemente porque Valerie tenía una cara bonita?

Mi madre cogió su copa.

—Es evidente que no lo viviste en persona. Pregúntale a Eli cómo cambió Adam de repente justo después de conocerla.

—Deja a Eli tranquilo —intercedí antes de que mi hermano pequeño pudiera responder. Aunque lo hizo igualmente.

—Era feliz —pronunció Eli en voz baja y se encogió de hombros, como si se estuviera preparando para la reacción que no tardaría en venir—. Adam era feliz con Valerie.

—Cállate —le increpó mi madre.

—¡Pero es que es verdad! —exclamó Eli—. Adam siempre estaba serio porque tenía que cuidarnos a todos. Pasé muchas noches en su casa y, siempre que me levantaba por la noche, estaba en el escritorio trabajando. Le pregunté por qué lo hacía y me dijo que no podía dormir porque tenía muchas cosas en la cabeza. En cuanto conoció a Valerie, empezó a sentirse mejor.

—¡He dicho que te calles! —le chilló mi madre y dio un golpe en la mesa. Eli se echó a temblar, se puso en pie y corrió a su habitación.

—No cabe duda de que vas a ser la madre del año —comenté con mordacidad y también me levanté para ir en busca de mi hermano—. Seguramente seas la única que haya mantenido el título durante veinticinco años.

Mi madre no dijo nada.

La dejé sola y me dirigí a la habitación de Eli. La puerta estaba cerrada. Cuando llamé, no obtuve respuesta.

—Soy yo —le informé, y oí algo parecido a un murmullo. Entré lentamente en la habitación. Eli estaba tumbado en la cama, dándome la espalda. Me senté en el borde y quise acariciarle el brazo, pero rechazó mi mano.

—Déjame en paz —dijo, enterrando la cabeza en la almohada—. No quiero hablar contigo.

—De acuerdo. Pero me gustaría despedirme al menos antes de irme.

De un rápido movimiento, Eli se giró hacia mí y me miró con los ojos llenos de lágrimas.

—Eso es lo que quieres, ¿no?

En un primer momento, no entendí a qué se refería.

—¿De qué estás hablando?

—Quieres marcharte. —Se pasó la mano por la cara—. Igual que la última vez. Te gustaría desaparecer de Nueva York en cuanto te sea posible. Si Adam siguiera vivo y pudiera cuidar de mí, tú ni siquiera estarías aquí. ¿Me equivoco?

Las palabras se quedaron encalladas en mi garganta. Tragué saliva.

—¿Eso te lo ha dicho Trish? —intenté eludir el tema.

—¿Qué más da eso? Lo que importa es si es verdad. —Le temblaba la voz y, al mismo tiempo, sonaba más decidido que normalmente—. ¿Es cierto, Jess? ¿Solo estás aquí porque crees que tienes que cuidar de mí? ¿Sí o no?

¿Qué podía contestar a eso? Si le respondía que sí, ponía sobre sus hombros mi infelicidad por vivir en esta ciudad. Si le decía que no, le estaría mintiendo, y me había jurado no hacerlo, porque quería ser el único en su vida que le dijera la verdad. Adam y yo se lo habíamos prometido hacía años y siempre habíamos mantenido la promesa. Ahora solo quedaba yo para cumplir ese juramento. Pero ¿qué precio había pagado?

Respiré hondo y tomé una decisión.

—No —respondí con todo el dolor de mi corazón—. No es cierto.

En el momento en el que lo dije, supe que había cometido un error. Eli me miró y entendió que no estaba diciendo la verdad. Siempre se me había dado mal mentir y mi hermano era un verdadero detector de mentiras. ¿Cómo había podido olvidarlo?

«Porque querías protegerlo».

—Puedes irte tranquilo —respondió con voz ahogada—. No tienes que quedarte por mi culpa. Yo no te necesito aquí.

—Eli… —empecé, pero me interrumpió.

—¡Largo!

Tras gritarme esa palabra, volvió a darme la espalda y, aunque no quería, respeté su negativa.

—Siempre estaré apoyándote —le recordé—. Siempre, enano.

No obtuve respuesta, así que, con el corazón roto, me acerqué a la puerta, donde me quedé un momento con los ojos cerrados. Sabía que este día era duro para todos nosotros y que Eli echaba muchísimo de menos a Adam, al igual que yo. Lo que había sucedido hoy solo me demostraba lo importante que había sido Adam para él. Y a mí no se me había ocurrido nada mejor que mentirle.

«El mejor hermano del año. Sin duda».

Suspiré levemente y fui en busca de mi madre, a la que encontré en su despacho. Estaba sentada en el alféizar de la ventana, contemplando Nueva York; en el escritorio había una copa. La luz estaba apagada, pero podía sentir el dolor de su tristeza en mi cuerpo. O quizá fuera el mío propio.

—Me voy ya —dije en la oscuridad.

—Eso —respondió ella, y noté que había bebido whisky—. Eso es lo que se te da mejor.

Resoplé.

—Sí, por lo visto eso es lo único que se puede decir de mí.

—Tú te lo has buscado —replicó mi madre—. Nos dejaste a todos en la estacada.

Sabía que era el alcohol y la tristeza los que hablaban por ella, pero aun así no fui capaz de contenerme, porque así es como nos tratábamos, siempre había sido así.

—Como si no te hubieras alegrado cuando me fui —respondí con amargura—. No me querías bajo tu techo.

Mi madre se giró hacia mí y la luz del pasillo iluminó tenuemente su rostro.

—Eso no es cierto. Eres mi hijo, Jessiah.

—Sí, pero no soy el hijo que querrías tener —contesté—. Nunca lo he sido y ambos lo sabemos. Si hubieras podido elegir entre Adam y yo, él aún estaría con vida y yo estaría bajo tierra. No creas que no soy consciente de ello.

Me miró horrorizada, pero no dijo nada, y con eso me bastó. Sabía que era cierto. Siempre lo había sabido.

Me di la vuelta y me alejé, abandoné rápidamente el ático y, cuando me subí al ascensor, me sentí pesado como el plomo, como si cargara sobre los hombros todo el peso del mundo. Un pesar indescriptible me atenazó el estómago y me hizo un nudo en la garganta, pero mantuve las lágrimas a raya. Todo era cierto: me había ido sin mirar atrás. Había huido porque pensaba que nunca sería feliz si no lo hacía. Estaba convencido de que estarían mejor sin mí, que nadie me necesitaba y, sobre todo, que yo no necesitaba a nadie.

Qué equivocado había estado. Me di cuenta en el mismo instante en el que salí a la calle y la tristeza por la pérdida de Adam me ahogó tanto que apenas fui capaz de respirar. En ese momento, deseé tener a alguien a quien poder decirle cómo me sentía, lo muchísimo que me dolía que ya no estuviera conmigo. O a alguien que entendiera lo que era perder un hermano y preguntarse cada día si podría haberlo evitado.

Pero no tenía a nadie. Estaba solo.

En una ciudad de más de ocho millones de habitantes, me sentía totalmente solo.

38

Helena

El baile de la Sociedad por una Nueva York Mejor fue uno de los eventos más pomposos, exorbitados y, sobre todo, aburridos del año. Acudieron todas las familias prominentes de la ciudad (por supuesto, solo aquellas tradicionalmente ricas, por lo que Trish Coldwell estaba descartada), con sus caros vestidos y trajes de chaqueta, para codearse con personas que, a juzgar por sus expresiones, no les interesaban demasiado. La última vez que había ido, había sido hacía tres años, con Valerie, poco antes de su muerte. Como hacíamos habitualmente, intentamos averiguar el precio de las joyas y cuántos habían pasado por el bisturí estético en los últimos meses. Nos reímos mucho. Mi hermana siempre hacía más llevaderas estas noches aburridas. Lo hacía todo más llevadero.

Pero hoy estaba sola y ella había fallecido hacía tiempo, aunque no tanto como para que su pérdida ya no me hiciera sentir como si me clavaran miles de finas agujas que hoy me dolían mucho más de lo normal. Estaba sentada a la mesa de los solteros, con un vestido añil de tul por el que habrían matado todas las princesas Disney, intentando sobrevivir a la noche de alguna forma. Sin embargo, los minutos pasaban dolorosamente lentos y hacía rato que me había arrepentido de haber venido.

Cada poco notaba la mirada de mis padres, y sabía que se sentían orgullosos de mí. Un orgullo que, como tantas otras veces desde que había vuelto, me hacía sentir náuseas. Mientras hacía el tour de Valerie por Nueva York, visitaba nuestros lugares y pensaba en ella, me acordé de lo que me había dicho mi hermana una vez.

«La lealtad es una buena cualidad, Len, pero solo mientras no te impida ser quién eres en realidad».

Me di cuenta de que cada día perdía más mi esencia. Quizá todavía no la había encontrado, o no sabía quién era realmente. Esa Helena que no dependía de las expectativas de sus padres, sino de las suyas propias; que no quería hacer justicia por la muerte de su hermana, sino que buscaba su propia felicidad. Aquí, en medio de esta gente que no eran ellos mismos, comprendí que estaba de camino a convertirme en uno de ellos. Y que no podía evitarlo.

—No, eso no lo sabe nadie muy bien. —Dos de las chicas de la mesa conversaban en voz baja y, en cuanto les eché una mirada, entendí que tenía que ver conmigo, así que agudicé el oído—. Por lo que he oído, ella quería celebrar el compromiso con algo más caro que la botella de mil dólares de Veuve que solía pedir —decía la rubia, a la que no conocía—. Por lo visto le gustaba excederse bastante, al igual que a Adam.

—Compromiso… —repitió la otra, que puso los ojos en blanco—. Menuda farsa. Se conocían de un par de meses y parecía que era el gran amor de sus vidas.

—Todo por aparentar —intervino el tipo que estaba un asiento más allá—. A mí me han dicho que estaba todo preparado. Que querían fusionar CW y Weston y que esa era la mejor forma de conseguirlo.

La rubia resopló.

—Pues les salió como el culo. Se odian ahora mucho más que antes.

—Según dicen, Trish Coldwell lleva mucho tiempo planeando la ruina del Grupo Weston. Con lo mal que están ya, no creo que duren mucho más. Tampoco les está viniendo bien venir aquí a poner buena cara, en mi opinión…

—Sssh —chistó la chica que estaba al otro lado, y me señaló discretamente.

Todos me miraron pasmados, era evidente que no se habían dado cuenta de que se les escuchaba desde el otro lado de la mesa.

—No, seguid hablando sin problema —afirmé fríamente—. Es muy interesante lo que tenéis que decir de mi familia. Estoy esperando a escuchar algo que sea verdad, pero, quién sabe, lo mismo en algún momento tengo suerte.

La rubia titubeó levemente.

—Lo siento, no sabíamos…

—No pasa nada —la interrumpí a media palabra y me puse en pie—. Disculpadme.

Esto les daba la oportunidad perfecta para chismorrear sobre mí, pero no podía soportar ni un minuto más estar sentada a esa mesa sabiendo lo que pensaban sobre Valerie. Así que me dirigí a un baño vacío y me senté en uno de los cubículos para tener un momento de tranquilidad.

Pero no duró mucho. Apenas unos minutos después, oí unas voces que parecían de mujeres de mediana edad, que sacaron sus neceseres de maquillaje y se pusieron a charlar. Puse los ojos en blanco al escuchar las tonterías que decían de la quinta mujer jovencita de un político y decidí al momento que quería salir de allí para buscarme otro sitio. No había echado mano al pomo de la puerta cuando oí algo que me dejó petrificada.

—¿Has visto a la pequeña de los Weston? —preguntó una de ellas con la voz rasgada del tabaco—. La verdad es que me da mucha pena.

—Pobrecita. Todo el mundo sabe que su familia la está utilizando para limpiar su nombre y parece un ciervo delante de unos faros.

—No me extraña. —Sonó un colorete al cerrarse—. ¿Cómo te sentirías tú si tuvieras veinte años y tus padres se estuvieran volviendo locos buscándote un marido que recomponga su reputación?

—Y solo porque su hermana decidió quitarse la vida con cocaína y llevarse por delante al heredero de la mujer más influyente de la ciudad. Los Weston criaron a una verdadera bruja, normal que ahora se vean marginados.

Cerré los puños y apreté los dientes. ¿Es que no era suficiente tener que venir a este evento con estas envidiosas en el aniversario de la muerte de mi hermana? ¿También tenía que escuchar este tipo de cosas?

—Valerie siempre fue una vergüenza para la clase alta —coincidió la otra—. Era egoísta hasta decir basta y no era consciente de lo que importa de verdad. Siempre hacía lo que le venía en gana, independientemente de qué sintieran los demás.

Lágrimas de rabia brotaron en mis ojos. Sabía que debía salir y decirle un par de cosas a esas dos, como que Valerie era una persona estupenda y que había sido muy afortunado cualquiera que hubiera tenido la suerte de contar con ella como amiga. Pero ya no tenía fuerzas. No después de la semana que había pasado, que me había arrebatado casi toda mi energía. No después del día de hoy, que se había llevado la poca que me quedaba. Así que me quedé quieta, cerré los ojos y esperé a que las mujeres salieran del baño.

En cuanto oí que se cerraba la puerta, salí del cubículo hasta el espejo, donde me apoyé en el amplio lavabo y respiré entrecortadamente. La tristeza por la muerte de Valerie me atenazaba el pecho y me impedía pensar en nada. Excepto en una cosa.

«Tienes que irte de aquí».

Tal vez no supiera quién era o quién quería ser, pero sabía quién no quería ser: no quería formar parte de este circo, así que tenía que largarme a la de ya. ¿Adónde? Ni idea. Pero tenía que marcharme.

Salí del baño en dirección a la salida, con el bolso firmemente agarrado, cada vez más deprisa, hasta que mis pasos resonaron contra la moqueta. Un empleado uniformado abrió la puerta principal a mi paso y, literalmente, eché a correr y bajé las escaleras. Hacía mucho que se había hecho de noche, todos los vehículos negros de los invitados permanecían aparcados en fila delante del edificio, pero no me detuve, sino que enfilé a la izquierda y seguí caminando.

Me encontraba al sur del edificio Flatiron, que no es que fuera una zona peligrosa, aunque tampoco me habría importado. Tenía que correr, tenía que deshacerme de todo lo que se había acumulado en mi interior. Toda la rabia, la impotencia, pero, sobre todo, el dolor que sentía. Así que corrí, un pie delante del otro, el aire frío por la nariz, con Valerie en la mente y en el corazón. Los recuerdos los sentía tan vivos como había sido ella. Hoy, durante mi paseo, había intentado no dejarme llevar por la tristeza y había hecho lo que ella habría querido que hiciera: honrarla de la mejor forma posible. Sabía que Valerie no hubiera querido que me sumiera en la desesperación por su culpa, pero en estos momentos tenía claro que no se trataba de lo que ella quería, sino de lo que quería yo. Y yo quería renegar del mundo porque me había arrebatado a mi hermana, porque no tenía ni idea de lo que iba a ser de mí, de cómo iba a cumplir las expectativas que tenían de mí, o de si alguna vez sería capaz de cerrar la herida que me había dejado su pérdida.

Creí que las lágrimas saldrían a flote ahora que no tenía que mantener la compostura, pero ni siquiera ellas me acompañaron en mi huida nocturna por Nueva York. La ciudad que tanto me gustaba y que deseaba volver a disfrutar, pero me era imposible, porque todo me recordaba a ella.

—Te echo de menos, Val —pronuncié en voz baja—. ¿Qué voy a hacer sin ti?

¿Cómo se pasaba página cuando se perdía a una de las personas más importantes de tu vida? Por supuesto, no obtuve respuesta. Así que seguí corriendo, dejando atrás negocios y gente que miraban atónitos mi vestido de fiesta, como si fuera una Cenicienta perdida en su cuento de hadas por Nueva York. No presté atención ni a la gente ni al recorrido, sino que seguí atravesando intersecciones y recorriendo la ciudad sin contemplarla. Por eso me resultó tan sorprendente cuando, después de un buen rato, llegué a una calle que conocía. No era un barrio que recorriera a menudo, por lo que me pilló desprevenida. Pero reconocí la cafetería, y justo enfrente estaba…

«No, no puede ser».

Me paré, miré la fachada del antiguo edificio de ladrillo con la escalera de incendios y me pregunté si había sido casualidad o más bien el destino. Porque durante la carrera y, en realidad, durante todo el día, había deseado tener a alguien que entendiera por lo que estaba pasando. Y ahora estaba aquí plantada, aunque no lo hubiera decidido de forma consciente.

No tardé en acercarme al portón de entrada, pero volví a frenarme. ¿Debía hacerlo? ¿Debía subir y llamar a la puerta?

«¡Joder, claro que sí, coño!», gritó la voz de mi hermana. Sin embargo, no me puse en movimiento por eso, sino porque había decidido por mí misma hacer algo que me parecía lo correcto. Siempre había tenido la sensación de vivir mi tristeza totalmente sola, de que nadie entendía cómo me sentía. Pero eso no era cierto. Sí que había alguien que sabía exactamente cómo me sentía. Y quería verlo. Tenía que verlo.

Una mujer salió del edificio y aproveché la oportunidad para colarme. Me remangué el vestido largo y subí las escaleras hasta el piso de arriba. Llegué sin aliento ante la única puerta de esa planta y levanté la mano para llamar. El golpe resonó por todo el pasillo, pero no sucedió nada.

«Por favor, que estés en casa, por favor, que estés en casa, joder».

Aunque en mi interior estaba suplicando, mantenía los puños cerrados en tensión mientras esperaba. Los segundos parecieron horas en las que no pasaba nada y creí que no había tenido suerte. ¿Cómo no iba a pasar esto en un día como hoy? ¿Cómo iba a acabar bien?

Pero entonces el pomo giró y Jess abrió la puerta.

—Helena —se limitó a decir, pero con esa simple palabra supe que estaba sufriendo lo mismo que yo. La tristeza, el dolor, los recuerdos. Y el arrepentimiento. Sobre todo, el arrepentimiento.

Quise decir algo para explicar por qué estaba allí, pero no tuve que decir ninguna palabra, porque las lágrimas brotaron entonces y se me cerró la garganta. Jess no necesitó ninguna explicación por mi parte, de la chica angustiada que se había presentado en su puerta. Simplemente abrió los brazos y yo me lancé a ellos como si fueran el único lugar seguro que me quedaba en el mundo. Y mientras Jess me abrazaba con firmeza y yo lloraba tan fuerte que no era capaz de sostenerme por mí misma, lo supe: él era precisamente eso.

39

Jessiah

El apartamento me resultó más sombrío que de costumbre cuando entré y solté las llaves sobre la encimera de la cocina. Y más silencioso. Me quité la chaqueta, sin encender ninguna luz, y me tumbé en el sofá; no tenía fuerzas para hacer otra cosa más que mirar al vacío. De camino a casa, pensé en pasarme otra vez por la playa, pero algo en mi interior me había detenido, el presentimiento de que no surtiría el mismo efecto. En realidad había tomado la decisión correcta, porque en este estado no habría durado ni diez minutos en la tabla.

No supe cuánto tiempo había pasado cuando alguien llamó a la puerta. Crispado, me levanté y eché un vistazo al reloj de la cocina: eran poco más de las diez. ¿Habría venido Thaz porque sabía que después de estar con mi madre estaría hecho polvo? No, era poco probable. No era muy dado a la resolución de la tristeza. Entonces ¿quién estaba al otro lado de la puerta?

Esperé un momento e hice como si no hubiera nadie en casa. Lo último que necesitaba era la visita de algún vecino quejándose del ruido del bar de enfrente y pidiéndome que me involucrara en el asunto. Pero al final ganó mi sentido del deber y me acerqué a la puerta. Quizá era algo importante.

Sin embargo, cuando abrí la puerta, no encontré a ningún vecino.

—Helena.

La miré como si no fuera real. Con ese vestido azul de princesa y el pelo perfectamente recogido parecía sacada de una película. Pero la expresión de su rostro era tan auténtica que me atravesó el corazón. Era la misma que había visto el día que nos vimos por primera vez, donde supe que ambos sentíamos lo mismo.

Helena abrió la boca para decir algo, pero no salió ninguna palabra de sus labios. Vi lo mucho que se esforzaba por conservar la serenidad, pero conmigo no debía hacer tal cosa, así que la insté a que se acercara y la rodeé entre mis brazos. En cuanto la apreté con fuerza, Helena empezó a llorar amargamente, y supe qué necesitaba en el día de hoy. No, mentira. Lo que necesitábamos ambos.

Permití que se desahogara y dejé de pelearme contra mis propias lágrimas, por lo que allí estábamos, en el apartamento, abrazados con fuerza mientras llorábamos libremente. Supuse que Helena llevaba todo el día reprimiendo todo lo que estaba soltando ahora, al igual que yo. Me había equivocado de pleno al pensar que nadie entendía cómo me sentía. Ella lo sabía. Lo sabía mejor que cualquier otra persona en el mundo.

Al cabo de un rato, sentí que los sollozos de Helena se calmaban y el llanto iba desapareciendo. Respiramos hondo de forma conjunta y, finalmente, se separó de mí.

—Lo siento mucho —dijo con voz tomada, y se enjugó las lágrimas de la cara—. Sé que no debería haber venido aquí, pero he tenido un día de mierda y, sin darme cuenta, estaba frente a tu casa…

—No sigas —la interrumpí pasándome la manga por los ojos—. No tienes que disculparte por eso. Me alegro de que estés aquí.

—¿De verdad? —preguntó mirándome insegura.

—Sí.

Era una contestación insensata, pero era la pura verdad. A los dos nos dolía no tener ninguna posibilidad, pero eso no significaba que quisiéramos alejarnos el uno del otro. Nada más mirar ahora a Helena, lo tuve claro. Había venido un día como hoy, desesperada y angustiada, a buscarme precisamente a mí, a un tío que no conocía demasiado y que era prácticamente un tabú para ella. Y sin embargo, estaba tan contento de verla que todo el dolor de mi corazón se convirtió en una chispa de calidez.

—¿Por qué vas disfrazada de la versión castaña de Elsa? —le pregunté, con lo que logré sacarle una sonrisa, y señalé el vestido de fiesta que llevaba.

—¿Cómo sabes lo que es *Frozen*? —contrarrestó ella. Sonreí.

—A Eli le gustaba mucho esa película cuando era niño. La he visto tantas veces que puedo cantarte de memoria *Suéltalo*.

Helena se rio brevemente, se miró a sí misma y acarició la falda de tul.

—Estaba en un evento, uno de los bailes más destacados del año. No quería ir, pero sabía que para mis padres era importante, así que…

—Te has visto obligada a ir porque querías hacerles el favor —terminé por ella.

Helena sonrió.

—Sí. Pensé que no sería para tanto. Pero la gente que había allí estaba hablando tan mal de mi familia y, encima, sobre Valerie… Ha sido demasiado. Sobre todo después del día que he tenido hoy, en el que nadie ha querido recordarla salvo yo. Tuve que largarme de allí. —Frunció los labios para no volver a echarse a llorar—. Será mejor que me vuelva a casa —dijo, aunque no pareció que quisiera seguir su propio consejo.

—O quizá es mejor que te quedes aquí —repliqué yo sin pensarlo demasiado. Ahora mismo me daban igual las consecuencias. Simplemente sabía que nos sentíamos mejor cuando pasábamos tiempo juntos.

—¿Eso crees?

—No solo lo creo, amapola —solté con una risilla—. Que te hayas presentado en mi puerta es lo mejor que me ha pasado hoy. He soportado una comida espantosa con mi madre y no tengo planeado nada más. Excepto tal vez una botella de whisky.

Helena sonrió y, en sus ojos, además del dolor, entreví la alegría de no tener que volver a la casa de Park Avenue, donde seguramente le esperaba una bronca de sus padres por haberse marchado del baile.

—¿Tienes algo para que pueda cambiarme? ¿Algo que no sea tan de Disney?

—Por supuesto —sonreí, y sentí una sensación cálida en el pecho cuando decidió quedarse—. Aunque no puedo prometerte que sea de tu talla.

—Eso me da igual. Mientras sea cómodo y no me recuerde a ese maldito baile…

Fui al vestidor y cogí de la estantería uno de mis chándales. Helena se acercó y se quedó en la puerta, con el móvil en la mano. Parecía que estaba mandando un mensaje y, después, lo guardó.

—¿Te has inventado alguna coartada? —pregunté, y cogí una sudadera con capucha de uno de los cajones.

Helena sonrió con tristeza.

—Sí, oficialmente estoy pasando la noche con una amiga. Desde lo del Mirage lo tengo prohibido, pero hoy es posible que me lo dejen pasar.

—Si no, siempre podemos decirles que perdiste el juicio y te presentaste en mi puerta. —Compuse una sonrisa torcida—. Toma.

Había encontrado una sudadera azul que se encogió en la secadora, pero me la quedé porque la había comprado en Europa. Cogí unos pantalones de chándal con cordón y se lo di todo a Helena.

—Gracias —pronunció con alivio, como si esa ropa la hubiera salvado.

—Ahí está el baño —le expliqué señalando la puerta de más allá. No sabía si había estado aquí cuando era la casa de Adam—. Y si quieres darte una ducha, hay toallas limpias en la estantería que hay al lado.

Helena esbozó una sonrisa ladeada.

—Tengo mala pinta, ¿no?

—En absoluto —respondí con total convencimiento—. Eres el panda más bonito que he visto nunca.

Helena soltó una carcajada leve, luego cogió la ropa y cerró la puerta del baño a su paso.

Yo me fui a la cocina y saqué unas copas del armario, que coloqué junto a una botella de whisky sobre una bandeja. Después, busqué en la despensa que había junto al frigorífico si tenía algún aperitivo salado, pero, tras la última visita de Eli, lo único que quedaba era una triste bolsita de galletitas rellenas de queso.

—Pues ya estoy preparada para el whisky —soltó Helena unos minutos después cuando salió del baño.

Levanté la mirada. Se había desmaquillado, el pelo lo llevaba recogido en la nuca, y llevaba puesta mi ropa, que, evidentemente, le quedaba grande, aunque le sentaba estupendamente. Al mirarla, sentí que se me encogía el corazón. Jamás la había visto más guapa que en este momento.

—¿Qué pasa? —me preguntó, ya que debió de darse cuenta de cómo la contemplaba, y se palpó la cara en busca de algún posible resto de maquillaje.

—Nada —sonreí cogiendo la bandeja—. Ven, vamos arriba.

—¿Arriba?

Su mirada voló hasta mi cama en la parte superior del loft. Cualquier otro día habría hecho alguna broma estúpida al respecto, pero hoy me limité a negar con la cabeza.

—No, un poco más arriba.

Empecé a subir las escaleras y esperé a que Helena me siguiera. Dejé por un instante la bandeja sobre la cama y abrí una puerta estrecha que se escondía discretamente en la pared. Al otro lado había una vieja escalera de hierro que ascendía en espiral. Volví a coger la bandeja y la llevé hasta arriba. Helena apareció en la terraza unos segundos después y se quedó pasmada.

—Hala. —Miró a su alrededor con asombro—. No sabía que este piso tenía algo así.

—Es que no existía cuando Adam vivía aquí. —Dejé la bandeja en la mesa baja que había delante del enorme sofá de exterior.

Luego busqué detrás del asiento y apreté un interruptor para encender una luz tenue—. Bueno, evidentemente la terraza sí que estaba, pero no era más que una superficie de cemento con una barandilla. Cuando me mudé, me pareció una pena que no se le diera uso.

Helena rozó uno de los arbustos en maceta que rodeaba la zona con suelos de madera, que conformaba un espacio verde que nos separaba de la ciudad.

—¿Lo has hecho todo tú?

—Todo no. —Metí las manos en los bolsillos—. Me ayudaron un par de amigos que se dedican a la construcción y a la jardinería y que en su día trabajaron con mi padre. Pero el diseño sí que es mío.

—Es precioso. —Inspiró y espiró hondo—. Es fácil olvidarse de que estamos en mitad de Nueva York. Lo hiciste por eso mismo, ¿verdad?

Me limité a encogerme de hombros y me dirigí al sofá. Nos sentamos y saqué una manta de una caja para que Helena no pasara frío. Ella se la puso sobre las piernas y, cuando me miró, supe que mi terraza no había conseguido distraerla demasiado del dolor que sentía en su corazón. Así que nos serví una copa a cada uno, que resonaron al brindar.

—Por Adam —dijo Helena.

—Por Valerie —añadí yo.

Helena sonrió. Bebimos y nos quedamos callados. Al fondo se oyó la bocina de un barco que navegaba por el río Hudson y un perro que ladraba en la calle de más abajo.

—¿Puedo preguntarte una cosa? —Helena me miró desde su esquina del sofá.

—Claro.

—¿Cómo te enteraste?

—¿Te refieres a...? —Tragué e hice girar el vaso en la mano.

—Sí —asintió Helena, que procedió a bajar la vista—. No tienes por qué contármelo si no quieres. Simplemente es algo que me he preguntado cuando me he vuelto a acordar hoy de cómo me lo dijeron a mí. Como si me quitaran el suelo de debajo de los pies.

Respiré hondo.

—Fue por teléfono, de plena madrugada. La región en la que vivía va catorce horas por delante de Nueva York, así que serían las dos o las tres de la madrugada cuando me sonó el teléfono. Nos habíamos ido a la cama poco antes porque habíamos estado de fiesta, aunque ya no recuerdo por qué. —Tuve que tragar saliva para aclarar el nudo que se me formaba en la garganta—. Así que me despertó el sonido del móvil. Era Trish. Estaba tan calmada como siempre, y simplemente me dijo que había pasado algo. Yo pensé que le habría sucedido algo a Eli y le eché en cara que no me lo dijera de una vez. Entonces me lo soltó. Solo fueron dos frases: «Adam está muerto» y «Tienes que volver a casa». Luego colgó.

Helena abrió los ojos de par en par.

—¿Te dejó totalmente solo en esos momentos?

—Creo que, desde su punto de vista, era lo contrario.

—¿A qué te refieres?

Di otro trago y me quedé mirando el vaso.

—Nunca lo ha expresado en voz alta, pero sé que no solo considera a Valerie responsable de su muerte. También a mí. Dos semanas antes me llamó y me suplicó que volviera para que hablara con Adam, para que lo convenciera de dejar a Valerie. Pero yo no quise hacerlo. Le dije que no rompiera esa relación, porque era la primera vez que Adam se divertía desde hacía mucho.

Resoplé suavemente. Helena se inclinó y se acercó más a mí.

—Pero tú sabes que tu madre no tiene razón, ¿verdad?

—Durante mucho tiempo, pensé que tenía toda la razón, porque estaba convencido de que lo que decía sobre Valerie era verdad.

—¿Y ya no lo crees?

—No. —Suspiré—. Tenías razón en lo que dijiste. Siempre estaba ahí, para mí, para mi madre, para mi hermano, para todos y cada uno de sus amigos. Cuando tenías un problema, siempre podías llamar a Adam, porque sabías que vendría a ayudarte. —Sonreí con amargura—. Pero yo no estuve. No estuve a su lado cuando éramos niños o adolescentes ni tampoco más tarde, cuando decidió casarse con una mujer que conocía de apenas dos meses. Lo achaqué a que se había obsesionado con ella después de tantos años acatando normas. Creí que estaba poniéndose al día por todo lo que se había perdido: las fiestas, los ligues. No tenía ni idea de que iba en serio, de que la quería de verdad. Y probablemente no existiera nadie en el mundo que hubiera sido capaz de disuadirlo.

Helena sonrió y vi que volvía a tener los ojos húmedos.

—No, yo los vi juntos, nadie los habría separado.

—¿Podrías…? —Me callé, porque no sabía cómo formular la pregunta. La miré con inseguridad—. ¿Te importaría contarme un poco cómo era Valerie? Me encantaría saber quién era, cómo era.

Quería conocer a la mujer que había conseguido hacer feliz a mi hermano, probablemente por primera vez en su vida.

Helena se secó las mejillas y sonrió.

—Por supuesto. Te contaré todo lo que quieras saber.

40

Helena

Cuando Jess me pidió que le hablara de Valerie, necesité un par de segundos para asimilarlo. Me conmovió profundamente que hubiera comprendido cuánto se habían querido nuestros hermanos y que estuviera dispuesto a cambiar su opinión de mi hermana. Sin embargo, no supe por dónde empezar. Después del día de hoy, tenía miles de recuerdos en mente con mi hermana y no era capaz de elegir uno.

—¿Qué quieres saber? —pregunté para dejarle elegir a él.

Jess no se lo pensó mucho.

—¿Cuál era su comida favorita?

—La pizza —respondí al instante—. Pero una específica del Joe's, con parmesano, jamón, beicon y queso gorgonzola. Si había que animarla por algo, esa era la mejor opción.

—Una combinación atrevida, aunque demuestra que tenía buen gusto. Y que era valiente. —Jess asintió como si diera su aprobación—. ¿Cuál era su mayor sueño?

Sonreí.

—Montar su propia empresa. Queríamos ofrecer visitas guiadas, primero por Nueva York y luego por otras ciudades del mundo. —Le resumí brevemente el concepto de «Friends and the City», aunque me resultó muy duro hablar del tema, ya que ese sueño había muerto junto a Valerie.

—Suena bastante bien. —Jess me miró impresionado—. En mi opinión, tampoco hay muchos motivos para visitar Nueva York...

—Cateto —le espeté con una sonrisa.

—... pero si tienen que venir, es una buena forma de conocer la ciudad. ¿Por qué no lo haces por tu cuenta?

Me miró con tanta confianza en los ojos que tuve que apartar la mirada.

—No, es imposible. No puedo... Yo no soy como ella. Val tenía el don de ganarse a la gente con una sonrisa y convencerla con un par de frases acerca de sus ideas. Yo no sé hacer eso. —Me encogí de hombros y volví a levantar la vista para mirar a Jess.

—Creo que no tienes ni idea de lo que eres capaz de hacer —expresó sin más—. Eres capaz de hechizar a alguien solo con mirarlo. Y si no, lo lanzas sobre una esterilla.

Tuve que reírme, aunque su broma no disipó el calor que había sentido en mi interior al escuchar lo que había dicho antes. La tristeza que sentía por Valerie fue sustituida por un sentimiento totalmente distinto que me desbocó el corazón. Sin embargo, no quise dejarme llevar por lo que sentía. Esa noche no éramos nosotros los protagonistas, sino nuestros hermanos.

—No creo que sea buena idea hacer eso cuando hable con los posibles inversores —respondí y esbocé una sonrisa torcida.

—Dependerá del inversor. —Jess ladeó la cabeza—. Si alguna vez quieres poner en marcha esa idea…, cuenta conmigo.

Lo contemplé sorprendida.

—¿Lo dices en serio?

—Por supuesto. Ya sabes que invierto en todo tipo de empresas emergentes.

—Sí, es cierto. —Oír esa oferta no me ayudó a calmar los latidos de mi corazón. Si lo llevábamos a cabo, estaríamos unidos y tendríamos reuniones de vez en cuando, conversaciones… Pero cuando la euforia de esa idea estaba a punto de desbordarse, se esfumó sin dejar rastro—. No es posible. Mis padres se oponen. No les hizo gracia cuando se la explicamos en su día y estoy segura de que ahora les gustará aún menos. Sobre todo si tú formas parte del negocio.

La mirada de Jess se tornó seria.

—Sé que tu familia es importante para ti, pero quizá deberías prestar menos atención a lo que te dicen y más a lo que quieres tú.

—Hablas igual que Valerie. —Sonreí—. Creo que os habríais llevado bien. Tenía una actitud parecida en cuanto a las expectativas familiares. —Siempre la había envidiado por eso, por esa independencia de la que tanto la habían acusado después de su muerte—. Hay quien piensa que era egoísta, pero no entienden que Valerie necesitaba la libertad como el aire que respiraba. Si hubiera hecho lo que le pedían mis padres, habría muerto de otra forma distinta a como murió al final. Lenta y dolorosamente.

Jess dejó escapar un leve suspiro y, cuando lo miré, reconocí un sentimiento arrepentido en los ojos.

—Sí, está claro que somos muy parecidos. —Me rompió el corazón lo triste que sonaba—. Me hubiera gustado conocerla, y haber estado presente cuando Adam y ella estaban juntos. Probablemente no habría pasado los últimos tres años culpándola de su muerte.

Me acerqué un poco más; me daba la sensación de que nos separaba mucha distancia.

—Fueron muy felices juntos —le conté—. Aunque a veces era un coñazo, porque estaban demasiado enamorados el uno del otro. Cuando estaban en la misma habitación, no tenían ojos para nadie más. Y al cabo de dos meses tenían tantas bromas privadas que parecía que estaban hablando en un idioma distinto.

—¿Nunca se pelearon por nada? —me preguntó Jess, y acarició mi mano con la suya. Nuestros dedos se entrelazaron de la forma más natural del mundo—. Me resulta difícil de creer.

—Sí, sí que peleaban. Valerie tenía un pronto de mil demonios y era muy directa cuando alguien le importaba. Pero no tardaban mucho en reconciliarse. Supongo que porque Adam era una persona más conciliadora.

Jess rio por lo bajo.

—Sí, así era. Muchas veces yo detestaba que no quisiera discutir conmigo cuando me enfadaba por algo. Siempre tenía una lista de soluciones preparada. Una vez le solté: «¡Coño, Adam, lo único que quiero es que te enfades conmigo, joder!». Y lo intentó, pero no se le daba muy bien.

Miré nuestras manos y disfruté del calor que desprendían los dedos de Jess.

—¿Tenía alguna manía? ¿Alguna peculiaridad rara o algo así? A mí siempre me pareció que no tenía ni un defecto.

—Sí, algunas, pero sus manías eran como el propio Adam: demasiado agradables como para que te molestaran. —Jess pareció recordar algo que hizo que su mirada cargada de amor se perdiera—. No volví a vivir con él y con Trish hasta los catorce años y, por supuesto, a mi madre no le bastó con colocar mis muebles en alguna de las habitaciones vacías, así que tuve que dormir con Adam hasta que los obreros terminaron la reforma. —Esbozó una sonrisa—. No lo vas a creer, pero el tío se hacía la cama todas las mañanas. Un adolescente de dieciséis años. Por voluntad propia. Y no era porque Trish se lo hubiera enseñado, porque a ella eso le daba completamente igual. No, lo hacía porque quería. Decía que así su día tenía un orden.

Me reí.

—Sí, le pega. Me pregunto si también la haría cuando estaba con Valerie. —Modifiqué un poco la voz para sonar como Adam—. Oye, cariño, follar por las mañanas mola, pero tengo que hacer la cama que si no mi día pierde el orden.

Jess rio conmigo y me sentí mejor.

—Eso seguro que no me pasaría a mí —comentó Jess.

—¿Lo de hacer la cama o lo de saltarte el sexo mañanero? —bromeé. Si no recordaba mal, la cama que había visto de camino a la terraza no es que estuviera especialmente arrugada, pero tampoco estaba hecha.

—Ambas cosas, la verdad. —Su sonrisa se ensanchó—. ¿Qué me dices de ti?

—¿De mí? Soy una Weston, pues claro que hago la cama todas las mañanas, tal como me enseñaron. Antes de hacer cien sentadillas y darme una ducha fría.

Sonreí con un deje burlón.

—¿Y después? —Jess seguía mirándome y ya supe a qué se refería.

—Las mañanas no son mi momento favorito —le informé sin más.

Levantó levemente la ceja izquierda.

—Entonces ¿cuándo? ¿Por las tardes?

—Sí, por la tarde está bien, pero en mi opinión mola más por la noche. —Cuando lo miré, sentí por un momento que resurgía la atracción entre nosotros. Hablar de Valerie y Adam la había mantenido a raya, pero sabía que siempre estaría ahí, esperando el momento adecuado para salir. Como ahora—. De madrugada, cuando te despiertas y solo tienes ganas de quitarte la ropa y dormir con la otra persona. Creo que tiene algo especial, es como si estuvieras totalmente solo en el mundo.

Jess me observó larga y atentamente y yo contuve la respiración, porque sabía lo que ambos nos estábamos imaginando: a los dos en una cama. Se me secó la boca solo de pensar en esas escenas que tan vívidamente tenía en la cabeza, aunque al mismo tiempo sabía que ninguno de los dos se dejaría llevar. Y menos esa noche.

Quise decir algo para quitar un poco de tensión al asunto, pero fue mi estómago el que lo hizo por mí, ya que emitió un sonoro rugido.

—¿Tienes hambre? —preguntó Jess con una sonrisa.

—Sí, se ve que sí. —Me llevé la mano a la barriga y torcí el gesto—. Había algo de picoteo en el baile, pero no estaba de humor.

—Ya me imagino. —Se puso en pie—. ¿Te gusta la lasaña? Tengo un poco en el frigorífico, hice un par de raciones de más.

—Me encanta la lasaña —respondí—. Además, hace un montón que no la como.

—Vale, pues espera un momento, ahora vuelvo.

Tras dedicarme una sonrisa, se fue y me dejó sola en la terraza.

Me arrebujé un poco más en la manta y respiré profundamente, sintiéndome algo más ligera que dos horas antes. Sabía que haber ido a ver a Jess era un error absoluto, sobre todo teniendo en cuenta lo que me esperaba si alguien se enteraba. Pero al mismo tiempo me parecía lo correcto. Hablar con él de Valerie y Adam, abrirme y saber que mi dolor no era único había conseguido que este aniversario de sus muertes se hiciera más llevadero. En estos momentos no quería pensar en lo que me depararía el mañana, en lo que me esperaría cuando volviera a salir de esta casa y regresara a la vida real.

Así que no lo hice, y esperé a que Jess volviera con un par de platos en las manos y los cubiertos en los bolsillos traseros del vaquero.

No era la única que tenía hambre, ya que durante unos minutos ambos comimos en silencio, apenas interrumpidos por mis ruiditos de placer, porque, cómo no, la comida estaba increíblemente deliciosa.

—¿Qué pasó con esa idea que me contaste en el Bella Ciao? —le pregunté cuando terminé mi plato—. Me refiero al restaurante de desayunos.

El rostro de Jess se oscureció un instante.

—No… Lo he dejado apartado por el momento. Harper está dispuesto a vender, pero solo si yo estoy involucrado en el negocio, y eso no se lo puedo prometer.

Sabía por qué: porque quería irse de nuevo, desaparecer de Nueva York lo antes posible. Se me hizo un nudo en el estómago al pensar que volvería a mudarse a Australia o a cualquier otro sitio. Era absurdo, ya que oficialmente ni siquiera tenía permitido estar en su casa. Pero me sentía increíblemente cómoda junto a Jess. A su lado no solo podía ser cien por cien como yo era, sino que además me aportaba calma y tranquilidad, lo cual era una locura teniendo en cuenta que esos sentimientos eran justamente los que él no sentía en esta ciudad.

—Es una pena —repliqué, y señalé el plato—. Estoy segura de que a la gente le habría flipado.

La boca de Jess esbozó una sonrisa rápida.

—Siento tener que decírtelo, pero la lasaña no se sirve como desayuno en ninguna parte del mundo.

—Por ahora —le corregí—. Creo que es algo que habría que cambiar urgentemente.

—Te pareces a Adam. Habría comido lasaña todos los días de su vida.

Noté el deje de tristeza en su voz y entendí por qué Jess había cocinado hoy lasaña: porque era el plato favorito de su hermano.

—No lo sabía —dije en voz baja mirándolo—. No sabía que le gustaba tanto.

—Sí, era su plato favoritísimo, desde que era pequeño. Cuando nuestro padre nos preguntaba qué queríamos de comer, Adam siempre respondía lasaña. Hubo una vez que llegó a darle lasaña una semana entera porque mi padre pensó que así le quitaría la obsesión. De ninguna manera. Adam se zampó la lasaña durante siete días seguidos y el lunes se sintió totalmente decepcionado de que no hubiera más.

Me eché a reír.

—Lo puedo entender, al menos con esta lasaña de aquí. Si tu padre cocinaba la mitad de bien que tú, probablemente también le hubiera suplicado que me hiciera algo.

—No sabía cocinar. —Mantuvo la sonrisa triste—. Era capaz de quemar el agua, como se suele decir. Siempre pedía comida a sus restaurantes o íbamos directamente allí a comer. Cuando vivíamos los dos solos y me hice más mayor, empecé a cocinar para nosotros. Al principio no era gran cosa, pero mi padre se lo comía igualmente. Aunque creo que le hizo ilusión cuando finalmente aprendí a cocinar bien. La comida era lo que nos unía.

«Hasta que murió», pensé sin decirlo en voz alta. Jess había sufrido muchas pérdidas en su vida y, aun así, no lo tenía delante de mí amargado o hecho polvo. Sentí admiración por cómo seguía adelante a pesar de todo. La sentía cada vez que lo miraba a los ojos.

—¿Qué sucede? —me preguntó en voz baja al ver cómo lo miraba.

—Nada —respondí, y hundí la cabeza, pero luego volví a mirarlo—. Simplemente me alegro de haber llamado a tu puerta esta noche.

Jess esbozó una sonrisa y, esta vez, no hubo ningún atisbo de tristeza.

—Yo también.

41

Jessiah

Mucho después, Helena y yo seguíamos sentados juntos en la terraza, rodeados de luces, y, por primera vez, sentí la maravillosa sensación de que no estaba solo en Nueva York. Noté que el cansancio se apoderaba lentamente de mí, pero aún no estaba listo para irme a dormir. Ninguno de los dos lo estábamos, ya que no parábamos de contar historias de Valerie, Adam y mi padre, que era justo lo que había que hacer en un día como este: conmemorar a aquellos que ya no estaban. Era un error reprimir la tristeza y los recuerdos como hacía la familia de Helena, al igual que recrearse en la rabia y en la culpabilidad como hacía mi madre. Solo se sanaba cuando se compartía el dolor, porque cada vez se hacía más pequeño.

Nos habíamos ido acercando, riendo y llorando a la vez, probablemente a partes iguales. Aunque la risa había ido cobrando mayor protagonismo, sobre todo cuando Helena contaba las locuras que hacía su hermana. Como cuando, en su decimotercer cumpleaños, Valerie convenció a trece de sus amigas y conocidas para que se disfrazaran de los héroes de la infancia de Helena y salir a celebrarlo juntas.

—Ya voy entendiendo por qué Adam estaba coladito por Valerie —comenté cuando terminó esa historia—. Aunque probablemente fuesen polos opuestos.

—Tal vez fuera precisamente por eso —coincidió Helena—. Él era una persona tranquila y ella siempre andaba tramando algo. Él era cauteloso y ella no tenía miedo de nada. Creo que solo le tenía miedo a una cosa.

—¿A qué?

—A perder a alguien que le importara. —Helena me miró a los ojos—. Por eso siempre me cuidaba tanto cuando salíamos, para que no me topara con ningún desalmado, no me acercara a las drogas…

Me reí.

—Parece que era una hermana mayor estupenda.

—La mejor que se puede tener.

Helena se llevó la mano a la boca, pero no consiguió reprimir un sollozo. Salvé la corta distancia que nos separaba y la abracé fuerte entre mis brazos, hasta que sentí que ambos estábamos mejor. Era como si el hecho de estar juntos hiciera más llevadero el dolor. No obstante, cuando pasó el momento, no quise dejarla ir y, por lo que parecía, Helena tampoco. Se acurrucó en mi cuerpo, con la cabeza en mis hombros y la mano en mi pecho, justo por encima de mi corazón desbocado.

—La echo mucho de menos, Jess —murmuró—. La echo muchísimo de menos.

—Lo sé —mascullé, y la besé suavemente en el pelo—. Es evidente que la querías mucho.

—Me alegraba la vida —susurró Helena—. No sé cómo lo hacía, pero así era. Por supuesto, también había veces que me sacaba de quicio y discutíamos. Pero después hacía un mohín y me decía: «Venga, Lenny, vamos a comer a Le Charlot», y lo dejábamos estar.

Sabía exactamente lo que sentía. Es habitual no valorar a los hermanos lo suficiente, porque siempre están ahí y, en teoría, siempre lo estarán. En algún momento sabes que tendrás que superar la muerte de tus padres, pero yo siempre había creído que tendría a mi hermano lo que me quedaba de vida.

—Fueron felices antes de morir, ¿verdad? —pregunté a Helena en voz baja. Por desgracia, ella lo sabía mejor que yo.

—Sí —respondió—. Eran felices. Los dos habían decidido apostar por el otro y aún no habían llegado al punto en el que la rutina te hace la vida difícil. Seguramente sea imposible ser más felices de lo que ellos lo eran.

Me quedé callado porque entendí que tenía razón. Aunque eso no explicaba una cosa: ¿por qué habían tomado esa maldita cocaína entonces? Ahora que conocía mejor a Valerie y había descartado que fuera una consumidora de droga habitual, esa pregunta era un misterio aún mayor.

Helena tiró de la manta para que nos cubriera mejor a los dos. Lo cierto era que hacía frío aquí arriba.

—¿Alguna vez has pensado qué le dirías a Adam si pudieras hablar con él?

Me reí con amargura.

—Sí, más a menudo de lo que te imaginas.

—¿Y qué le dirías?

—Le habría preguntado directamente por su muerte, por qué demonios se había dejado engatusar por Valerie. Pero ahora le diría otra cosa. ¿Por qué nunca dijiste nada? ¿Por qué no intentaste nunca compartir la carga que llevabas sobre los hombros? ¿Y por qué nunca me pediste que viniera a Nueva York para conocer a la mujer que tan importante era para ti?

Helena asintió, conmovida.

—Eso es mucho mejor que lo mío. Yo solo le preguntaría si tiene algún consejo sobre cómo seguir adelante sin ella.

Le aparté un mechón del rostro.

—Después de todo lo que me has contado sobre Valerie, creo que te diría que lo descubrieras por ti misma. Porque eres mucho más fuerte de lo que crees.

—Sí, es posible —sonrió—. Seguro que estaría encantada de que esté aquí contigo. Y luego, sin que nadie le preguntara, me diría cuáles son los mejores sitios para follar.

Solté una carcajada.

—Tienes toda la razón: me habría caído muy bien.

Helena enterró la cabeza en mi cuello y, al poco, nuestra conversación se enfrió y nuestras frases se acortaron. Se me cerraban los ojos y sentía que Helena, que estaba en mis brazos, tampoco era capaz de mantenerse despierta.

—Será mejor que entremos —dije en voz baja acariciándole la espalda—. Decían que esta noche iba a llover. Puedes quedarte en mi cama, yo me voy al sofá.

—De acuerdo. —Su respuesta no fue más que una bocanada de aliento en mi cuello y, seguidamente, se acurrucó todavía más. Me reí.

—Lo digo en serio, amapola.

Helena suspiró profundamente y abrió los ojos.

—Está bien, vayamos dentro. En realidad sí que hace frío aquí arriba.

Dejamos las mantas y los cojines en el arcón de la pared de enfrente, apagué la luz y bajamos las escaleras que conducían al apartamento. Llevé a Helena hasta el baño, donde le di uno de los cepillos de dientes para invitados y la dejé sola. Luego apagué las luces del piso de abajo y cogí una sábana del armario para cubrir el sofá.

No tardé mucho en oír unos pasos y, entonces, apareció Helena con la camiseta que le había dado. Solo con la camiseta. Era lo bastante larga como para taparle el trasero, pero poco más.

«Me cago en la leche».

—El baño está libre —avisó al ver mi mirada, que seguramente delataba lo que estaba sintiendo.

Hasta ahora, había mantenido a raya mi deseo por el dolor que sentía por Adam y Valerie, pero ahora volvía a sentirlo claramente. No solo era mi corazón el que sentía atracción por Helena, sino todo mi cuerpo. Y cuando la miré a los ojos, supe que a ella le pasaba lo mismo. Su mirada recorrió mi cuerpo y abrió ligeramente la boca. En ese momento no quería más que besarla. Joder, no, ¿a quién pretendía engañar? Quería mucho más que eso.

Y, a pesar de ello, di un paso atrás y desaparecí en el baño. Allí me apoyé contra la puerta y respiré para controlar mis pulsaciones. «No es el momento adecuado», me repetí como un mantra. Ahora no era el momento adecuado para nada.

Darme cuenta de ello y el agua fría me hicieron recobrar la compostura y mi cabeza volvió a recuperar el control. Cuando terminé, subí al loft para recoger mis cosas. Helena ya estaba tumbada en la cama y, al verla, se desencadenó en mí algo muy distinto a hacía diez minutos: la necesidad imperiosa de no pasar con ella una única noche.

Sino todas las noches a partir de ahora.

—¿Tienes todo lo que necesitas? —Cogí una segunda almohada y mi manta y empecé a bajar los escalones—. Si necesitas algo, estoy abajo.

—¿Jess? —preguntó.

—¿Mmm?

Señaló a su lado.

—¿Podrías quedarte aquí?

«Claro que puedo. Pero no puedo prometerme que quiera volver a irme». Eso fue lo que pensé, pero no lo dije en voz alta. En su lugar, me quedé callado, respondí a su pregunta con una sonrisa y me metí en la cama.

Helena suspiró satisfecha y, acto seguido, se acurrucó de nuevo contra mí, al igual que había hecho en la terraza, con el rostro enterrado en mi cuello. No dejé que viera lo que eso me estaba provocando, sino que me limité a echarnos la manta por encima, apagar las luces y cerrar los ojos.

A pesar de las muchas conversaciones que habíamos mantenido a lo largo de la noche, lo último que se me pasó por la cabeza antes de caer dormido no estuvo relacionado con mi hermano fallecido, sino con la chica que tenía en los brazos. La chica que me había ido conquistando el corazón cada vez que nos habíamos visto, pero que hoy lo había conquistado de forma definitiva e irrevocable. Nunca me había sentido tan cercano y conectado con otra persona tan rápido como con ella y, al mismo tiempo, nunca había tenido tanto miedo de perder a alguien. Pero nadie corría un riesgo mayor que nosotros, aunque no quería pensar en eso ahora. Quería creer que teníamos alguna posibilidad, que había un futuro en el que hacía mucho tiempo que no creía.

Un futuro en el que pudiera ser feliz.

42

Helena

Todavía estaba oscuro cuando abrí los ojos. No supe exactamente qué era lo que me había despertado; tal vez la lluvia que repiqueteaba contra los cristales de las ventanas. No había dormido mucho, porque el despertador que había a mi lado marcaba poco más de las tres. Tardé un rato en darme cuenta de que el despertador no era mío, ni tampoco las sábanas suaves que notaba desconocidas bajo los dedos. Entonces lo recordé todo: mi huida del baile, la carrera por la ciudad y cómo me había plantado frente a esta casa hasta que Jess acabó abriéndome la puerta. Nuestra conversación en la terraza, la sensación de seguridad y de aceptación en el día que menos lo esperaba. Y, por último, mi petición de que no durmiera en el sofá, sino conmigo. Nada más acordarme, se interrumpió abruptamente la avalancha de recuerdos.

Estaba en la cama de Jess. Con él.

Me giré lentamente y lo vi a mi lado, su cabello rubio resplandeciente por la luz que provenía del exterior y su rostro sumido en la penumbra. Al verlo sentí una oleada de calidez por todo el cuerpo, pero rápidamente sobrevinieron unos sentimientos más apremiantes: anhelo y deseo. Ambos reprimidos porque nuestra tristeza había sido más importante. Pero ahora, al amparo de la oscuridad, se tornaron abrumadores.

Jess pareció sentirlo, porque unos segundos después, se movió y, finalmente, abrió los ojos. Me miró y me di cuenta de que sonreía.

—¿Qué sucede? —preguntó, y sonó sorprendentemente despierto—. ¿No puedes dormir?

—No —negué con la cabeza—, o sea, sí, pero no…, no quiero.

Jess había notado el cambio que se había producido entre nosotros al igual que yo, tal como vi en su mirada, que dejó de interrogarme. Cuando percibí lo que apareció en sus ojos, sentí que el anhelo en mi interior me subía la temperatura.

—¿Qué quieres entonces? —preguntó en voz baja, usando un tono seductor que disipó las últimas dudas de mi mente.

«A ti».

Pero no lo dije en voz alta. En su lugar, me limité a acercarme a Jess y extendí la mano para demostrárselo. Acaricié suavemente su mejilla y fui bajando por el cuello, el pecho y un poco más abajo. Cuando llegué al dobladillo de su camiseta, me detuve un segundo. Luego deslicé los dedos por debajo y seguí por los abdominales, que estaban tan tensos que supe que había estado esperando mis caricias. Jess respiró entrecortadamente cuando subí la mano y le aparté la tela del cuerpo. Cada centímetro de piel que dejaba a la vista no hacía más que aumentar mi anticipación y disfruté del ligero escalofrío que provoqué en Jess. Finalmente, me incliné y lo besé.

Como si hubiera estado controlándose con toda su fuerza de voluntad para dejar que llegara hasta ese punto, puso fin a su quietud en ese mismo instante. Me rodeó con los brazos, acercándose a mí, y sus labios se abrieron al mismo tiempo que los míos. Sentí que me flaqueaban las rodillas cuando su lengua entró en mi boca y la recibí con un leve gemido. Joder, cómo lo había echado de menos. Había echado mucho de menos a Jess. ¿Cuántas veces en las últimas semanas había deseado hacer lo que estábamos haciendo ahora? Innumerables.

Los dos parecíamos recordar perfectamente dónde lo habíamos dejado la última vez, pues no hubo ni un momento de duda entre nosotros. No tuve ninguna incertidumbre de qué debía hacer o de si le gustaría. Podía dejarme llevar desde el primer segundo y claramente hasta el último.

Jess se giró conmigo para que me quedara arriba, y yo abrí las piernas a cada lado y apoyé los brazos junto a su cabeza. Me acercó a su cuerpo y me retiró el pelo para volver a besarme de esa forma tan salvaje y apasionada que tornó todos mis pensamientos significativos en puro deseo.

Pero entonces interrumpió el beso.

—Espera —gruñó con las manos en mis mejillas—. Quiero verte.

Se estiró un poco hacia un lado y presionó un interruptor. Una luz tenue se encendió alrededor de la plataforma sobre la que se encontraba la cama. Acto seguido, se incorporó levemente conmigo en su regazo, le quité la camiseta y, al igual que la última vez, me quedé sin aliento al verlo. El resplandor diáfano creaba una mezcla de luces y sombras sobre las facciones de su rostro, los músculos definidos del torso y el tatuaje que tenía en un costado.

Siempre había sido consciente de lo sexy que era, pero en ese momento estaba convencida de que nunca encontraría a nadie que estuviera más bueno que él.

Entonces me di cuenta de que me estaba mirando.

Me hubiera gustado poder enmarcar esa mirada para poder tenerla a mano en el futuro cuando no me sintiera atractiva. Jess me contemplaba con tal devoción que sentí que el calor de mi interior estaba a punto de estallar, a pesar de que ni siquiera me estaba tocando. Anhelante de más, eché mano al dobladillo de mi camiseta y rompí el contacto visual durante el segundo que me la pasaba por la cabeza. La dejé caer al suelo en silencio. Como me había quitado el sujetador para irme a dormir, no llevaba nada debajo, y el pelo liso me caía por la espalda desnuda como una cascada. La mirada de Jess me repasó de arriba abajo, luego se acercó y posó sus labios sobre los míos antes de seguir hasta mi oreja.

—Joder, qué guapa eres —murmuró.

Como respuesta, lo besé y moví las caderas, sintiendo cómo su erección presionaba contra mi entrepierna. Noté el escalofrío que recorrió primero a Jess y seguidamente a mí. La tensión entre nosotros era tan grande que tenía la sensación de que mi cuerpo no podría soportarla. Nunca había vivido algo así. Sí, había sentido pasión, pero no este deseo que sin duda me haría arder en llamas si no le ponía remedio.

Jess pareció intuir lo que pensaba, porque me volvió a besar, enredando su lengua con la mía, pero luego me recorrió el cuello con sus labios y, con los dedos, me acarició la piel hasta envolverme los pechos con suavidad. Cerré los ojos y gemí. Si esto lo disfrutaba así, no me quería imaginar lo que vendría después.

Jess me agarró con fuerza y fue reclinándome lentamente mientras su boca seguía el recorrido de sus dedos y notaba su lengua sobre mi piel. Apoyé los codos y me entregué a sus caricias, disfrutando cada segundo de estos preliminares aunque, al mismo tiempo, estaba deseando que acabaran. Me temblaron un poco los brazos cuando me pasó el dedo por las caderas y el estómago y, seguidamente, por debajo de las bragas para tocarme. Busqué apoyo rodeando su cuello, pero no tardé en separarme, ya que pensé que era el momento de devolverle el favor.

Recorrí el torso de Jess con los dedos hasta llegar a la cintura, donde empezaban los calzoncillos, y metí la mano dentro. Jess profirió un sonido gutural y echó la cabeza hacia atrás sin poder hacer nada más que disfrutar de lo que le estaba haciendo. Una sonrisa me asomó a los labios e intensifiqué el movimiento hasta que me detuvo.

—No quiero correrme —murmuró con voz grave—. Todavía no.

Me pasó el pulgar por el labio inferior y me lo abrió, besándome tan intensa y exigentemente que me quedé sin aliento.

Mis pechos rozaban su torso, mis manos acariciaron su espalda, donde noté un par de cicatrices. La única imperfección de su cuerpo. Jess me abrazó con más fuerza y, cuando presioné mi entrepierna con la suya, soltó un gemido animal. Un segundo después, me agarró y me dio la vuelta para que me quedara debajo de él.

Siguió mirándome mientras me recorría todo el cuerpo, como si no quisiera perderse ninguna de mis reacciones. Por el camino, acarició mis pechos y me besó el abdomen hasta llegar a la ingle. Ya estaba temblando de excitación cuando fue más allá y sentí sus manos en la cara interior de mis muslos.

Ay, Dios, ¿quería…? Por un instante, me puse en tensión. Jess se dio cuenta.

—Una palabra y paro —me dijo, como si ya supiera que esto era territorio desconocido para mí. No porque no hubiera tenido la oportunidad, los jóvenes de hoy en día sabían que no solo existía el mete y saca. Pero nunca había confiado lo suficiente en nadie como para ceder tanto el control. Ahora, sin embargo, no tuve la más mínima duda a la hora de entregarme a Jess. Solo sentía el deseo apremiante de que continuara.

—Ni se te ocurra —respondí con un jadeo, esperando con impaciencia a que me quitara la tela que nos separaba. Acto seguido, abrí las piernas.

Jess fue muy lento, besó la piel de mis muslos y se fue acercando poco a poco, hasta que prácticamente le rogué que terminara con esta tortura y él cedió a mi insistencia. La sensación fue indescriptible, totalmente diferente a lo que me esperaba y a lo que había experimentado hasta el momento. A Jess se le daba genial: sabía exactamente lo que estaba haciendo y cómo volverme loca con su boca, su lengua y sus dedos. Me tenía en todo momento al límite, pero sin llevarme al clímax. Y, en cuanto noté que estaba a punto, lo detuve.

—Jess, para —insté con voz entrecortada, aunque una parte de mí pensaba que estaba loca por impedirle que me llevara al clímax. Pero no podía soportarlo más, quería sentirlo, no solo sobre mí, sino dentro de mí. Nunca había deseado a nadie como a él, su cuerpo, su alma, lo quería todo de él. Quería ser uno solo con este hombre que tocaba cada fibra de mi ser.

Jess pareció entenderlo, porque me sonrió con complicidad, presionó una vez más sus labios contra mi sexo y se incorporó.

Primero, se quitó los calzoncillos y, luego, abrió una caja de madera que había en la mesita de noche y sacó un condón. Apenas tardó unos segundos en ponérselo, pero aun así, me parecieron demasiados. Estaba a punto de estallar de las ganas cuando se echó sobre mí y, finalmente, lo sentí en mi interior.

Me acerqué a su cuerpo, observándolo y mordiéndome el labio inferior, ya que la sensación era mucho mejor de lo que me esperaba. Jess se quedó un instante sobre mí y me metió la lengua en la boca hasta dejarme de nuevo sin aliento antes de empezar a moverse. Lo hizo con un ritmo pausado y controlado, saliendo y entrando, y yo arqueé la espalda para disfrutar al máximo de esta sensación.

Cambiamos de posición para que yo estuviera arriba, y disfruté del poder que me daba sobre él y de la mirada que me echaba. Jess dejó las manos en mis caderas y permitió que yo marcara el ritmo, aunque poco después llegó un momento en el que quería cederle el control, así que me eché hacia atrás y lo llevé conmigo. Jess apoyó su frente contra la mía y me abrazó sin apartar la mirada, tan intensa que apenas podía soportarla.

—¿Necesitas un descanso? —bromeé jadeando.

Jess rio levemente, pero en sus ojos no vi más que un idéntico deseo al que yo misma sentía, por lo que no necesitó responderme. Entrelacé las piernas a su alrededor y pronuncié su nombre entre gemidos. Quería más de él, de lo que había entre nosotros, anhelaba el orgasmo y, a la vez, no quería que llegara nunca. Pero ya habíamos alcanzado el punto de no retorno.

Nos acercábamos al final, tan imparables como si corriéramos cuesta abajo. Las embestidas de Jess se volvieron más rápidas y fuertes, mientras yo respiraba cálidamente sobre su piel y me aferraba a su espalda, ya que no lo sentía lo suficientemente cerca. Jess me agarró del pelo, me besó, y deslizó la mano entre nosotros para volverme loca tocándome con el dedo en movimientos circulares. Hasta que ya no pude contenerme más. Ni quería hacerlo.

Mi cuerpo se tensó a su alrededor cuando sentí las primeras oleadas de mi orgasmo, que fue más intenso de lo que había sentido nunca. Jess me siguió unos segundos después y, tras una última estocada, permaneció abrazado a mí mientras temblaba.

Nuestros nombres se mezclaron cuando ambos pronunciamos el del otro, elevándose juntos mientras el mundo se disipaba a nuestro alrededor. Solo existía la sensación abrumadora de un momento perfecto, de una unidad absoluta y de una entrega total. Sentí que me hacía pedazos, pero no me importaba volver a recomponerme.

No me importaba nada mientras Jess no me dejara ir.

43

Jessiah

—Ahora entiendo a qué te referías cuando dijiste que te molaba más de madrugada —dije sonriendo contra el hombro de Helena y, cuando ella rio, me pareció el sonido más maravilloso que había oído nunca. Bueno, quizá fuera el segundo, después de los gemidos de antes.

—En mi defensa diré que, cuando hice ese comentario, no tenía esto en mente —respondió con una sonrisa maliciosa.

—No me estaba quejando. —Me incliné y le di un beso en los labios—. Todo lo contrario en realidad. Por mí puedes despertarme así todas las noches que quieras.

Me pasó una mano por el cuello y sentí su cuerpo desnudo contra el mío.

—¿Todas las noches? —repitió, y sonó tan seductor que volví a sentir la excitación—. No me tientes, Jessiah.

Torcí el gesto al oír que pronunciaba mi nombre completo, pero me sentía tan satisfecho que no tardé en esbozar una sonrisa torcida.

—Ah, ¿no? Pensaba hacer justamente eso.

Helena me pasó una mano por el pelo y vi que su expresión se tornaba seria. Sin embargo, no dijo nada, sino que se limitó a besarme, con una suavidad y un cariño que me hizo sentir una calidez totalmente distinta a la que acabábamos de compartir poco antes.

Cuando se separó, respiré hondo e intenté apartar los pensamientos que se cernían sobre mí: qué hacer a continuación; si teníamos una oportunidad, a pesar de lo que pensaban nuestras familias. Lo único en lo que quería pensar era en tener a esta impresionante mujer entre mis brazos. Hacía apenas dos meses, creía que Helena encapsulaba todo lo que no quería en mi vida. Qué equivocado había estado.

—¿Qué te pasa? —me preguntó en voz baja.

Sonreí y acaricié su nariz con la mía.

—Estoy feliz —respondí con sinceridad, porque se lo merecía. Helena se sonrojó cuando la miré, pero no apartó la mirada.

—Yo también. —Me volvió a besar y me acarició el costado, donde las letras de mi tatuaje me recorrían las costillas hacia la espalda. Se recolocó para poder leer las palabras—. «El amor es pesado y ligero, brillante y oscuro, caliente y frío, enfermo y sano, dormido y despierto. Es todo excepto lo que es». Es de Shakespeare, ¿no?

—Anda, el dinero del colegio privado ha servido para algo —bromeé. Helena bufó y me dio un puñetazo flojo en el brazo.

—Tú también fuiste a un colegio privado.

—Pero me gustaría dejar claro que fui lo menos posible. —Sonreí de lado—. Pero sí, es de Shakespeare. Del primer acto de *Romeo y Julieta*.

—¿Por qué te lo tatuaste?

Helena volvió a repasar las líneas y me recorrió un escalofrío. No porque me incomodara, todo lo contrario. Como si pudiera hacer algo que me incomodara. Me tumbé de espaldas y miré al techo.

—Era la cita favorita de mi padre. Siempre decía que ese verso contenía todo lo que debía saber sobre el amor. Nunca entendí del todo a qué se refería y entonces era demasiado joven como para preguntarle. —Respiré hondo—. Pero después de que muriera y después de lo de Adam…, me quedó claro que mi padre tenía razón. El amor puede ser todo lo que queramos ver en él. Pero no siempre podemos decidir lo que significa para nosotros.

Helena me miró con seriedad.

—¿Qué significa para ti?

Acaricié su mejilla y reflexioné al respecto.

—Yo diría que todo eso. Ligero, pesado, brillante, oscuro, frío o… caliente.

Levanté una ceja y la miré con una sonrisa poco inocente. En las últimas horas habíamos hablado demasiado sobre el pasado y la pérdida. Quería que ahora todo fluyera más fácil, al menos esta noche, hasta que volviéramos a la realidad.

Helena sonrió de lado y deslizó un dedo por mi torso.

—Sí, sin duda.

Nos reímos y enterré la nariz entre sus cabellos, aspiré profundamente para disfrutar de su aroma y sentí mariposas en el estómago, que se extendieron por todo mi cuerpo. Durante un momento, nos quedamos callados, satisfechos con estar el uno junto al otro y con la conexión que sentíamos. Pero no tardé en recordar todo lo que habíamos hecho en la última hora y volví a sentir que me subía la temperatura. Acostarme con Helena había sido algo increíblemente natural y auténtico. Por supuesto, era guapísima y los dos estábamos en la misma onda en cuanto a lo que nos gustaba. Pero sobre todo se había debido a lo que sentía por ella. El sexo siempre era mucho mejor cuando se estaba enamorado. Tanto que no quería volver a dormirme sin repetirlo todo otra vez.

Helena levantó la cabeza y sus labios me rozaron la mejilla.

—¿Estás muy cansado? —preguntó, y emanó de ella una calidez que me hizo entender que estaba pensando en lo mismo que yo. Cuando se incorporó y me dedicó una mirada hambrienta, lo supe con certeza.

—Estoy más que despierto —gruñí en voz baja.

—Bien —murmuró con una sonrisa—. Porque yo también.

Le puse una mano en el cuello y la besé, lenta y suavemente, pero con intensidad. Helena soltó un gemido y pegó su cuerpo al mío y, en ese instante, supe que caminaría sobre el fuego por esta chica. Porque, si lo hacía bien, arderíamos los dos en llamas.

Como ahora.

Eran más de la nueve cuando volví a despertarme. No necesité ningún reloj que me lo dijera; había pasado tantas mañanas en las playas que tenía un instinto natural para saber qué hora era. Sin embargo, hacía mucho que no me levantaba tan satisfecho como hoy.

Helena apenas se había movido durante las pocas horas de sueño y seguía a mi lado, su cabellera castaña extendida como un abanico sobre la almohada, sumida en un sueño profundo. Sin embargo, en cuanto me moví un poco, se inquietó y no tardó en despertarse. Al principio pareció desorientada, como si se estuviera acordando de dónde estaba. Nos miramos brevemente, sin pronunciar palabra, y en sus ojos vi cierta incertidumbre. ¿Era por lo de anoche o por lo que había pasado cuando nos despertamos? No lo sabía.

—Buenos días —dije en voz baja con una sonrisa.

—Buenas.

Me devolvió la sonrisa, pero la expresión de sus ojos se mantuvo y se tornó más seria cuando apartó la mirada de mí y se fijó en el despertador. Entonces entendí de dónde provenía esa inseguridad: no era porque estuviéramos en la cama, sino por lo que pasaría cuando la abandonara.

—Todavía es temprano —intenté tranquilizarla—, al menos para un domingo en Nueva York. Podemos seguir fingiendo un poco más que el mundo exterior no existe.

Helena soltó aire y me miró de nuevo.

—¿Tanto se me nota?

Su sonrisa era compungida, y me dolió que la alegría de anoche no hubiera sobrevivido ni a la mañana siguiente.

—No, era solo una suposición. —Le rocé la mano y le hice cosquillitas por el brazo. Helena suspiró suavemente y cerró los ojos para disfrutar de las caricias. Sentí alivio, pero no tardé en expresar mis dudas en voz alta—. ¿Te arrepientes de lo que ha pasado? —Necesitaba esa certeza, incluso de ella. No, sobre todo de ella.

Helena abrió los ojos de par en par y me miró atónita.

—¡Ay, Dios, por supuesto que no! Por favor, no pienses eso, porque es todo lo contrario. Simplemente no sé cómo... No sé cómo vamos a... —Dejó la frase en el aire.

No pude soportar esa preocupación, así que me incliné y sellé su boca con un beso para distraerla. Y funcionó. Helena se entregó de lleno, relajó el cuerpo y, cuando me separé de ella, casi toda la inseguridad había desaparecido.

—Todavía estamos aquí —le susurré al oído— y no deberíamos tener en mente nada más que una pregunta.

—¿Cuál? —preguntó mirándome. Esbocé una sonrisa.

—¿Cómo es posible que una criatura tan mona como tú ronque tantísimo?

Helena profirió un grito ahogado.

—¡Yo no ronco! —me espetó sonriente, y me alegré de que con esa mentira descarada hubiera logrado hacerla pensar en otra cosa.

—¿Cómo lo sabes?

—Estoy segura de que me lo hubieran dicho. —Helena alzó una ceja.

—Yo te lo estoy diciendo —mantuve.

—Alguien más aparte de ti.

—Se ve que no fueron sinceros. —Me encogí de hombros y la miré con empatía—. Lo siento, amapola, sé que a veces las verdades duelen.

Helena quería pegarme, pero pareció darse cuenta de algo y cambió de plan. En su lugar, soltó una carcajada.

—¿Qué pasa? —le pregunté, divertido.

—Me has llamado «criatura mona». —Entrecerró los ojos rápidamente—. ¿O eso también era mentira?

—No, eso es verdad.

La rodeé con un brazo y la acerqué a mí tanto como pude. Luego incliné la cabeza y la besé fugazmente, pero ella me sujetó con fuerza e intensificó el beso, nuestras narices rozándose.

Entonces me di cuenta de que íbamos en una dirección en la que podríamos olvidarnos de todo lo demás. Sin embargo, oímos un ruido y, tal como había sucedido el día anterior en la terraza, nos interrumpió el gruñido del estómago, o de nuestros estómagos, más bien.

Helena se alejó un poco y puso una mano entre ambos.

—Creo que ha llegado el momento de tu famoso desayuno.

—A su servicio, señora —respondí.

Volví a besarla y salí de la cama para ponerme algo de ropa. Helena hizo lo propio y buscó su ropa interior antes de ponerse mi camiseta y bajar las escaleras. Mientras yo encendía la cafetera, Helena señaló mi máquina de hacer gofres belgas.

—¿Qué hay que hacer para que me hagas gofres para desayunar?

Me encogí de hombros como quien no quiere la cosa.

—Acostarte conmigo.

Helena asintió lentamente.

—¿Cuentan las dos últimas veces o tiene que ser después de preguntarlo?

—Mmm. —Incliné la cabeza y la contemplé, plantada frente a mí, ataviada simplemente con mi camiseta, el pelo suelto y una luz en los ojos de la que ayer carecía. En aquel momento le habría preparado un menú de ocho platos, no solo unos gofres. No obstante, hice como si me lo pensara—. Depende de lo bien que haya ido.

Durante un segundo, se borró la sonrisa de su rostro, pero entonces alzó la barbilla con seguridad.

—Vale, entonces voy a tener gofres toda la vida.

Me tuve que reír.

—Todo mérito tuyo.

Me posó un beso en la boca.

—Me alegro de que lo hayamos aclarado. Me voy a la ducha.

Se fue en dirección al baño y, antes de cerrar la puerta, me dedicó una mirada por encima del hombro que ni un ciego habría sido capaz de pasar por alto. Aun así, la hice esperar un poco y luego la seguí al baño, donde me quité la ropa y me metí con ella bajo el chorro de agua caliente.

Un rato después, Helena estaba sentada a la encimera con una taza de café en la mano mientras yo le hacía unos gofres y ella se burlaba de mí porque, a pesar de ser surfista, odiaba que se me metiera el agua en los ojos.

Si hubo algo que disfruté casi tanto como lo que habíamos hecho por la noche, fueron esos momentos de relax en los que parecía que llevábamos media vida juntos. Porque una cosa me había quedado clara desde el momento en que me despertó para follar: quería más que eso. Me daba igual que fuera una Weston y yo un Coldwell, que sus padres y mi madre se volvieran locos. Me daba igual que Helena no solo quisiera vivir en Nueva York, sino que además adorara esta ciudad de mierda. Quería estar con ella, independientemente de lo que eso significara para mí.

Helena pareció darse cuenta de que se me había ido la cabeza a las nubes, así que se acercó y se subió a la encimera. Me pasó los brazos alrededor del cuello, rozándolo suavemente, y me miró con la misma seriedad que cuando despertó.

—Prométeme que esto no va a acabar aquí —me suplicó en voz baja.

—No va a acabar aquí —prometí, y la besé con ternura—. Porque no es lo que queremos.

Helena asintió, pero de nuevo vi la incertidumbre en sus ojos y supe que no podría acabar con ella. Conocía a su familia y a la mía, aunque eso solo implicaba que iba a ser más difícil, pero no imposible. Nunca me había sometido a las órdenes de mi madre y no pensaba hacerlo ahora.

Pero Helena lo veía de otra forma.

—Tengo miedo, Jess —me confesó, y su mirada indefensa me rompió el corazón—. Tengo miedo de volver a perderte.

La tomé entre mis brazos y la abracé con fuerza.

—No tengas miedo —susurré, aunque sabía exactamente cómo se sentía—. No me vas a perder.

Los dos nos habíamos sentido solos, increíblemente solos, en una ciudad que estaba superpoblada. Pero nos habíamos encontrado el uno al otro. Y aunque lo tuviéramos todo en contra, nos debíamos al menos poder intentarlo.

—Bien —volvió a asentir, y tomó aire profundamente. Casi pude ver cómo enterraba esos sombríos pensamientos en su cabeza—. ¿Cómo van esos gofres?

Sonreí y me separé de ella para comprobarlo.

—Les queda un minuto.

Helena se bajó de un salto de la encimera y fue en busca de su bolso, que había dejado la noche anterior tirado en el sofá. Lo abrió y sacó el móvil. Al mirar la pantalla, frunció el ceño.

—¿Ha pasado algo? —pregunté, y saqué los primeros gofres de la plancha para dejarlos enfriar sobre una rejilla.

—Ni idea. —Se acercó de nuevo a mí con el teléfono en la mano y los ojos fijos en la pantalla—. Mi hermano me ha llamado varias veces esta mañana y me ha dejado un mensaje pidiéndome que vuelva a casa lo antes posible.

—¿No explica por qué? —No quería ponerme en lo peor; que alguien de su familia se hubiera enterado de dónde había pasado la noche.

Helena negó con la cabeza.

—No. Ayer le dije que no aguantaba más estar en el baile y que iba a pasar la noche en casa de Malia. Me respondió con un «vale», y luego he recibido este mensaje. —Tecleó algo en el móvil y se lo llevó a la oreja, pero unos segundos después lo volvió a bajar y suspiró—. El buzón. Me parece que voy a tener que irme antes de lo que esperaba.

Sabía lo que eso significaba: que nuestro desayuno se había acabado. Helena se acercó a mí para coger uno de los gofres de la rejilla, pero después señaló la puerta del baño:

—Tengo que volver a ponerme mi traje de Elsa —dijo en tono lúgubre.

No pude más que mirar cómo desaparecía de nuevo tras la puerta. Sentí que se me encogía el estómago cuando comprendí que nos enfrentábamos a más dificultades de las que pensaba.

44

Helena

En el baño, me quité la ropa que Jess me había prestado y me volví a poner mi vestido. Cuando me miré en el espejo, me sentí algo extraña, al igual que en el Mirage. Y, a pesar de que el pelo me caía greñoso y húmedo en la cara, me vi más guapa que nunca. Tal vez porque la noche anterior había sido la primera vez en años que me había sentido yo misma. Y había sido feliz.

Volví a la cocina, donde Jess no paraba de hacer gofres, aunque los dos sabíamos que no podía quedarme. Le di un abrazo por detrás y me apoyé en su espalda para sentir su calor. Él se dio la vuelta y, cuando cruzamos miradas, un batallón de mariposas me revoloteó en el estómago.

—No quiero irme —protesté pasando los dedos por esos rizos rubios que aquella mañana estaban maravillosamente despeinados. No quería irme nunca, tan solo quería quedarme en ese apartamento y aislarme de la vida exterior.

—Yo tampoco quiero que te vayas. —Sonrió con dulzura y apoyó su frente contra la mía—. Pero confío en que volverás.

—En cuanto pueda —le prometí, y lo besé brevemente. Pero Jess me abrazó con fuerza y aumentó la intensidad del beso hasta que pareció calmarse y me dejó ir.

—Dame tu teléfono. —Estiró la mano y dejé que guardara su número de teléfono. Acto seguido, me lo devolvió y me dio dos gofres envueltos en una servilleta—. Para que no te mueras de hambre. Avísame cuando sepas lo que ha pasado.

Asentí.

—Seguro que va todo bien y Lincoln está exagerando.

—Sí, seguro.

Jess me besó otra vez y yo lo besé de vuelta, sin saber cómo marcharme. Aun así, me separé de él y me dirigí a la puerta. Necesité de toda mi fuerza de voluntad para hacer girar el pomo y abrirla. Atravesar el umbral y cerrarla a mi paso me costó todavía más.

Me sentí extrañamente vulnerable al bajar las escaleras y salir a la calle a empaparme bajo la lluvia. No solo porque no tenía ni idea de lo que pasaba en casa, sino, sobre todo, porque no tenía ni idea de qué hacer a continuación. Adam y Valerie consiguieron defenderse de los intentos de mis padres y de Trish Coldwell por separarlos, pero sus muertes habían recrudecido los frentes. ¿Hasta dónde estaba dispuesta a llegar para ser feliz? ¿Sería capaz de ocultarles lo mío con Jess y mentirles todos los días? ¿Y podría ser feliz a pesar de ello?

Un coche enorme con los cristales tintados se detuvo justo delante de mí cuando iba de camino a la Séptima para pedir un taxi. Frené en seco y puse los ojos en blanco ante tanta ignorancia, pero eso era lo habitual en Nueva York. Luego crucé al otro lado evitando el coche, no fuera a ser que al idiota ese le diera por dar marcha atrás al acordarse en qué dirección tenía que ir. Y definitivamente no quería que me atropellaran hoy.

A mi espalda oí el sonido amortiguado de cómo se abría una puerta del coche de lujo. Estuve a punto de volverme para decirle al tipo que esa calle no era un aparcamiento, pero me limité a seguir adelante.

Al menos, hasta que me detuvo un grito ahogado.

—¡Helena!

Me di la vuelta y me quedé petrificada en cuanto vi quién me había llamado. Era Trish Coldwell, que se encontraba sentada en el asiento trasero del enorme vehículo, vestida en colores claros como siempre, con las gafas en la nariz, y mirándome con frialdad.

—Tenemos que hablar —dijo. No era una pregunta, más bien una orden, claro.

Me cuadré de hombros con toda la seguridad que pude.

—Me esperan en casa, lo siento —repliqué en tono gélido. Mis latidos iban a doscientos por ahora y aumentando. ¿Qué hacía aquí? ¿Lo sabía a pesar de que acababa de salir del apartamento? ¿Cómo era posible?

—Te prometo que querrás escuchar lo que tengo que decirte. Es sobre tu familia. —La mirada de la madre de Jess era inescrutable—. Podemos charlar mientras te llevo a casa, así no te hago perder el tiempo.

¿Sobre mi familia? Había pensado que se trataría de Jess y de mí, aunque no entendiera cómo se había podido enterar. Pero ¿qué tendría que hablar conmigo Trish Coldwell que tuviera que ver con mi familia? El mensaje de Lincoln era críptico. «¿Sigues con Malia? Por favor, ven a casa en cuanto puedas». ¿Estaría relacionado con esto?

La única forma de saberlo era escuchar lo que Trish tenía que decir.

—De acuerdo.

Me di la vuelta y me metí en la limusina, lo cual no me resultó sencillo con mi vestido voluminoso y probablemente hubiera sido del todo imposible si lo hubiera intentado en un taxi. Aun así, no sentí gratitud porque Trish me quisiera llevar a casa, sino más bien preocupación. O algo más parecido al pánico.

El coche se puso en movimiento y Trish Coldwell le indicó al conductor mi dirección a través del pinganillo. Luego volvió a apagar el botón.

—Supongo que podemos ahorrarnos las medias tintas —dijo, y me miró de arriba abajo. Ya me podía imaginar que no daba muy buena impresión, desmaquillada, con la ropa del día anterior y los gofres en la mano. Pero me daba igual. Y a Trish probablemente también—. Te estás acostando con mi hijo, ¿verdad? ¿Tienes sentimientos hacia él?

Sus palabras me dejaron sin aliento, pero no por el contenido, sino por lo directa que era. Y aunque el tono era claramente acusatorio, me vinieron a la mente las imágenes de la noche anterior y esa mañana. Me las quité rápidamente de la cabeza.

—Eso no es de su incumbencia —dije con tanta firmeza como pude—. Jess y yo somos adultos y podemos hacer lo que queramos.

Trish soltó una carcajada, breve y grave, que se asemejaba a una tos.

—Querida, eres una Weston. Ya deberías saber que, en los círculos en los que nos movemos, la mayoría de edad conlleva más obligaciones que libertades.

—No soy su querida —repliqué haciéndole frente a su mirada. Tenía los ojos del mismo color que Jess, pero los suyos eran cálidos, mientras que los de Trish no irradiaban más que frío—. Y las obligaciones que tenga son cosa mía.

—Estupendo, hablemos entonces sin rodeos —asintió—. Quiero que te alejes de mi hijo. No como en las últimas semanas, ese tira y afloja, sino de forma permanente. Para siempre.

—Olvídelo —respondí sin dudar a esa exigencia descarada. Evidentemente, sabía de qué era capaz esa mujer, pero no me impidió desafiarla. Valerie no cedió y yo tampoco pensaba hacerlo.

—Todo tiene un precio, Helena, y estoy segura de que puedo pagar el tuyo. —Señaló un maletín que yacía a su lado—. ¿Qué sabes de la situación financiera de la empresa de tu padre?

Le dediqué una mirada furiosa y recordé todo aquello que me había indicado que las cosas no iban bien: las oficinas vacías, los constantes viajes de negocios de mi padre, su cansancio y su desgaste, las insinuaciones de Lincoln. Aun así, permanecí en silencio.

—O sea, nada —asumió Trish—. Pues te lo diré: es una catástrofe. Hicieron unas inversiones desproporcionadas y poco acertadas en un proyecto del Upper West Side y tu padre hizo una especulación arriesgada que le salió mal. Lo único que podría salvar a tus padres es el acuerdo de Winchester. Un acuerdo que hace tiempo que se le escapó de las manos porque yo presenté unos argumentos mejores. Los contratos se encuentran ahora mismo en mi despacho, listos para ser firmados.

Seguí sin pronunciar palabra, porque no quería dar a entender que me había pillado desprevenida. Aunque me había dado cuenta de que la empresa estaba pasando un mal momento, mis padres habían conseguido ocultarme que en realidad estaban entre la espada y la pared.

—¿Y qué quiere de mí? —pregunté—. Es evidente que ha conseguido lo que quería.

—No del todo. Porque Jess y tú seguís juntos. —Trish continuó hablando antes de que pudiera replicar que no me iba a dejar intimidar por ella—. Te hago la siguiente oferta: si aceptas el trato y te mantienes alejada de mi hijo, le cederé a tus padres el acuerdo de Winchester.

La miré atónita.

—¿Qué?

Trish esbozó una sonrisita.

—Me retiraré del proyecto y me ocuparé de que el Grupo Weston se lleve el contrato. Solo si me haces el favor de divertirte con cualquier muchacho que no sea mi hijo.

Lo decía en serio, lo vi claro en ese instante. ¿Trish Coldwell pretendía abandonar un acuerdo descomunal y prestigioso solo para separarnos a mí y a Jess? ¿Por qué?

—¿Por qué hace esto? —pregunté en voz baja. ¿Tanto odiaba a mi hermana que creía que Jess y yo acabaríamos igual? ¿O se trataba de mantener la reputación, tal como hacían mis padres?

—Tengo mis motivos. Y si crees que lo que quiero es hacerle daño a Jessiah, te puedo asegurar de que se trata de todo lo contrario. Quiero protegerlo.

—¿De mí? —pronuncié en un tono casi inaudible. Yo no era ningún peligro para Jess, por Dios bendito. Que nos hubiéramos enamorado el uno del otro no significaba que fuera a hacerle daño.

—No. De todo aquello a lo que se enfrentaría si estuviera contigo.

—¿A qué iba a tener que enfrentarse? —Me dolía que pareciera creer que yo no era una buena decisión para su hijo. Ya se había equivocado respecto a Valerie, pero Trish nunca lo admitiría—. ¿A por fin sentirse bien en esta ciudad que odia? ¿A ser feliz?

Trish Coldwell dejó escapar otra de sus carcajadas que terminó en un resoplido despectivo.

—Está claro que esa arrogancia la lleváis en los genes. ¿Desde cuándo conoces a Jessiah? ¿Hace tres minutos? ¿Qué te hace pensar que es feliz contigo?

«Porque me lo ha dicho», pensé, pero no lo expresé en voz alta. Esta mujer sentía tanta aversión por mí y por mi familia que era imposible que la convenciera de otra cosa.

—Creo que yo estoy en una posición mejor que la suya —dije en su lugar—. Al fin y al cabo, usted no tiene buena relación con él.

—Es posible, pero aun así haré lo que sea con tal de protegerlo. Puede que lo entiendas algún día cuando tengas un hijo. —Cogió los documentos del asiento y los puso sobre su regazo—. Creo que eres una chica inteligente, Helena, mucho más que tu hermana y, sobre todo, mucho más leal. Te ofrezco aquí y ahora la oportunidad de salvar todo lo que tu familia ha construido durante décadas. Lo único que tienes que hacer a cambio es acabar con una relación que ni siquiera sabes si seguirá adelante la semana que viene. —Me miró fijamente—. Es decisión tuya.

No podía negar que me había acojonado con lo que había dicho de la empresa de mis padres y también que estuviera dispuesta a tomar decisiones tan drásticas cuando se trataba de separarnos a mí y a Jess. Pero no pensaba aceptar ese trato. No solo porque era la primera vez que sentía algo parecido a la esperanza desde la muerte de Valerie. Tampoco porque me hubiera enamorado perdidamente de Jess. Sobre todo era porque no me fiaba de esta mujer ni un pelo. Era manipuladora, malvada e incapaz de olvidar la reputación de mi hermana. Me daba igual que lo dijera; no pensaba creerme sus palabras.

—Tiene razón, la decisión es mía —respondí con voz firme, y me di cuenta de que la limusina estaba a punto de parar frente a mi casa. La sincronización perfecta—. Y por eso voy a rechazarlo. Estoy segura de que mis padres encontrarán otro proyecto con el que sanear las cuentas. —Y si no, teníamos suficientes propiedades como para llegar a fin de mes. Mi familia provenía de una larga dinastía de personas a las que se les daba bien gestionar el dinero. Volverían a recuperarse.

Trish ladeó ligeramente la cabeza.

—Bueno, si tú lo dices. —Sus labios esbozaron una sonrisa que me provocó un escalofrío por toda la espalda. Luego sacó una tarjeta de su bolso—. Si cambias de opinión, llámame. La oferta seguirá en pie hasta esta noche.

Estuve a punto de rechazar la tarjeta, pero en el último momento decidí cogerla antes de salir de la limusina sin despedirme.

Mientras caminaba los cien metros que me separaban de mi casa, sentí que se me hacía un nudo en el estómago y que me temblaban las manos. Esta conversación había agotado todas mis reservas de energía. Me hubiera encantado llamar a Jess, pero sabía que se pondría como un loco en cuanto supiera lo que había tratado de hacer su madre. Prefería decírselo en persona.

Tiré en una papelera junto a la entrada los gofres que había llevado en la mano todo este tiempo y entré por la puerta que el portero mantenía abierta educadamente. El ascensor tardó un buen rato en bajar, pero por suerte, cuando llegó, estaba vacío. Lo último que necesitaba en esos momentos era una charla trivial con algún vecino.

Mientras subía, saqué las llaves, pero no fue necesario. Cuando me bajé del ascensor, alguien salió de mi casa: era Harold de Rosso, el asesor financiero de mi familia de toda la vida.

—Helena —me saludó con una sonrisa cuando me reconoció, aunque no cuadraba con la expresión preocupada de su rostro—. Qué atuendo más original a plena luz del día.

—Ya, es…, es una larga historia. ¿Qué sucede, señor De Rosso? ¿Hay algún problema?

Seguro que no había venido un domingo a vernos porque teníamos muy buen café. Su sonrisa se esfumó.

—Creo que será mejor que te lo explique tu madre.

En ese momento, Lincoln apareció en la puerta.

—¡Len, por fin! ¿Por qué has tardado tanto? ¡Entra ahora mismo!

No respondí a su pregunta, sino que me limité a despedirme del señor De Rosso con una sonrisa y entré en mi casa.

—Pero ¿qué es lo que pasa?

En el salón se encontraba mi madre, junto a la doctora Gregory, que llevaba un par de años siendo nuestra médica de cabecera. Ambas estaban conversando en voz baja, pero, en cuanto entré, se callaron de repente.

—Gracias, Iris —dijo mi madre—. También por tu discreción en este tema. Ya te llamaré.

La médica me saludó con la cabeza al pasar a mi lado y se marchó. Cuando se cerró la puerta, me quedé a solas con Lincoln y mi madre.

—¿Dónde está papá? —pregunté, alarmada—. ¿Está arriba? ¿Le ha pasado algo?

¿Por qué si no había venido nuestra médica y mi madre hablaba de discreción? Mi madre y mi hermano intercambiaron una mirada. Al verlo, se me acabó por completo la paciencia. Llevaban meses, sino años, ocultándome todo tipo de problemas. ¿Qué más no sabía?

—¡Por el amor de Dios, que alguien me diga qué está pasando! —exclamé.

—Tu padre está… No está aquí. Está en el hospital Monte Sinaí. Ya no corre peligro, pero se quedará un par de días en observación.

Boqueé en busca de aire.

—¿Está en el hospital? ¿Por qué? ¿Qué ha pasado?

—No lo sabemos con certeza. —Mi hermano frunció los labios—. Esta noche no dormía aquí, sino en el Mirage, porque tenía un par de reuniones allí hasta tarde con algunos inversores. A primera hora de la mañana, un coche lo atropelló a dos calles del hotel. El conductor dice que papá salió de la nada y se tiró encima del coche.

Vi que mi madre dilataba las fosas nasales y supe por qué; yo también recordé el doloroso momento en el que descubrí que Valerie estaba muerta.

—¿Cómo ha sucedido algo así? —pregunté en tono apagado.

—Los niveles de alcohol en sangre estaban por las nubes —explicó Lincoln. Llevaba una sudadera arrugada y ni siquiera se había afeitado—. Papá todavía no ha recuperado la consciencia, pero el camarero dijo que pidió un whisky detrás de otro hasta que se lo bebió todo.

—¿Por qué ha hecho algo así? —Me acordé de lo que me había dicho Trish Coldwell. ¿Era verdad?—. ¿Tiene algo que ver con el acuerdo de Winchester? ¿No ha podido cerrarlo?

Mi hermano me miró sorprendido.

—¿Cómo sabes eso? Es algo totalmente secreto.

—Tengo mis fuentes —me limité a responder, y me habría reído de soltar una frase tan cliché si no hubiéramos estado hablando de algo tan serio—. ¿Es cierto entonces? ¿Hemos perdido el contrato? —Mi madre asintió con el rostro petrificado—. ¿Y qué significa eso para nosotros?

Tenía que saber la verdad. Tenía que saber si lo que me había dicho la madre de Jess era pura manipulación o no. Porque si era verdad, entonces… No, no quería ni pensar lo que significaba eso para mí.

Mi madre dudó, pero, antes de que pudiera añadir algo más, pareció entender que hacía ya mucho tiempo que no podía protegerme de todo.

—Significa que estamos arruinados a menos que suceda un milagro. Tuvimos algunos problemas de liquidez después de una inversión que se nos fue de las manos. Tu padre intentó arreglarlo comprando acciones, pero hubo un escándalo de malversación de fondos y la empresa acabó en bancarrota. Por eso lo apostamos todo al acuerdo de Winchester. Tenemos ya contratos firmados con proveedores y contratistas porque así conseguíamos mejor precio que Trish Coldwell, pero no ha servido para nada. Nos ha desbancado y se nos ha acabado el dinero, al igual que el buen nombre.

—¿Por qué fuisteis tan inconscientes de poner todos los huevos en una misma cesta? —Tenía a mis padres como unos empresarios razonables que nunca corrían ese tipo de riesgos. Al menos hasta que me fui a Inglaterra, lo que probablemente fuera parte de la respuesta—. Ha sido por Valerie, ¿no? ¿Queríais ganarle a Trish Coldwell por ella?

—¡Esa mujer nos ha humillado, Helena! —siseó mi madre—. Delante de nuestros amigos, de nuestros socios y del mundo entero. Necesitábamos una victoria en su terreno para poder volver a formar parte del juego. Por eso hicimos todo lo posible.

«Y lo perdisteis todo». Me pasé la mano por el pelo y di un par de pasos, pero el vestido se interpuso. Parecía que habían pasado años desde que fui a ver a Jess porque no tenía ni idea de qué hacer con mi tristeza.

Entonces sonó el teléfono de mi madre y esta contestó enseguida. Lincoln y yo escuchamos atentamente las pocas palabras que pronunció antes de colgar.

—Vuestro padre está despierto. Voy para allá.

—Vamos contigo —me ofrecí al momento.

—No. —Negó con la cabeza—. Por ahora iré solo yo.

Podría haber gritado que por qué se seguía preocupando por nuestra reputación. Si ya estábamos totalmente jodidos, ¿qué más daba que Lincoln y yo fuéramos al hospital para verlo?

—Len, sé lo que estás pensando. —Mi madre me dedicó una mirada agotada—. Pero si de verdad tu padre estuvo así de borracho por la calle, estará abochornado. Ahora mismo es mejor que no estéis allí.

Me quedé callada y permanecí junto a mi hermano mientras ella recogía sus cosas y salía de la casa. Nos quedamos así un rato y me di cuenta de que Trish Coldwell había dado en el clavo: mi familia estaba al borde del abismo y mi padre estaba un paso más allá. «Estamos arruinados, a menos que suceda un milagro», eso había dicho mi madre. Un milagro, eso era lo que necesitábamos. Como que Trish perdiera interés en el acuerdo de Winchester y se lo cediera a mis padres.

—Voy a cambiarme —le dije a Lincoln, y este asintió, se sentó en el sofá y cerró los ojos en señal de rendición.

—Sí, adelante.

Solo podía imaginar lo que había aguantado en los últimos años, todo lo que había sacrificado por nuestra familia. Lo último había sido renunciar a la libertad de poder casarse con quien quisiera. Pero quizá ese era nuestro destino. Quizá los Weston no estábamos destinado a ser felices.

Por un instante, me planteé hablarlo con Lincoln. Decirle lo que me había ofrecido Trish Coldwell y lo que quería a cambio. Pero supe que solo conseguiría hacerle más daño, así que me callé y me fui a mi habitación. Allí cerré la puerta y me apoyé contra ella, respirando de forma entrecortada y sintiendo que me atacaban las emociones de las últimas horas: amor, felicidad, miedo, odio, preocupación y tristeza. Aun así, conseguí mantenerlas a raya, al menos por un tiempo. Ahora debía ser una Weston funcional para que ese apellido significara algo en el futuro.

Cogí el bolso y saqué la tarjeta de Trish Coldwell. Luego busqué mi móvil y sostuve ambas cosas con pulso vacilante. Por mucho que quisiera otra salida, no había ninguna. Tenía que elegir entre mi familia y Jess. Y aunque se me rompía el corazón solo de pensar que no volvería a verlo, no volvería a acariciarlo, ni besarlo ni oír cómo me llamaba «amapola»..., ya había tomado la decisión. No podía ser tan egoísta de poner mi felicidad por encima de la de toda mi familia. Eso era lo que había hecho Valerie, y no solo la había matado, sino que nos había llevado a este punto catastrófico.

Así que ahí estaba, en mi habitación, y por primera vez desde su muerte, sentí rabia hacia mi hermana. Porque me había dejado sola, rodeada de un montón de escombros, y sin más opción que destruir aquello que más quería en el mundo.

Me tragué el nudo que se me había formado en la garganta y marqué el número de la tarjeta, respirando dolorosamente mientras sonaba.

—¿Diga? —respondió Trish Coldwell poco después.

—Hola, soy…, soy Helena Weston. —Apenas podía respirar, pero me obligué a hacerlo—. Estoy lista para aceptar su oferta.

—Ya decía yo —dijo sin preguntarme por qué me había decidido a hacerlo. ¿Por qué iba a hacerlo? Desde el principio sabía cómo estaban las cuentas de mi familia. Posiblemente incluso supiera lo que le había pasado a mi padre. Pero, si era así, de sus labios no salió indicativo alguno, solo detalles concretos y al grano—. Las condiciones son las siguientes: cederé el acuerdo de Winchester a tus padres si le dices a Jess que lo vuestro se ha acabado. Eso significa que no volverás a llamarlo, ni a quedar con él ni hablar con él. —Pronunció esas palabras sin la más mínima emoción, mientras que las mías amenazaban con desbordarse. Con la mano que tenía libre agarré el tul del vestido con tanta fuerza que me hice daño. No dejé escapar ningún gemido, pero las lágrimas me corrieron por las mejillas—. No te presentarás en su puerta y te asegurarás de que él no se presente en la tuya. Si violas alguna de las condiciones o le hablas a mi hijo de este trato, encontraré la forma de destruir a tu familia social y económicamente para siempre. Y no te confundas: sabré si has roto el acuerdo. ¿Está claro?

Presioné los labios lo más fuerte que pude para que no notara que estaba llorando.

—Sí —logré decir—. Entendido.

—Bien, tenemos un trato entonces. Haré todo lo posible por cumplirlo y espero lo mismo de ti. —La amenaza era tan clara como su voz—. Avísame en cuanto arregles las cosas con Jessiah.

—De acuerdo. ¿Cuándo…? —Respiré con temblor—. ¿Cuándo informarán a mis padres?

—En cuanto cumplas tu parte del trato. Adiós, Helena. Confía en mí, has hecho lo correcto. —Y me colgó.

Me dejé caer de la puerta al suelo, ya que las piernas no me sostenían, y permití que el dolor y la desesperación me envolvieran como una avalancha. Lloré rodeada de la falda de tul, lloré en silencio para que Lincoln no me escuchara, y no quise volver a levantarme nunca más. Sabía que tenía que llamar a Jess para cumplir mi parte del trato, pero no sabía cómo hacerlo. ¿Cómo iba a decirle que todo había acabado después de todo lo que habíamos hablado, después de todo lo que había sucedido entre nosotros? ¿Y sin decirle siquiera por qué? ¿Y cómo iba a soportar saber que estaba en Nueva York sin volver a verlo? ¿O cómo iba a verlo en algún sitio y darme la vuelta y alejarme?

No lo sabía. No sabía cómo iba a hacerlo.

Pero sí que sabía que debía encontrar la forma, porque no me quedaba otra opción.

—¿Len? —Lincoln llamó a mi puerta. Me levanté, me enjugué las mejillas y abrí la puerta—. Mamá ha llamado, ya podemos ir a ver a papá. Raymond nos está esperando. —Miró con crispación mi vestido—. ¿No te ibas a cambiar?

—Sí, yo… Ahora mismo me cambio. Bajo en cinco minutos.

Respiré hondo y, cuando se fue, me quité el vestido y lo metí en lo más hondo del armario para no volverlo a ver nunca más. Luego saqué una muda de ropa limpia, fui al baño, me cambié, me recogí el pelo y me di cuenta de que se me notaba claramente cómo me sentía. Que se me había roto el corazón a pesar de que lo peor aún estaba por venir.

Mi hermano me esperaba junto a la puerta, ataviado con una camisa y unos vaqueros que seguramente había sacado del armario de mi padre, y bajamos al rellano sin dirigirnos ni una palabra. Raymond había aparcado frente a la puerta, nos montamos en el coche e intenté que no se me notara nada. Tampoco era que Lincoln me estuviera prestando mucha atención, no hacía más que revisar correos electrónicos y mensajes, mientras yo apretaba con fuerza el móvil sabiendo perfectamente que tenía que hacer esa terrible llamada lo antes posible.

A mi hermano le sonó el móvil y aceptó la llamada.

—¿Diga? No, vamos de camino. No sé qué haremos, mañana lo decidiremos. Vale, luego nos vemos.

Respiró con tanta dificultad que puse mi mano sobre la suya.

—Todo se arreglará —le dije, y me sorprendí de lo firme que salieron esas palabras de mi boca. Por lo visto, sí que era una Weston.

Mi hermano me miró sin entender.

—¿A qué te refieres?

—El acuerdo de Winchester saldrá adelante.

—El acuerdo de Winchester ya está adjudicado —negó Lincoln con la cabeza—. No hay nada más que hacer.

—No es cierto. He llegado a un trato con Trish Coldwell. Se va a retirar del acuerdo para cedernos el proyecto.

Lincoln me dedicó una mirada cargada de perplejidad, pero se abstuvo de llamarme loca.

—¿Tú? ¿Cómo has conseguido eso?

Respiré hondo y me di cuenta de que mi compostura hacía aguas.

—Hay algo que le importa más que ese acuerdo. Y yo estoy en la posición de dárselo.

—¿Y qué es eso? Para esa mujer no hay nada más importante que el éxito empresarial.

—Sí que lo hay: que ninguno de sus hijos esté con una Weston.

—Len… —Ahora fue Lincoln el que me apretó la mano. Pareció ver cómo se derrumbaba la fachada que había mantenido con tanta firmeza—. ¿Tú y Jessiah estabais…?

Lo dijo con consternación, sin reproches, en un tono cargado de compasión. Porque sabía lo que había entre Jess y yo, seguramente desde antes de que yo misma lo supiera. Mi hermano había sacrificado tantas cosas que sabía exactamente lo que significaba para mí lo que estaba haciendo.

Asentí.

—Sí, pero hoy le pondré fin. Le he prometido a Trish que nunca más me acercaré a él si ella se retira del acuerdo Winchester. Y voy a hacer honor a esa promesa.

—Joder. —Lincoln sacudió la cabeza—. Lo siento mucho. No sabía que ibais tan en serio.

Hasta ese momento no lo había visto, pero ahora sabía que yo había encontrado a la persona con la que quería estar hasta el fin de mis días y que hoy volvería a perderla.

—Yo tampoco —respondí, y me llevé una mano a la boca—. No tenía ni idea hasta que ayer me presenté en su puerta.

En el momento en el que Jess me aceptó entre sus brazos sin pronunciar una palabra, lo había entendido. Éramos perfectos el uno para el otro, en todos los ámbitos posibles. Pero el destino tenía otros planes para nosotros.

El intercomunicador se encendió entonces.

—Estamos en el hospital Monte Sinaí —anunció Raymond. Aun así, ninguno de los dos echó mano a la manilla de la puerta.

—¿Jessiah ya lo sabe? —preguntó Lincoln.

—No, tenía intención de llamarlo. —Pero en cuanto lo dije en voz alta, me quedó claro que no quería acabar la relación de esa forma. No importaba lo difícil que fuera, le debía a Jess hacerlo mirándolo a los ojos. Aunque no tenía ni la más remota idea de cómo iba a sobrevivir a esa conversación. Lincoln pareció adivinar mis pensamientos.

—Ve a verlo. Yo le diré a mamá que llegarás más tarde.

—Por favor, no les cuentes nada de esto, ¿vale? No quiero que sepan lo que he hecho. Ni lo del trato ni…, ya sabes.

—Descuida. —Mi hermano se inclinó y me dio un abrazo breve—. Si me necesitas, aquí estoy. Espero que lo sepas.

Me limité a sonreír y observé cómo se bajaba. Cuando se alejó, presioné el botón del intercomunicador.

—¿Raymond? Tengo que ir a otro sitio. ¿Podrías llevarme al West Village? A Commerce Street.

—Por supuesto, señorita Helena.

Apenas tardamos diez minutos en llegar allí, diez minutos en los que intenté prepararme la conversación, hasta que me di cuenta de que no había nada que pudiera decir que me lo pusiera más fácil a mí o a Jess. Así que, con la cabeza dolorosamente en blanco, me bajé del coche y me dirigí a la casa que ayer se había convertido en un refugio para mí, al igual que el hombre que habitaba dentro. Ahora, tan solo veinticuatro horas después, estaba allí para acabar con todo. Con él. Conmigo. Con lo que había entre nosotros.

A pesar de todo, seguí adelante. Siempre hacia delante. Hasta que estuve frente a su puerta. Nunca pensé que volvería a estar tan desesperada, triste o enfadada como anoche, pero ahí estaba. Y aunque en mi interior solo quería gritar de dolor e injusticia, me quedé callada.

Me quedé callada, alcé la mano y llamé para cumplir el trato que salvaría a mi familia.

45

Jessiah

Cuando Helena se marchó, me encontraba de tan buen humor que no sabía ni qué hacer conmigo mismo. Sí, el mensaje de su hermano no parecían ser buenas noticias, pero si por algo era conocida la alta sociedad era por montar un drama de cualquier cosa. Seguramente se trataba de algo que en el mundo normal no le interesaba a nadie, como un escándalo por haber elegido el color inadecuado para las invitaciones de boda de Lincoln o la disposición de invitados en algún evento. Así que estaba deseando que Helena volviera pronto para poder acabar el día como lo empezamos. Porque la echaba de menos desde que se había ido.

Había sido el día que mejor me había sentido desde que había vuelto a Nueva York, y estaba cantando mientras limpiaba los restos de los gofres cuando alguien llamó a la puerta. Bajé un poco la música y compuse la mejor de mis sonrisas para disculparme con el vecino por el ruido, pero, cuando abrí la puerta, me encontré a Helena. Mi corazón latió más fuerte de lo normal.

—Hola —saludé alegremente y dejé que pasara—. No esperaba que volvieras tan pronto. ¿Va todo bien con tu familia?

—Sí. No. Eso da igual.

Parecía inusualmente seria con esa sudadera negra y el pelo recogido hacia atrás. Mi sonrisa se esfumó al darme cuenta de que ella no me correspondía. Al contrario, parecía haber estado llorando; lo sabía porque así mismo había estado cuando vino ayer.

—¿Qué sucede? —pregunté preocupado y estiré una mano en su dirección, pero Helena dio un paso atrás y frunció los labios, como si estuviera intentando no perder la compostura. El sentimiento de felicidad en mi estómago se tornó en algo afilado que se me clavó dolorosamente en las entrañas. Algo no iba bien. Nada bien—. Amapola, habla conmigo.

—Jess, yo… —empezó a decir, y noté que tenía las manos cerradas en un puño para mantener el control. Me estaba matando verla así y no poder hacer nada al respecto. Era como si entre nosotros se hubiera alzado una pared de cristal que nos distanciaba—. Lo nuestro… es imposible. Lo de anoche fue realmente maravilloso, pero fue algo de una noche. Lo siento.

La miré atónito.

—¿Estás de coña? ¿Es una broma? —Hacía un par de horas que se había marchado, no sin antes besarme y prometerme que nos volveríamos a ver. Habíamos quedado en que íbamos a intentarlo, a pesar de toda la mierda que se iba a interponer en el camino, porque éramos demasiado importantes el uno para el otro. ¿Qué cojones había pasado desde entonces?

Helena sacudió la cabeza vehementemente.

—No, no es una broma, es mi decisión. No ha sido fácil para mí, pero créeme, lo mejor para los dos es que la aceptes.

—¿Que la acepte? —¿Cómo iba a aceptarla si me estaba hablando como si fuera una política en plena campaña? ¡Y una mierda iba a aceptar!—. No aceptaré nada hasta que no me digas qué ha pasado en esta última hora y media. ¿Qué te ha llevado a tomar esa decisión después de despertarte esta mañana en mis brazos? ¿Tus padres? ¿Otra vez te han pedido que bailes al son de su música?

—No —respondió, y bajó la vista—. No han sido ellos.

—Vale, entonces ¿qué? ¿Saliste por la puerta y te diste cuenta de que no significaba nada para ti? ¿Que lo que habíamos hecho era cosa de una vez? ¿Es que querías saber qué es lo que había visto tu hermana en mi hermano? ¿Qué se sentía al follarse a un Coldwell? ¿Es eso?

—Jess, por favor, basta —suplicó en voz baja.

—¡Y una mierda! ¡Deja de tratarme como si fuera un desconocido al que te hubieras ligado en la barra del bar! —exclamé—. Significas mucho para mí, Helena, ¡más de lo que te puedes imaginar! ¡Así que dime de una vez qué cojones ha pasado!

—¡No puedo! —replicó Helena, y por fin me mostró cómo se sentía. Lo desesperada e impotente que se sentía. Lo veía todo en sus ojos azules sin necesidad de que hablara—. ¡No puedo decírtelo, Jess! ¡No puedo volver a hablar contigo! ¡No puedo!

Al oír esas palabras, en mi mente se activó una alarma que estaba reservada para Trish Coldwell. Tuve la sensación de que mi madre había participado en esto, una jugada en la oscuridad. Y recordé lo obsesionada que estaba por que no me acercara a Helena. Esto era obra suya. Estaba claro.

—¿Qué tiene Trish contra ti? —pregunté en tono sombrío—. ¿Con qué te está chantajeando?

Helena se limitó a negar con la cabeza y se llevó la mano a la boca para no llorar. Acorté los dos pasos que nos separaban y la sostuve en mis brazos y, por un instante, se dejó llevar y me abrazó con fuerza. Pero luego volvió a separarse, como si recordara que no podía acercarse mucho a mí. Y probablemente eso había sido lo que le había pedido Trish.

—Vale, entonces se lo preguntaré yo mismo. —Fui a la encimera, donde estaba mi móvil.

—¡No! —gritó Helena, asustada—. Si se entera de que lo sabes, no cumplirá su parte del trato. Y tiene que hacerlo; si no, ¡mi familia lo perderá todo!

Ni siquiera conseguí resoplar ante ese despliegue de sangre fría. A mi madre le importaba un carajo mi vida, pero en cuanto estaba a punto de conseguir la felicidad, entonces decidía inmiscuirse con sus intrigas. «Al igual que con Adam», pensé amargamente. La historia siempre se repite.

—Está bien, entonces te propongo un trato yo a ti. —Miré a Helena a los ojos y traté de mantener un tono calmado, aunque en el fondo solo quería gritar—. Tú me cuentas con qué te está amenazando mi madre y yo te prometo que jamás le contaré que me lo has dicho.

—¿Quieres pasarte toda la vida fingiendo que no sabes nada delante de ella? —Helena se enjugó las lágrimas—. No, Jess. No pienso hacerte eso.

—¿Crees que me será más fácil si me paso toda la vida preguntándome por qué me dejó la mujer de la que me he enamorado perdidamente? —Lo pronuncié en voz baja para que supiera lo mucho que me dolía. No porque quisiera manipularla como había hecho mi madre, sino porque ella tenía que saber lo importante que era para mí.

Vi que Helena se debatía, pero no dije nada más. Si quería marcharse, no la detendría. Ahora le tocaba a ella decidir si merecía la pena confiar en mí.

—Me ha ofrecido el acuerdo de Winchester —confesó finalmente. Se cruzó de brazos, como si tuviera que protegerse, pero no de mí—. Cuando volvía a casa, se interpuso en mi camino y me contó cómo iba el negocio de mis padres, que habían calculado mal y se iban a quedar sin nada. Se ofreció a cederles el proyecto si, a cambio, yo prometía alejarme de ti y no volver a tener contacto contigo. —Helena hablaba rápido, casi atropellándose con las palabras—. Me negué. Pero entonces…, entonces llegué a casa y mi hermano me dijo que mi padre estaba en el hospital porque se había emborrachado y se había tirado delante de un coche y yo… tenía que hacer algo…, así que la llamé y le dije que aceptaba el trato.

Me quedé a su lado cuando rompió a llorar y la abracé con fuerza. Al cabo de unos segundos, se dejó llevar y dejé de ser el único que abrazaba. Me devolvió el abrazo.

—Siento mucho lo que le ha pasado a tu padre —dije y maldije esta ciudad y a sus habitantes más que nunca. ¿Qué mundo era este en el que un hombre ponía su vida en peligro solo porque se había arruinado? ¿Qué mundo era este en el que su hija de veinte años era la única que podía salvarlo sacrificando a cambio su propia felicidad?

—¿Lo entiendes ahora, Jess? —preguntó en voz baja—. No quiero perderte, créeme, por favor, es lo último que quiero. Jamás me había sentido tan feliz como contigo, tan auténtica, tal como soy.

Sus palabras tornaron mi ira en un sentimiento más suave, en algo que me hizo un nudo en la garganta.

—Tiene que haber una solución. —Tomé el rostro de Helena entre mis manos y limpié sus lágrimas con mis pulgares. Mi puto trabajo se centraba en encontrar soluciones, tenía que encontrar una para este problema—. Cuando tus padres firmen el contrato del proyecto, Trish no podrá seguir interponiéndose —repuse—. ¿Qué más puede hacernos si seguimos viéndonos entonces?

—Sabes que encontrará otra forma de amenazar a mi familia —dijo Helena—. Es Trish Coldwell. Nadie está a salvo de ella.

—Yo no le tengo miedo —le recordé.

—Pero yo sí —susurró—. Me da miedo lo que pueda pasarle a mis padres y a mi hermano si no cumplo con lo acordado.

Abrí la boca para decirle que encontraríamos una solución juntos, para impedir que mi madre nos separara, o que podría convencer a Trish sin que se enterara de que sabía lo del trato. Pero las palabras se me atascaron en la garganta, porque esta era la realidad: podíamos luchar y yo lo haría hasta mi último aliento, pero nunca conseguiríamos vencer. Al final, yo era un Coldwell y Helena una Weston. Nuestras familias jamás dejarían de intentar destruir nuestra relación hasta que nos diéramos por vencidos. Estábamos condenados desde antes de conocernos.

Nunca habíamos tenido ninguna oportunidad.

Al darme cuenta, sentí que el suelo se me alejaba de los pies, porque en el momento en el que comprendí esta cruel realidad también entendí que debía dejar ir a Helena. Estaba dispuesto a darlo todo por ella, absolutamente todo. Y por eso mismo tenía que dejar que hiciera esto por su familia.

—Los dos hemos perdido ya tanto. —Apoyé mi frente contra la suya y dejé de luchar contra el nudo de mi garganta—. ¿Por qué tenemos que perdernos el uno al otro?

—Porque hay personas que son capaces de soportar más que otras. —Helena me acarició la mejilla—. Porque aman más que el resto. Como nosotros.

Me besó entre lágrimas y yo le devolví el beso, demostrándole por última vez todo lo que sentía por ella. Si hubiera sido por mí, me habría abrazado a ella para retrasar el momento en el que finalmente se marchara. No sabía cómo dejarla marchar. Pero Helena fue más fuerte que yo. En un instante estaba todavía ahí, sus labios contra los míos, y al siguiente, se alejaba de mí, se dirigía a la puerta, la abría y desaparecía rápidamente sin volver la vista.

Dejándome atrás.

Solo.

Boqueé en busca de aire, pero no lo conseguí. Traté de moverme, pero tampoco fui capaz. Así que me quedé donde estaba, en mitad del salón, que pareció encogerse hasta que solo quedó un punto negro en el que me encontraba yo.

Todos estos años había creído saber lo que era la soledad. O la pérdida. Pero cuando me quedé mirando la puerta cerrada con este dolor terrible en el pecho, entendí algo claramente: esto era otra cosa. Nada de lo que me había sucedido en el pasado podría haberme preparado para el sentimiento desolador que me causaba la pérdida de Helena, la pérdida de una persona que podría haberlo sido todo para mí.

Sentía que me estaba muriendo.

Agradecimientos

Dicen que todos los autores tienen proyectos especiales que son diferentes a los demás, que se quieren un poco más, que se sienten y se viven con más intensidad. La historia de Helena y Jess es uno de esos proyectos. Desde el momento en que ambos empezaron a existir, se ganaron mi corazón, y he amado con ellos, reído con ellos y, sobre todo, sufrido con ellos como con ninguna otra pareja. Es un libro cien por cien mío, y el haberlo escrito se lo debo a un montón de personas maravillosas.

En primer lugar, quiero agradecer a mi editora Stephanie Bubley. No sé cómo expresar lo mucho que significa para mí que confiaras en mí y en esta historia. Desde el primer momento me transmitiste que estaba haciendo algo bueno y adecuado, y con ese apoyo he podido escribir más libremente que nunca. Sin embargo, lo que ha hecho que este proyecto Westwell sea tan especial han sido el aprecio y la empatía en la edición y los comentarios tan útiles que me has hecho.

Gracias a todo el equipo de LYX-Verlag, por brindarnos un hogar a mí y a mis libros cuando más perdida me sentía. El amor y la dedicación que les ponéis a todas vuestras historias es digno de mención. Dedico un agradecimiento especial a Simone Belack, ya que sin tu entusiasmo contagioso, Westwell no estaría en LYX. Estoy deseando volver a trabajar contigo.

Muchas gracias a Melike Karamustafa, que revisaste el texto con ojo avizor y encontraste todos los errores que ya no era capaz de ver. Y por ese maravilloso comentario en el capítulo 34, que todavía me hace sonreír.

Agradezco de corazón a mi agente Gerlinde Moorkamp, por ser como eres y por enriquecer mi vida más allá del terreno profesional, pero también porque sé que siempre puedo confiar en ti. Muchas gracias también a Silke Weniger, Anna Avrutina y Anne Kästner, que cuidan tanto de mí como de mis necesidades como autora.

A mis compañeros favoritos en este mundo de libros, que a veces se hace cuesta arriba: Kira, espero que nunca dejemos de hablar durante horas de portadas de libros, tipos de fuente y la cantidad exacta de cosas *kitsch*. Merit, gracias por dejarme conocerte y dedicarnos a analizarlo todo juntas. Me alegro de que no solo compartamos nuestro amor por Eden y Eli, sino también por la parte superior de los brazos. Sarah, gracias por el intercambio: mi taza de Westwell 3 por tus GIF de Harry para cada situación de la vida. Tanja, mi niña, siempre me pongo contenta cuando hablamos y recibo pódcast tuyos de media hora; eres única.

A mis lectores de prueba, Mimi, Sara, Beril y Charleen. Gracias por vuestro apoyo y por vuestros comentarios inteligentes y constructivos, que no solo han sido excepcionalmente útiles, sino un motor de motivación. ¡Sois geniales!

Quiero agradecer a mi familia por su apoyo incondicional, sus entregas de velas aromáticas y sus recordatorios puntuales de «Trabajas demasiado». No nos vemos lo suficiente y es algo que tengo que cambiar para poder abrazar al perro más a menudo. Os quiero.

Felix, ¿qué puedo decir? Sin ti no habría escrito ninguno de estos libros, ya lo sabes. Tu barómetro de emociones es un punto de referencia no solo para mí en la vida real, sino también para mis historias, ya sean de género fantástico o *new adult*. Gracias por estar siempre ahí para mí y por leer todo lo que escribo.

Y, para terminar, muchísimas gracias a todos vosotros que leéis Westwell y lleváis en el corazón a Helena y a Jess, sobre todo a aquellos que, a pesar de la perspectiva de quedaros en ascuas, fuisteis lo suficientemente valientes para empezar la saga sin que se hubieran publicado los libros posteriores. Continuará pronto, lo prometo. ¡Sois los mejores!

Este libro se terminó de imprimir
en el mes de marzo de 2024